短歌って何？と訊いてみた

川野里子
Kawano Satoko
対話集

赤坂憲雄
伊藤比呂美
井上弘美
岩川ありさ
木村朗子
サンキュー・タツオ
品田悦一
高野ムツオ
新見隆
納富信留
堀田季何
三浦しをん
三浦佑之
宮下規久朗
村田喜代子

本阿弥書店

短歌って何?と訊いてみた

川野里子対話集

目次

はじめに……川野里子 4

❶……対話は可能か

納富信留（哲学・西洋古典学者）……11
サンキュー・タツオ（日本語学者・芸人）……33
岩川ありさ（現代日本文学研究者）……55

❷……ジャンルを超えて

伊藤比呂美（詩人）……79
井上弘美（俳人）……101
堀田季何（歌人・俳人）……121

❸……長い形式、短い形式

村田喜代子（小説家）……141
三浦しをん（小説家）……163

❹ アートのなかの短歌

宮下規久朗（美術史家）……187

新見隆（キュレーター）……211

❺ 古典との対話

三浦佑之（日本文学者）……235

品田悦一（万葉学者）……257

木村朗子（日本文学研究者）……281

❻ 震災という問い

赤坂憲雄（民俗学者）……305

高野ムツオ（俳人）……329

あとがき……348

はじめに

短歌って何だろう？　と思いながら短歌を作り、評論を書いてきた。

それは短歌という小さな窓を定点にした観測であり、戦後から今日へと生きる「わたし」と「われわれ」の言葉と心への好奇心だった。同時にずっと願っていたのが広い対話空間をこの詩形を抱えて旅することだった。そこで初めて浮かぶあらたな問いがあり、見えてくるこの詩形の姿があるはずだからだ。

短歌というこの小さな詩形は、実は広く深く、日本人と日本語文化、そして今を生きる「私」と「われわれ」の心に食い込んだ手ごわい相手であるかもしれないのだ。

和歌とも呼ばれ、歌とも呼ばれるこの31音数のシンプルなこの詩形は、古代から現代まででをなぜか生き延びてきた。

紀貫之は「力をも入れずして天地《あめつち》を動かし、目に見えぬ鬼神《おにがみ》をもあはれと思はせ」（『古今集』）とその魔力を説き、本居宣長は「たゞ心に思ふことをいふより外なし」（『排蘆小船』）と、歌が鏡ででもあるかのように恍惚と語った。しかし詩歌の近代を始めようとする正岡子規は「貫之は下手な歌よみにて『古今集』はくだらぬ集に有之候」（「再び歌よみに与ふる書」）とこの陶酔を一蹴する。

そして始まった近代。詩人の萩原朔太郎は自身の歌集に「鳳（与謝野）晶子の歌に接してから私は全で熱に犯される人になつてしまつた」（『ソライロノハナ』）と短歌への酩酊を告白する。しかし、石川啄木は「歌は私の哀しい玩具《おもちゃ》である」（「歌のいろいろ」）と嘆息している。

第二次大戦後には、詩人の小野十三郎が短歌の「濡れた湿っぽいでれでれした詠嘆調」（「奴隷の韻律―私と短歌」）を批判。日本文化の隅々に染み渡った「奴隷のリリシズム」からの脱却を求めた。これに対して塚本邦雄は「この世のほかならどこへでも行きたいというねがい、しかも母国に対する責任は日本人として持たなければならない」（「短歌研究」一九六一年二月号）、「現代短歌の絶唱性というものは、そういう矛盾や非望によって生れる」と応じ、自立のための〈霊歌〉であろうとした。

そして二〇〇〇年代。穂村弘は「短歌は世界の扉を破るための爆弾になる可能性がある」（『短歌という爆弾』）と宣言し口語短歌の時代へと入る。だが、水原紫苑は「日本の根源的な闇につながっている『ヤバイ』詩形としての短歌を常に認識しなければなるまい」（『桜は本当に美しいのか』）とその危さを示唆する。

この詩形を巡る語りには愛と憎とが拮抗し、わたしたちの心を直撃する。そしてそれは今日に至るまで途切れることなく続いている。この時代を超えた語りの渦自体が短歌の生命力ではないのか。

本書は、「短歌って何？」をキーワードに、あえて歌人以外のさまざまなジャンルの方々との対話を試みた、何とも贅沢な記録だ。どなたも歴史の、人間の、そして芸術の〈見巧者〉である。もとより私にこのような試みに相応しい知識があるわけではない。あるのは抱えてきた短歌への愛と憎、そして「短歌って何？」という切実な問いだけだ。丸腰で飛び込むほかない。

何に出会うことになるのかわからないこの問いの渦に誰かを巻き込むことができたなら。きっと何かが始まるはずだ。

川野里子

短歌って何?　と訊いてみた

川野里子　対話集

装幀——毛利一枝

①
対話は可能か

哲学と詩歌の怪しい関係？

納富信留
（哲学・西洋古典学者）

×

川野里子

納富信留（のうとみ・のぶる）　1965年、東京都生まれ。東京大学文学部教授、哲学・西洋古典学。英国ケンブリッジ大学で博士号取得。プラトンやソフィストを中心とする古代ギリシア哲学が専門。海外での研究が多く、2007-10年に国際プラトン学会会長、現在はFISP（哲学系諸学会国際連合）実行委員をつとめる。2024年、紫綬褒章受章。

▽プラトン、ソクラテスの対話

川野　今回のゲストは哲学者の納富信留さんです。納富さんは二〇二一年三月に大著の『ギリシア哲学史』（筑摩書房）を出版されましたが、今、西洋古典哲学研究を代表する研究者として世界的にご活躍です。本当にお久しぶりです。確か拙宅で読書会をやっていた時、停電で真っ暗になったことがありました。それでも構わず読書会続けるんだから哲学者は凄い、と思った記憶がありますす（笑）。あれはイギリスに留学される前でしたでしょうか。

納富　はい、はるか昔です。川野さんとは実は私が学生のころからの知り合いで、分野はまったく違いますが、そのおかげでときどき現代短歌の世界をのぞかせていただいています。

川野　それはうれしいです。納富さんがお書きになった『ソフィストとは誰か？』（人文書院）、それから岩波新書の『プラトンとの哲学』、どれを通じても、対話を重視しておられるように思うのですが。

納富　対話はプラトンやソクラテスがやっていた哲学なので。研究者って自分が対象と同期、同化しちゃうんです。例えば硬い論文調で書いてる人を扱っているところも同じように身構える。ソクラテスは対話を実践しただけでなにも書かなかった。プラトンは対話する彼の姿を書いた。それを読んで議論する私は、論文形式で書くのに限界を感じます。プラトンにはテクニカルターム（専門用語）が出てこない。「やあ、こんにちは」とか「みなさんお元気ですか」のような日常から、すっと魂とか人間の生き方といった問題に入っていくので、私もそれを議論するのにやたらと難しい熟語を使って堅苦しくやるのは合わないんです。

川野　もし納富さんがカントとかヘーゲルとかの研究者だったら、今日こうやって対面できてないと思います（笑）。ソクラテスが辻説法をしていたという、通りがかりの人を相手に言葉をかけ、地面の一番低いところから言葉を積み上げ、対話を試みて、その中で哲学的な純粋な言葉、観念に辿り着くことを繰り返していたというので、通りがかりの私でも対話ができるのではないかと思ったんです。どうしてソクラテスって対話をそんなに重んじたのでしょう。

納富　古代ギリシアはそもそも対話の文化で、議論しましょう、一緒に喋りましょうという場です。沈黙を重視する文化とは正反対ですね。とにかくいつもひたすら議論ばかりしていたんだと思います。ソクラテスもその点では他の人とそんなに変わりません。いや、もっと口が立つ人もいたはずです。ですが、ソクラテスやプラトンがすごいなと思うのは、我々も対話や会話をするわけですが、日常で普通に話しているその言葉を哲学に作り替えていく、その場面です。例えばソクラテスが若い人に「君は今どんなことに関心があるんですか」とか聞いて、「政治家になりたいんです」と。「政治家になって何を実現したいんですか」「人々の幸福です」。「じゃあ幸福ってなんですか」という具合です。幸福とか正義といった言葉を我々は当たり前に使って理解してる気になってるけど、それを二人で議論しながら解きほぐしていく。掘り下げていくうちに難しい哲学用語を使わないにもかかわらず、それがそのまま哲学になっていくんです。対話と哲学は切り離せないどころかむしろ同じもので、そこが私が感じている魅力でもあるし、それが哲学の形だと思うので、それで対話を強調しているんです。

川野　ソクラテスは基本の姿勢として「私は知らない者である」という姿勢をとりますよね。一番の知者であるソクラテスが知識ゼロのふりをする、そういう土台に立つことによって扉を開いていくわけですよね。初めになにか持っていて、そこに導くためではなく。あの姿勢って今みたいに混迷の時代にすごく大事な気がするんです。

納富　本当にそうだと思いますね。人間にとって何が本当にいいのか、どういう生き方が正しいか、それは神のみぞ知るといったところで、それを自覚しながらいろいろ議論していきましょうよというのがソクラテスの態度です。そもそも「知らない」と言うのもけっこう大変だと思うんです。我々は人と議論するときにあれこれに正しいとか正しくないとか信念をもっていて、知ってるつもりで自分の主張を押し出します。でも実はもっとも大切なことは知らないんだ、なにももって無いんだと言い切っちゃうのは、正直でもあり勇気がないとできません。

日常で普通に話しているその言葉を哲学に作り替えていく

ソクラテスはそこは他の人より進んでると思うんですね。素であることって難しくて、普段我々は常識とかいろんな通念に巻き込まれている。みんなが言ってるからとか、今までこう思ってきたからとか、それがない状態が不思議なんですよ。

川野　子どものような言葉ですね。

納富　クリアというか言葉に曖昧さを許さない、あなたの言ってる意味はこうですねとか、いちいち聞くんですね。ちょっとうざったい(笑)。

川野　対話篇を読んでるとパワハラっぽい感じも若干あります(笑)。

納富　相手も権力とか知力とかパワー持っている人だから、言葉と言葉がある種、力と力のぶつかり合いになるのは仕方ないかな。ソクラテスが、最後裁判にかけられちゃうのは、真実を語るというお前の言行は国家に対するパワーハラスメントだということでしょう。本人はそう思ってないかもしれないけど、危険なんでしょうね、哲学は。

川野　対話というのは確かに危険なところがあります。

▽対話と批判、批評

納富　最近、文科省も大学もみんな対話が大事だって口をそろえて言ってますよね。みんな対話すると仲良くなる、問題解決だなんて思ってるんですよ。まったく大間違いで、だってソクラテスは対話して最後訴えられたわけですよね。本人に別に悪気はなくても、対話はなによりもまず対決だし対立だし、相手にガチで来られるとそれは不快なこともあるし、本当は言われたくないこともありますよね。それをぶつけあうのが対話なのであって、きれいごとで一緒に話し合えばきっと合意できますよなんてことは全然ないんじゃないか。

川野　「和をもって貴しとなす」があるので。納豆をかき混ぜてさらに粘りを出すみたいな和合文化(笑)。

納富　そこで対話と呼んでみだりに使われちゃうと。

川野　出発できないですよね、言葉が。

納富　ほとんど無理かなとか思いながらどちらも言うことを言って、顔つき合わせていくら話しても結局合意できませんでしたというのが本物の対話だと思う。相手の言い分はわかるけどと。ソクラテスがやった魂と魂がぶつかり合いの対話はそんな感じでしたが、日本でほとんど実現していないというか難しいと思いますね。本当にやるとソクラテスみたいに殺されちゃう(笑)。

川野　ＢＢＣに「ハード・トーク」という激しいインタビュー番組があります。あの丁々発止は日本には絶対ないものですね。大喧嘩としか思えないような切り込み方をお互いに淡々とした顔でやり合う。文化でしょうか。

納富　最近、日本ではああいうことやると傷ついちゃうといって嫌われる。慣れがないから厳しいことを言われるとすぐに折れちゃうんです。善意をもってぴしっと言われれば、そのときにはぐさっときても必ず後であんなこと言ってくださったと感謝するわけで、議論でも強い切り込みとか批判の方が役に立ちますよね。

川野　最近、議論の土壌がなくなったと短歌の世界でも聞きます。批評という土壌が前はあって、そこで丁々発止やりあうことはあなたを個人攻撃したのではないですよという暗黙の約束がありますよね。だけど今ＳＮＳとかある意味で非常に個人どうしが密着するようなコミュニケーションツールに慣れてて、学校でもたぶん議論はやらないのでしょう。批評が成り立ちにくい。傷つくんじゃないかとお互いびくびくしています。その代わりによくあるのが共感しましたという批評です。共感というのは批評ではないと私は強く思っていて、共感で済むならそれは文学でさえないと思うんです。

納富　そのとおりで、批評や批判と非難や攻撃は全然違うことがわからなくなってる。まったく逆で、不十分なところをちゃんと指摘することが本人を伸ばす。議論しないでお前の言ってることわかると言っても成長しない。

川野　共感のやり取りでは批評という言論が育たないし、磨かれていかないですね。批評が磨かれることによってまた作品が磨かれていく、その往還が断たれて小さな共感の共同体が島宇宙のように点在しがちです。

納富　それはちょっと悲しいですね。批評とか批判に対する耐性が薄くなってる。言葉に対して今の学生もそうですが、防御しちゃうんですよね。けっしていいとは思わないけどお互いに罵詈雑言みたいなのをかけながらサ

川野　共感のやり取りでは批評という言論が育たないし、磨かれていかないですね

バイブしていかないと、ちょっとした言葉で強く受け止めすぎてしまう。我々もさじ加減が難しくて、大学の授業で君の発表は全然駄目だという言い方が難しい。優しく言うと全くわかってくれない。ちょっと強く言うと学校に来なくなっちゃう。どこから訓練をすればいいのか。

川野　短歌では歌集が出ると批評会をするんです。何人かパネラーが並んでびしばしと激烈な批評が出ることが多いですね。会場からもばしばしやって、飲みに行って、そこでさらにやって作者が泣いたりして、まあ頑張れとか。自分も言いたいこと言ってきましたし、言われ放題言われてきましたけど、それ自体を非常に楽しく思いますね、振り返って。それがなかったら何が面白いのか。

納富　書いたり読んだりしたものが何も言われないと寂しいですね。批判されると逆に嬉しいですよね。

川野　今、言葉も投げっぱなしになっていて、ツイッターなどで「いいね」がつきますけど、きちんと文節を持った論理的な、あるいは文脈のある言葉との絡みではなく、一方的に「いいね」というのは応答したことにならない。言葉と言葉が絡んでゆく、そこでもってまた別次元が発生することが大事なのかなって。

納富　議論で言ったことって半分くらい誤解されるのが普通で、そういう意味じゃないんですよと説明しなくちゃいけない。誤解されるんだと気づくことでお互いに変わっていくわけですよね。ああ、そんなふうに見えてるんだって、驚きます。最初からぜんぶわかってびしっと批評がくるというのはまあ無くて、誤解の間で行ったり来たりしながら別なものが出てくる。

川野　誤解されることによって自分が固着してた言葉や思いから身体が離れて、殻が割れるような体験でもありますね。誤解されることは大事なことですね。

納富　批判するって言葉を私は肯定的に使いますが、今は批判と聞くだけで止めてくださいと言われる。この言葉自体がタブーみたいです。一方で平気でひとを傷つける言葉も発せられてるのに。でも、批判なしで哲学はありえない。ひとつひとつの言葉、あるいは文章の使い方、受け取り方が違うことを身をもって体験しないと自分の喋ってることが通じていかない。考えが進まない。

川野　お互いの誤解をすり合わせ批判し合う、対話はそういうところに持っていくべきだと思うんですけど。

納富　むしろほとんど誤解だってことをちゃんと認識す

る。誇張じゃなくて実際にそうだと思うんです。ほとんど誤解なのを議論で正していくことが小さな進歩であって、そのうえで合意することもあるけど、やっぱり違いますねってこともあるわけですよね。それが一緒に話せばわかりあって握手して解決というのは間違った幻想だと思う、対話について。今、悪い効果を与えるんじゃないかと心配しているのが、小中学校の教育です。「対話力」って文科省が言ってますよね。生徒どうしや先生と対話するといっても、かたちばかりそうしても結局先生の忖度をする訓練になってしまう。ちゃんと対話について考えないと言葉への信頼が失われちゃいます。

川野　人の言葉って不思議で相手の期待に応えようとしますから。対話って話者に圧倒的な強弱がある場合、そういう話の作られ方、誘導のされ方がありますよね。対話が悪く使われてしまえばどんなことでもできてしまう怖さがある。

納富　それを対話しましたとアリバイ作りにしてしまうと、例えば集会で市民と対話したから建設してもいいですねとかね。それは非常に良くないと思いますね。

▽芸術という対話

川野　対話って人間の一対一の対話であると同時に、最近しきりに思うのは芸術とか学問も対話の一形式じゃないかって気がするんです。絵やオブジェや我々が作る短歌も。それは誰を相手にしてるのかよくわからないんだけど、相手があり、そこに何かを投げかける。そういう対話であるから芸術や文学は存在意義があるんじゃないか、と思うんです。

納富　対話というときに言葉を使う部分と使わない部分、どのくらい違うのか、面白い問題だと思います。作品と対話するって基本的にメタフォリカルな感じはしますね。言葉がなければ対話にならないというと狭すぎるけど、いきなり絵とか彫刻とか物と向き合って本当に対話がで

納富　批判するって言葉を私は肯定的に使いますが、今は批判と聞くだけで止めてくださいと言われる

きるのか、ちょっと疑問に思います。さっきの共感みたいになって議論が進まなくなっちゃう。二人で見ることで一緒に話すことはできるけど、ただ芸術作品だけとひとりで向き合うとどんなことが起きてるのかな。物に共感したり感動したりすることがあっても、それが双方向的になるには、やはりなにか言葉や他者がかかわってるっていう感じです。

川野　時代とか社会を作者が感じ取ってるとしますよね。戦争の時代や今のように民主主義が傾いていく時代、いろいろあると思いますが、そういう時代の空気であるとか、さまざまな言論の端切れや生活の断片や街の風景やありとあらゆるものが相俟ったものとして「時代の空気」があるとして、それに対して私は嫌だと直感を持ったとしますよね。そのときに例えば嫌悪感を表現したオブジェをばあっと道に出して見る。そのオブジェがなにかはわからないけれど、通行人に不安を投げかける。そういうアートなどは時代との真剣な対話なのだという言い方は成り立ちますか？

納富　今の例にもいろんな要素が入ってますね。ひとつの点をいえば、共産主義時代の東ヨーロッパとかソ連って芸能自体が反抗だったんです。音楽もそう。とくに政治的内容を込めてなくても自由に芸術すること自体が反抗、ジェスチャーになる。共産主義とか全体主義だからってこともあるけど、今の日本でも同じでしょう。表現やオブジェが社会や我々の生き方のなかでなにかを主張する、異物みたいなかたちで見て不安にさせるような問題提起をする、芸術ってそんな効果があると思う。その場合、たぶん作ってる本人とものと社会との三者関係で何か起こってる。もの自体が別の場所に置かれたらそういう意味を持たない可能性もありますよね。

川野　ええ、意味を変えてしまいますね。

納富　時代が変わったら意味が変わる。時間のなかで意味が動いている。時代に対して違和感を持っていてはっきり言葉にできなくても、できたもの自体が持つメッセージ性みたいなものを通じてそれに対して人が感応する。ただ対話がどことどこの間で起こっているかですね。

川野　例を挙げてみます。

　　心臓と心のあいだにいるはつかねずみがおもしろいほどすぐに死ぬ　　　　平岡直子

これはなんらかの意味を伝えているのかどうかわから

ないけど、なんらかの違和感の形象化ではあると思うんです。非常に居心地の悪い。「私の心」なんて言うようなクラシックな統一感を持てない。心臓と心に間があって、そこにはつかねずみがいて、ころころ死んでゆくと。このわけのわからないシュールな歌が非常に切実な時代との応答になっている。私たちの心なんて今こんなに危ういのよ、という差し出し、問いかけとして私には読めてしまうんです。こういうものも対話でありうるのかしら。

納富　対話の場合、「対」という、誰と誰とかどことどことかいうことがあります。言葉を発するのは何かに向けて喋ってるし、それに対して読んでる我々も誰かから語りかけられて、そこで「対」というのが成り立っています。この歌、最初意味はわからないけど、なにか矛盾を感じるわけです。肉体の心臓と精神的な心を並べて、その間にはつかねずみがいてそれが死ぬ、私に新鮮なのはこういうふうに感じること自体ですね。「すぐに死ぬ」、でもそれをかわいそうだとかじゃなくて、冷然と見ている雰囲気がシュールで、我々ふだんそういうふうに自分を見ていない。ある種の気持ち悪さ。

川野　ええ、それが作者のなかで起こっているわけです。

納富　どういう場面で自分が次々と壊れていく変わっていく死んでいくってことなのか、非常に冷静に感情的でない言葉で書いているのは驚きです。どういう意味かなといろいろ考えて、でも考えてもわかるもんじゃないなっていう。

川野　そういう驚きを差し出すもの、にわかに応えようのないようなものもひとつの対話ですか。

納富　対話ってお喋りじゃなくて、問いと答えでこうだこうじゃないと論じるわけですね。今こうしてお話ししているのもそうですが、私が考えている対話って応答関係です。いつもソクラテスが問うんだけど彼があれこれ考え出してるというより、ソクラテスも問われてるから問うてる。問い手も答え手も上の方から問いが降りてきて、一生懸命こうじゃないかああじゃないかみたいな問いかけ合いをしてる感じなんです。

川野　上の方からですか。それは詩の場合も同じ気がします。私の言葉を使ってなにか答えるしかない。読者もその「上の方」を意識できれば批評が成立するのかもしれません。

納富　この歌だと、明確な問いや答えを発してるというよりは、この方が問われたものに対してこんな言葉で応答してる感じがする。ただ、大元は上の方にある。

▽文脈の破壊

川野　もう一首、これも謎な歌ですが、

このケーキ、ベルリンの壁入ってる？（うんスポンジにすこし）にし？（うん）　笹井宏之

最初みたときすごく新鮮で、今も新鮮で、ベルリンの壁って言葉がとっくの昔に忘れられて時間の瓦礫の山の中にあるのに、この歌の中にあることでいつまでも壊れたてのベルリンの壁を思わせるんですよね。これって哲学的な文脈のある言葉にならない。むしろ文脈を逸脱させることに快楽を感じている作者が感じられるのですが、こういうのって哲学ではどう語るんでしょう？

納富　この方もう亡くなってるんですね。十年くらい前に。いつ作ったかも気になって。ベルリンの壁って、物だけど時間ですよね。それが言葉の意味とリアリティのなかで、ある種永遠化していくわけです。「入ってる」っていう言葉の持つ肉感的なセンス、ベルリンの壁を実際に見て自分が壊したとか土産で破片買ってきたみたいな世代ともっと若い人たちで昔ベルリンに壁があったと知ってるだけとかで、まず違いそうです。でも、遠い過去の記憶じゃなくてケーキレベルで距離を置いて喋るという、詩の持ってる時間を超える部分が秀逸。そのときでなきゃわからないというのではなくて時代を超えて違う意味を担いながら記憶の中で物が残っていく。発したときのキラキラした言葉のひびきが、そのきらめきはないかもしれないけれど違う形で光り出すように時間を超えて受け継がれる感覚があります。言葉の破片かな。で、時事的な単語が入ってると時間が狂わされる。

川野　時事として「ベルリンの壁」というものが纏っていたさまざまな文脈の破壊だと思うんです。ケーキのスポンジの中に入れることによってベルリンの壁がオブジェ化して単なる物として、常識的な意味を失う。しかし、そうして逆に私たちにベルリンの壁というものを時間を越えて突きつける形になっている。

納富　ベルリンの壁と発言したら政治的な意味はあったと思うけど、それを遊びにして突きつけることでもう一

回想い起こさせるわけですね。でも西東と言っても、壁は一つだからなとか（笑）。

川野　それもシュールですよね。西側の壁のほうがおいしそうですけど（笑）。

▽プラトンの詩の排除から見えるもの

川野　ここから一番の本題です。とっても伺ってみたかったのですが、プラトンの国家篇でソクラテスが自分達の理想国家に詩はいらないと言いますよね。詩人を追放せよと。その心ってなんなんでしょう。確かに詩って役立たずだとは思うんですけど。

納富　プラトンは文学の敵みたいに思われているけれど、事実から言うと古今の哲学者のなかで一番文学的な作家で、散文作品は当時の超一流。若いとき悲劇作家になろうと思ってソクラテスに会って作品を燃やしたとかちょっとかっこいい伝説がある、文学的資質がある人です。

川野　ホメロスなんか大好きそうですよね。

納富　ホメロスは大好きだけどそれより真理の方を尊重するって書いてます。そこは踏まえておいて、ただ、好きなんだけど批判しなくちゃいけない。それがたぶん文学と哲学、現実と哲学の緊張関係の重要なところだと思ってます。哲学と文学は一心同体だなんて言ったら、大事なものが消えてしまう。じゃあなぜそれほど厳しいかという点ですね。ソクラテスは嫌なことでもずばずば言うので嫌われましたが、プラトンも詩人追放論で、詩人は理想国にいちゃいけないとバッシングした。対照的には弟子のアリストテレスは『詩学』という本で悲劇こそ人間の究極表現だといったので、文学の味方だって思われてます（笑）。二人の違いで一番重要だと思うのは世代です。プラトンは紀元前5世紀の終わりにリアルタイムでソフォクレスやエウリピデスやアリストファネスの新作を毎年見ている、三万人くらい入るアテナイの野外劇場で。劇場全体で感情がうわぁと湧き起こるなかにいて、

川野　ソクラテスが自分達の理想国家に詩はいらないと言いますよね。詩人を追放せよと。その心ってなんなんでしょう

プラトンは心底から危険だと感じたんでしょう。感情がすべて強引にもっていかれる。これって全体主義的です。せっかくこれまで積み上げてきた理性的な生き方や態度が一気にくずされるのに恐怖を感じたはずです。

川野　ナチスドイツの演説の演出を思えば確かに非常に怖いです。

納富　感情を動かす芸術、つまり感動して胸揺すぶられるのが一番怖いとプラトンは警戒します。普段は毅然として理性的な将軍が劇場で我をわすれて大泣きする。つまりそこで箍を緩めちゃうと、奥底にある情緒に押し流されてしまうんです。プラトンは芸術とか文学が持つ人間に対する直接的な訴えかけの力を熟知していて、それが政治を悪くすることもあるし、ソクラテスを殺すこともある、よくわかってるんですね。それと比べるとアリストテレスは四十ほど年下で、北国マケドニアの生まれなので、リアルタイムでアテナイの演劇を見てない。だからプラトンが経験したような文学の生身の恐ろしさは知らない。そもそもお医者さんの子、生物学者なので、ちょっと感覚が違う。アリストテレスのほうが冷静だけど、プラトンが感じた恐ろしさが問題ですよね。芸術を持ち出すことで人が死ぬこともある。教育で人も作っちゃう。そういったものに対してプラトンはＮＯと言う。踏みとどまって哲学を文学と対決させたのだと思う。

川野　詩を恐れたのですか。国家篇では、逆に詩とは何かについて書かれてるようで面白かったのですが、五感を揺さぶること、それから人間性の解放、普段隠してあるさまざまなものが全部出てくるということへの怖れですね。詩が人間性に直接訴える言葉であると。訴えの方法が哲学の方法とまったく違うのですね。なかでも一番強く恐れられていたのが韻律ではなかったでしょうか。ソクラテスがホメロスを聞いてた時点でどれくらい前ですか。

納富　ソクラテスから見たら三、四百年まえ。だいたい紀元前７００年くらいに活躍したと想定されてます。

川野　その間ずっと生き残ってきた言葉ですよね。文字ではなくて口承だと思いますが、だからこそいっそう韻律に一番力を感じ、それが哲学的な世界を破壊するかもしれないという恐ろしさでもって考えられてるわけですよね。そこにちょっと自尊心をくすぐられるところもありまして、やはり詩ってすごい五感に訴えるんですね。

詩を追放しながら、一番詩の良さ、力を感じていたのがプラトンやソクラテスだったのかなと思いました。話が飛びますが、あの中で詩人は国家の役に立たないと書かれていますね。

納富　役に立たないというか、害(笑)。

川野　あはは。嬉しいな(笑)。理性的な国家を韻律でもってかき乱すということですね。その議論に、日本の第二次大戦後の「第二芸術論」の論争が重なりました。戦後という新しい世界を臼井吉見とか桑原武夫とかインテリ青年たちが短詩形文学を攻撃しました。新しい時代にふさわしい文学を作ろうとした。そのときにもっとも要らないものとして短歌、俳句が標的になりました。小野十郎という詩人は、

あの三十一字音量感の底をながれている濡れた湿っぽいでれでれした詠嘆調、そういう閉塞された韻律に対する新しい世代の感性的な抵抗がなぜもっと紙背に徹して感じられないのか。

と言ってます。「奴隷の韻律」と名前を付けて、短歌の中に流れている韻律が標的になって憎まれたわけです。一方でそのなかで、日本文化の中にすべて形を変えて奴隷の韻律と呼ぶ詠嘆調が潜んでいるとも言っています。このとき背景になっていたのが大戦中に戦争を鼓舞する「撃ちてしやまん」とか「醜の御楯と出で立つ我は」、あの万葉調の勇ましい歌。韻律によって後押しされながらどんどん増幅して戦争に協力した韻文を経験しています。そのうえでこの言葉が出てきている。ソクラテスやプラトンはおそらく良きものとして詩の韻律を恐れたと思うんです。だけどここではとても苦いものとして韻律の力が考えられてる気がして、同時に新しい国家を作ろうとするときに韻律というものが怖いという感覚は似てると思ったんです。

納富　ギリシアの場合は基本の言語活動のスタイルが長短短・長短短と続くホメロスの六脚韻です。哲学はそれに反抗して散文を作ったんです。我々は普通、韻文は人工的で散文が自然だと思ってる。だけど歴史的には逆で、他の文化圏もだいたい同じですが、最初文学が生まれるのは韻文なんですね。ホメロスの叙事詩は単調で、一万何千行も同じ韻律のくり返しです。ある種トランス状態になる、神の言葉の韻律なんですよね。

川野　短句、長句のくり返しが造りだす酩酊ですよね。

短歌の場合、それが戦争の時戦意高揚にも働きました。それへの批判として出てきたのが第二芸術論です。地面に充満している韻律に抵抗せよと。

▽韻律の力

川野　第二芸術論も韻律論に集約されていくのですが、塚本邦雄が第二芸術論のあと、新しい韻律を作ることが第二次大戦後の詩歌の第一歩になったわけです。塚本は面白いことを言っていて、「オリーブオイルの川にマカロニを流すような韻律からの脱却」と。それでこういう歌を作る。

日本脱出したし　皇帝ペンギンも皇帝ペンギン飼育係りも　塚本邦雄

ギクシャクしていてまったく心地よくない韻律です。「日本脱出したし」、情けないこの国を出たい。一拍空けて「皇帝ペンギンも皇帝ペンギン飼育係りも」、ペンギンの立ち姿、つくねんと立ってて、一説には天皇がマッカーサーと並んだ写真が喚起されると言うのですが、こういう韻律の破壊によってあるメッセージを伝える。かなり強烈なメッセージがこもってます。「日本脱出したし」ですし、皇帝ペンギンと飼育係が呆然と突っ立っている映像もかなり強烈で、カリカチュアされています。壊れたようなこういう韻律の革新こそ新しい世界の始まりとして提示されました。この作品も説明的でちょっと散文的だと思うんですよ。哲学が議論を始めるときに韻律から脱却して散文的であろうとしたことと、どこか関わるかなと。

納富　なぜプラトンたちが韻律にこだわったかというと結局、魂の形ってリズムなんだと。どんな韻律にせよ、そのリズムを持つ言葉を唱えることによって我々自身その形に同化していく。韻律によるある種の画一化を政治が利用したらみんなが一緒になっちゃう。そういうのに違和感を感じて異分子みたいなかたちで韻律を破壊する、それが散文による哲学の語り方です。文字で読む文化じゃなくて基本的に耳で聞いて喋る文化なので、リズムに対する感覚が非常に鋭くて、しかもリズムって耳で聞いたらそのままストレートに入るのでじっくり考えて対応できない。音と響きが魂に長く残りますよね。だから言葉によって自分自体がそういう形になってしまうのがリズムの問題。そこを恐れているんだと思う。

川野　哲学であるにも関わらず、冷静であるべき言葉がエモーショナルですごくかき乱されるわけですね。

納富　どんな言葉のスタイルにもリズムはあるので、逆にすごく冷静にすることによって深い形でかき乱されることもあります。乾いた硬い散文を書いたアリストテレスはそっちのタイプです。哲学と芸術と、対と言えば言えるし、対立や緊張なんだけど、お互いそれぞれの中で類似の緊張関係があって呼応してる感じだと思う。

川野　そうですね。気を許せば韻文の世界、特に短歌の世界は短歌のなかだけで技巧を尽くし、言葉を尽くし共感しあう世界になりがちです。それで今日ぜひ哲学で乱していただこうと(笑)。詩歌の内側でも、常に緊張関係、つまり否定論があるときに詩の言葉というのはぎりぎりのところの輝きをするだろうと私は思っています。加えて哲学と対立し緊張した関係をもつはずの韻文だと考えるとすごくスリリングです。

納富　結局、魂の形ってリズムなんだと。どんな韻律にせよ、そのリズムを持つ言葉を唱えることによって我々自身その形に同化していく

▽哲学から見た詩歌の言葉

川野　哲学の言葉から見たときに詩歌の言葉ってどう見えるんでしょうか。

納富　私自身もそうだし、一般に哲学の人たちって詩歌に憧れて、たぶん詩歌は自分にはできないと思ってる。プラトンもそうだと思うんです。天才的な詩人とか歌人を見たときに、あ、こういうことができるんだとわかるけど、哲学の場合、仕方ないからそれを散文の言葉で論じていく。詩人がたった一言で示したものに対して、延々と言葉をつないで議論することの持つある種の劣等感というかな。プラトンもそんな感覚をもってたと思う。

川野　そうでしょうか。

納富　プラトンはそこで開き直って、詩の言葉は真実を言ってるかもしれないけどちゃんと説明してくれてないじゃないかと言うんですね。説明すれば解決というわけじゃないけど、わかった気になるのが哲学では決定的に

駄目で、ただ感動したりさっきの共感みたいなのもそうです。それに対してあなたはどうしてこういうことを言ってるんですかとか、どういう意味なんですかとか言葉で突っ込む。いじわるな役なんですね、哲学って。

川野　優れた詩が提出する何かというのは、それはどういうことですかと問えない絶壁感がありますよね。

納富　絶壁だけど、哲学はそれに対して応えなくちゃいけないわけです。

川野　茂吉の凄い歌のひとつでこんなのがあります。

石亀の生める卵をくちなはが待ちわびながら呑むとこそ聞け　　斎藤茂吉

「待ちわびながら」がこの歌の一番の肝ですが、命の切実さと理不尽さを表現してると思うんですね。食べる命と食べられる命。哲学で例えば命というのを語る言葉とここで表現された命ってどういうふうにすれ違うでしょうか。あるいは対話できるでしょうか。

納富　難しいですね(笑)。「とこそ聞け」、これはだからリアルにじゃなくて紹介してる。

川野　聞いたんですね。リアルに見たというよりも。まさにこれはプラトンが言う現実のものを知らずに真似してる典型なわけですよね。

納富　哲学が扱おうとしている問題って生きるとか死ぬとか幸せとか不幸とかみじめとか、そういうものを一生懸命、冷静に分析をして、我々に見えてないところを腑分けしていく。そのときそこには生き生きとした個々の命、この歌でいうと石亀一般じゃなくて、今目の前にいるこの石亀がいる。「待ちわびながら呑む」、このあたりいかにもおいしいものが目の前に来てという擬人的な欲望、感情が出ていますよね、動物の描写ではなくて。そういう世界を捉えようと哲学も思うわけです。ただ、その捉え方が文学と違う、そこで何が起こってるかに対する向き合い方がです。文学は瞬間やショットを切り取ってがつんと見せてくれる。そこにぜんぶが入っている気がして圧倒されます。目の前に起こってる命の営みはまさにそれだと。それとはちがって哲学が韻文に対して散文でNOと言ったことと似てますが、そういうところに入らないで命というものをきちんと冷静に分析してみる。言葉を使ってとにかくそれを説明し、疑問をつきつけてまたこたえていく。そんな言葉の遂行が哲学の向き合い方です。詩とか文学に対して、それと違う言葉で表現していこうとしてると思うんですね。

川野　ひっくり返すと哲学の言葉で愛だとか命だとか正義だと語られるものに対して詩歌はＮＯと言いつつずれてゆくことが仕事でしょうか（笑）。

▽歌と地の文の関係

川野　詩って哲学ではけっして語れないことを書きたいなって思うんです。

納富　最初から哲学が語れないことを語ってるから大丈夫です（笑）。ただしそれってどうやって語るんですかと文句をつけたくなる。プラトンも詩人が言ってることを間違ってるとは言いません。詩人はたしかに真実を語ってるけど説明してくれないから人間の生き方は導けないっていうんです。説明できなかったら知ってることにならないでしょって。神がかりは認めてるんです。

川野　でも詩の場合、感受のしかた受け取り方は読み手によって違いますよね。

納富　正しい読みってあると思いますか

納富　正しい読みってあると思いますか。自分が書いたものが違うふうに受け取られることあるじゃないですか。そのとき作者の意図とかでどこまで拒否できるかというのが疑問で、プラトンも書かれたものの解釈はどうにでもなるって書いてます。芸術作品の場合は産まれた子どもが何をしようが著者は関係ないというべきか、著者として、ここまで言っちゃ駄目だよみたいに言うのか。

川野　投げだして焼くなり煮るなりって感じです。たった一つの正しい読みというのはないかもしれないのですが、ストライクゾーンはあるような気がします。

　面白いのは読まれる環境が変わると読みが変わるんです。啄木なんて劇的に変わって、作られた当時から戦中までは不遇な青年の真心として読まれて共感する人が多かったんですけど、戦後に啄木の日記が公開されてすごい傲慢で嫌なやつだってことがわかって、そうするとこの歌も一回感情が折れ込んで屈折してるんじゃないかって読みになってくるわけですよね。読みはいつも不安定です。

▽言葉は私のものか

川野　もうひとつ伺いたかったのが「私」と言葉の関係で、言葉って韻律に乗って出てきたりしますよね。韻律も自分の外か中かよくわからないところにあって自分もそこに突き動かされる。しかも定型詩の言葉って私のものと言えない気がするんです。典型的には枕詞とか季語ですが、それ以上に定型詩というものに言葉を差し出すときに、「私」の言葉でありつつ、「私」と読者との中間あたりに言葉を差し出すような気もする。そういう中間地点に言葉を差し出すことが詩を書くことのような気がするんです。哲学にとっての「私」の言葉って、どうなんでしょう。

納富　仰ること非常によくわかるんです。人々が語った語彙とかフレーズとかを模倣して共有して言葉を使っているのは間違いないですよね。大きなクラウドみたいなのがあって、我々はそこからただ借りてきているというと極端かな。喋ってる私の主体性がどれくらいあるのかという問題だと思うんです。対話を重視すると言葉はひとりのものではなくて少なくとも対がないと生まれないし、そのときに私と相手の言葉がその真ん中でできている感じがする。最終的な帰属は私にきたり相手にいったりしますが、それは哲学の場合には言論への責任が生まれるからでしょう。でも本当は私の考えといっても、相手が喋った言葉に触発されてそれが言葉になって出てきたりするわけで、「私の」っていえないですよね。ですが、近現代では哲学者が論文を書いて、それが私の哲学だみたいに独占するので、なにか自閉した感じがしてしまいます。現代の哲学もそうですが、「考える私」というのを孤立させると哲学が対話ではなくなるでしょう。私はそれは本来の姿じゃないと思う。そこを少し強調すると、仰ったように言葉って実は私のものとは言いきれないという感じは残ります。

川野　詩歌の場合はもっと事情が複雑になると思っていて、最初に感じたエモーショナルな情感や五感の感覚、そういうものは明らかに自分のものであるように感じます。しかし、それを言葉にして差し出すときにそれはもう私のものではない何かになってる。しかし何かのエモーションや感覚は伴っているわけです。これは私の心ですって言いますが、でもそれって本当に私のものなのか。

短歌に書いたとたんに私と思っているものはダッシュ付の「私′」、私とあなたの中間のあたりに差し出すような感じがします。

納富　そうだと思うけど、私はもともと感情といったものが確固として存在しててそれを表現するというとらえ方をちょっと疑ってます。言葉にしてはじめて感情ってわかってそれとずれてるなって感覚が動くので、私ってどこですかと言ったら元にあったもやもやどろどろあたりじゃないでしょうか。さきほどの「心臓と心」のように両方のどっちでもないその「あいだ」じゃないかなと。愛するとか楽しいとかって言葉が与えられることによって、違う造形になっていくわけですよね。もちろん、言葉がないからといってゼロだとは思わないけれど。どういう言葉を使うかによって私っていう方向が定まるというのかな。だから危険でもある。

川野　それは歌を作るときにしばしば感じます。こういうふうに言おうと思ってそういうふうにできるわけじゃなくて偶然的に、磁石で集めるように言葉にするので。そうするとそこで出来上がったものは私がそう作ろうと思ったものではないことが多いです。

▽普遍とは何か

川野　この機会にぜひ伺っておきたいのが、普遍性ということについてです。哲学って普遍を取り扱うわけですよね。愛だとか正義だとか平等だとか。それって、西洋で起こった哲学が主に白人男性中心で語られ議論されてきた普遍性というものですよね。今、それがさまざまな角度から揺さぶられてると思うんです。ジェンダーの側からとか、医療の発達で、命をどう考えるかとか。また、今のアフガニスタンのぐしゃぐしゃさを見れば自由とか平等ってなんだって。長い歴史の中で培われてきた普遍性と言われるものが今出会っているさまざまな試練の現場でどんなふうになっているのでしょうか。

納富　それは難しいどころじゃないです(笑)。でも、普遍とは西洋でこういうのだとされてきたとか近代哲学でこう考えられてきたというのは、時代や社会の限定がつ

納富　「考える私」というのを孤立させると哲学が対話ではなくなる

いてるから本当の普遍性じゃありません。むしろガチに普遍という理念を当てはめるとすると、我々がこれまで普遍だと信じていたものがそうじゃなかったということがわかるかもしれません。そう気づかせるのは本物の普遍性の追求ですよね。普遍性へのチャレンジです。だから今まで人類に共通だとされていたにもかかわらず実は白人だけだったとか男性中心だったとかいうのは、普遍じゃなかったんだからもう一回考えなおす必要がある。そういうことは奴隷制の問題とか今まで歴史上でいろいろ起こっていて、ジェンダーの問題もそう。そういう問題意識は普遍性ということを考えないと起こってこないでしょう。そうでないと既成事実で社会がこうだからといって諦めることになります。

川野　相対主義に陥っちゃいますよね。

納富　相対主義ってみんな平等と言っておきながら結局俺が強いんだという者が他者を黙らせて、従えみたいになっちゃうおそれがあります。むしろだからそれではおかしいという論議の起爆剤が普遍性のはずです。実は二〇世紀の後半、ポストモダンの時代には普遍性って非常に嫌われてたんです。そういうことを言うのが権力だみたいな話になってました。でも哲学って普遍性を扱うんだから、ちゃんとそこは丁寧に考えなきゃいけないと思う。言葉と言葉できちんと議論して、対話みたいなかたちで普遍的に考える。人類に普遍的な価値と言っときながら一部の人が排除されるとしたら、すでに論理矛盾をきたすわけですよね。それ、おかしいでしょと、そこはきちんと哲学を機能させられると思っています。ただ、どのくらいのスパンで考えるのかが難しくて、人間とか地球とかを超えるような永遠という視野もあって、それが哲学の本領なんですが、いきなりそこまで拡大しちゃうと我々がやってるところまで戻ってこられない。だから永遠や普遍という視点を持ちながら今目の前にある物事について語るということだと思うんです。実際に行われている哲学は不十分なことがまだ多いです。学問、大学の世界もまだ自由や平等が成り立ってるわけじゃないし、日本社会もそうだし、学者とか哲学がちゃんと有意義に物が言えてるかというとそうでもないので、反省すべき点は多い。ただ理想的なかたちで普遍性を考えるのが哲学とか学問だというのは外せないと思うんですね。

川野　理想とか普遍がなくなった暗黒世界を思いますね。

納富　理想や普遍を考えない生き方ってそもそもかなり矛盾してるので想像できないと思う。それで最後は言葉という謎が残ります。言葉っていま我々が生きてるところで生きていて、しかもそれが永遠に広がるわけですよね。言葉を持つと時間と次元を超える。哲学は言葉によって次元を超えて永遠の相のもとで見る、つまり我々が今ここで生きている現実は違うレベルから初めて見られるんだと。プラトンは洞窟の比喩で、我々が生きてる世界というのは現実のごく一部にすぎない、いや世界の片隅で海面下ぐらいだという視点を投げ入れてみる。

川野　そうするとやっぱり次元の違う、角度の違う、位相の違うさまざまな言葉が絡まりあって人間を考え続けるということですか。

納富　そうです。言葉自体がそういう無限のキャパシティを持ってるってことだと思います。

川野　ちょっと今日はそこに参加できてる事が感じられたかな。短歌という詩型がそういう言葉であれたらいいいな。

納富　逆もありまして、昔は哲学でも詩とか文学との共同作業が多かったんですよ。ヨーロッパでもそうだし、日本でも。今は分野が分かれちゃって、垣根が巨大な壁になってる。戦前だと西田幾多郎とか短歌詠んでますね。逆に夏目漱石は哲学会っていう東大の集まりで雑誌に論文を書いていた。そういう意味では昔は文学や詩と哲学との敷居が今ほどなかった。

川野　いろんな分野から照らし出すことが必要ですね。

納富　そうですね。特に哲学と文学ってあえて大きく言っちゃうと二つの極なので、それがどちらかしか見えてないということだと問題が生じると思うんですね。

川野　二つの極ですか。詩歌って凄いんですね。今日は素晴らしいお話を伺えて感動してます。ありがとうございました。

（二〇二一年八月二十四日　アルカディア市ヶ谷にて）

話芸ってどうして面白い？

サンキュー・タツオ
（日本語学者・芸人）

×

川野里子

サンキュータツオ　漫才コンビ「米粒写経」として活動する傍ら、専門の文体論・表現論を駆使して一橋大学、早稲田大学、成城大学で非常勤講師を経て、2023年より東北芸術工科大学専任講師。国語辞典コレクター、『広辞苑』第七版サブカルチャー項目担当者。早稲田大学文学研究科日本語日本文化専攻博士後期課程修了。

▽型の力を借りる

川野　今日は日本語学者であり芸人でもあるサンキュータツオさんにお越しいただきました。笑いって奥が深そうだし幅も広いですよね。落語や漫才や。タツオさんは両方にかかわっておられますよね。今日は笑いを軸にたっぷりお話を伺います。

ただ、私、最近テレビのバラエティーには笑えないの。何かが痛々しい。ひな壇に並んで芸人さんの世界のヒエラルキーのピラミッドを見せられてる感じがするんです。ところがタツオさんのやってらっしゃる米粒写経（サンキュータツオさんと居島一平さんのお笑いコンビ）をYouTubeで見たらこれがリラックスできるんです。

タツオ　ありがとうございます。ゆるーい感じでやってて、ヒエラルキーないですからね（笑）。たぶん地上波のテレビよりYouTubeが見られるようになってるのも川野さんが仰ったところにひとつ理由があるのかもしれないですね。YouTubeってまず出演者が少ないので序列を見る必要がない。二人もけっこう珍しい。基本YouTubeって一人で喋る。そう考えると時代を象徴するメディアかなと思いますね。

川野　もうひとつテレビを見て笑えない理由はカメラの暴力性を感じるからです。カメラの前で芸人さんたちがありとあらゆることをするじゃないですか。その必死さが痛々しくて。

タツオ　テレビやってた人がYouTubeを始めるとカメラを複数台置いてカット切り替えたり、寄りたがったりするんです。落語もそうですが、基本想像して楽しませる芸なので、絵変わり必要ないんですよね。でも人間の生理としてできるならやっちゃう。コロナ禍で落語をYouTubeでやり始める落語家さんが増えてテレビで落語家呼んで落語番組やろうってなるんですけど、ものすごくセットを組んじゃうんですよ、後ろに。地方とか行くと金屏風置いたりとか。でも単純に情報が増えてそれだけ目障りなんです。想像の妨げになっちゃう。情報をプラスするのは邪魔なんです。

川野　例えばラジオなら耳に集中するので頭の中ですごく想像が膨らみますよね。

タツオ　演芸ってラジオとの相性がすごくよかったはずなので、落語が芸能の頂点とか、浪曲、講談が頂点を極めていた時代はラジオですよね。僕もいまだにラジオ聞くので、耳から得た情報で想像したり笑ったりするのが多いですね。それだけ集中できる。

川野　もちろんテレビもいいことはいっぱいあって、芸人さんの細かいしぐさや表情の作り方が楽しいというのもありますよね。落語家さん、扇子こう使うのか、羽織いつ脱ぐかなとか。

タツオ　そうですね。一方で集中力ない人からしてみるとただおじさんが喋ってるだけですからね。絵変わりしないし美味しそうな食べ物も出てこないし。でも落語はその「有限」から「無限」を表現しようとするところとか、縛りをものすごく増やしたことによって時間や空間を自在に行き来できるように徹底して改良された芸能で、歌会や句会で触れる「型」に通じるものを感じます。

川野　それ、言いたかった。

タツオ　形式って何気ないことすら詩にしてしまう。俳人の高柳克弘さんもよく仰ってますけど、それを感じます。

タツオ　形式って何気ないことすら詩にしてしまう

川野　定型に切り取ると、それで次元が違うところに行っちゃうんですね。

タツオ　額縁がひとつ作れる。ただ野放しにされてる風景じゃなくて額縁に入れてみると全然違った風景に見える。

川野　そこに切り取った作者の意図や、人間臭というか体温が沿うとなると格別なものになる。ちょっと落語と似てますかね。

タツオ　そうですね、僕は落語は照れの芸能だと思うんです。基本的に人前で喋っているにもかかわらず、なにかをメッセージすることに照れてる人がやる、というちょっと不思議な芸能だと思う。例えばほとんどの落語の原典、原話は中国の古典だったり仏教説話が多くて意外に教訓めいた話が多い。ただ落語にすること、フィクションにすることによって説教臭くなくしている。その原典の存在すらなくして「何だったんだろうこの噺」くらいにまとめてある。だから人前に出て親を大切にしなさいとか、友達って大事だよねとか、弱い者いじめしちゃだめだよとか、お酒の飲みすぎ気を付けてねとか、言っても響かないけど、フィクションの力を借りて、型の力を借りて、教訓めいたものも外すことによって、観客が自分で気づける仕組みがいっぱいあるなと。「芝浜」も大きな意味でいうとお酒の飲みすぎには注意しましょうとか、パートナーを大事にしましょうみたいな話だし。教訓めいたものを言葉にしてしまうと急にすごく卑近なものになっちゃうけど、そういう織り込まれてるものに気づけるように設計されてるという定型があるのは、受け手の想像力を信頼している表現なのだなと思います。

川野　それに噺家さんの体温とか表情とか話が沿うと登場人物の顔が見えてくる。あの人間関係の温かみとか距離感がもう今の社会にはないかもしれないものかもしれない。

タツオ　だから晩年の談志師匠とかが悩んでたのがそこのポイントで、例えば弱ってる人がいたら知らない人でも声をかけるとか助けるとか昔だったら当たり前のコミュニケーションだったのが、弱ってる人に変に優しくすると逆恨みされるかもしれないとか思うのが普通になった時代に古典をやる難しさがありますよね。

川野　特に男性だと女性に声かけにくいですよね。

タツオ　今はもう絶対だめですよね。あと、大の大人が昼間に公園でぼうっとしてると変質者に思われてしまったり。古典落語で表現する「普通」がまったく通用しなくなった。（談志師匠は）伝統を現代にというテーマでやってた人だったので苦しんだと思いますよ。

▽隙間の豊かさ

川野　私、落語を聴きたくなるときはたぶん隙間を求めてるんです。ゆるりと流れる時間。「長屋の花見」とか、番茶と沢庵でみんながワイワイガヤガヤ過ごす。なんでもないけど面白い時間や空間が広がってますよね。

タツオ　最高ですよね。この時間なんだったんだって落語聞いたあとに思うかもしれないけど、逆にいうとそういう時間が今ないですよね。

川野　本当に隙間がないんですよ。人間も隙間がある人が少なくなってる。私、タツオさんの芯は学者だと思うんです。だけど学者という存在にならない。名前のはっきり付くものにならず、大学で教鞭を取り、芸人として話芸で舞台に立ち、キュレーターという立場で落語を裏方として仕上げて。

タツオ　よく調べましたね、僕のことを（笑）。

川野　『広辞苑』の編纂もし、朝日新聞の書評委員でもある。タツオさんのキーワードは隙間であって、変幻自在ですよね。言葉だけを核としてありとあらゆるところの隙間の豊かさみたいなものを繋げたり広げたり、隙間こそ面白いと思えるんですよ。

タツオ　ありがとうございます。そっか、隙間専門ですね。確かに昔から僕の中では全部大きく別のことをやってる感覚はなくて、やってることの出力先が違うだけで、好きなものがあったら追いかけたいし、誰かに教えたいし、やりたい、というのはどれも共通しています。ただ、人の前で話すのが好きだとか、言葉が好きというのは大前提としてありますね。

川野　ある意味、その、言葉オタクですよね（笑）。好きというのが強烈な核になってますよね。

タツオ　言葉というか、言葉の「表現の工夫」が好きなんです、たぶん。それを自覚したのは大学の四年か五年のときで、それまでは文学に興味があると思ってたんです。文学が好きなのと表現が好きなのは厳密にいうとちょっと違う。文学研究や評論ではなくて、表現研究をしたいことに、指導教授に出会ってようやく理解できた。漱石の作品は好きだけど、夏目漱石の人生をひたすら研究して、それが作品にどういう影響を及ぼしたかとか、現代思想的に読み直してみる手法は、先人もいるし自分でできるとは思わなかった。文学ってそういうイメージだったから、そういうことをやらなきゃいけないと漠然と思ってたんです。でも例えば漱石の文章は七五調が多くて、漢語の使用率が何%で、ワンセンテンスが平均何文字か。僕の先生がやってるのはそういうことだった。文体論に出会ったときにああこれだと思ったんですよね。なぜ自覚できたかというと、僕やっぱお笑い好きで、でも、笑って観る子どもじゃなかったんです。笑いのツボは人それぞれと言われているのに、なんでみんな笑うところが同じなのかがすごく疑問だったんです。マジックを

タツオ　笑いのツボは人それぞれと言われているのに、なんでみんな笑うところが同じなのか

見てるときに目の前で不思議な現象が起こっててそのタネはなんだろうって想像するじゃないですか。それと同じ感じで見てたんですよ。ここウケてるのはその前にこういう仕込みというかフリがあってそれが効いてるからだなとか。自分でもやりながら30%の人はわかるかもしれないけど、70%はわからないみたいなときに、30%を60%くらいにわかりやすくすることはできる。ちょっと表現を誇張するとか、あるいは何回も同じことを言い続けてしっかり最後ウケるようにするとか。テクニック論的にはそういうのがあって、そこに僕は興味があったので、基本的に笑いは言葉のマジックだと思っていたんです。

川野　それ短歌にも言えるんですよね。一首の中でこの言葉とこの言葉の組み合わせで化学変化させて効かせたい、摑みたいって。お笑いの組み立てと歌の組み立てってちょっと似てますね。

タツオ　そうなんです。たぶん散文と短歌はもっと大きな違いがあるだろうけど、語順を入れ替えるとか、ちょっと音を揃えてみるとか語彙を選択するのもそうですね。

川野　散文に比べるとお笑いも説明してしまったらつまらないので、かなり感覚に訴えるところはあるんでしょうね。短歌でも最初からこの言葉、音が怪しいぞとか、暗いぞとか、軽く来たな、みたいな雰囲気を全体の字面に漂わせるみたいなことはやります。

タツオ　僕はまだ評されるときに作為的だとか、あざといとか、「何を言ってるのかわからない」のと、「説明的すぎる」という両方の評が来る。やってる方としては毎回いろんな発見があるから面白い。そういう合評会を通していろんな評価のあり方とか感受性のあり方が許容されている世界なので、そこはすごく気持ちいいですね。笑いだとどうしてもメディアに依存してる人たちが多い。長くても三分、短いと一分しかもらえないなかで、誰でも笑っちゃうものをやらなきゃいけないから、無駄がないんですよ。最短距離で笑える。後ろから背中を押してわぁって驚かしてるのとほぼ同じような暴力的な笑いが多くて、それだけだと味気ないですよね。

川野　アメリカなんかでやってる漫談は一人で三十分とか喋ってますよね。政治にも人物にもぐいぐい突っ込んで、社会や政治も笑う。大人の笑いですよね。

タツオ　風刺も入ってますしね。

川野　日本のお笑いがどうしてあんなに瞬間芸になっちゃうのかなと思って。あれは時間制限があるんですね。

タツオ　もあるし、コンプライアンスって言葉がすごく便利なんですが、コンプライアンスの在り方が他の国と全然違って、波風を立てたくないって意味の使われ方になっちゃってる。例えばアメリカだったらアカデミー賞の授賞式の司会をレズビアンがやるとかコメディアンがやるとか、問題ないですよね。そういうことでコンプライアンスの意識を高めるという方法を選択する。

川野　むしろリテラシーの高さを共有してますよというのを積極的に見せますよね。

タツオ　日本だと絶対ありえないですよね。なんで同性愛者を使うんだという批判が来るのを抑えるためにコンプライアンスの観点からそういう人は最初から出さないという方法を選択する。だからメディアでできる笑いがかなり限られちゃってる。去勢された中で戦わなきゃいけないとなると、芸人はほぼ「空気読み屋」みたいになっちゃってる。

川野　それが息苦しいんですよね。お笑いが息苦しかったら笑えないですよ。

タツオ　ものすごく気の遠くなるような序列があって、コンテストでも順位付けされる。普通に進学校で一番になって東大受かって、官僚のヒエラルキーの中でもトップに行くのと何が違うのっていう構図になっちゃってるのがちょっと寂しい。

▽渋谷らくごと距離感

川野　それと比較すると『これやこの』でタツオさんがお書きになってる「渋谷らくご」の、舞台裏の世界の面白さたるや。裏と表が逆転してますね。落語家さんが喋っている高座が表のはずなのに、タツオさんがキュレーターという立場でご覧になっている控え室の世界はこっちが表かと思うくらい人間が生き生きしていて温かいですね。噺家さんの矜持やら命がけの舞台を裏から見届ける。

川野　日本のお笑いがどうしてあんなに瞬間芸になっちゃうのかなと思って

タツオ　心のやりとりということになるんですかね。

川野　すごく良い言葉があって、「親しくなってはいけない」。胸がきゅーんとしました。喜多八師匠にしろ左談次師匠にしろタツオさんはあれだけ好きで好きでたまらないのに、「親しくなってはいけない」と。ある人間関係のキーワードのような気がするんです。

タツオ　落語の世界とか演芸の世界って価値観が多様なんです。尺もけっこう長く与えられるし、「いい落語」の価値観が均一化してない。この方向性だとトップはこの人だけど、こっちの方向性のトップはこの人というのが複数用意されている。過去の名人像もいろんな名人像が存在していて、落語はどういう個性の人にも合う噺があるという前提がある。その中での僕の渋谷らくごでの関わり方はちょっと難しくて、普通に寄席に出るときは芸人として接すればいいけれど、あそこではプロデューサー的な、スタッフとしての役割ですし。僕が出て目立っちゃうと芸人さんは損をするので、僕だけが目立ち過ぎてもいけない。けどまったく出ないと他のプロデューサーとやってることは変わらないので、広報役として前にも出なきゃいけない。微妙なスタンスの取り方が求められている。

川野　美術館のキュレーターと同じですね。タツオさんという額縁でもって面白くしちゃう。

タツオ　そうなると理想ですね。ただ「渋谷らくご」見たときにサンキュータツオすごいって言われたら失敗なんです。やっぱり落語面白いとか、この落語家さんすごくいいって言ってもらわないと意味がない。その中で趣旨もちゃんと理解していて、出演に協力してくださる人たち、でも芸人はどこかで人転がしなところがあるので、どんな人とも飲んで仲良くなったりするんですよ。お客さんともまあ友達だよというところから敵意をなくして、笑いやすい環境にする技術に長けてる人たちなので。仲良くすると冷静な判断よりも友情とかの方が上回っちゃうので、そうするとこうしたほうがいい、ああしたほうがいいも言えないし、会としての緊張感もなくなってしまうので、そこの距離感は特に喜多八、左談次という大ベテランに関してはすごく気を付けていました。

川野　それは歌人同士の間でもあって、仲良くなりすぎたら相互批評ができないですね。言葉にしなくてもいつもちらちらと作品見ている人のことは好きですから。でも、友達に完全になっちゃうと批評がきかなくなってくる。これは怖いことだと思うんです。常にエールを交わしつつ、だけど批評の出来る距離でいたい。

タツオ　落語家さんもお互いのファンじゃないですから、君のここはすごいと評価する人もいるし、でも自分はその選択肢は取らないというスタンスがはっきりしている。自分と向き合う時間が長い芸能だと思うんです、一人でやってる芸能だし。

川野　価値観が一つじゃないということですよね。短歌も今、金平糖みたいにあちこちいろんな尖り方をしています。女子高生的な口語スタイルから王朝的文語スタイルまで文体も広いですし、主題も生活実感派から幻想派まで。面白さがほんとに一つじゃなくて、ピラミッドでもなくて。メディアの暴力性にさらされていなくて、コンプライアンスで制御されてるわけでもないので、ある意味では隙間産業の豊かさがあります。そのへん落語とある意味ちょっと似ているかも。

タツオ　演芸の世界でも最近メディアに出ている人だと志らく師匠とか一之輔師匠、神田伯山先生、彼らも個人事業主で、いわゆる芸能ピラミッドの一番下から始めますという感じではなくていつでも帰る場所がある。遊んでますくらいのノリでメディアに出ているので、そういう意味では落語とか演芸は大きいディズニーランドみたいなところを実家としてるので、外の世界に行ってもここに戻ってくるだろって安心感はあります。

川野　そうですね。ある意味で短歌にしろ俳句にしろメディアの頂点に立って何億のお金が動くとかそういう世界じゃない。それで食べていけるわけでもない。そのゆとりがある。いずれにせよみんな自分の本業持ってますし。だけど心の本業はここですみたいなところがある。

▽国語辞典オタク

川野　もうひとつ、裏と言えばタツオさんは国語辞典オ

タツオ　落語の世界とか演芸の世界って価値観が多様なんです。尺もけっこう長く与えられるし、「いい落語」の価値観が均一化してない

タクでしたよね(笑)。国語辞典も物を書く者にとって裏の倉庫のようなものです。普通は表に出てこなくて、あなた何使ってるとかそういえば今まで一度も聞いたこともなかった。

タツオ　何を持っていますか。

川野　『日本国語大辞典』の三冊本です。それと『新潮国語辞典』といろいろ入ってる電子辞書。

タツオ　辞書リテラシー高いほうですよ。『日国』、精選版でも持ってないですよ、普通。

川野　そう頻繁にひくわけじゃないですが。

タツオ　『日国』、最後の砦みたいな。

川野　困ったときに最後に判決仰ぎに行く感じですね。

タツオ　最高裁ですね、アレは。過去の判例が載ってますからね。

川野　辞書は何冊お持ちですか。

タツオ　数のマッチョ主義はもうやめて、今は二百三十くらいです。集めようと思ったらきりがないんですよ。安いんでけっこう手に入っちゃうんですよね。これ以上もう増やさないと自分で線を引かないときりがない。

川野　いっそ辞書の博物館を作っちゃうとか。

タツオ　その人はもういるんです。僕の『国語辞典の遊び方』という本の校閲やってくれた境田稔信《さかいだとしのぶ》さん、境田さんが日本一です。この人は五千冊以上持ってるんです。鉄筋のマンションの二部屋をぶち抜いて、業務用の本棚入れて『言海』とか『広辞苑』とか版違いじゃなくて刷違いで持ってる。それはそれはすごい人がいて。その人の家をそのまま記念館か資料館にするしかないくらいな。その人しか持ってないのがいっぱいある。境田さんがいれば安心。

川野　そうすると好きな二百三十冊ですか。

タツオ　必要なってことですかね。主要な国語辞典に関して言えば第何版からこの記述に変わったのかを確認はしなきゃいけないので初版からはあったほうがいいというのもあるんですけど。あとは改訂がされてないけどよかった国語辞典とか。

川野　『国語辞典の遊び方』を拝見しながら、タツオさんの一押しは『新明解国語辞典』かと。

タツオ　誰に勧めるかによります。僕は『明鏡国語辞典』がけっこう好きですね。その本はマニアックに文法の話をしないように気を付けたので『明鏡』は内容が薄くなってますが、文法項目がめちゃくちゃ充実してます。「な」とか「の」とか助詞に関してはまるまる一ページ割いて用例も豊富に載ってたり。「ない」の項目は、例えば日本語だと「とんでもありません」とか「とんでもございません」は一応「不自然に感じる人もいる」という扱いになってます。「とんでもある」って表現がないので、その否定形の「ありません」とか、「ござる」がないので「ございません」もないとか。原則論でいうと。「とんでもない」は「せつない」とか「申し訳ない」とか形容詞の「ない」なので、否定の「ない」じゃないんですよ。打消しの「ない」ではない以上、「ありません」「ございません」も、存在しない表現なんですよね。表向き項目に立たないけれど、『明鏡』はそのへんの経緯をちゃんと説明している。「とんでもございません」はこういう理由で俗語と言われるけれど、もういろんな人が使ってるし、あっていいんじゃない、みたいなことが書いてある。僕、外国人留学生にも日本語を教えてるので、そのへんの基準というか類語との意味の違いとか『明鏡』は外国の人には一番勧めてます。『新明解』は一番面白いですね。

川野　選歌したりするので、毎回迷うんですが、現代的な用語をどこまでOKにすべきなのか。例えば「デパ地下」「スマホ」は最近OKになってきましたが、「恋バナ」「エモい」「親ガチャ」はどうなのか、とか。あるいは間違ってるけどもう流通してる言葉ありますよね。「鬼のように〜」は肯定ですよね、今。

タツオ　日本語学者としての立場を言うならば、ぜんぶ面白い現象として受け止めているだけで、正しいとか間違ってるという価値観はないです。ゼロです。「全然〜ない」も、過去の用例を遡れば漱石や芥川も「全然〜ある」という表現を使ってるし、時代によって規範は変わる前提に立っています。例えば僕の後輩は「鬼」って言葉だけで修士論文書いてました。実体がない名詞がどこまで比喩的に使われるのかという意味の広がりみたいなものを研究していました。「やばい」も同様に、限定的な使われ方だったのが、広く否定的なものに使われるようになり、最終的には肯定的なものに使われるように。

川野　大肯定になってますね、今。

タツオ　「くそ」もそうですよ、今。「くそ面白い」とか「くそうまい」っていう変な言葉も出てきて、単なる強調になっちゃってる。「鬼のように」「鬼」とおなじですよね。そういう意味では数少ないボキャブラリーでシチュエーションによって意味が変わるのはけっこう日本語的なんです。だから今すごく日本語らしい成長を遂げているなという観察の対象ですね。僕も昔は眉を顰めたこともありましたけど、今こういう感じになってるんだなと受け止めるようにしてます。

川野　そうすると文法であれ、言葉は生き物なんだ。

タツオ　言葉は生き物です。だからしばらく形態を変えていなくても百年後くらいにまた成長するかもしれない言葉もある。それこそ「忖度」は、しばらく良い意味で固定されてましたが、昨今悪い意味で使われるように。

川野　「弁える」も最近悪い意味になっちゃって。

タツオ　社会の影響を受けて言葉が生態を変えていく部分も面白い。死語とか廃語と言われる言葉ももしかしたら復活のチャンスがあるかもしれない。そういう意味でいうと完全に死が訪れないのが面白いなと思って、その生態観察ですかね。僕が気になるのは復元が難しい言葉。

川野　例えばどういう言葉ですか。

タツオ　誤用ですが「お求めやすい価格」は「お手軽価格」ということを表現しているはずなのに、元の表現に復元できない。「買う」＋「易い」、「easy to buy」なので。「お求めになりやすい」が本来ですが、「お求めになる」がたぶん出てこないというか、その形だと復元できないので、猛烈な気持ち悪さがある。元の表現何？「お求めやすい」って何？　買いたいなって思うってこと？　みたいな。そっちの方が気になっちゃう。

川野　なるほど。気にしたことなかったですけど、確かに変ですね。

タツオ　そうなんです。そういうのは気になりますけど、でもそれも受け入れていく。僕の先生がよく言っていたのは「情緒《じょうちょ》」はもともと「情緒《じょうしょ》」の誤用だけどそれが定着したらそっちが正解になると。今「じょうしょ」と言ったらこいつ面倒くさいやつだなと思われる。こだわるのはいいことだけど人に押し付けたらハラスメントになるので、自分の中では正解は持たないようにしてます。

川野　短歌だと私の基準ですが、歌の中できっちり収まっていて取り替えが効かなければＯＫという。

タツオ　それはひとつ基準としてありますね。例えば放送局は基準というか規範はひとつ作らなきゃいけないし、教育の現場でも規範は必要とされる。たぶんそのほうが話が早いんですよね。正解不正解で全部教えられるので。価値観は一本化してしまいますが、その代償に教えやすいとか、正誤をはっきりできるとか、楽ですよね。でも短歌の世界でこの言葉どうなんだろっていったときに、替えが利くか利かないかという観点は表現研究っぽい発想。

川野　文法破りがマニアックに好きだという人います。私もときどき好きなんですけど、それはそうすることでしか表現できない文体の味とか何かをがっちり表現していることが絶対必要ですよね。そうするとめったにできることじゃなくなりますけど(笑)。

▽サンキュータツオにとっての笑い

川野　笑いというのはすごく力のある表現で、暴力性を含んでいる装置でもありますよね。物事を別の次元に置き換えることでもあるし、批評することでもありますから。笑いってタツオさんにとって何なのでしょう。

タツオ　僕にとっては「世界の見方」ですかね。対象との距離の取り方とか。僕はそもそも漱石と百閒、井伏鱒二が好きなんです。彼らの文章にはユーモアがあって、もちろん漱石とかになるとテクニカルに笑わせてくるところもけっこうあるし、百閒とか井伏鱒二は世界の見方が面白いというふうに。

川野　百閒は特にそうですよね。戦争中のだらだらした日記なんかすごく面白いです。

タツオ　中学のときに古本屋で百閒の『百鬼園随筆』に出会って、得も言われぬおかしさを知って、この人研究したいわーってずっと思ってたんですよ。大学に入るとき内田百閒の研究者になりたいと思ってたんです。でも何が面白いか聞かれると語順とかテクニックで笑わせてる感じじゃない。すごく大雑把な言葉で言うとユーモア。ユーモアってヒューマンなので。原語でいくと人間なんですよ。その人の人間性で世界を見たときにどう見えてるかが笑いの根源だと思うので、明らかにその人の個性

タツオ　その人の人間性で世界を見たときにどう見えてるかが笑いの根源

とずれたキャラクターを捏造して笑わせるようなものはテクニックとしてはすごいんだけど世界の見方があまり面白くないのは全然ピンとこないですね。

川野　そうですよね。笑いがその人の文体であり、その人の人間性に密着したものだというのはすごい貴重なご指摘だと思うんです。というのは、最近短歌の世界でそこまで人間のボリュームが出るような表現が少なくなってる気がするんです。これは今のような時代の厳しさとか口語化とも関係しているとも思いますが、おしゃれで軽くて儚い人間観、世界観が主流です。そうなるとそういう儚い人間を笑えなくなってくる。

タツオ　仰るとおりで、短歌というより短歌をうたった人、歌人のパーソナリティですよね。

川野　山崎方代がお好きなのもちょっと繋がってきますか。

タツオ　そうかもしれないですね。やっぱりヒューマンの魅力だと思う。同じものを見ていてもこの人はなんて言うかなと期待させる何か。そういう切り取り方あるんだというマジックを僕は見たい。この落語家さん、今日の事件のことをどう枕で喋るかなとか、ラジオでこの人今日のあのニュースなんてコメントするかなって期待したり。それは僕が芸人に求めているところだし。でもそれってテクニック論じゃない。その人が世界をどう見てるかを見たい、知りたい。その人の眼鏡で世界を見るとこう見えるんだというのを知りたいので。ユーモアとか笑いってまずそこだと思いますね。

川野　それを伺いたかった。いいお話を伺ったな。

タツオ　もっと極端に言うと、その人がなにを面白いと思っているかが知りたくて、それが本当に面白いかどうかは僕にはあまり重要じゃない。この人はこれウケるぞ、と思ってうきうきしてネタ作ったんだというところも含めて愛らしい。

▽斎藤茂吉の人間味

川野　タツオさんがお好きそうな愛らしい歌人として斎藤茂吉を用意しました。もともとへんてこなのか、特に後半生になるとそのへんてこさが非常に突出してくるんですけど、晩年の二冊から四首挙げました。

ただひとつ惜しみて置きし白桃《しろもも》のゆたけきを吾は食

ひをはりけり　『白桃』

タツオ　なるほど、すごいな。例えば子どものころ誕生日ケーキを買ってもらって一晩では食べきれなくて冷蔵庫に置いておいて、最後の一切れ食べるとき、おいしいんだけどでも悲しいみたいな寂しさもありますよね。最後の一つ、食べるんだけどなくなんないでくれって思いながら食べてる感じ。そして「ゆたけき白桃」じゃなくて「白桃のゆたけきを」という語順が面白い。

川野　白桃そのものじゃなくてその豊かさのほうを食べたんですよね。

タツオ　そうなんですよね。「惜しみて置きし」だからほんとになんかこう、もうこれが最後かと思ったんだけど食べちゃったっていう。それはすごく伝わってくるし、こういう表現の仕方あるんだなあと思いましたね。

川野　ちょっと突っ込み入れますと、なぜ「はくとう」じゃないんだろうって思うんですよ。「白桃《はくとう》のゆたけきを」だったらもうちょっと清潔感が出るものを。

タツオ　品がね。

川野　この「をはりけり」の付け方が粘着質な感じがしませんか

川野　わざわざ「しろもも」にしたところでエロく。

タツオ　ほんとね、この歳のおじいさんて食欲と性欲がたぶんごっちゃになっちゃってると思うんですよ。食べ物に対するアプローチって、異性へのアプローチと似てると言われるじゃないですか。食に興味がない人と今日の晩はあれ食べるぞって朝からずっと思ってる人ってテンションの高め方が全然違う。それと同じようにこの白桃に臨んでるのが、この人女好きだったんだろうなというのはすごい伝わる。

川野　この「をはりけり」の付け方が粘着質な感じがしませんか。

タツオ　急に世界観が大きくなったというか、自我の肥大さを感じるというか大仰な感じというか。

川野　茂吉には「なりにけるかも」っていうのが付く歌もけっこうあって、本当にしつこい(笑)。

タツオ　本当に逢瀬が終わったあとの自分の感じ！　日本語のマジックですけど、後ろに来たものの方が印象に残るので、どちらかというと「白桃」よりは食い終わった「吾」が最後に残像で残る。もうちょっと桃の香りの余韻楽しみたいんだけど、茂吉が出てくる。その「茂吉感」いらないいんだけどっていう面白さ。

川野　これも変な歌ですが。

わがために夜の蚤さへ捕らへたる看護婦去りて寂しくてならぬ　『白き山』

タツオ　これももう「桃」ですよね。看護婦がね。働いているのお前のためだけじゃねえよ、仕事だよみたいな感じ(笑)。「夜の蚤」ってやらしいですよね。なんでも「夜の」つけちゃうとエッチな感じになっちゃいますけど。やっぱやらしい人なんだと思うんですよ。事前も事後も味わってる感じがある。桃ってどんな味かな、こんな味かなとか、さんざん味わってる。食べて、食べた後もおいしかったわー、もうなくなっちゃったってずっと味わってる。看護婦さんがいなくなったあとも味わってる。

川野　『茂吉随聞』によるとこの看護婦さんは蚤取の名人だったらしいです。

タツオ　そうなんだ！　「白桃」もそうですけど、余韻と残像まで味わってる感じがするんですよね。桃があったとき。食べたあと。それを感じている自分。看護婦さんすごい、名人、好きと思ってるけど、いなくなったあとに残された自分。隙あらば「吾寂しくてならむ」とか言いそうじゃないですか。

川野　そうなんですよ(笑)。いつも何かが去ってそのあと悶えてる自分の残像こそが愛おしい。だから「食ひをはりけり」「なりにけるかも」というこの助詞、助動詞のもだえがくっつく。でもそれがだいたいこの詩型の性かもしれない。もともと短歌ってあったものがなくなったのを振り返ることで始まっています。万葉集では盛んになくなった都を振り返る。「いにしへおもほゆ」ですよね。なくなったものを振り返ってそれに思いをしみじみと致して過去と今との間の時間の隙間を作って、そこに人間の息吹、体温とか思いを込める。

税務署へ届けに行かむ道すがら馬に逢ひたりあゝ馬のかほ　『つきかげ』

最晩年の歌集のちょっとまた異質な感じですが、先ほどのお話ですと、最後になるほど印象に残る。そうすると「あゝ馬のかほ」。税務署の話はどこいったんだ。

タツオ　もちろんこの「税務署」の硬いイメージの言葉

とかそれにまつわる確定申告とか面倒くさい作業から、馬に遭うというすごく牧歌的な風景のギャップは面白いけれど、僕はちょっとシュールな四コマ漫画だと思いましたね。税務署行って、馬がいるなと思ったら四コマ目に馬の顔のアップで終わる。得も言われぬおかしさ。それ四コマ目？　みたいなオチ。だって馬の顔のアップで終わってるんだもん。これ合評会に持ってってったらちょっと叱られるんじゃないかなと思って。

川野　でもこれ馬以外でははまらない感じですよね。

タツオ　そうか、「馬に逢ひたり」かあ。すれ違っただけ、見ただけなんですよね。でも、馬に逢ったって。

川野　牛でも犬でも猫でもだめ。かなりの必然性で迫ってくる馬の顔です。

　店頭に蜜柑うづたかく積みかさなり人に食はるる運命が見ゆ　『つきかげ』

タツオ　これは切ないですよね。「食はるる運命が見ゆ」っていうのはユーモア以外ないなあ。蜜柑見て食べられちゃうんだなって思うってもう。

川野　鶏ならわかりますよ。生きてる鶏売ってて人に食われる運命が見ゆ、ならわかるんですけど蜜柑です。

タツオ　目がある動物とか魚とかだったらわかりますけど、蜜柑。でも林檎じゃない、蜜柑なんですよね。そのへんが、かわいい女の子を愛でる感じにも通じるなあ。

▽取り替えの利かないひとりの人間

タツオ　川野さんは合評のときもちゃんとその言葉じゃなきゃいけない根拠を、馬じゃなかったら何がよかったのか、でも馬が一番いいと説明してくれるのでわかりやすいし面白いです。

川野　そこが緩むと、三十一音というコンパクトな詩型の存在感がなくなる。入れ替え可能であってはいけない。作者は必然性を作り出す主体だと思っています。先ほどのタツオさんのお話を加えればそういう主体に百間的な人間味、茂吉的な人間味みたいなものも背後に感じさせられればさらに強いですけど。

タツオ　それもたぶん替えが利かない人間ということだと思うんです。この人じゃなきゃこうは思えなかったという必然だと思うので、世界の見方ってそういうことですよね。

川野　そう思ってみると、今作られてる歌とか作り方自体が、取り替えの利かないたったひとりの作者として作ろうという意識が薄いかもしれない。どこか時代のアンソロジーとして、詠み人知らずとして並ぶような歌が増えているのかなとも思う。自分も含めて。

タツオ　それは芸能の世界でも同じだと思う。いいネタだけど、この人じゃなくても成り立つと思われたらそれはよくなくて、多少雑でもその人でなきゃいけないもののほうがずっと面白い。お客さんも批評的になってきてるというか、テクニック面についての知識を身に着けているので、本来の味わいであったはずの「雑さ」を許容できなくなってきていて、パーソナルな部分が出なくなってる。でもお笑いに関しては、誰が言うかの方が大事なのです。ネタの構造とか言語的な工夫よりも、結局それをどういう個性や表現力を持った誰がどう言うのかがよほど大事です。落語も無個性な人たちが増えてきている。落語オタクで落研出身で、落語が好きでやってるんだけど、その人自身が面白くないと落語もやっぱり面白くない。面白い人が定型を借りて表現するから面白くなるわけで。普通の人が定型でやっても普通なんですよ。

川野　それは確かに！　茂吉なんて人物が面白いから歌も面白い。真似はできません。取り替えの利かないたったひとりの人間の存在感というものが今薄くなってる。

タツオ　軽く見られてると思いますね、そういう価値観。

川野　それは作家ひとりの責任とだけは言えないところもあって、人間をどんどん小さく均質化してきた社会が背景にあると思います。

タツオ　詠み人知らず的な表現姿勢の美学は古典芸能の世界でもあったりはするんですよ。なんですけど、パーソナルな部分を出すのを価値が低いと思っちゃうのは結局それが伝承できないからなんですよね。でも僕はどっちかというと伝承はもういいので、圧倒的な個性を見たい。せっかく古典という物差しがあるんだから、分かりやすく個性が出るのになんでみんなもうちょっと個性出してくれないのかなって。

川野　それは短歌と共通することが大いにありますね。

タツオ　結局弟子が引き継ぐことを前提として、再現できる、再現できるってことは言語化できる、教育できることに重きを置きがちですが、僕は別に伝承しなくてもものすごく圧倒的な個性があれば成立すると思ってる。

川野　個性って初めはなくても自分で育てていく、芸として育んでいくってことですよね。『これやこの』のなかに出てきた喜多八師匠も意識的に茫洋としたキャラを育ててあそこに行きついたと書かれています。

タツオ　完全に小三治コピーだったんです最初は。緻密に作りこんでいったな。でもそこに嘘はない。自分にもっとも近いキャラクターを作ったという意味でも野心的な人でしたね。

川野　歳をとるということは逆に自分にたどり着く感じがするんです。若いころはいろいろ迷って自分がなんだかよくわからない。歳とってきて、やっとああ自分ってこうだなみたいな感じで気が付いてゆきます。

タツオ　自分を先鋭化していく。確かに自分が一番見えにくいというのはあると思います。僕がパーソナルな部分を重要視するのは、学者の世界でも名人芸と言われるような実験とかデータの取り方がありますが、名人芸ってアカデミズムの世界だと誉め言葉ではないんです。

川野　再現性がないからですね。

タツオ　そうです。その人しかできない実験じゃ再現できないから意味がない。同じことが芸の世界でも起こりつつある。名人芸って伝承できないから。一代限りのものだし、そんなにありがたいもんじゃないよねって意味に取られる可能性がある。でも僕は名人芸は名人芸としていいんじゃないかなと最近思うようになりましたね。

川野　短歌の世界でもこの前この雑誌で特集したときに佐藤佐太郎という非常にテクニカルでうまい作家と茂吉を比べたときに、若い人が佐太郎推しの方に行くわけです。一首の完成度、それから緻密さだけを見れば佐太郎に惹かれる人が多い。最初に歌集一冊で出会うわけじゃなくてネットで流れてきたのをぴって捕まえると一首で完成度が高い方に食いつくということも出会い方としてあるみたいなんですよね。

タツオ　今はそういう時代ってことですよね。

川野　一人の人間のボリュームを読む、受け取るだけのキャパがない時代なのかもしれない。

タツオ　面白い人が定型を借りて表現するから面白くなるわけで

▽鑑賞者の必要性

タツオ　僕は大学一年生の授業では読みの勉強をするために歌会をやるようにしています。一言一句つぶさに検討する作業って、高校までは量を読む訓練ばかりさせられて、行間を読むとか精読する作業を怠ってる人が多いので。違う人はどう読んだのかも聞けるし。

川野　私が今大事だと思っているのは批評をすることです。タツオさんがご著書のなかで今、表現熱が高い時代だと仰ってましたね。表現熱が高いだけじゃなくて人数もものすごく多い。ネットを使えば発信できますから。特に短歌という文芸は圧倒的な表現者の数がある一方で、読者の不足という問題があると思うんです。

タツオ　表現供給過多なんですよね。

川野　短歌大会の選者をやりますでしょ。多いところだと一万首とかもっと来ますけど、これは一万人の作者対一人の読者、つまり選者です。選者として批評はしますが、ディスカッションはない。一言一句について検討したり、あるいはそれをいいと思うのか駄目だと思うのか、そこの切磋琢磨で磨かれていくと思うのですが。批判はよくないという空気さえある。それは違うだろうと私なんかは思います。

タツオ　落語とかお笑いもそうですが、プレイヤーになると他の人の見なくなるんです。落語は特に正面で同業者の落語見ちゃいけないって不文律があるんです。つまりプロになるまでに浴びる量で決まっちゃう。それを根拠に自分の美学を形成していく。逆に言うとお客さんの方が情報は持ってる。今日はこの人見るけど明日は別の人を見ることが可能じゃないですか。古典芸能の中には見巧者《みごうしゃ》という言葉があるくらい、観客や評論が新しい表現を発見して牽引していく役割を担っていたと思います。

川野　見巧者の前で演じる怖さがいつも芸人を磨くのですね。

タツオ　コンテストでも審査員が担う立場は見巧者としてのひとつの価値観。多様な価値観の人たちを集めてその中でもみんなが一番と思ったものを決めるという方法ですけど、見巧者が減ってしまうとジャンルが萎んでしまう。

川野　テレビは萎んできてると思うんですけど、あれは見巧者との出会いがないですよね。

タツオ　そうかもしれないですね。昔のテレビだったら実際に劇場に足を運んで芸人を見たり、役者なら舞台を観に来てあの役者いいなとなって起用されてたと思うんです。今、単純にオーディションで、決定権を持ってる人が現場に見に行かないという問題点があるんですよ。

川野　そうすると出てる瞬間だけを見てるからその他の可能性や人間味については知らない。

タツオ　客とか鑑賞者としてのもっとも魅力的なところは、際限なく量を楽しめること。自分の価値観、自分なりの評価の観点を形成できること。その自分なりの観点を持てたときに、今まで誰も見つけられなかった魅力や才能を見つける可能性が出てくる。これは、学問の世界が担う部分でもあるとは思うんですけどね。

川野　短歌の世界ではそこは辛くも維持されていて、読み手は少ないとは言いつつ作者イコール読者なので、相互に読み合うことはやっています。歌集の批評会なんてすごい批評が飛び交ってかなり面白いですよ。

タツオ　卑近な例で、誰でも入手できるレベルでいうと、芥川賞の選評会などですね。芥川賞本編より選評の方が面白かったりしますからね。この人はこういう基準で選んだけど別の人はこういう基準なんだというのが許されてる世界。そこはお笑いと全然違っていいなあと思ったりしますね。

川野　本当に豊かな笑いには豊かな隙間が必要ですよね。

タツオ　価値観が均一化しちゃってはいますね。でも、現在に至って、価値観の多様な寄席みたいな劇場があったり、すでに自分のフィールドがある人は、均一化した価値体系に依存しなくても生きていける時代になってきてるなと思います。

川野　今日は本当に面白くも深いお話をありがとうございます。

（二〇二一年四月二十三日　アルカディア市ヶ谷にて）

タツオ　古典芸能の中には見巧者という言葉があるくらい、観客や評論が新しい表現を発見して牽引していく役割を担っていた

「クイア」を通して世界を見てみたら…

岩川ありさ
（現代日本文学研究者）

×

川野里子

岩川ありさ（いわかわ・ありさ）　東京大学大学院総合文化研究科言語情報科学専攻博士課程修了。博士（学術）。早稲田大学文学学術院准教授。専攻は、現代日本文学、フェミニズム、クィア批評、トラウマ研究。単著に『物語とトラウマ―クィア・フェミニズム批評の可能性』（青土社、2022年）、共著に『ミヤギフトシ　物語を紡ぐ』（水声社、2023年）。

▽クィアとは

川野　今日のゲストは現代日本文学の研究者の岩川ありささんです。昨年刊行された小説論『物語とトラウマ』ですが、一言で言って蒙を啓かれたという思いです。付箋が足りないくらい、いろいろなフレーズにそうだなと思いました。同時に、おこがましいかもしれないけれど、私自身が手探りでやってきたことを岩川さんの言葉で、あなたはこれをやってきたのではないの、と言われている気がしました。今日は岩川さんの胸をお借りして私自身がやってきたことをぶつけながら新しい角度からの文学の読みについてお話できたらと思います。まず『物語とトラウマ』の一番のユニークさは、岩川さんが自分のトラウマを正直に開示するところから話し始めていることだと思います。ボーヴォワールが『第二の性』を書いたときに第二巻を「体験篇」にしました。今まで語られてこなかった女の性について理論だけではなく体験を語ったわけですが、それを思い出しました。なぜ最初に自分の経験を開示するところから書かれたのですか。

岩川　青土社の編集者の方と、自分のことについて入れるかどうかを最後まで相談していて、編集者の方はもし辛くなるようなことがあったら入れなくてもいいよと言ってくださったんです。でもこれを書くときに、自分がこんなに文学の言葉に救われてきたり、心が震えてきたり、読み続けてきたのはなぜだろうと考えました。そのときに自分自身の経験と文学の言葉がすごく響き合っているところがあると気がつきました。その繋がりの部分を書かないと、これだけ違う作家を扱っているときに一本の線と言うか、筋が通らなくなると感じて。でも自分の経験を書くことは怖くてしょうがなかったです。根本のところに言葉を無くすような経験があって、そこから言葉を見つけていきました。それを書いておくと、同じ経験をした人が、別の文学作品や文化作品とつなげるかたちで、自分の人生をたどり直すことができるんじゃないのかなと思いました。そのためのひとつの「生存の書《サバイバルブック》」として、こういう形式になったということです。

川野　「生存の書《サバイバルブック》」という言葉に衝撃を受けたし、物語の持つひとつの機能が「生存の書《サバイバルブック》」という言葉で一層明らかになった気がします。小説は人間観を深めたり言葉の体験を豊かにするとか言われますが、そんな長閑なものじゃなくて、生存のために必要なのだという。それは岩川さんが受けた傷が語り得ないものだったからこそ語られた物語を必要としたと理解していいのでしょうか。

岩川　そうですね。トラウマ的な記憶は、語り難く、自分でもはっきりとそれが何かわからないというところが特徴なのですが、私の中でも、ずっと疼いていたり、鬱屈したものが心の奥底にありました。その自分でもわからないところに触れるのが、ここで取り上げた小説を読むということだったと思います。自分でもわからなかったことを発見できる言葉があるという発見ですね。

川野　この語り出しで岩川さんが最初に宣言されておられるのが、「クィアでいてやる」というんですね。読者のために「クィア」について少しご説明ください。

岩川　性とか身体とか欲望について真っ当だとか普通だとか当たり前だとされる在り方に問いかけたり、それに抗う態度表明が「クィア」と言うんだと思うんですね。一方でアイデンティティの話をするときにも「クィア」

岩川　性とか身体とか欲望について真っ当だとか普通だとか当たり前だとされる在り方に問いかけたり、それに抗う態度表明が「クィア」

という言葉は使われるので、その用い方への敬意も持っている必要があります。これはすごく大事な点で、「クィア」という言葉をなぜこんなに使うようになったかということと繋がっています。まず、「クィア」という言葉は、今でも侮蔑語として用いられています。

川野　もともとの英語の意味は「奇妙な」とか「変な」ですよね。それを反転して名乗りとして使ったわけですよね。

岩川　それが、だんだん、主に男性同性愛者に対して、「変態」「おかま」といったニュアンスで、本当にキツい侮蔑語として用いられるようになってゆきました。今でも「クィア」という言葉を聞くと背中が凍えるみたいな感じの言葉ではあり続けるんです。この言葉を自分たちを呼ぶ名前として用いるようになったのは、一九八〇年代です。エイズ危機のなかでアメリカ合衆国政府は全然何もしなかったんです。無策です。マスメディアもひどい報道の仕方をしました。そのときに、自分たちはこれまでも「クィア」と呼ばれて侮蔑されてきたけど、自分たちは「クィア」としてここにいて、当然ながら生きていく権利もあるし、そのためのケアも受ける存在だと意味を反転させることで訴えた。そこに繋がりたいから私は「クィア」だと自分のことを呼んでいます。ある意味、差別の歴史を忘れないためでもあります。

川野　定義しないことによって様々なトラウマを呼び込むことができるような気がするんです。境界線上に立ちながらこの世を見直す視点を感じたのですが。

岩川　確かに境界線に立たざるを得ないところがあって、どちらかに安住することがなかなかできない。なので周縁化され続けてしまうところはあるけれど、そこから見えたものが何なのか、感じたことは何なのかを言葉にしてみようというのが『物語とトラウマ』だと思います。

川野　境界線上という当たり前の、そしてある意味では新しい視点ですよね。ここ、すごく心震えて、おこがましいですが、私自身が海外に住んで帰ってきてから日本との関係が以前とは変わってしまった。帰国できず波打ち際にいる、今も心のなかはそういう感じです。そう思ってみるといろんなことが境界線上で起こっている気がします。例えば敵兵に強姦されて子供を産んだ女性たちとその生まれた子供がどこに所属するのかというような問題は大量に生まれていると思うんです。そういう人たちの声も、『物語とトラウマ』で語り得るような気がしたんです。

岩川　これまでにも、実践されてきたと思いますが、今、ますます、世界中で起きている歴史的な、あるいは同時代的な出来事について、様々な言語で伝えようとしている人がいて、そのなかでは、これまで取りこぼされてきたり、不可視化されてきた人たちの声に応えたいという方向性が出てきていると思います。そのとき、キーワードになるのが「トラウマ」なのかなと。診断的にこれは「トラウマ」だと断定して言うのではなくて、痛む経験とか傷つく経験を人はいろいろな状況でするのだということを伝えていく言葉ではないかと思っています。

川野　トラウマという言葉になれないでいる塊を、言葉の塊である物語とどう結びつけていけるのか。そこを探っておられる一冊でもありますよね。岩川さんご自身が「クィア」を名乗り、性別の境界の上に留まり続けてやる、奇妙な存在であり続けてやると名乗ることは強靭な論の出発点だと思います。真っ当だとか正当だとか普通だと思っているあなたは何者なの、と書き出されていることに心が震える思いがしました。それはジェンダーに限らずいろんなことに関わります。

　私は子供の頃から集団からこぼれ落ちちゃうという経験を重ねています。なぜか集団が怖い。だから一番恐ろしいのが国家なんです。母国の外、母語の外に出る経験をしてみたときに、私は何が嫌だったのかがよくわかりました。〇〇人であることは運命ではない、と思いました。同様に、書いてきたものはフェミニズム批評に近いと思うけれど、でも私はフェミニストを名乗ったことは一度もない。「〜イスト」になることはできないんです。

岩川　川野さんは、アイデンティティみたいなものをひとつに決めるのではない生き方をしておられる、あるいはしたいのではないかなと感じました。アイデンティティをひとつに決めるのは安心感があるように思われることも多いですが、それはアイデンティティに縛られることでもありますよね。非常に強い呪縛でもありますね。

川野　すごくヘタな歌ですけど〈名づけがたきさびしさとして思ふなり母国に生《あ》れいつくしまれてそこに死ぬこと〉だいぶ溢れ出しちゃってるんですけど、こんな歌を作ったことがあります。この「さびしさ」が何なのか今もよくわからないけれど、岩川さんの境界線上で生きてやるという覚悟は、岩川さんのように明確ではないけれど、私にもかすかにあるような気がするんです。

岩川　やはり全く違う経験を誰しもがしていると思うのですが、何か通じるところとか響くところがあって、そこから話ができることはすごく大事な点だと思うんです。

▽古代の物語に現れるクィア

川野　どうしても気がかりなのが古代の物語なんですが、男女二元論による制度は『古事記』のイザナギイザナミの「あなにやし、えをとこを」「あなにやし、えをとめ

岩川　これまで取りこぼされてきたり、不可視化されてきた人たちの声に応えたいという方向性が出てきている。そのとき、キーワードになるのが「トラウマ」

を」の順番を間違えたから駄目だったとか、制度の提示から物語が始まりますよね。まさにそこで男女二元論、しかも男尊女卑の徹底的な制度が作られていく過程が示されているんだけど、同時にその制度から溢れていく物語も累々とありますね。

岩川　蛭子とかですか。

川野　ええ、蛭子の誕生。ほかにも異類婚がたくさんあります。『出雲の国風土記』では和邇《わに》が玉日女命を慕って川を遡上したけど叶わなかったとか、『日本霊異記』では蛇と結婚して堕胎させられたけどやっぱり蛇のところに戻ったり、狐の奥さんをもらったり、異類婚譚は溢れていますね。古代律令制が完成していくなかで異性愛を中心にしたかっちりとした人間中心の世界ができていくなかで、そういう物語がたくさんでてきて、場合によっては始祖神話であったりもしますね。私たち氏族の起源は鮭ですとか、ホオリと和邇であるトヨタマヒメの結婚によって生まれたのが初代の天皇です。なぜそういうものが語られるんだろう、これって「クィア」じゃないかと思ったりして。

岩川　多和田葉子さんも『地球にちりばめられて』で、天照や素戔嗚尊の話を解釈し直して描いています。私は「クィア」に読むということのひとつは、たとえば、異性愛的だと思われているもののなかにそうではない欲望が流れているといったことを読み取っていくことだと思っています。なので、『古事記』を読み直してみると「クィア」な読み方に開かれていくのもその通りだと思います。でもよく考えると一番大きいマスター・ナラティブというか国家を立ち上げるための物語に「クィア」な可能性がひしめいているのは興味深いことです。イザナギとイザナミのどちらが先に言うかとか、告げないと成立しないみたいな物語であるし、天皇制とも繋がってくるわけですけど、そのなかにポツポツと不思議なほど、一番大きな物語のなかになぜ入れたのかがわからない物語が出てくる、ここが物語の面白さとか興味深いところで、大きい物語だけだと成立しないんですね。

川野　ええ、そこです。大きな物語の中に回収され切らない物語の痕跡ですね。イザナミが死んで死の国にイザナギが訪ねていったときに「見るな」と言いますよね。あの「見るな」という声がトラウマの痕跡に感じられます。見られたくない、尊厳が奪われるから。そこで変容して鬼になって追いかける。愛されるものから襲うものに変容してしまう。これはトラウマが介在して起こっている気がするんです。愛の物語として読もうとすると変わりすぎでしょうと思うんですよね。

岩川　でも愛ってだいたいそういうものじゃないですか。とても怖い面がある。

川野　なるほど(笑)。愛という制度の二面性みたいな。

岩川　『万葉集』で「クィア」な読みはできるんですか。

川野　「クィア」と言っていいのかどうか、人麻呂の存在というのが気になっています。境界線上の人だったんじゃないのかと思って。ジェンダーとしてではなく、古代王権に奉仕しながら、しかし同時に追いやられた集団との境界線上に生きた人ではなかったかと思って。声にならない、言葉にならなかったもののボリューム、それこそトラウマのボリュームのようなものをどうしても人麻呂の言葉に感じてしまうんです。

岩川　奈良に行ったときに『万葉集』を持ちながら行ったんです。リービ英雄さんが世界文学としての『万葉集』ということを言っていて、『万葉集』の歌は想像力の力で世界を詩的に表現しているというんです。実際に見に行ったら、天香久山もちょっとした小高い丘だというのは確かにそうで、でもそれが天上まで続く山だと想像力で見る、その働きはすごくあったんだろうという気がするんです。その意味で想像力をどう駆使して世界を作るか、フィクショナルな世界かもしれないけれど、そういう可能性を『万葉集』に見るという、ある意味、昔から行われていた読み方に加えて、さらに現代的な読み方や他の読み方をするだけの余地がある。そこに「クィア」な読みの可能性もあるのかもしれません。川野さんの『七十年の孤独』で、『万葉集』は戦争のときに戦意高揚の言葉にもなったと書かれていましたよね。確かにその通りだと思います。『七十年の孤独』でお書きになったことを、その後、どう捉え直していくか、川野さんは今どのように感じているか知りたいと思うんです。

▽トラウマとオノマトペ

川野　『万葉集』は様々に読み変えられ得ると思いますが、今は品田悦一さんの論文の助けを借りて、『万葉集』の編纂のなかにどうして権力を恨むような謀殺された人の歌がたくさん織り込まれていて、有名な山上憶良の貧窮問答歌のような、時の政府を恨むような歌が入っているのかを思います。『万葉集』は一冊が一筋縄ではいかない、多層の物語をはらんでいて、そのなかにたっぷりトラウマが抱え込まれていると私は思います。ひとつひとつの歌に注目してみると、先ほど想像力と仰ったけれど、「靡けこの山」にしても、言葉としての想像力の豊かさと弾力が感じられて。これも岩川さんのご本で気付かされたのですが、オノマトペの働きについて仰ってましたよね。語り得ないものであるゆえにオノマトペという意味にならない言葉が代弁してくれるものがあるというお話がすごく面白くて、『万葉集』はそういうものがいっぱいあるなと。「か寄りかく寄り」とか、「青旗の木幡上を」とか、意味を結ぶよりもオノマトペに近いような言葉が言葉の弾力になっている気がするんです。

岩川　オノマトペは意味を伝達する情報としてのためだけにある言葉ではないと思うので、それがゆえに伝わることがあるということが文学的な表現のなかでは大事だろうと思うんですね。オノマトペは実はすごく難しくないですか。

川野　難しいです、本当に。私が思った感覚を読者が受け取ってくれるかどうか、そこで読みの共同体を作れるかどうかがまず立ちはだかる気がします。

岩川　雨が降っている音でも、「しとしと」とか「バシャバシャ」とか多くの人が選ぶオノマトペもあるけれど、全然違うオノマトペが出てくると雨の捉え方も変わる。オノマトペは基本的には本当はひとつに決めて表せない何かを表そうとするので、そこに可能性を読み取ることはできるんだと思うんです。

川野　最近はオノマトペがあまり使われなくなっている風潮じゃないかという気がするのですが、私はオノマトペにすごい可能性を感じていて、意味以前の深い感覚が伝わらないかと思います。

岩川　大江健三郎さんの『美しいアナベル・リイ』という小説に「アーアー」という、五十音の最初の「あ」と「ー」のふたつの組み合わせの表現が登場するのですが、あらわれるたびに意味が変わるし、毎回文脈のなかでどういう意味なのかをなかなか読者は判断できないような書き方なんです。例えば本当に深い心の傷なのか何なのかを確定はできないけれど、ひとつひとつ前後を追っていくと、何かの叫び声のような言葉なんだ、声なんだと感じられる。それがひとつ重要な役割だと思います。

川野　オノマトペと同時に繰り返しの言葉もほぼオノマトペと同じ役割をしていて、一番先に思うのがカッチーニの「アヴェマリア」。一曲のなかで「アヴェマリア」以外言わないの。だけど聞いて泣かないときがないくらい深くエモーショナルです。それと同じで繰り返しの言葉はトラウマと結びつき深くないですか。

岩川　トラウマは捉え損ねたがゆえに生じるものなので、繰り返し繰り返し何があったんだろうと自分のなかで問い続ける。でも、そうやって繰り返しても摑めないものでもあるんです。なので繰り返しどうしてもその言葉に拘るのは何らかの形でそれがその人にとって大事な表現であると思うんです。ただそれが何を意味しているのかが充分にわかるものでもない。あるときふっとわかるかもしれないけれど。

川野　オノマトペにしろ繰り返しの言葉にしろ、わからないものがある。だけどそれを補完するように意味のわかる言葉が周りを囲うことによって、それに何らかの一時的な形を与えていくことができる気がするんです。

岩川　一時的に形を与えてくれることもあるし、同時に本当に空洞になっているところにはどうしても入れないので、その周りにあるものを回り続けるしかない状態があると思うんです。そのなかで他の言葉でも何か近いように感じる言葉を繰り返し辿る。そのときに何らかの形でトラウマと結びつきながら、あらわれる言語表現が確かにあるように思います。

▽トラウマを表現するべきか

川野　トラウマの周囲を回り続けるしかない、というお話、痛切です。以前、子供を亡くした方から、そのことをお詠みなさいと言われるけれど、どうしても詠めない。何を詠んでも自分の言葉じゃないような気がしてしまう、

岩川　**オノマトペは基本的には本当はひとつに決めて表せない何かを表そうとするので、そこに可能性を読み取ることはできる**

という質問があったんです。本当に困ったんですけど、抱えてるその悲しみは書けないと思った方がいいとお伝えしたんです。あらゆる言葉はその悲しみを掠るかもしれず、近いところまで行くかもしれないけど、そのものは大きな穴のようにずっと空いたまま。それでいいんじゃないでしょうかとしか言えなかったんですよ。それはそういう大きなトラウマとの向き合い方としてまずいのかな。

岩川　それはすごく難しいところで、トラウマの概念を歴史的に辿っていくと非常に重要な人としてフロイトが出てきます。フロイトは「無意識的なものを意識的なものに変換する」という治療方針をとります。言語化できないでいたことを言語化する。これが自分の何かだったんだ、傷だったんだと気づいていくところがあるので、事後的に何が原因だったかを知って、回復していく。それに、精神医学や臨床心理などでも、回復の物語やストーリーが必要なことがあるので、そこからすると空洞のままにしておいていいですよとは言いにくいこともあると思うんです。これはお医者さんとか心理学の専門家の人たちも、物語を定型化することへの葛藤の中で進めているので、一概には言えないのですが、なんとか回復に繋げないといけない場合があります。一方で文学的な観点からトラウマという言葉を使っているキャシー・カルースの場合はトラウマの形でしか伝えられないこと、トラウマの叫び声でしか伝えられないことがあるから、叫びとか反復強迫的な悪夢が現れるということを重視するんです。もちろん、カルースは、回復の物語や医療を否定したりしているのではなく、「病理」や「症状」にはおさまらないトラウマの特質があると言っているんです。そこで悲しみをどう言葉にするかというときに、回復を求める方向性もありますし、同時にそこで叫んでいることを叫んでいるままに表すことも、どちらも大事なことだと思います。

川野　なるほど。文学はどちらの側にも立っていそうです。葛原妙子の論を書いたときに、まさにトラウマというキーワードが葛原の理解にすごく役立つ気がしたんです。葛原は生涯のなかで二回大きなトラウマを抱えています。幼少期に実母と離れて預けられそこで過酷な体験をしたことを亡くなるまで話していたそうです。フラッシュバックですね。それと同時に戦中戦後の断裂を越えて生き延びねばというトラウマですよね。女性にとってみれば、産めよ増やせよから産むな増やすなへの大転換でしたから今までの人生や価値観が全否定された経験でした。

▽女歌の抵抗

川野　二つのトラウマを背負った人間としての葛原がそのトラウマを言語化していくことに非常に正直に向き合った軌跡があったんじゃないかと思います。例えば〈疾風はうたごゑを攫ふきれぎれに　さんた、ま、りぁ、りぁ、りぁ〉（『朱霊』）、教会での洗礼式のサンタマリアの声が風にちぎれていってしまう。それはマリアを慕う人々の声でもあるけれど、何かそこに葛原個人のトラウマの痕跡がある。「再び女人の歌を閉塞するもの」のときに、戦後を生きる女性たちのなかに、戦中を女として生きてきた人間のなかに溜まっている「ひしがれ歪んだものの一切を含み、かつ吐くがよい」という言い方をしているんです。醜いものを吐くがよいというそれがひとつの新しい方法の誕生にもなりました。今まで価値付けられなかった表現、醜いもの、ひしがれたもの、歪んだものというのは、和歌・短歌のなかで、女性はそれを表現してはいけないという暗黙の規範があったような気がするんです。それに対して葛原は負の感情を吐き出して醜い表現によって新しい美を作っていく。それがひとつのトラウマに立脚した表現なのかなと。あらためて岩川さんのお仕事から照らされた気がしました。

岩川　川野さんの『幻想の重量　葛原妙子の戦後短歌』で、葛原妙子の「再び女人の歌を閉塞するもの」に触れておられます。折口信夫が女歌を規定しようとしたけれどそれにも反発したわけですよね、すごく。それについて川野さんが、『七十年の孤独』では、馬場あき子さんの「非論理の詩の世界」という言葉を引用していた。これは馬場あき子さんとか水原紫苑さんについて論じたところで使っておられる言葉なのですが、女歌に込められているものがそれまでの短歌を超えていく何かに繋がっていたということなのかなと思いました。女歌が溢れ出るような何かであるというのは折口も葛原も近いと考えていいですか。

川野　折口は当時「アララギ」の写実派の言葉が歌をダ

メにしたと考えていました。現実に精密に対応する言葉ではなく、もっと口から出まかせな言葉や想像力による歌、与謝野晶子や山川登美子の歌が発展して欲しいと願っていたようです。しかし王朝古典への回帰の気配がありました。それに対して、そんなものに帰るわけにはいかない、今の時代を生きている私たちのこの生なトラウマを土台にして新しい歌を作っていくんだという宣言をしたのが葛原だったと思います。

岩川　今のお話ですごく納得しました。

ちょっと時代がとびますが、馬場あき子さんの一九七二年の歌〈わが背なに幾重ゆれおるかげろうの秋の家霊のみなおんななる〉（『飛花抄』）、今回読んですごく印象に残りました。女言葉は鬼の言葉であって、家の霊がみんな女であるという顚倒はすごいなと思って、家父長制の世界ではないものを見事に描いている歌だと思ったのです。

川野　私、この歌、馬場先生の歌の中で一番好きかもしれない。岩川さんは『物語とトラウマ』のなかで、大江健三郎の詩を引用されています。「私は生き直すことができない。然し／私らは生き直すことができる」と。それから小説『臈たしアナベル・リイ』を分析されるなかで、「郷土史」を介在することによって「女性たちのあいだに積み重なってきた悲嘆と憤怒を叫ぶ声を借りて、自らが受けた性暴力の経験とがこだまする場を切り開く」可能性について書かれています。「女性たちの悲嘆は未来へと伝達される」と。あの二つがすごく印象に残っていて、つまり短歌という様式は古典的な定型詩なので、入れた途端に私の物語が我々の物語になってしまうようなヘンテコなところがあるわけです。だからかなり危ない装置でもあるし、戦意高揚みたいな「我々」もできやすい。私の経験が我々の経験になりやすいわけですね。だけど別の面もあって、「秋の家霊」を呼び出して過去に繫がっていくときに見えてくるものは女たちの繫がりです。家を守ってきたのは女だから、家霊は女の霊。無言の訴えを秘めた女たちが連なっている。そういうイメージは短歌という様式のなかで鮮やかに出やすいのだろうという気がします。

岩川　鮮烈に繫がっているし、二重写し以上のどんどん重なっていくイメージがあって、でもこれは家の制度とか、あるいは男性が次々に重なっていく制度自体がここで問われているように思ったので、すごく批評性のある歌だと思いました。

川野　家父長制への異議申し立てですよね。

▽「僕ら」の時代と「われ」

川野　一方で思い返してみると、戦後のスタートが「僕らの時代」だったんです。まず「メトード」という昭和二四年に塚本邦雄らが最初に同人誌として出した新聞みたいなものですが、その最初にこんな言葉があるんです。「戦争という巨大な火龍からようやく脱出した世代にあてがわれた荒部の土地。しかしながら呆然として佇む事は僕らの血液が許さない」。「僕ら」という印象的な主語が出てくる。そのあと塚本邦雄や春日井建が出てきて、塚本邦雄が〈結婚衣裳縫ひつづりゆく鋼鐵のミシンの中の暗きからくり〉（『裝飾樂句』）。結婚制度自体を疑う歌です。春日井建の〈だれか巨木に彫りし全裸の青年を巻きしめて蔦の蔓は伸びたり〉（『未青年』）、これは同性愛の歌です。「僕ら」という視点から結婚制度が疑われ、同性愛が全面に出される。だけどそれは「僕ら」の時代のなかでしか起こっていなかった気がするんです。「私ら」はどうだったのかというのが私の関心なんです。その代表として「女人短歌」に集った女性たちの動きや、その代表としての葛原妙子を立てることで見えるものがあるかなと。

岩川　「僕ら」の時代というのは確かにそうですね。今でも実は「僕ら」で動いている気がするんです。水原紫苑さんの『びあんか』に〈足拍子ひたに踏みをり生きかはり死にかはりわれとなるものを踏む〉という歌があることを川野さんの本を通じて知りました。「われ」となっていくときに「生きかはり死にかはり」と本当にどんどん変わっていく何かという存在なんだな、われは、という。この感覚は先の馬場さんと似ていて、「私ら」があって「私」は成立しているし、「私」は消えても、「私ら」に何かは移り替わっていく。でも何かをちゃんと伝えましょうみたいな倫理観だけで詠んでいる歌でもない。このダイナミックさはすごいなと思いました。

川野　そうですよね。この歌、直感的に「われ」という概念の本質を語っている。「われ」って不思議なもので、形になった途端に嘘っぽくなるんです。私は〇〇です、と言った途端に「なんちゃって」がくっつくところがあって、だけど絶対になきゃいけなくて、民族問題とよく似ていて、抑圧されれば出てくる。だけど抑圧が解かれるとその意味が希薄になる。戦後の歴史のなかでユダヤ人というアイデンティティがないなんて言ったらとんでもない話で、あれだけ抑圧されたんだからあるでしょう。だけどユダヤ人に対してはパレスチナ人の「われ」が強烈に対峙して出てくる。「生きかはり死にかはり」しながら。

岩川 「われ」の問題は本当に重要だと思うんです。川野さんは「新しい文語」に可能性を見ているじゃないですか。もちろん「われ」って、抽象的な概念として、表現の主体との関係でも使っていると思うのですが、「僕」になったり、「私」になったり「わたくし」になったりという変化が大きい気がして。一人称代名詞は抽象的なものではあるけれど、同時にその文脈に拠るものなので、代名詞の使い方は興味があるところです。それに、文語だからといって全部「われ」というわけではないですよね。

川野 文語そのものが今やすべて口語と文語のほぼミックス状態で、常に現在進行形で育っている状態なので、文語対口語という二項対立自体がほぼ意味のないものになりつつあるのですが、人称として「われ」と名乗ると近代の雰囲気がありますね。近代はまさに「われ」を創った時代なので。九十年代に山崎郁子さんとか、女性が「僕」と名乗り始めた時代があって、その辺から人称が揺れ始めて、恋愛の歌で「君」と呼びかけるのが、それだけで恋愛制度を思わせるような経緯はずっとあったと思います。最近は主語が消えた歌が多いと思います。山崎聡子さんの歌とか見ていると、主語がほぼ消えているので、それによって自分の子供を歌っているはずなのに、抽象的な人間の存在の影として感じられる。主語の揺れ、人称代名詞の揺れは短歌の揺れそのものだと思います。

岩川 私は短歌について勉強不足なので、「われ」の問題は一人称代名詞をどうするかというだけではない、近代になってできた「われ」とか「私性」に繋がっていると思うので、そのこと自体がとても興味深いです。私は大滝和子さんが大好きで、〈サンダルの青踏みしめて立つわたし銀河を産んだように涼しい〉(『銀河を産んだように』)、このひらがなの「わたし」、〈12歳、夏、殴られる、人類の歴史のように生理はじまる〉(『人類のヴァイオリン』）もそうですが、これは近代的な「われ」でもあるように思うのですが、何か違うところに踏み出しているような気がして。クィア・フェミニズムと重なってくるのが、大滝さんの『人類のヴァイオリン』の〈性別がふたつしかないつまらなさ七夕さやさやラムネを開ける〉とか、〈ジェンダーの森へ迷いこんだならもう戻れぬと雪は降りつつ〉も、読んでいて、ふたつしかない性別に入れられてしまうことへの違和感とか、入らなければならないことに抵抗している「わたし」みたいなものがあるように感じます。大滝さんの歌は、胸の底から静かに制度みたいなものを問いかけるようで、これは「僕」とか「俺」とか近代的な「われ」に対してちょっとレジスタンスしているんじゃないかなとも感じたりもします。読んでいてあるところに来たときに、なんだこれはと思うようなびっくりがある。

川野　確かに。大滝さんの「私」って、透明度の深い湖をいきなり覗かされたような感じのする「私」ですよね。今おっしゃったみたいにジェンダーの観点から読むとそういう鋭い「私」が刺してきます。確かに凄く新しいです。そして明らかに近代のような塊としてのボリューム、重量感のない私というか、「私」の作り方が面白いです。「私」については今すごく多様化していると思います。最近は『新古今』のような言葉が先立つ作品で面白い歌集がでてきていて、そこでは「私」というものがあまり大きな意味を持ちません。消えつつあるかもしれない。

▽文語の時間性

岩川　文語の話と繋がるのですが、『七十年の孤独』で、川野さんは、口語と文語についてすごく面白い分析をしていますよね。その中で紹介されている谷村はるかさんの指摘がすごく印象に残っています。谷村さんは、雪舟えまさんの〈一番の友が夫であることの物陰のない道を帰りぬ〉（『たんぽるぽる』）、この「ぬ」は完了の「ぬ」

川野　「われ」って不思議なもので、形になった途端に嘘っぽくなるんです。（略）だけど絶対になきゃいけなくて、民族問題とよく似ていて、抑圧されれば出てくる

で、「帰った」という言文一致の過去形で処理しきれない、それでは追いつかない時間があるわけですよね。「たり」「り」「き」もそうですが、「た」に全部を背負わせてきたけれど、時間の表現は実はもっとあってよいのかもしれないと感じることがありますよね。それをどうにか表すときに口語だけでは無理で、文語をミックスさせるというところはあるのかもしれないと思うのですが、どうなのでしょうか。

川野　それはすごくあると思います。なにしろ短歌という形式自体が非日常の形式なので、日常言語と違う、それこそ「クィア」な詩型だと思うんです。文語は短歌のなかだけではなくて、例えば新作のゲームやらアニメのなかでも「いざ行かん」になる。「さあ行こう」では駄目なんです。これでは全然気合が入らなくて、特別感、濃縮するときとか、陰影をつける、締めるとか、そういう働きがあるような気がします。

岩川　ある意味、失われた時を求めて、なんですよね。本当はもっと多様に時間は表現されるのですけれど、現在は「た」が優位なんですよね。藤井貞和さんが「文法的詩学」という言葉で表現しているのですが、それで表せないものをいろんな文法で表していく。『物語とトラウマ』のなかだと、フランス語圏の文学研究者でもある小野正嗣さんの場合は徹底的に「〜だろう」という文末を使っている。これは新しい日本語を切り開いているように思います。フランス語の文法から影響を受けているのかと思うのですが、前未来形、英語の未来完了的な言葉が用いられている。現在の日本語という体系の中だと、驚くような語尾なんですよね。でも、この時間軸を表すにはこれ以外ないという表現。今の歌人たちもその時間を手探りしているのかもしれないですね。

川野　まさに仰るとおりだと思います。口語だけになったときには時間が消える、とここ四、五年言い続けているんです。私たちが言葉によって時間の重層性を手繰り寄せることは、私たちの存在を強くすることだと思うんです。ぺらっとした今という瞬間を生きる存在だとしたら弱い。だけどさきほどの大江健三郎の話にも重なりますが、「郷土史」という共同体を引き寄せることは時間の厚みの上に立つことで、そのときにひとつの物語として存在が現れるところがある。どうしても文語が必要なのはまさに時間の問題だと思います。文語には時間の重層性、いろんな時間があるんです。過去完了とか、ただの完了形とか。その時間の揺らぎや奥行きが存在というものと直結しているような気がします。

▽トラウマは世代を超えるか

川野　岩川さんが仔細に読み解かれている大江健三郎や多和田葉子、いろいろな方の小説のなかに木霊のように痛みを共有していく集合体ができていく過程が読み解かれ、個人の声が物語という永遠性に移行していく過程が読み解かれているように感じます。ただ、突き詰めれば「トラウマ」は非常に個人的なもので、まさに言葉にできないものなわけですよね。それに対して物語はそれこそ我々が共有するものですよね。それは本当は繋がらないのではないかと思ってしまったりするんですけど、どうなんでしょう。

岩川　鳥居さんの『キリンの子』に、〈名づけられる「心的外傷」心ってどこにあるかもわからぬままで〉という歌があって、これは見事に今言ってくださったような心のありようを表しているように思うんです。心はどこにあるか見えないですよね。心臓とか脳とか魂だとか人によってどこにあるのか考え方は違いますし、明確にどこにあるかわからない。けれど、何かが痛んでいる。何かとしか言えないので、私の場合、なんとか物語と結びつけて、自分のなかでこれは何だったのかというのを知ろうとするのですが、やはりわからないところも多くて、ずっと疼き続けています。それに、一回自分のなかで納得したら、それでもうそれが何かを探していく心が終わるかというと終わらないんですよね。繰り返し、あれはなんだったのかを考え続ける。そのときに自分だけでは辿り着けないんです。これまで誰かがトラウマについて書いてきた言葉とか、痛みとか苦しみについて書いてきた言葉、物語と出会って初めて、自分のこのなんとも言えない、言葉にできなかったものが、こういうこと

岩川　繰り返し、あれはなんだったのかを考え続ける。そのときに自分だけでは辿り着けないんです

だったかと納得できる。実は個人的なことでありながら、他者の物語によって初めてわかるという関係性にあるんじゃないかと。

川野　なるほど。他者の物語によって自分の痛みが語りになるわけですね。私自身のことで恐縮ですが『歓待』という歌集を書いたときに、トラウマが世代を超えられるものかどうかという問いを抱えていた気がするんです。私は子供時代から母の話の聞き役でした。戦争中を孤児として生きましたからその痛みを母が自分一人では抱えきれなかったからだと思います。聞いたものは不思議なことに少し形を変えながら、私の痛みになります。それを表現していいのか、どう表現できるのか、と。トラウマは世代を跨げるのかどうかが疑問で、それを連作の形で物語化したのですが、物語化することが適切なのかどうか。

岩川　『歓待』で特にすごく好きな歌があって、〈母死なすことを決めたるわがあたま気づけば母が撫でてゐるなり〉、ケアをするというのはよく使われる言葉ですが、ケアをするというのは自分が与えてケアをするだけではないと思います。実はケアをしているうちに、ケアをされている人から何かをたくさんもらっている。もちろんケアは大変なので、美しい話だけではないのはわかるのですが、同時に大きなものをもらってもいる。だから、お母さまが話してくれたこととか、子供時代からお話を聞いて受け取ったことは残っていくと思うんです。それはトラウマが伝わってしまうことでもあるし、第二世代の人がそのトラウマを受け取って苦しむということにも繋がると思うのですが、絶望のなかの希望をどう探すかという方向性を取ることもできるんじゃないかと思うんです。ひとつはケアをすることで何か伝わっていくものがあって、それをどう受け止めていくか。ケアはテイクするかギブするかという視点で捉えられることもあると思うのですが、相互に何かを与え合っているし、受け取っているものとして捉えていくと、自分とは違う誰か、世代とも繋がる。自分がそれまで強いと思っていた誰かがそれまでとは違う状態に変容したときにどう一緒にいるかが見えてきて、その瞬間にこの人が抱えていたトラウマはこういうことだったのかもしれないと、その人が強いときには見えなかったものが見えるのかなと。

川野　確かにそうですね。私がひとつの救いとして思う

川野　弱者こそ人間の尊厳を必死で見出してきた

のは、多和田葉子さんの『献灯使』にも表われていますが、弱者による救済ということです。水俣病もそうだし、広島の被爆の問題もそうですけれど、戦後の世界は「僕ら」が跋扈する一方で、被害を受けた弱者であるはずの人による救済という側面があったかもしれないと思います。弱者こそ人間の尊厳を必死で見出してきた。戦後の日本はそこに甘えてきたとも言えます。そうであれば、まさに「クィア」を名乗っているマイノリティ、そういう人々の尊厳もそこに重なってくるような気がします。

岩川　「僕ら」の物語のなかで表われなかった傷が表われてくる。葛原さんなどからずっとその模索を続けているのでは。その実践や試みは本などの形で残っているので、それを読んで受け止めて重ね合わせて、「家霊」がどんどんいるような感じ、その繋がりのなかでもしかしたら歌っているのかもしれないですね。

川野　意識的に、無意識に繋がっているものがあるのかもしれません。すごく目の覚めるような思いをしました。私達、ぱっぱと思ってしまうんです、戦後がもう終わったんだと。そして今は戦前なのだと。そういう言い方をしてしまうと切れてしまうもの、見えなくなってしまうものがありますが、実は戦争の被害者から女たちに繋がり、さらに岩川さんが提示された「クィア」に繋がり、より合わされて繋がっていくものがあるのではないかということですね。

岩川　実はトラウマ研究では、戦争に行った帰還兵のトラウマと家庭内暴力や性暴力のトラウマの特質が類似しているという発見があったんです。そこは繋がっているんだと思います。それが過去のものにできるのかというと、まったくできない。新しい戦前ではあるかもしれないけれど、過去や歴史を見ないで済ませられるかというと、それはできないと思うんです。歴史や過去への責任がありますから。

川野　トラウマ、「クィア」という言葉は単に新しい言葉としてぽんと浮かび上がってきたのではなくて、今まで繋がってきたものを照らし出すひとつのライトと思った方がいいわけですね。

岩川　まさにそのとおりだと思います。

▽短歌とフェミニズム批評

岩川　水原紫苑さんが編者になって『女性とジェンダーと短歌』が刊行されていますね。これは「女性が作る短歌研究」を一冊の本にしたものです。試みとしてもすごく面白かったです。そのあと「短歌研究」の二〇二三年四月号で短歌の場でのハラスメントを考えるアンケートをしているともうかがっています。高松霞さんがその前に「短歌・俳句・連句の会でセクハラをしないために」というプロジェクトを発起なさっていますが、今どういう状態だと捉えていますか。

川野　大事な問題ですが、短歌という表現とどう繋がるのかはまだよく分かりません。社会の問題だと言い切っても嘘になるし、短歌の問題だと言い切っても変になる感じがして、現在進行形でそれが何なのかが浮かび上がってくる状態だろうと思うんですね。ハラスメントに対してわたしたち自身の、そしてさまざまな現場の意識が高くなる効果はあると思います。ただ、作品批評の問題としてみると開いた視野になるか、狭くなってきてポリティカルコレクトネスで切り捨てたり、そこから排除されたら表現しちゃいけないとか、そうなっていったらちょっとそれはまずいんじゃないかという感じですね。言葉で表現されるものは基本的に自由じゃなきゃだめだと私は思っていて、それが暴力として表現されたとしても、しかしそこから何を読み解いていくか、作者が暴力として表現したものがそれが何であったかはまた別問題だと思うんです。そうじゃないと例えば中上健次の暴力表現はアウトですよね。小高賢さんの『家長』という歌集に、〈暴力は家庭の骨子――子を打ちて妻を怒鳴りて日日を統べいる〉、という歌があるのですが、ああいう歌をどう読んでいくか、それは暴力だからアウトだよと言うのか、いやこう表現しているんだけど、表現しているものは情けない自分なんだよとなれば別の話ですよね。

岩川　でも情けない自分なんだよ、それでよかったとはフェミニズム批評をしている私としては言わないと思います。そこでは暴力をしているわけだから、自分のなかに鬱屈している情けなさをなんで家庭の骨子にしないといけないのと問いたくなります。この問いを持ち続けながらなのですが、それはいけないというスローガンではない言葉を見つけたいです。スローガンになったら批評の負けだと思うんです。どことどこの言葉の繋がりでこれはフェミニズムの視点からすると違和感があるのかを言い表すのが批評だと思うので。

川野　今だったら多分あの表現は生まれない。フェミニズム批評が出てきたことによって、表現の方向性は確実に変わってきたのだろうと思います。もうひとつ読みの可能性として思うのは、行間を読むということです。「暴力は家庭の骨子」と言ったあと、その自分を戯画化する。もし本当に暴力を賛美していたらあんな陳腐なことは書かないと思うんです。「――」にも何か屈折が仕込まれていますし。自分をひとつの戯画像として出すことによってペラペラの「家長」というのかな、薄っぺらになってしまっている男という存在みたいなものを投げ出して表現するというか、言い終えたあとに本当に言いたいことはあるという表現はあるような気がするんです。

岩川　その読み方にはとても説得されます。その読みの可能性があるのだなと。でも、川野さんの視点って、まさにフェミニズム批評なのでは。もちろん最初に出てきたようにアイデンティティとしてイズムに乗っているわけではないですけど、読みとしてフェミニズム批評を実は川野さんはやっているんじゃないかという気がしました。イズムに自分がそのまま乗っていくのではないとしても、読みの可能性としてフェミニズムという軸が入ってくるというのはすごく大事な気がします。

川野　フェミニズム批評は非常に大事なツールだと思っています。恩恵として私は無意識のうちにあるいは意識的に受け取って、その光をいろいろなものに当てて読み、書いているんだと思います。今日はありがとうございました。『物語とトラウマ』はバイブルになりそうな本です。フェミニズムに出会ったとき以来の衝撃かな。

（二〇二三年三月二十日　アルカディア市ヶ谷）

岩川　スローガンではない言葉を見つけたい。スローガンになったら批評の負け

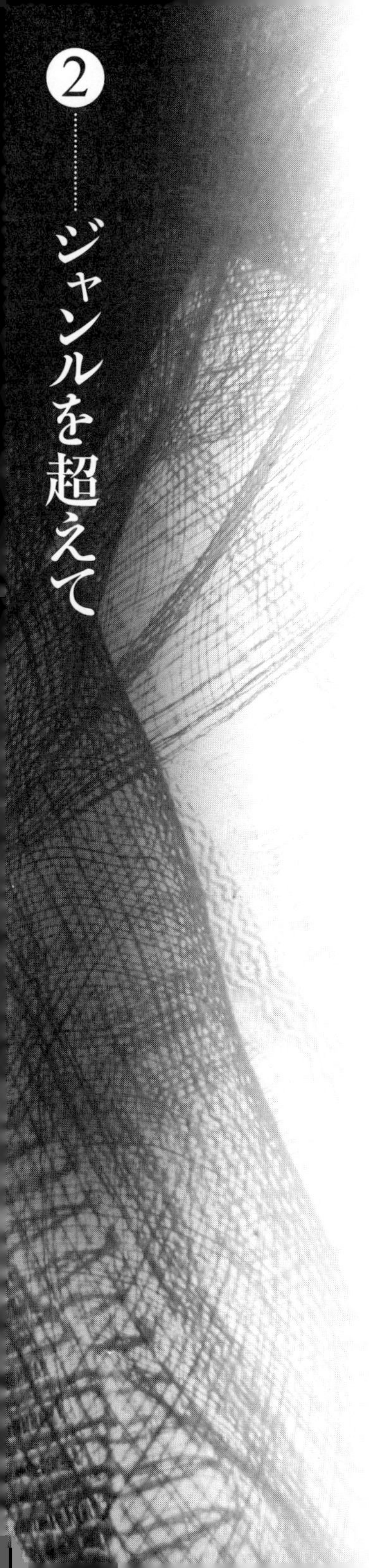

②ジャンルを超えて

型式ってどこまで必要？

伊藤比呂美
（詩人）

×

川野里子

伊藤比呂美（いとう・ひろみ）　1955年、東京都生まれ。詩人。78年、『草木の空』でデビュー。97年に渡米。両親の介護のため熊本カリフォルニアを往復する。99年、『ラニーニャ』で野間文芸新人賞、06年『河原荒草』で高見順賞、『とげ抜き　新巣鴨地蔵縁起』で萩原朔太郎賞、紫式部文学賞を受賞。現在、熊本在住。近著に『読み解き「般若心経」』『父の生きる』『切腹考』『道行きや』など。

▽アメリカで日本語の詩を書くこと

川野　伊藤さんとは、二〇一六年に「女の詩声が降る」というタイトルで日本語と英語の詩歌の朗読会が大津であったとき、ご一緒させていただきました。平田俊子さんやジェフリー・アングルスさんもおられました。控室にTシャツ姿で伊藤さんが入ってこられたときの存在感に圧倒されました。朗読されたときに格好良くて。身体ごとすごい。忘れられないです。

伊藤　ありがとうございます。

川野　最近コロナも手伝ってちょっと世界が狭くなっちゃってる。短歌の外にはどんな言葉の世界が広がっているのか興味をもっています。気楽にお付き合いいただければと思います。

伊藤　狭くなったことを感じますか。

川野　これは私の感覚かもしれないけれど、短歌の中だけ見て短歌を作ってる感じが最近しています。

伊藤　わかる気がする、それは。詩もそんなところがないわけではないです。二重否定三重否定ですけどね。たぶんあるだろうな、みたいな感じだろうな。そこらへん実は近づいてないです、私は。田舎にいるから誰も知らないんです。ここ三年間は早稲田で教えていて、こんなに詩を書く人たちに毎日連絡を取り合って、何か言われて詩のことを考えて、詩があった三年間は初めてだった。彼らはまだベイビーだから確立はしていない、デビューすらしてなくて本も出してなくて、今書き始めている。でもとにかく書いてきて読まなくちゃいけなくてみたいな感じだから。

川野　伊藤さんは一九九七年からアメリカにお住まいでしたよね。そもそも日本語の世界で日本語の詩をその密度で読むというのが久しぶりの体験でした?

伊藤　初めてでした。その前は何か嫌だったんです。何か集まりに行くのも仕事じゃなかったら行かないみたいな、そういうタイプでずっと生きてきたから。本当に初めてかも。人の詩を読むのも。

川野　アメリカにいて日本語の詩を書くのと、日本に帰ってきてその密度の中で詩を書くというのは違いますか。

伊藤　あらゆる詩人というものに外国に住むことは勧めませんね。とりあえず日本語に囲まれてないと言葉が出てこない気がする。小説家はまた違うかもしれないけど、短歌はどうでした?

川野　私、カリフォルニアに住んでいた時、やめちゃいました。

伊藤　何年間?

川野　いたのはわずか二年ですが、帰ってきてもそこで何かが切れちゃって、三、四年やめてました。なんか世界観が違う感じがして。

伊藤　そのときに他の何か表現が。

川野　特に考えなかったですね。

伊藤　「現代詩手帖」に発表するのを詩と考えると、やめてるんですよ、ずっと。もう何十年と書いてない。ただ詩っていうことを表現することに関してはやめてないんですよね。アメリカに行って本当に書けなくてその前から書けなかったので。書けなかったからアメリカに行ったのかもしれないけど。行ってみたら日本語力がぐっと落ちて。恐怖を感じましたね。

川野　日本語力以前にまず空気が違いませんか。

伊藤　それは空気が違うってことが書けるから。短歌と詩の違いかも。

川野　短歌だと、湿度が必要なんですよね。

伊藤　わかるわかる。短歌に私が入れないひとつの理由は短いのにいっぱい入ってて、しかも感情が過多なんですよね。若いときから短歌という世界にちょっと近づいてみて、ああすごいなこれはと思って。遠ざかってまた見てみて、これだけ感情的にいろんなこと書くのは大変だろうなと思いながらまた遠ざかってということを繰り返してきた記憶がございます。

川野　短歌とカリフォルニアの砂漠とは絶対に相容れないんです。

伊藤　昔、高橋睦郎さんに俳句を書きなさいと何回も言われて。だってカリフォルニアでしょ、季語が違うじゃないですかみたいなことを言ったら「僕があなたみたいな状態にいたらいっぱい書いてるよ」とおっしゃるのよ。でもあの一年じゅう乾いている荒れ地はやっぱり季語から遠いなあ(笑)。

川野　そもそも言葉を出したときに風景を共有できない。

伊藤　とりあえず日本語に囲まれてないと言葉が出てこない気がする

雨が降ると言っても、日本だとああこういう感じねというある情感や風景が共有できるけれど、向こうで雨が降るとみんな出てくるんですよ、喜んじゃって。にわか雨のこと、シャワーって言いますしね。

伊藤　本当にそう。雨が降ったら私はまず最初に車を外に出すもの。降らないんですけどね。短歌って短いなかで言葉に対する共感、それから空気に対する共感、歴史に対する共感すべてあって、あの短いところでぱっと出せるわけでしょ。私たちは言葉をいくらでも出せるので説明できるんですよ。こう違うからこう違ってだからこう違うんだ、みたいなことが書けるから、私は最終的に向こうでも書いてたってことがあるかもしれない。そのときの手段はいわゆる詩というよりはもっと長い形だったんです。小説にすごく近い形の。だから説明が充分できたんだと思いますね。

▽詩のリズム、歌のリズム

川野　ずっと伊藤さんのお作品、読んできたつもりなんですけど、あまり変わられてないですね、基本。

伊藤　それが私の困ったところなんです（笑）。

川野　いえいえ。最近詩の形を書いてないとおっしゃったけど、詩の形で書いておられたときと今の散文的な作品と、間の取り方、飛躍や転換、リズムが一貫している感じがして。

伊藤　書き方も同じなんです、実は。全部行分けに書いてるので。それを散文にしていくので、作っている工場は全部同じなんです。製品の仕上げが違うだけで。

川野　初めから持っておられるもの、身体のリズム感というか、身体と心が一体の感じというか。のみ込まれそうになります。身体と心がそこまで一体で言葉も一体でという詩人、短歌でもそうですが、なかなかいない気がします。

伊藤　短歌ってそうじゃないんですか。今度いただいた歌集（『歓待』）読んでいても、それから葛原妙子さん、まるで一体感ありませんか。

川野　たぶん伊藤さんの書かれる一体感とは何か違うと思う。そう、すごく違うんです。たぶん。

伊藤　フィクションみたいな感じ。

川野　ええ、ちょっと舞台に上がる感じ。生活感覚と地続きでは絶対に書けなくて。

伊藤　私も別に自分のことを書いてるわけじゃないですけど。でもたぶんそのへんだろうなあ。

川野　定型に入るときに身体をいろいろ軋ませてゆがませて入るんですけど、そこを今度は抜けていくんですよ。チューブからぎゅーって絞り出されるような感じ。一回縮んで産道を通るような感じ。

伊藤　それは言葉の制限で？

川野　言葉の制限もありますが、短歌っていう詩形への抵抗感みたいなものでしょうか。この詩形には長い歴史がありますから、それと戦って、自分と戦って、三十一音の穴をぎゅーって通って開放されたとき何か別物になれていたらいいな、と。リズムにしても無限に作れますから、それを摑み取らなくちゃ、とか。

伊藤　めちゃくちゃ面白いですね。基本的に私は拡散方式です。書いてきて最初削るんです。また書いて捨てて、どんどん出てくるのを拡散していって、風呂敷を広げて元に戻らなくなったところでたぶん終わる。きゅうっという感じはまったくないですよ。ただ、学生に教えるときは、自分じゃやらないことをやらせてるんです。制限をつけること。まだ書き方がわからない子たちに。例えば全部一行十三字でまとめてごらんって。これは基本的に音だけで、平仮名でやってもらいたいけど、漢字仮名まじりでやってくる子もいる。詩っていい加減ですよ。五七に頼らないで済む数なんですよ、十三は。最後が変に字余りになる。その形に整えていくと言葉を意識する訓練になるんですね。続けているうちに、だんだんいろんな意識が出てくる。考えたことがそのまま出てくるような詩は、ミミズって呼んでます。口から食べ物入れてすぐ肛門から出すんじゃ、これはミミズみたいでしょ、あんたたちミミズ詩を書いてるよって。ミミズ詩を書く子が多いから、ミミズ化対策というのをやりまして、そのうちの一つが十三字詩みたいな制限。これをやってるうちに今まで考えてなかった言葉が出てくる。あるいは

川野　この詩形には長い歴史がありますから、それと戦って、自分と戦って、三十一音の穴をぎゅーって通って開放されたとき何か別物になれていたらいい

考えてなかったことをつい書きつけてしまう。そういう言葉が出てきたら、それが始まるときだって。みんなもったいながりで最初なかなか捨てられないけど、全部捨ててもいいからと言ってあるんですよ。無意識を最終的に出すのが我々の仕事なんじゃないか。

川野　そこまで私なかなかたどり着けないんですけど、結局自分が考えてないことが言葉に偶然表現される瞬間を待つんですよね。

伊藤　やっぱり短歌もそうですよね。

川野　先ほど十三音にされたとおっしゃってたけど、それはすごく大事なことだと思いました。五音と七音の組み合わせには絶対ならない。短歌の場合、この組み合わせにものすごく堆積した歴史がありますでしょ。そうすると、よくない力の抜き方をすると、堆積している五音、七音にさらわれてしまう。どこかで頑張らないと駄目なんですね。明治のころ、与謝野晶子が出てくる前あたりにすごくみんな苦労して新体詩を書きました。あれが全部五七調、七五調ですよね。新体詩っていいながらちっとも新しく感じられなかった。そこから抜け出るのにものすごい時間がかかってる感じがあります。

伊藤　それに寄りかかっちゃったら駄目なんですけど、実は私、多用してるんです。わからないように。散文形式に直したとき、語尾を五とかにすると「ぴっ」て行くんですよ。三、四にしても「ぴっ」て行くんですよね。その「ぴっ」ていうのがうまく言い難いんですけど。

川野　なるほど。伊藤さんの文章は散文に見えて散文じゃないですよね。語り物っぽく作ってあって、ときどき五音と七音の調子を入れて弾ませて締める。

伊藤　能舞台に上がったことがあって、朗読で。昔鋏仙会というのを大岡（信）さんや谷川（俊太郎）さんがやってらして。それで、上がったとたんに今までに上がった舞台と全然違うと思ったのね。ほんと怖かったんですよ。潰されるなあみたいな感じがして。恐怖に怯えながらダンって足踏み鳴らしたの。そしたらなんか割れ目がぱんとできて、実際の割れ目じゃなくて、心の、空気の、それで声が出せるようになった。あの恐ろしさはおそらく五七の恐ろしさじゃないかと。五とか七の日本語における我々がとらまってきた何か。歴史の文化の伝統の何かにとらまってきた。それだったような気がする。

川野　ああ、今そう言っていただいて確かにそういう怖さなんだと思いました。短歌という詩形に対する抵抗感ってそういう舞台に立つための足踏みのようなものかもしれません。駄目な言葉を流してると五七で自然にできちゃう。「注意一秒怪我一生」みたいな標語レベルの言葉が日本の文化にはたっぷりありますから。

伊藤　五七と八六とは違いますか。

川野　たぶん世界観が違うでしょうね。八六は琉歌のゆったりしたリズムで、波のような終わりなさを感じます。短歌はもともと長歌を終わらせるための詩形ですから、終わらないといけない。私自身は今、いろんなリズムを試みているつもりです。三十一音、五七五七七ですが、例えば五音を八分音符だと意識するか十六分音符で意識するか四分音符かで、無限の組み合わせができる。

伊藤　どうやって区別するんですか。撥音とか促音じゃなくて？

川野　早口になったり、一音をたっぷり響かせたり。

伊藤　葛原妙子の歌に、ちょっと足らないっていうのがあったじゃないですか。あれもそんな感じ？

川野　あれは未だに議論があるところです。三十一音にきちんと収めるべきかどうかは人によって短歌観が違います。字足らずは難しいんですが、五七七七になってるのが葛原には時々あります。私はそれを良しとしていて、五七のあとに一句まるまる抜けた空白を音楽の全休符だと思います。一句抜けてそれがブラックホールみたいになってる。

伊藤　そうですね。すごい面白いと思った。こういうことができるんだ、と。私は学生のときに中原中也と宮沢賢治と萩原朔太郎が好きだったんです。それぐらいしか読んでないで現代詩を書き始めたんです。賢治は「小岩井農場」のあたりは、六とか八のリズムなんですよ。もちろん全部じゃないけれど。全部になったら定型詩になっちゃうんだけど、賢治だからぶっ壊してるんですよね。歩くリズムなんですよ。実際、詩そのものが停車場に降り立って小岩井農場まで歩いていく詩なんです。だから

伊藤　あの恐ろしさはおそらく五七の恐ろしさじゃないかと。五とか七の日本語における我々がとらまってきた何か。歴史の文化の伝統の何かにとらまってきた

ものすごいリズムを感じるんですよね。

川野　賢治のそれは面白いですね。散文とは違う？

伊藤　詩なんですよ。すっごいリズムができてて、それがわりと賢治の基本のリズムだったような気がする。八、六、八、六って歩く感じで。みんな身体じゃないですか基本は。そうすると、これ（足踏みをしながら）が歩くリズムだとして、人間は二本足だから一、二でしょ。落ち着いてますよね。少なくともどしんと来てる。次の一歩が出るでしょ。でも五にしても七にしても最後が片足上げた状態で終わるわけ。すっごい不安でしょ。

川野　そうそう。だから歩けないんですよ。五音七音って語り物のリズムでしょうと言われると意外と違う。語り物を筆で起こすと五音七音になってないんですよね。

伊藤　昔誰かに聞いたんですけど、中国の五言絶句とか七言絶句とかいう数字だけが入ってきて日本語に定着したって本当ですか。

川野　ああ、確かそうです。宮廷の詩として、漢詩の形のように整えた。

伊藤　いつの間にか身体が馴染んじゃったみたいな。

川野　そうですね、ついでに心も馴染んじゃった。たぶんちょっとナチュラルではないんだと思います。

伊藤　でもね、片足上げた状態で終わるというのは、宇宙が完結してないわけでしょ。そこでぴぴぴって亀裂が入って何か始まるみたいな。

川野　結句が七で終わりますよね。そうすると着地以前のところで余韻としてたっぷり残るんですね。だから逆に言えば詩としては終わることができるのかも。

▽詩とフィクション

川野　伊藤さんの書かれるものすべて散文詩だと思うんですけど、行間と転換、あの間のたっぷり感はどうやったら作り出せるんでしょう。あんなに転換したら普通は続かない、まとまらないと思うんですけど。

伊藤　それはどのへんでしょうか。

川野　最新作の『道行きや』もそうですね。

伊藤　『道行きや』はわりと意識してやった。

川野　河原を散歩していて草のことやらを考えていたのに大学に行きたくないとか突然入ってくる（笑）。

伊藤　それは本当に大学に行きたくなかったんだと思い

ますよ（笑）。

川野　つまり読んでいて連れまわされるんです。草の話かと思っているとどんどん草藪に入っていって草を通じて命の何かに入っていく。それは私の内側なんですか、外側なんですか、ってわかんなくなる。そうしたら大学に行きたくないとか出てくる。えって思ってると古老が出てきて草藪に連れてってくれて今度は狸が出てくる。

伊藤　フィクションが欲しいんだと思う。フィクションをずっと考えてきて、私がやってることも、自分ではわかってるけど、人にちゃんと読んでもらえてないって思っていたんですよね。私の書くものは小説、詩、どっちとも言えると思っているんです。ぜったい詩ではある。未だに詩人としか名乗ってないし、書くものはなんでも詩だと思ってる。そして最近ははっきり小説のつもりでも書いてるんです。でも小説とは言われない。どこまでいっても言われない。昔、小説を書き始めた頃は、自分のことばかり書いてるとか、時間が経ってないとか、登場人物がどうやって暮らしているのかわからないとか言われた。そしてたしかにストーリーとか人の動きとか書けないし、書きたくもない。でも詩だってフィクションなんですよね。小説書けない小説苦手とずっと思ってきたんだけど、ここ数年、パンがなければケーキを食べなさいみたいな感じでね、ちょっと開き直ってます。その方法のひとつは過剰に見つめることだったんです。私はエッセイは上手いんです。自分で言うかって話ですけど、エッセイは書けちゃう、詩も書けちゃう。そこで何が共通して得意か、物を見つめることが得意なんですよね。静物のスケッチは上手い。ただアニメーションにするのが下手なんです。だったら見つめて見つめて見つめていって過剰に見つめたら、初めから私の目を通して現実にあるものがゆがんで見えてるわけだし、さらにゆがんだふうに描写していったら何も動かさなくてもゆがみからものが動いてくれると思った。それが私にとってのフィクションじゃないか。『道行きや』はそれを意識的にやってみた。『とげ抜き』は語りだから、そこに動的なものが出てくる、語るという。次の『女の絶望』は文体をまったくのフィクションにしたんですよ。私が使ったことのない言葉で。ある意味『とげ抜き』もフィクションの語りで語っていって。そのへん同じような力を作って物語を動かしていった感じがするんです。その次に『読み解き「般若心経」』くらいから翻訳を入れてみた。それまでは引用という言葉を使ってたんですけど、自分の文体があって、翻訳をばんって入れたらそこで動くなと思ったわけ。石を池に投げ込んだら蛙じゃなくてもバァンっていくでしょ。『切腹考』はそれを使いながら、自分の見つめているものと見つめているものをぶつけたらバァンっていくと思ってやってみたんです。

川野　『読み説き「般若心経」』はすごく面白くて。伊藤さんの翻訳がまず美しい。もともと伊藤さんの言葉は人の心を柔らかくして油断させてしまう力があるのに、お経を詩に翻訳されたんですね。

伊藤　もともとが詩なんですよ。それに気が付いたのが『日本ノ霊異ナ話』を書いていて、それは「日本霊異記」の翻案だった。そのころ、なんで小説書けないんだろうって。でもお話ってギリシャ悲劇にしてもグリム童話にしても民話にしても神話にしても、お話の型がある。いろんな地域のいろんな言葉でいろんな形で使い回している元のお話がありますよね。これを自分なりに語り直すことはできるんじゃないかと思ったんです。「日本霊異記」にはお話の基本がいくつもあります。でもただそれを自分なりに語り直していくとき、芥川龍之介みたいになってしまったら駄目だと思ったんです。つまり芥川がやったことは二次元の作品を三次元にしたようなことで、奥行がある、キャラが立っている、会話がある、いかにも人が動いているように見える。私は二次元の語りが好きなので、二次元の語りが好きでこういうものに興味を持ったんだから、三次元にして、はいおしまいというんじゃ駄目だと思った。

川野　ああ、語りが二次元で小説が三次元っていうの、すっごくよくわかります。

伊藤　どうしたら自分の世界に引き込めるかと考えてやってみたのが現代詩だったんです。現代詩って何かというと、言葉の表面的なところをこれでもかっていうくらいしんねりむっつりと言葉を練っていく。あるいは物が動く以前に言葉を動かす。日本語でやっているアートの中で今までなかったような表現を作るのが、それが現代詩と定義したい。引用をして言葉を変えていったり、何かと何かをぶつけてエネルギー出してみたり。「日本霊異記」のお話の原型みたいな話を現代詩として語りにしていったら小説になるんじゃないかと思って。非常に不器用な、完成品と言えないようなものができたんですけど、そのとき、仏教説話だからお経を入れたくなって、でも何も知らないから検索して、調べて、読んでみたら美しいんですよ。これは詩だなと思って。

川野　伊藤さんの訳、私涙出そうなくらいきれいだと思ったの。「お花を散らしてございます。」。

伊藤　ありがとうございます。きれいでしょう。

川野　成仏しそう(笑)。

伊藤　ふつうに読んだら「サンゲラク」なんですよ。漢音で読んでるから「サンカーラク」なんですって。その音もきれいですよね。澄んでいて。お坊さんが読むのを聞くと、男のだみ声でへきえきしちゃうんですよね。柔らかい女の声みたいな感じでやってみました。

川野　『とげ抜き　新巣鴨地蔵縁起』ではお母さまの面白さたるやすごい。あの凄まじい存在感がどんどん語りでもって増殖して、大きくなっていくんですよね。たぶん三次元の小説だとあそこまで増殖できないですよ。

伊藤　死のうとしてる親って見てると面白くないですか
川野　面白いのなんの

伊藤　川野さんご経験あると思うんですけど、死のうとしてる親って見てると面白くないですか。

川野　面白いのなんの。この人こんな人だったっけ、というのから始まって、この世の不思議がどんどん集まってくる。呆けてたのに亡くなる一週間前、呆けがすっきり治りました。

伊藤　すぐに人生の終わりだなってわかりました？

川野　わかりませんでした。呆けてると思ってたものだから、ドクターが、治療しても無駄ですからあと一週間です、なんて母がいる前で言ったんです。そしたら母が涙流して。それからです。いままでの呆けはなんだったかというように明晰になりました。

伊藤　最後までクリアで？　最後の最後まで？

川野　最後の瞬間までクリアでした。むごい話ですが。

伊藤　でも仏教的には、発心集かなにかでもそれが理想ですね。その死に方が。

川野　伊藤さんのお母様も一時期観音様みたいな顔にな

ったと書かれてましたね。
伊藤　このくらい（ほんの少し）の事実とこのくらい（大きく腕を広げて）のフィクションです、あれは(笑)。「梁塵秘抄」を入れたかったんですあそこに。父が死んだときはめそめそしましたけど、母のときは泣かなかったんですよ。夫のときも犬のときも涙も何も出てこなくて。私は死ぬってことにないの、感傷が。どこかいくんだなってだけ。ここにいなくなったって普通のことだなと思ったから。だから本当に見ちゃった。
川野　本当につくづく見ちゃいますよね。親というものは、そういうものをつぶさに見せてくれる存在なんだなと。他の人は見せてくれない。醜いものも一切包み隠さず剝き出しの人間を見せ、最後の方は人間を超えたものさえ見せてくれました。
伊藤　やっぱ親ですよね、そこは。こんな生き様死に様見せてもらって。

▽詩歌の私性

川野　特に近年、伊藤さんの書かれるものを読みながら、心ってどこにあるんだろうと思ったんです。近代って「私」の心というじゃないですか。私が考えたり、私が痛んだり傷ついたり愛したり。伊藤さんが書かれるものはどうも初めから心が外にある感じがするんです。殺人だって殺したいから殺したんじゃなくてそういう縁に出会ってしまえばそうなる、というような仏教的な考え方を導入してますよね。なにか伊藤さんの核にあるものは近代の続きにある現代詩と根本的に違う。
伊藤　すっごい嬉しいです。それを言っていただいて。
川野　心ってもっとうじゃうじゃといろんな人が過去から遠方から何から集まり寄ってきた川みたいなものとして流れている感じです。個人のものじゃない。ごうごうごうごう流れてるガンジス川みたいなものがあって、何を書いていたとしても後ろに積み重なった死屍累々のたくさんの心が大河みたいになって生きてて、伊藤さんの言葉を通して出てくる感じがするんです。「私」なんかたいしたものじゃないって初めからさらけ出してる感じがあります。書かれるものを積み重ねるごとにそういう感じが強くなってくる。亡くなることをそんなに悲しまないというのは、そこに繋がるのかな。

伊藤　めっちゃ嬉しいですね、それは。初めて言われました。初めて言われたし、それを書きたいってさっき人に話していたんです。基本的にそこに立ちたいんだって。

川野　現代詩というのは「私」を成立させ近代人になるための苦闘だと言ってもいいかもしれないですけど、方向がまったく逆で、伊藤さんの場合は私というものがかりそめのもので、いろんな人の心や言葉を預かるものとしてあるようです。

伊藤　それで次の本は書いてみます。そこなんですよね。難しいですよね。でも石牟礼道子さんもそうですね。石牟礼さんの詩は近代詩だったら賢治に似てるでしょ。その持ってるものが集合体のような意識だと思うんです。石牟礼さん、むっちゃナルシシズムがあって、読んでいると、喉元まで来ちゃうときがあるんですけど、すばらしいなと思う小説の中には自分が散らばっていて、人の生き様が一つ二つじゃなくいっぱい表れてきて。

川野　石牟礼さんのナルシシズムも不思議。あれは自分の中に誰かがぞよぞよ入ってくる感じですよね。宮沢賢治はそういう意味では私が弱いですよね。

伊藤　私あるはずなのにね。淡い感じがするの。それは言葉の出し方がそうなんですよ。言葉の出し方が詩は詩なんですけど、『春と修羅』って近代詩から飛び抜けてるんですよ。先行しているような感じがあるから、近代詩と言っても現代詩じゃないのこれ、みたいな詩が書けてるでしょ。

川野　賢治の短歌の場合、収斂度が弱くなっちゃうっていうのかな。短歌は「私」を装置として使って凝縮していくことが多いので。

伊藤　誰からそんな感じになってるんですか。

川野　近代以降ですね。石川啄木やら斎藤茂吉を思ってみても、濃密な「私」でもって言葉を束ねています。ある意味では「私」物語でもある。そうすると宮沢賢治は全然対極にあって、私というのを初めから投げ捨てて宇宙を漂う粒子みたいな感じですよね。そうすると短歌と

川野　ごうごう流れてるガンジス川みたいなものがあって、何を書いていたとしても後ろに積み重なった死屍累々のたくさんの心が大河みたいに

しては一首一首が淡くて輪郭が弱い感じがしてしまうんです。

伊藤　短歌って私がそのまま出ないで濃密なフィクション性みたいなのがあるでしょう。それって斎藤茂吉くらいからそんな感じだったんですか。それとももっと自分がまんま出てたんですか。

川野　確かに定型詩に載ったとたん「私」はある意味でフィクションになりますよね。だけど一人称の詩形なんですよね。王朝和歌だと「私」は大事じゃなくてもっと言葉や調べが優先されましたが、近代でそういう和歌的な美意識から「私」の方へ言葉を取り戻そうとしました。

伊藤　短歌を読んでいて、ぐあっとくるような私性、感傷性、ここまで書く？　みたいな私。

川野　そこは本当に大きな課題で、戦後はそういう感傷性や濃密な「私」語りから抜け出す文学運動がありました。でも若者の不遇な境遇とか東日本大震災とか何かあるとまた「私」の言葉が大事になってきたりします。

伊藤　短歌の方がぎゅっと出せますね。濃密にね。私たちの方が薄められますよね。行分けとかあるし我々は。

川野　そこが本当に難しい。私自身はガンジス川に参加したい方です。私の存在なんてつまんないじゃないですか。単なるきっかけでしかないわけですよね。ガンジス川の声を聴くための。短歌は定型だからこそそれができるかもしれない、と最近思うんです。

▽散文と定型

伊藤　ついこのあいだ中也賞を取った小島日和が、早稲田の学生だったんですよ。彼女もそうだし、ほかの学生たちの詩も、なんというか、散文になりたがってる詩の言葉たちって感じなの。マーサ・ナカムラという人がいて、まだとても若い詩人ですが、この人の言葉もやっぱり散文になりかけてるような詩の言葉なんです。たぶん私も持ってる。その感じを。学生たちには私の詩を読むなと言ってあるから、私からはそんなに影響受けてるとは思えないけれど、詩から逃げたいみたいなのがあるんですかね。学生たちは現代詩読んでないんですよ、ほとんど読んでない。それなのに同じところを流れているような気がして。

川野　いま戦後詩が持ってたようなカチッとした詩のフ

ォルムを目指して作ってる人っていますか。

伊藤　いますよ。でもつまらない。それを壊すのにこっちは必死ですよ。壊れない、なかなか。それは現代詩を読んできてる子に限ってそうなんですよ。だから私はクラスで現代詩を読ませなかった。まったく読ませずに、たまにもっと読みたい何かないですかと言ってくる学生がいるから、石原吉郎とか富岡多恵子とか阿部日奈子とか読んで、二週間読んであと忘れろみたいなことを言ってたんです。

川野　わお。それは凄いですね。私は定型詩にいるので、フォルムの問題はすごく大きいんですよ。

伊藤　私たちってフォルムがないはずなんですよ。なんでもいいはずなんですよ。何書いたって詩ですと言えるはずなのに、これが現代詩みたいな意識を、自分自身が持ってることに、教え始めたころに震撼としましたね。学生が書いてきた詩を、これは詩、これは違うってわけられるんですよ。これは違うってときに、これはリリックよね、みたいなことを言っちゃうのね。私の頭の中にここからここが現代詩で、ここからここが違うって線引きがあるんだと思ったんです。クラスに「現代詩手帖」の編集者に来てもらったことがあったんです。そのときに「現代詩というのはみんなで見えない綱、命綱みたいなのを握っている。これが現代詩というのをひとりひとり持っていて、熾烈な喧嘩になるときはこれは詩じゃない、これは認めないといって喧嘩になる」という話をしてもらった。そのとおりですね。最初はリリックってまったく受け付けなかったけど、やってるうちにこれもいいんじゃないか。ちょっと書いてごらんと書かせてみたり、ラップやらせたり、十三字制限させたりして、だんだん広くなってきた。だけどやっぱり何か持ってるんですね。外国の詩祭で会った詩人たちに、どうやって教えてるのって聞いたことがある。そしたら北欧の人だったかな、最初は伝統的な詩人の書いた詩を詩として教えてたけど、今はもうラップだみたいに言ってる人がいたんです。そういうものかと思った。

川野　そうすると世界各国、だいたい同時的に見えない

伊藤　私たちってフォルムがないはずなんですよ。なんでもいいはずなんですよ

リリックの命綱を握りながら、フォルム自体は変容していくってことですか。

伊藤　そのときに残るのは何なんだろうって思いますね。昔の詩人の場合は韻みたいなのがあったでしょう。韻とか形とかがあって、それからそういうのがないものになって、でもやっぱり詩っていう何かが残る。今、ラップみたいに韻はあるけど、もっと何かあった何かは欠けてるでしょ。それも詩と言ってきて、だんだん広がってるんじゃないかと思って。

いくつかの大学で詩を教えている詩人たちといっしょに「インカレポエトリ」という詩誌をやっているんですが。今、私たちが直面した大きな問題が縦書きか横書きかなんですよ。私未だに絶対縦書きなんですよね。横書きは駄目なんです。学生の詩も横書きだと読めないから縦書きでワードでちょうだいねと言ってる。私、六五歳だからねみたいなことを。ところがやっぱりどうしても横書きじゃないと表現できないという子が何人も出てきてて、「インカレポエトリ」で横書きを載せるか載せないかで大議論になったんですよ。議論がものすごく面白かった。実際、横書きを取り入れたのは早稲田だけだった。なぜ早稲田だけかというと、日本語英語ちゃんぽんの詩がいくつかあったのと、リリックやラップで絶対横書きがいいなという詩もあったからなんです。今はみんな横書きで書いてるでしょ。そこですでに、大きな何かを譲り渡した気がする。

川野　私は歌も散文もパソコンの中では横書きです。

伊藤　短歌も⁉　裏切り者(笑)。

川野　ええ、最初は違和感あったんですけど、今や下書きの段階で横書きじゃないと出てこないんですね、言葉が。だけど活字になったときは散文も短歌ももちろん縦書きになるわけで、横書きでは絶対これは駄目でしょと思うんですよ。

伊藤　ところがこれですよ（スマートフォン）、こいつが横書きでしょ。しかもローマ字打ちでしょ。iPadもそう。なんかだんだんだんだんこう。

川野　浸食されて(笑)。

▽日本語で詩を書くこと

川野　ちょっと話は飛びますけど、伊藤さんは英語で生活しておられますよね。英語の世界が地球をカバーしていて、その下に日本語であれフランス語であれドイツ語であれいろいろドメスティックな言語がありますよね。そういう日本語で書き続けることの意味って何なのか。

伊藤　私の場合は選べなかったですよ。英語では書けなかった。昔、インドの作家と日本の作家がお互いに集まって対話したことがあったんです。津島（佑子）さんが座長でおやりになった企画で。そのときにまず向こうから出る最初の質問が、何語で書いてるかと。えっと思って。日本語ですよ、と言ったら、彼らはヒンドゥー語が一応国語でしょ。でローカルな言葉がいくつもある。それに英語。彼らは英語の方が裾野が広いって言う。誰でも読んでもらえる。ブッカー賞ももらえる。だけど、それじゃ書けないことがいっぱいあると言うんですよ。フィリピンの作家と話したときもそうだった。インドの作家たちは、国から出てアメリカやイギリスに住んでそこで英語で書いてる人たちは、あれはインドの作家とは言えない、と言ってるのね。読まれる広さを考えたら、私だって絶対英語で書きたいって思うんですよ。思うけど、書けないいんですよね。その能力さえあったら英語で書いてるかもしれない。捨てて。

川野　短歌はたぶんそれでは解体されちゃう。

伊藤　本当に。二行詩だし、シラブルが五七五七七なんて。さっき言ってた五言絶句と七言絶句が日本語に来て五七になったみたいな。意匠のこじつけでしょ。

川野　そうですね。

伊藤　だから変わるだろうなとか言いながら。翻訳の話になるんですけど、私の翻訳、ジェフリー・アングルスという素晴らしい人がやってくれてるんですけど。私の詩の中に「切り干し大根の煮たのや」があって、彼は「simmering dried daikon」と書いた。「simmering」、「煮た」ね。誰がそれが切り干し大根の煮つけだと頭の中でわかるんだって思ったの。「green beans」、インゲンマメでいいんじゃないのと言ったら、ジェフリーが絶対ダメって言うのね。何回も話し合った。ドイツ語のイルメラ・ヒジヤ・キルシュネライトさんとも同じような話をした。やっぱり「ダメ」と。でも私は、それをやってる限り日本語の文学がいつまでも研究室、あるいは大学の中にいて、研究者だけが読んで、長い説明や解説をつけ加えなくちゃわかってもらえない。ぱっと読んでわかるものではなくなっていくわけ。そしたらそれは文学から離れていきませんか？　文学ってそんなものじゃないんじゃないか。研究対象じゃない。私たちは文学で生きてるわけだから。だったらわかるように「green beans」でいいじゃんと思うけど、まあ、切り干し大根をおいしいと思う文化はなくなっちゃう。自分が翻訳者だったら「ダメ」って言いますけどね(笑)。

川野　翻訳の難しさにオノマトペの問題がありますね。

伊藤　ありますね。これほんと面白い問題ですね。

川野　アメリカの小学校で宮沢賢治の『風の又三郎』をへたくそな英語で翻訳したことがあったんですけど。

伊藤　「どっどど　どどうど　どどうど　どどう」。

川野　そう。いろいろどうしようもなかったんですけど、あれがどうしようもなくて。「DO」、ローマ字にしたんですけど、意が伝わらない。雰囲気が伝わらないですよ。風がやってくる音って説明しても「どっどど」って言っただけでみんな大笑い。全然駄目だった。

伊藤　オノマトペって、その言葉を使う人たちが全員でしっかり握りしめている綱みたいなものだと思いませんか？　個人のものじゃなくて。それなのに、個人のものを強引に使っちゃったのが賢治なんですよ。賢治のオノマトペって日本語じゃないですもん。日本語にありえない言葉を使って力技で「どっどど　どどうど　どどうど　どどう」と行く。私たちは賢治だしねと納得してる。日本語ですら賢治はそうなのに、英語だからなおさらですよね。

▽詩歌の身体性

川野　伊藤さんにぜひ伺いたいのが身体のことです。現代詩はよくわからないですが、短歌のフィールドでは身体感覚というのが遠ざかっている感じがあります。身体の重量感とかボリューム感とか痛みとか痒みとか。八十年代から九十年代にかけて女性の身体が出てきて、それから引いてしまった感じがあります。伊藤さんは、いろんなものを身体を通して感受して書かれている。身体で翻訳しながら世界を味わってる感じがありますよね。

伊藤　私の身体にこだわるものって、結局前の世代が外に向かっていく世代だったでしょ。学生運動とか、あるいはウーマンリブとか。私たちの世代は外に向かって行かない世代だったから、外に向かって行かずに毛を抜いてみたり。自傷行為と今は言いますけど。私はそれを身体で表現していくのが一番最初だったんです。だから最初から身体しかなかったなみたいな感じ。書き始めの一番最初に書いてたのが摂食障害だったり。そうすると骨とか肉とかにものすごくこだわるんですよね。で、セックスでしょ。それも相手のいないマスターベーションでしたよ。やっぱり身体ですよね。それは呪いのように自分にあって。世代的に同じ世代の人たちがそうなのかどうかわからないんですよ。

川野　私は世代的なものかどうかよくわかりませんけれど体を感じることが難しいんです。伊藤さんの身体は今は世界を感受する装置、世界を抱きとる装置として働いてる感じがあるんですね。私それがすごくうらやましいです。今という時代は体がパーツになって分散してるように感じます。たとえば左脳を鍛える右脳を鍛えるとか。いろんなものが専門化パーツ化して、ばらばらに散らばっていて、検索すれば部分は出てくる。だけどそういうものを統合して、ひとつの世界として人間として感受する、その装置が欠けてる気がするんですね。

伊藤　個人的なものだと思います？　それとも世代的な？　あるいは社会的な？

川野　多少世代的なものがあり、それから大いに伊藤さんの個性的なものがあるんだろうと思います。身体がないと語りは出てきません。

伊藤　そうかもしれませんね。わかんないです。なぜなのか。

川野　そうですか。でもそこを貴重なものだと思っていて、もしボディがなければ戦争に行けちゃうんだと思うんです。痛くないから。すごい不思議ですが、身体感覚を表現することが戦争中の短歌見ていくとないんです。痛がっちゃ駄目、暑がったり寒がったりしちゃ駄目なので。

伊藤　なるほど！　そういう想像力の働かない、あるいは経験のない世代がどんどん戦争に行けちゃったのかも。身体を痛がっちゃ駄目なんですよね。

伊藤　オノマトペは、その言葉を使う人たちが全員でしっかり握りしめている綱みたいなもの

川野　身体や感情を消すことが戦争への言葉の参加だったんだと思います。だから戦争が終わったときにまず言葉がやったことが身体を取り戻すということ。

伊藤　ああ、そうかも。それね、私の場合、フェミニズムに出合ったときに感じた。そのころウーマンリブと言ってフェミニズムなんて誰も言ってなかったですよ。「フェミニスト」という雑誌の配達をやってたんです。新宿の、雑誌を置いてくれるところに持って行くと、会合をやってて、誘われる。そこでみんな自分の性について話していたし、自分の体を認識することについて話していた。なんだったら鏡で自分の性器を見るとかね。それ、いい勉強になりました。あのね、鷗外を読んでいて私が興味持ったのは、歴史的な小説のなかで、人が死ぬ、切られて死ぬ、切腹して死ぬシーンがなんの痛みもないってところなんですよ。

川野　切腹って歌舞伎やらで様式として美しいですね。

伊藤　それが、美しいもへったくれもない。棒が壁に寄りかかって、それを外したらぱたんと倒れたみたいに、人が死ぬんですよ。鷗外、何を考えてこんな描写をと思って。それに興味を持ち始めたのが『切腹考』を書いた理由のひとつです。

川野　伊藤さんの『切腹考』はものすごく身体にこだわって、ぬめぬめと血が流れるとか。

伊藤　私はポルノとしての切腹小説から入ったから。ポルノ的な切腹描写は痛みをまんま書く。SMだから、SMとしては、声を上げないと、ポルノとして機能しない。でも鷗外はそのまま反対にいて。

川野　直立してる。というか無感覚。伊藤さんなどの世代が産むことにテーマを出してこられたのが、歴史的な必然を感じるんですよね。産むことは国家とか家族とかにやすやすと奪われやすいものですよね。それを女の身体で引き受ける、それを取り戻すというか。そういう意味で非常に重要な。

伊藤　その頃感じていたのが、女の身体にしても、産むにしても育てるにしても、男中心の価値観で、いいお母さん像とか押しつけられる、それが直の反発です。その頃、『お産革命』という素晴らしい本が出てたんです。たしか朝日新聞社の記事をまとめた本だったと思う。ラマーズ法のこともそこで知った。男の医者が女の身体や産むという経験をモノ扱いする、機械の中に閉じ込めることがおかしいんじゃないか、お産だって、ちがうやりかたがある、それはこんなに人間的にできる、そんな本だったんです。昔読んだっきりだからまちがってるかもしれない。それで、妊娠したときに読んだ本が、江戸時代のお産の本とか子育ての本とか、それから民俗学だったんです。民俗学なんて子供が十人産まれたら二人とか生き残ってあとは死ぬわけですよ。それから中絶の話とかね。みすず書房から出たフィリップ・アリエス、『〈子供〉の誕生』もおもしろかった。ヨーロッパの歴史のなかで子供はどうやって認識されたか。それまでどれだけ殺されていたか。それから阿部謹也とか網野善彦とか。それと、動物生態学で、杉山幸丸の『子殺しの行動学』という本はほんとに衝撃的だった。サルの群れが、新しいボスに変わったときに、子ザルを全部殺すんですよ。母ザルは最初守るんだけど、子ザルが傷ついてしまったらもうほったらかしで、次の発情をして次の子供を産むの。そういうのがどれだけ面白かったか。そういうのが全部あった時代なんですよね。

川野　今は綺麗ごとで覆ってる。生命について直に考えるってことが、かなり遠いものになってる感じがありますね。今コロナ禍で、死というのがありますよね。

伊藤　ほんとうに申し訳ないんですが、大きな声じゃ言えないんですが、面白かった、この変化が。

川野　世界がどうなっちゃうんだろうっていうのが。

伊藤　ここにいてよかったと思った。死ぬ前にこれをこの歳で経験して、ちょっと遅かったけど、もっと若かったらもっと良かったたって。このときに大学で教えててよかったたって思った。これだけ傷ついてぼろぼろになってる子たちを目の当たりに見てよかったと思った。茨木のり子とか石垣りんとか、あのへんの戦争経験した人たちが見てきたものなんだなと思った。

川野　戦後は明るい時代に向かう予感があったけど、今はもっと悪い時代がコロナ明けたら待っているだろうという予感がありますよね。

伊藤　あまりないんですよ、私。うちの娘たちはそんなこと言ってるんですけど、え？　って感じ。

川野　あ、そうですか？　命が根を張ってる深さとか広さ、そういうものが弱くなってる気がします。そのことがずっと気になっていて、気候変動にしろ何にしろ、もうちょっと生き物として感受し直したいと思ってるんです。

伊藤　私このまま、流れのまま、なるようになるっていう感じのまま、ぶっちぎっていくしかないなと思っていますけどね。

川野　やっぱり心がガンジス川ですね。

伊藤　私も言われて発見です。そういうことだったんだなと思って。

川野　長時間本当にありがとうございました。

（二〇二一年三月十二日　アルカディア市ヶ谷にて）

季語は比喩じゃない？

井上弘美
（俳人）

×

川野里子

井上弘美（いのうえ・ひろみ）　昭和28（1953）年、京都府生れ。「汀」主宰。「泉」同人。武蔵野大学客員教授。句集『風の事典』『あをぞら』（俳人協会新人賞）、『汀』『夜須礼《やすらい》』（星野立子賞・小野市詩歌文学館賞）他。句文集『俳句日記2013　顔見世』。著書『俳句上達9つのコツ』『季語になった京都千年の歳事』、『読む力』（俳人協会評論賞）井上弘美編『発信―武蔵野大学俳句アンソロジー』他。

▽思いの重なる着物

川野　井上さんと着物でデートをしようと言いつつ何年過ぎましたっけ。

井上　十年以上は経ってますよね。たった一回お目にかかってお昼ご飯をご一緒しただけですが、お互いに本を出したら送り合いましょうね、と仰ってくださったことが、今日の日に繋がりました。うれしい限りです。

川野　井上さんのお着物、ほんのりピンクでとっても素敵です。

井上　これ母のものなんです。しつけが付いたままでした。単衣の紬ですが、清水の舞台に百日紅の絵柄です。母は実家が西陣の帯問屋だったこともあって、着物が大好き。こういう柄行きにもちょっとした京都人の誇りのようなものが感じられます。帯は宮古上布の切嵌で、宮古島で求めました。川野さんの最新歌集『歓待』と私がこの春に上梓した句集『夜須礼《やすらい》』の両方に、宮古島で詠んだ作品があるのでこの帯を締めてまいりました。

川野　うわあ、ありがとうございます。なんと記念すべき。すごく手の込んだ織りの帯ですよね。

井上　川野さんも素敵なお召し物を。

川野　これ、実は母方の祖母のものなんです。伯母が亡くなって、そのタンスから出てきたのですが、しつけも付いたままで着ていないんですね。二十八歳で亡くなってるんです。小さいのであちこちつぎはぎしてあるので、動くといろいろ出てくるんです。動けない(笑)。

井上　でも素敵ですね。着物ってそういうふうにその人の人生全体を慈しむみたいなところがありますでしょ。その着物を着ることで、私の母や川野さんの御祖母様の思いも全部纏うことができる。

▽着物歳時記

川野　着物歳時記をお作りになるとか。

井上　二、三年のうちには作りたいなと思っています。今日、川野さんがお召しになっているのは、能登上布とのことですが、繊細でとても涼しげです。「上布」や「羅」など、季語には着物文化が反映されています。でも「浴衣」はともかく、着物を着ることが少なくなったので、着物の句が詠まれないのは残念なことです。私は京都に生まれ育ったので、京都の伝統産業であり、伝統文化である着物を、俳句という切り口で顕彰しておけたらいいなって思うのです。例えば「花衣」という季語がある。お花見に着る着物ですね。これは季語だから、歳時記に分類されます。でも「桜」を季語とした着物俳句は、「桜」を季語としているので、着物の句としては分類されません。そこで、着物に関する季語を使っていない、着物俳句も含めて集めておきたいと思っているのです。着物は民族衣装であり、かつては日常生活そのものでした。そこには多くの知恵や、美意識が息づいています。だから、喪われつつある着物文化を、四季の移ろいと共に、一冊の歳時記としてまとめておきたいと思っているのです。

川野　顧みるといま着物についてうたった短歌を見つけるのはすごく難しいですね。例えば「羅」とか、季語として残っているから現代でも詠めると思うけど、たぶん短歌だと、ぜんぜんないわけではないですが。短歌がいつ着物を脱いだかをざっくり考えてみると、実はものすごく前、与謝野晶子だと思うんですよ。樋口一葉あたりだと和歌の定型の表現で出て来ます。〈すみだ川いく朝露にぬれつらん桜の色に袖やそまると〉なんて歌がすぐ見つかります、ほぼ記号ですよね。与謝野晶子の『みだれ髪』がなにをやったかというと、象徴的にですが脱いじゃったんですね。着物を。「やは肌の」っていきなり出ちゃうんですから（笑）。

井上　そこまで遡りますか。着物文化が現代短歌では詠まれていないというのは衝撃です。

川野　あのあたりで着物が表象としての力を失ったかもしれない。〈半身にうすくれなゐの羅《うすもの》のころもまとひて月見るといへ〉という歌が晶子にありますが、これは半ば王朝夢物語の架空の世界のことで、短歌の現実表現のなかではもう着物は表象としての力を失ってるんですよ。近代だと三ヶ島葭子に〈一日にて別るる吾子のほころびを着たるままにてつくろひやれり〉という歌があります。

川野　短歌がいつ着物を脱いだかをざっくり考えてみると、実はものすごく前、与謝野晶子だと思うんですよ

生活表現として出てきますけど、この歌などは洋服かもしれません。着物が表舞台に出てこない。晶子が脱いじゃったのかもしれないと思います。

井上　かろうじて、俳句は季語として存在するので、まだ詠み継がれています。また、季語としてではなくても、例えば桂信子の代表句と言えば〈ゆるやかに着てひとと逢ふ蛍の夜〉が思い浮かびます。季語としては「蛍」ですが「ゆるやかに着て」という表現には、湯上がりに着物を纏う艶なる風情が、決して古びず、生きていると思います。蛍が飛ぶような幻想的な世界の中で、思う人と逢瀬を重ねるような場面に、着物ほど似つかわしい装いはありません。信子には数々の名句がありますが、時代を超えて人々の共感を得る句だと思います。

川野　私がひとりの作者として着物を詠おうとすると、自分が着てる歌はできないですね。今向き合ってる現代のリアルさや課題から離れてしまうという気持ちがあるんじゃないでしょうか。

井上　日常性を失っているということですか。着物があるひとつの設えなり、世界を持ってしまっていて、その中に押し込められるということなのでしょうか。

川野　何しろ王朝以来の積み重なりがあるのでそれを振り払うのは非常に大変だと思います。俳句であれば季語の持っている世界観、空間観のなかにすっと入っていくことで、むしろ現代性を詠めるのかもしれないですが、短歌の場合だと「袖」と言っただけで万葉集から王朝和歌からぞろぞろ出てくる。同時に現代の場面に置けなくてどうも別世界と感じてしまいます。もちろん贅沢な着物のことを綺羅と言ったり、そういう表現をすることはありますが、綺羅と書かれて着物を想像するかというとそうではない。もうちょっと抽象的な贅沢な衣服という程度のことを思うしかないですね。あれほど袖だの領巾《ひれ》だのうたって、王朝物語なんかで女性の表情や身体は表現しない。着物と髪を表現することによって感情を表していた歴史があるんですけど、随分遠くまで来ちゃいましたね。

井上　そうすると、私たちが季語体験として着物で吟行に出掛けて、着物を着ることで見えてくるものや、感じられるものを詠みたいと思っているのは、懐古趣味というか、古典的な世界への憧憬なのでしょうか。

川野　どうなんでしょう。面白い課題だと思います。お茶の世界もそうですけど、そういう空間や精神性が維持されてるということ、それはすごく大事なことのような気がするんです。そして井上さんが京都の歳時記を『京都千年の歳事』で掘っていかれた仕事がありますね。そういう言葉と歴史と現実を結びつける仕事がなかったら日本語はどうなっちゃうのかと思います。日本語は助詞と助動詞以外は全部カタカナなんて世界になってます。「スクロールしてドロップしてはいオッケー」みたいに。俳句が持っている季語と結びついた文化、そして生活、空間、場というものを全部呼び寄せる力というのはすごく大事なことだと思うんです。それと季語を介してすっと結びついてゆくことは、現実に引き返す力があればとても大事な仕事だと思います。引き返す力がなければ「古き良き」になっちゃうと思うんですけどね。

井上　お話を伺って、今、着物歳時記を作ることには、私が考えていた以上に深い意味があるかもしれないと思いました。着物に関わる季語も、着物文化も日本文化の根底と繋がっていて、廃れつつも再生のエネルギーを宿しているのですね。大切な事に気づかせて頂きました。

川野　詩人の新井高子さんは桐生織りの織元の娘さんです。新井さんは織ってる職工さん、女工さんたちに育てられるんです。そこが新井さんが育っている間に衰えていく。そこで織ってる女工さんたちの物語を詩にしていて『ベットと織機』という詩集があります。だんだん衰退していく着物文化のなかで、織っていくことが自然に女工さんたちの語りをどんどん引っ張りだしてくるんです。布を織るのは長い時間かかるじゃないですか。その織る時間に女の思いって堆積していきます。誰かに語りたいことを単発的に思い出すのではなくて、その思い出したことを織り合わせていく時間になっていきます。ひとつの物語ができていく女の時間、そういうものがあるのではないかと感じさせる詩です。こんなに瞬間瞬間だけが大事になってしまっている時代にとってそんなふうに物思いを紡いでいく、織っていくという時間がまだどこ

井上　着物に関わる季語も、着物文化も日本文化の根底と繋がっていて、廃れつつも再生のエネルギーを宿している

かにあるとすれば、それは何か大きな助けになるかもしれない。それで私も『歓待』で宮古島の織物の歌も作ったんです。

▽コロナ禍で

――コロナ禍で、集えない状況というのは俳句とか短歌に影響を及ぼしているところがあると思われますか。

井上　俳句はまさしく三密から生まれ、三密が育てている文芸なので、当初は本当に参りました。俳人は皆、座の文芸であることを大切にしています。今回、川野さんの歌集を改めて拝読して、一首一首が作者の中で、完結しているんだなと思いました。だけど俳句は、他者によって評価されることで一句として成立するところがあるのです。ここが、五七五に七七がある短歌と、七七の部分が無い俳句の大きな相違点だと思います。例えば、季語そのものを詠む一物俳句はともかく、季語と内容を取り合わせる二物俳句の場合、その季語が置き換え不能の決定打になっているかどうかだけでも、評価は難しい。季語を置き換えることで、別の作品になりますから。だから、句座に出して試してみる、客観的な評価を得ることが必要なのです。それとともに、句座によって、俳句に向き合うエネルギーを得ることも大切です。例えば私は伝統派なので必ず季語を使います。当然、句会に提出される作品にも必ず季語が使われているので、それらの季語に触れることは、直接、自分自身の作句意欲を刺激することになるのです。季語が存在することで、他者の作品は自己の作品と深く関わっています。ですから、句座を奪われることで、創造的エネルギーをも奪われることになりかねないわけで、これは恐ろしいことです。これに代わるものとしてインターネットの活用があって、今も恩恵に浴していますが、あくまでも二次的なものだと思います。時間と空間の共有によって、その場に満ちるエネルギーは絶大です。そのかけがえのない一回性が想像力を生むのだと思います。ただし、インターネット句会は時間と空間を共有できない、遠隔地の仲間との句会を可能にしてくれました。例えば夏井いつきさんのお仲間が開発して下さった「夏雲システム」は画期的です。全国で多くの句会が愛用していると思います。このような時代には救世主とも思えます。だから、一方では新しい可能性も生まれてはいるのです。しかし、「夏雲」を使うと、作品が得点順に序列化されるという問題もあります。句座においても、互選の得点は一つの評価ですが、指導者による選はそれを超えるものです。初心者の選も、指導者の選も、得点としては一点であるということは平等ですが、果たしてそれでいいのか。「夏雲」は一句一句選評を書き加えることができるので、選評を書くのですが、句座を共にして語るのとでは、届き方が違うように思えます。利便性に慣れてしまうと、手間暇をかけることで、句座の中で一句一句を磨くような手厚さが失われるように思えるのです。

川野　ほんとうにそうですね。やはり歌会ができないのでそういう意味での批評の場が失われたことは短歌にとってもけっこう痛かったと思いますね。ただ短歌の場合はもともと引きこもり傾向の人が多いので、この引きこもりの時間をけっこうみんな喜んでいるところもあって、現代の短歌ってモノローグの短歌になってることを思います。一方で大学の授業をオンラインでやってますと、学生たちが飛びついて来ます。大学一年生で入って二年生になってもまだ一度も大学へ行ってませんという子がいるわけですよ。そういう子たちに創作を教えてると熱気が違います。

井上　そうなんです。私も大学生に俳句を、今四クラスあるので九十人位の人たちに教えていますが、俳句があることで、学生同士が横に繋がることが出来ると言います。短歌もそうでしょうが、俳句は十七字とさらに短いので、互選をしたり、互いに鑑賞をしたりしてオンラインによる句会ではあっても、句会を楽しむことが出来ます。そうすると、句会に救われるというんですね。去年は一度も登校出来なかったので、会ったこともないクラスメートに連帯感や、懐かしさすら感じると書いていました。

川野　本当にそのとおりで、短歌の場合はもうちょっと切実な本音とか出てきますから、そういうものも相手にするわけです。私はZoomで授業するんですけど、私ができることは批評をきちんとやるってことだと思うんで

井上　俳句は、他者によって評価されることで一句として成立するところがある

すね。今の歌壇についてもいえますが、批評というステージが弱くなってる、脆くなっちゃってる気がするんです。批判しちゃいけないとかね。自分のわからない歌については沈黙するとか棲み分けしちゃうとか。射程にある人だけには綿密な批評をするけれど、その隣にある年齢の違う人の歌には沈黙するとか、読まないとか。そういうことがコロナと関係なく起こってきていたのが、コロナ禍になって実際会えなくなったときにもっと色濃く露わになっています。学生たちがなんでそんなに打ち込むのかと思うと、自分の書いた言葉に返答があるからだというわけです。批評に飢えてるのね。私は批評の場では批判しなさいっていうんです。お互いに高め合うためなんだから、きちんと批判し、きちんといいところを認めるという二つの道具を使ってお互いを高め合うことが批評することですって。ものすごく当たり前のことですが、それが今の若い人たちには驚きで迎えられるんですよ。おそらく義務教育の間、一方的に授業を聞いて受験勉強に適応することだけをやってきた。内申点を気にしながらね。そのままコロナで家に引きこもってる状態の人にとって対話によってお互いを高め合うとか、言葉でもって、悪口を言い合うとか人格攻撃をすることとまったく別のステージとして批評というステージがあることにそこで初めて気づくんだと思うんです。批評し合うということへの慄き、恐れと高揚感を学生から受け取って、むしろこっちのほうがびっくりする感じですね。

井上　私は批評まではなかなかいかないですね。例えば三十人のクラスでひとり一句提出して三十句の句会をする場合、全員に三句選んで選評をつけてもらうと、何句かは誰にも選ばれない句が出てきます。中には優れた作品が選ばれない場合もあります。もちろん、欠点があって選ばれない場合が多いのです。そういう人たちに、コメントを書いて励ますのですが、私はそれで手一杯です。どんな句にも必要に応じて、解消するべき点は指摘しますが、誰にも選ばれない句には、欠点の解消法や今後に向けてのヒントを丁寧に書きます。何しろ学生同士は句会形式そのものが新鮮で、みんなの句を読んで感動して、こんな季語でこんなことが詠めるなんて素晴らしい、と喜んでいるわけですよ。そこに批評を持ち込むのは難しいです。今年は対面授業が出来ているので、上級クラスでは試みていますが、選評を書く訓練をした上でのことですね。かなり慎重にやらないと前向きなエネルギーが引き出せないと思うのです。短歌の場合は五七五に七七があるから、この表現で相手に届くのかどうかという批評が出来るのだと思います。俳句は季語の習得が難しいので、先ずは、季語と出合えた喜びを大切にしておきたいと思っています。

川野　短歌の場合は独白性が強いので、そうすると独りよがりで自分だけがわかってて、人にはまったく通じないということがしばしば起こるんですよ。そして作者の意図とまったく違う読みが批評で入ってくると作者はぎょっとしちゃうわけです。あ、通じなかったんだって。その体験がすごく大事だと思っています。もうひとつは最近ネット空間で発信することが容易になってますよね。いいねがいくつ付くかとかね。そこには公性が意外に薄いです。だから定型詩とは公の器なんですっていうことを伝えたいんですよね。短歌という形式、あるいは俳句という形式になった途端、九十歳のおばあちゃんから十三歳の中学生まで作品だと思って一斉に読みますよね。それは自分の周囲の友達にツイートしてるのとまったく違う体験なので、公の器であるという性質を知ることがひとつ大事な体験になる感じがしてますね。

井上　その独りよがりになるのは七七の部分ですよね。俳句は季語があるから、独りよがりになる部分が少ないのです。もし独りよがりな作品が出来ても、季語があるので、だいたい作者の意図はわかります。だから、語順の入れ替えや、助詞の入れ替え、あるいは言葉の置き換えで解決できる場合が多いのです。

川野　ええ。それと比喩の問題があるんですよ。書かれたことが現実のことなのか、それとも暗喩なのかという問題が出てきて、読者が読み迷うわけです。「～を殺した」とか「～をぶん投げた」とか。それが暗喩として全体喩として出てくる場合と実際にある場合と。その区別の仕方は表現を身につけてくれれば出せるんだけど、学生の場合にはそれがないので、殺したの⁉　とかって（笑）。

川野　意図とまったく違う読みが批評で入ってくると作者はぎょっとしちゃうわけです。（略）その体験がすごく大事

▽俳句の季語と虚

川野　俳句の場合、全体喩みたいな比喩の問題というのはどうなんですか。

井上　一句そのものが心象風景として読まれるということはありますね。平成十六年に四十五歳の若さで亡くなった田中裕明の句に〈くらき瀧茅の輪の奥に落ちにけり〉という作品があります。自身に死が迫っていることを知っていて詠んだ句だと思います。この句は「茅の輪」が季語で、六月三十日の夏祓《なつはらえ》に身を清めるために潜るものです。しかし、この句では「茅の輪」が此岸と彼岸の結界のような働きをしていると思います。「茅の輪」の向こうに落ちている「くらき瀧」は、死後の世界に落ちている瀧なのでしょう。川野さんの『七十年の孤独』の中に照井翠さんの〈虹の骨泥の中より拾ひけり〉という句が引用されていて、照井さんは震災以後の世界を詠むときにいろんなものが海辺に落ちている中から、「虹の骨」を拾うと言ったときに何か救われると思えたのかもしれない、と川野さんはそんなふうに読んでいますね。照井さん自身も俳句に虚構の部分があることで救われたと仰ってましたね。お二人の仰っていることはよくわかります。でも、伝統派は季語を比喩として使ったときには、季語としては働かないという考え方です。だから海辺に落ちている虹は、私たち伝統派が「虹」を季語として捉える捉え方とは別です。それは季語というより、詩としての言葉なのだと思います。照井さんの句はとてもいい作品だと思いますが、伝統派はそのようには詠めないと思います。〈海よ贖《あがな》へと風鈴鳴りゐたり〉と友岡子郷が震災を詠んでいますが、この場合の風鈴は季語としての「風鈴」です。しかし、同時に鎮魂の「風鈴」でもあります。

川野　それでぜひ伺いたいと思う句があるんです。井上さんの『読む力』のなかにあった大石悦子さんの句で〈雪たんとたもれとうたふ葩煎袋《はぜぶくろ》〉（『有情』）。この「葩煎袋《はぜぶくろ》」という聞いたこともない季語があって、現実にはもう世の中にないわけですよね。だけどああそっか、お米をぽんとはじけさせたお菓子、あれをいっぱいに詰めた袋があって、その袋が雪を欲しがっていると読んだときに現実にはもうない葩煎袋がありありと思えました。ほんのりとした雪待ち心というのでしょうか、まさに現実にある葩煎袋ともうちょっと比喩的なものとしての中間にあるような気がしたんです。しかも葩煎袋って天明のころもうなくなったというので、それがこんなふうにすごくリアルに再現されてることに驚いたんです。

井上　宇多喜代子さんが『古季語と遊ぶ』という本を出しておられます。これは、生活環境の変化の中ですでに失われた季語を持ち寄って、想像力によって俳句を詠むという句会での成果をまとめた著書です。大石悦子さんはその会のメンバーでした。そこで詠まれた句でしょう。「葩煎袋」という、季語としては残っているけれども、実態としては失われたものに、息を吹き込んで蘇生させようということなので、虚として詠んでいるわけではありません。要するに題詠の延長線上にあることなので、どんな立場の俳人にも違和感のないことです。

川野　例えば火鉢とか油団《ゆとん》とか、今じゃほとんどないものですよね。ああいうものは季語として残ってるわけですね。熾って言葉さえ最近はイメージしにくいと思うんですね、熾火とか言っても。そういうものを使うときってどういうふうに意識されるんですか。

井上　火鉢は今でも節分会などの伝統行事では見ることがありますね。生活実感の失われている季語で俳句を詠むのは難しいですが、題詠として詠むことはあります。記憶にあるものは現代に呼び寄せて、知らないものは歳時記の記述や例句などで想像力を膨らませて詠みます。もともと俳句には「雪女郎」とか「亀鳴く」とか、「雁供養」とか、虚の季語も存在しているので、遊び心としてまことしやかに詠むことには慣れているのです。

川野　ここで短歌と俳句の違いがすごくクリアになりました。短歌だと熾火といえば心のなかのもので、もう比喩になって久しいですね。

井上　伝統派は比喩としては使わないんですよ。比喩的に用いた時には季語として働かないからです。例えば「空蟬」は比喩的に用いやすい季語かと思いますが、どこまでも現実に存在しているものとして詠みます。〈空蟬のいづれも力抜かずゐる〉という阿部みどり女の句は、空蟬を擬人化してはいますが、空蟬の在りようを写生し

井上　俳句は季語があるから、独りよがりになる部分が少ない

た句です。もう抜け殻になっているけれど、蟬が抜ける時に踏ん張った力の痕跡が残っているというのです。リアルなものの姿に、圧倒的な存在感があるのです。ですから、むしろ比喩は弱いのです。

川野　一方でどんどんどんどん増えてくる現代の言葉ってありますよね。ＩＴとかネットとかいろんなものがありますけど、そういうものは。

井上　詠みますよ。俳句にカタカナ禁物という考え方の方もおられますが、調べが美しいとか、感覚が新しいとか、詩の言葉になるものは生かしたいです。私は文語旧かなで俳句を詠んでいますが、そこにうまくカタカナが入ってくれると新鮮です。省略語は馴染みにくいので、よく吟味して、ということでしょうね。

川野　引きずり込めるかってことですね。カタカナ俳句ですぐ思い出すのが〈ヒヤシンススイススステルススケルトン〉（正木ゆう子『静かな水』）。なんだかわからないけれど非常に詩的なものが立ち上がってきてますよね。

井上　やはり韻律の面白さがありますね。意味性を排して、調べだけでもそこに充分詩は存在しているというか。

川野　ほのかな春の気配さえあります。春のひかりを感じるというのかな。「ス」「ス」「ス」という音の。

井上　透明感といい、単なる言葉遊びとも違いますよね。きらっとしたものがちゃんと存在していますよね。

川野　「ステルス」が入っているところがやはりちょっととぎらりとしますね。

▽七七と季語

川野　井上さんの『夜須礼《やすらい》』を拝読していてすごく面白かったんですけど、井上さんの句のなかでこれは短歌的世界が展開できる句と、絶対にこれは短歌ではできない句があったんですよ。二句並んでいる〈秋蟬のいちばんとほき声を聞く〉これは短歌でも展開できる気がする。例えば河野裕子さんの短歌で〈しんしんとひとすぢ続く蟬のこゑ産みたる後の薄明に聴こゆ〉という歌があります。産み終えた後に訪れる静寂で気づく、かなかなが鳴き澄んでいたということですよね。「いちばんとほき声」と言った時になにかそういう静けさにも通じてゆくものを感じとることができます。それに対して、これは絶対に短歌ではできないと思ったのは、その隣の〈小鳥来る一枚板の譜面台〉。この「一枚板」の感触が短歌だと伝わらない。短歌は「一枚板の譜面台」に留まることができないんです。それを比喩的に使って、あるいは場面として使って他に行くんですよ。だけどこの「一枚板の譜面台」と言った時に、「一枚板」だから、すごく年輪の重なったどっしりとした譜面台ですよね。それと「小鳥来る」という、軽いものがフッと来ることによって、逆にこの譜面台のどっしりとした存在感というものがグッとせり上がる。この「一枚板の譜面台」のリアルな存在感、懐かしさ。

井上　「秋蟬」の句は一物俳句なので、七七を呼び込むことが出来るのでしょうね。一方「小鳥来る」は取り合わせで二物ですから、季語によって一句が閉ざされているということかもしれません。

川野　それは短歌にできないんですよ。だから短歌で展開できそうだなという句と、絶対にできないなっていうような句がちょうど二句たまたま並んでいて、すごく面白いなと思いました。

井上　私は三十歳で俳句を始めましたが、それまで短歌は好きでよく読んでいました。だけど、俳句を作るようになってからは、短歌を読むと頭の中で五七五にまとまってしまうようになったのです。「この言葉は要らない。これがあるならこの言葉も不要。ここにこういう季語を置くと俳句になる」なんて、失礼ながら。にもかかわらず、歌集を一冊読むと、俳句のリズムが狂ってしまうようなこともあって、しばらく短歌は読んでいなかったのです。けれど、川野さんの短歌は全く五七五にはならない。ものすごく短歌性が強いんですよね。言葉が非常に厳密に使われていて、置き換え不能です。一つの言葉が次の言葉を呼び出していて、さらに次の言葉に連なって、と一首が完結しているので、私が立ち入って「これ要らなくない？」という隙が全くありません。

川野　それはすごく嬉しいです。でも本当はスキだらけ誤算だらけなんですよ。

井上　二物俳句、つまり取り合わせの場合、短歌の七七の部分を受け持っているのは季語かなと思うんですよね。〈死ぬときは箸置くやうに草の花〉という小川軽舟さんの句は、死ぬときは食事が終わった後、「ごちそうさまでした」と綺麗に箸を揃えるような姿でありたいという内容です。そこに、名も無く咲いて、枯れる時がきたらひっそりと枯れてゆく秋の草花を配合することで、一つの作品世界を作っています。取り合わせの季語は内容につきすぎないということが大切で、程よく離れつつ内容と響き合っているということが理想です。俳句が七七を捨てることが出来たのは季語があるからだと、改めて季語の存在の大きさを思いますね。私なんか、五七五が長いと感じる時があって、そんな時には季語がすべてを語っていて、私が付け加える何ものも無いと思えます。

川野　そうですか。全く逆のことを井上さんの句に思ったんです。俳句は非常に収斂していく形式ですよね。でも井上さんの句は空間を作り出すんですよね、ふわーふわーって。いろんな方がいらして、場を感じさせる句とか、時間を感じさせる句とか、いろいろあると思うけど、井上さんはとにかく空間を創るんですよね。

井上　そんなこと言っていただいたことはないです。

川野　最初の句がものすごく好きで。〈あをあをと海の暮れゆく雛の膳〉。この「雛の膳」のクリアな存在感。もうお膳の中まで見えるんですよ。たぶん鯛がこうあるな、とか。雛あられがちょっとこう付いているな、とか。同時にどーんと向こうに海が。これ実際に窓から海が見えたとかそういうことではないと思うんです。どこか遠くでもいいと思うんですけど。そういうことに突き合わせられることによって、すごく大きな空間の中にこの雛の膳がある、そのことの凄さを感じたんです。〈サハリンの尖見えてゐる夕花野〉。これも好きです。なにか毒気もあるし。サハリンという、今非常に棘のある場所というか、そういうものが花野に突き出している。井上さんはこの小さな俳句という収斂度の高い詩形でもって大きな空間を詠み出されている気がします。

井上　そんなふうには思ったことなかったです。いつも本当に苦しんで苦しんで俳句を作っているので。

▽夜須礼と京都の文化

川野　あとやっぱりこの『夜須礼』というタイトル。それから今宮神社という場、今のコロナの時代に、安良居祭は悪疫退散という意味もありますが、膨らみのある空間を感じます。

井上　「夜須礼」という題はコロナの状況とは全く関係なく、数年前から句集名として頭にありました。「安良居祭」は桜の散るころに行われる一種の鎮花祭で、「夜須礼」はその傍題季語です。あるとき叔父が「安良居祭ほど懐かしい祭りはない、子どもの頃からあの花傘の中に入って…」と語ってくれたことがあって、幼い母が、祖母に抱かれて傘の内に入ったであろうことを想像したのです。母の産土神社の祭りで、千年もの昔、疫病が流行った時に始められました。だから、今でも花傘の中に入れば無病息災で過ごせるというので、老若男女が傘に身を寄せます。祭りのメインは赤い大きな花傘ですが、赤鬼、黒鬼が登場します。そして、実に単純だけど、飛び撥ねては大地を踏みしめます。これは反閇《へんばい》と呼ばれる、地霊を鎮める行為なのでしょう。祈ることの切なさを思わせるような、どこか鄙びた、素朴でのどかなお祭りです。都は何といっても魑魅魍魎の跋扈するような闇の深いところでしょう。ですから、折に触れて浄める必要があるのですね。四月の安良居祭に続いて、五月の菖蒲、六月の夏越の祓、そして、いよいよ七月の祇園祭と祓い浄め続けます。古い土地柄であるだけに、都の強い光が深い闇を作り出すのでしょう。祈り、浄めずには過ごせない。それが京都であり、「夜須礼」はその象徴的な祭りだと思います。

川野　やっぱり京都ってそういうものがどこか痕跡として、天皇も仏教も鬼もありとあらゆるものがぞよぞよぞよぞよ集まってくる。

井上　そうなんですよ。だから折に触れて浄めないことには。六月三十日も本気で茅の輪くぐりをし、人形《ひとがた》を流します。そういうことが日常生活の中にありますよね。六月三十日までには絶対水無月（和菓子）を食べなくちゃって私自身が思っていることも含めて、祭りと日常はちゃんと交差している。そういう文化なんだと思います。

▽「場」の喪失、「私」の軽さ

川野　そういう意味では、伝統的な季語というものを抱えておられて、そして京都という場を持っているって、もう鉄壁の強さですね。今創作している特に若い人たち、

井上　俳句が七七を捨てることが出来たのは季語があるから

場を持たないんですよね。自分の居場所とかね。ふるさとというものが観念と化し、観念さえ消え果てて、もはやふるさとなんて言葉を使う人さえいない。そういう意味では場とか土地とか空間というものを全く持たない歌がほぼ圧倒的になっているんです。特に穂村弘さん以降と言っていいと思いますが、非常に射程の短い、目の前の目覚まし時計とか、歯ブラシとか。鏡まで行きつかないですね、それよりもっと手前。カップヌードルとか。そういう非常に近視眼になった物と空間がスタンダードになってしまった世界が広がっているんです。俳句は季語でもってそういうものを呼び起こすことができるけれど、短歌の場合それができないので、じゃあどうするんだって思うんですね。私たちがもし錠剤飲んで空間に浮かんで暮らしているのだったらわかるんですけど、私たちはやっぱり地面から生まれたものを食べて命をいただいて暮らしていますよね。そしてコンクリートの箱みたいなものに住んでいる。そのことをどう考えたらいいのだろうと。そのことは表現にとってとても大きな問題になってくるはずじゃないかという気がしているんです。

リアリティと言った時に、例えば永井祐さんという歌人がいますけど、非常にミニマルな先鋭な作風です。〈あの青い電車にもしもぶつかればはね飛ばされたりするんだろうな〉という作品が特徴的ですが、感情とか関係とか時間とかが捨象してある。全てから切り離された非常に接写された風景がポッと出てきます。もし俳句ならば季語がおのずと持ち込むものがあるのでそこまでミニマルにはなりませんね。

井上　それはもう確実にそうですよね。季語を言葉として用いる場合はともかく、季語として一句に置いたときには圧倒的な力を発揮します。〈奥白根かの世の雪をかがやかす〉と前田普羅が詠んでいますが、この「かの世の雪」も現実に降り積もっている雪であり、雪をいただく奥白根の存在感も微動だにしません。現実に強く根ざしていることで、雪がかの世のものとして見えてくるので、作者も眼前の風景も浮遊することはないのです。

川野　短歌の場合だと近代を支えたのは「私」のボリューム感です。「私」の実存感というものをいかに表現していくかが非常に大きな重石として働いたと思うんです。だけど今、主題になっているものは「私」の軽さなんですね。そこだけにどんどん行っちゃっていいのと私はすごく不安です。だから俳句が持つ季語の力に相当するものを何かどこかで短歌が思い出さなくてはいけないという気がしています。それはまさか枕詞ということではないだろうし、簡単には見つからないけれど。

▽個の問いの普遍性

井上　今回、川野さんの歌集を改めて拝読して、俳句では詠めないさまざまな社会事象が詠まれていることに感銘を受けました。例えばボートピープルの抱えている問題と日々衰えてゆく母の抱えている問題は質が違うのだけれど、これが作品の中で並ぶとボートピープルの人々の目差しと、母の目差しが、ともに限界状況にある人間の目差しとして、重層的に見えてくるのです。俳句は、十七音で季語を入れるとなると、やはり社会事象は詠みにくいです。最新歌集『歓待』は、母の死から、死に至る時間を遡るという、逆編年体で編まれた構成が効果的だったと思います。〈「はまなすが咲く頃」「はまなすが咲く頃」そこから先のあらぬ知床〉の「はまなすが咲く頃」の歌詞は「思い出しておくれ」と続くのですよね。まるで、母の祈りのように。でも、お母様はその歌詞が思い出せない。しかも、この歌そのものが、過去の追想であって、楽しかった時間は記憶の中にしか存在せず、閉ざされているのです。リフレインが心に沁みます。また、母の問いかけを、作者自身の問いかけとして、本質的な問いに深めるという手法も使われています。〈ここはどこ？　ほんたうにここはどこでせう点滴のしづく銀河を宿す〉、病室の母の「ここはどこでせう」という問いは、「ほんたうにここはどこ？」という作者自身の問いかけとなって、人間存在の意味を問うという深まりを見せます。でも、ここからが詩の世界で、その母を満たしている一滴一滴の点滴が、「銀河」の広がりへと繋がってゆく。この飛躍は、五七五七七だからこそで、問いかけの深さが銀河を生かしているのだと思います。〈色褪せて砂浜にひとつ漂着す海を歩いてきたゴム草履〉。これは「海と熊楠」に収められている作品です。補陀落渡

川野　今、主題になっているものは「私」の軽さなんですね

海の人々と、ボートピープルの人たちが登場します。そして、母もまた病床のベッドという小さな舟に乗っているのです。皆、海に漕ぎだした時は生きていて、向かう先があったのです。人は海を歩いては渡れないから、舟に乗って希望を繋ぐのですが、「ゴム草履」は、履いていた人が失われたことを暗示しているように思えます。砂浜に打ち上げられた「色褪せたゴム草履」によって、それぞれの歌が重層的に働き、いっそうこの「ゴム草履」が痛々しく心に残りました。

▽短歌の回路、俳句の回路

川野　本当にこんなに深く読んでいただいてありがたいです。どうして自分がこんなに母に執着したり、土地に執着したり、それからまた今日の前にある問題にこんなに向き合いたがるのかというと、問題の根本に「私」が軽すぎることがあるんですよ。つまり、どこからか現代が「私」の存在をどんどん軽くして羽毛みたいにしてしまっている感覚があるんですね。体重を取り戻したいというか、そうじゃなくしたいという気持ちなのかな。井上さんの俳句で、〈螢烏賊かもめの嘴に発光す〉ってありましたね。

井上　螢烏賊漁を見る機会があって、本当に見たのです。

川野　それから〈積み上げて泥かがやかす蓮根掘〉、〈沈まざるものは光れり夏の沼〉。これらの光ってどういう光かと考えてみると、その瞬間その瞬間に自ずとそれらが持っている無量の重さ、無量の存在感というものがあらかじめあるんですよ、蛍烏賊のこんなに小さい一粒にも、鷗の嘴にも、蓮根の泥にも、それから夏の沼にも。それは問われるまでもなくそこにあって重い、とこの句のどれもが言っているような気がするんです。この質量感の差はなんだってすごく考え込んでしまって。私が心の底の方に抱え込んでいる、こんなに軽くなってしまった、こんなに破片にされてしまった私、という思い、それをしつこく繰り返して変奏している感じがする。でも井上さんの世界はあらかじめ質量感を持っている。それは季語を通してなのかどうかはわかりませんが、あらかじめ素の存在感に近いところにいる感じがするんです。

井上　突破口になっているかもしれない、いろんなことの。季語、あるいはこの五七五という詩形そのものが。

川野　そうなのかもしれないですね。やっぱり短歌って物ではなく心をベースにしているんだなと思って。今、短歌を概観すると、いろんなことが詠われているようだけど、今という時代について詠っている一つのアンソロジー化していると思うんですね。そういうことが起こっているのはなぜかというと、やっぱり時代への心の結わえ付けという作業を皆一生懸命やっているんだろうなと思いますね。だからそこは俳句とはすごく大きな差。

井上　事象を詠まないで、事象を、切なさも苦しさも全部グーっと自分の中に沈めて、自分の中に引き受けた目で見た「もの」を詠もうよと、伝えています。そうするとこの状況の中でも例えば枇杷はこんなに美しく、オレンジ色に実を付けてたわわに実るじゃないかって。それはコロナ前の私の目で見た枇杷とは違うかもしれない。懐かしさというか、ありがたさというか、そういう目で見ることが大切だと思うのです。心情を直接表現するのではなく、対象への思いを深めた時に、枇杷はどう見えるか。そういう目で見た時に何が見えるか、そこを問うていくのが俳句じゃないでしょうか。私は季語はすごく前向きだと思っています。日々深まり行く緑も、梅雨の晴れ間を飛ぶ蝶も、季語が私たちにエネルギーをくれて、見てごらん、と教えてくれている。それを一句一句に戴く。季語のもつ力強さを俳句によって賜っていると思いますね。だから仲間にも季語に向き合えばちゃんとエネルギーもらえるよと言うんですね。心はそこに添うと思います。「私はどこに行くんだろう」とか、心そのものを表現しない、あるいはそういう問いかけをしなくて済むのは季語があるからで、ここが俳句の強みかもしれませんね(笑)。

川野　対比的に言うと、短歌は現実を描写しているように見えても現実を描写しているのではなくて、自分の心の素描をしている。結局何を詠もうと、見たものを見たままに表現しましょうと言った時に、結果として表現されたものは自分の心の投影にすぎないと思うんです。だ

井上　「私はどこに行くんだろう」とか、心そのものを表現しない、あるいはそういう問いかけをしなくて済むのは季語があるから。ここが俳句の強み

からそこで露わになってくるもの、例えば葛原妙子の〈原《げん》不《ふ》安《あん》と謂《い》ふはなになる　赤色《せきしよく》の葡萄液充つるタンクのたぐひか〉は葡萄液の充ちたタンクが詠われているけれども、詠われたそれはタンクではなくてまさに自分の不安、ということではないか。そういう短歌と俳句の大きな回路の差みたいなものが今日面白かったですね。

井上　でもね、切り取られた一句にはちゃんと作者の心は添うていますよね。写生と言ったって心を通した写生をするわけですから。だから表現の仕方は違うけれども、心はどこかに置きざりにしていいわけではないと思いますね。俳句は短歌から生まれたけれど、全く違う文芸としてたくましく育ったのだということがよくわかりました。それぞれが、それぞれの世界を耕し、深め、可能性を追求することで、日本の文芸はさらに豊かなものになるのだということがわかって、次の世代へと繋げる意義を感じることができました。

（二〇二一年六月十七日　アルカディア市ヶ谷にて）

海外からみた短歌、俳句は？

堀田季何
（歌人・俳人）

×

川野里子

堀田季何（ほった・きか）　歌誌「短歌」同人、俳誌「楽園」主宰。芸術選奨文部科学大臣新人賞、日本歌人クラブ東京ブロック優良歌集賞、現代俳句協会賞、高志の国詩歌賞など。詩歌集『惑亂』、『亞剌比亞』、『星貌』、『人類の午後』、詩歌ガイドブック『俳句ミーツ短歌』、共著多数。多言語多形式で創作、翻訳、批評。

▽「世界」の中での詩歌との出会い

川野　今日は俳人であり歌人でもある堀田季何さんにお越しいただきました。歌集『惑亂』、句集『亞剌比亞』・『人類の午後』、句集と詩集の境界線上にある『星貌』などを刊行され詩歌全体を創作の場にしておられます。また今年刊行された『俳句ミーツ短歌』(笠間書院)は初心者向けに書かれているのですが、現在の俳句や短歌が孕んでいる問題について、堀田さん自身の明解な考え方を提出している本として、非常におもしろく読ませていただきました。歌人、俳人はそれぞれの世界観の内部から何かを語ることが多かったわけですが、堀田さんはその経歴から見ても、短歌や俳句を「詩」というトータルなものとして捉えて、さらには日本語表現を外側から考えておられます。加えて、横に広がる「世界」がバックグラウンドとして血や肉となっていることを痛切に感じさせられる問いかけでした。まず、堀田さんがどのような経歴で、どのように世界を歩いてこられたのか、伺えますか。

堀田　私は日本の教育システムにいたのが小学校二年生の夏休みまででした。それ以前に、幼稚園では百人一首を暗唱させられたりして、まったくその和歌の意味など理解できなかったのですが、短歌の韻律というのはどこかに残ったのだと思います。また、父は語学が趣味という人で、十何か国語を学んでいました。それに対して母は日本語すらあやしいというか、世界のすべてを視覚で把握するような人でした。そういうこともあって、小学校二年生の秋からインターナショナルスクールで学ぶことになりました。振り返ってみてよかったと思うことはいろいろあります。まず、七十か国近くの子たちがいましたので、いろいろな価値観に触れられたこと、違って当たり前という感覚の世界にいたことです。また、親が戦争や紛争の中にある国出身の人も多く、政治を超えて築かれた関係の中にいました。そういった環境が私の原点です。

川野　国境の空しさというものを感じられたわけですね。

堀田　さまざまな垣根を作るようなことですね、昔からいやだなと思っていました。

川野　垣根の内・外の概念ですね。

堀田　その後、人種やジェンダーなどさまざまな問題を抱えるアメリカに渡りました。大学は東海岸のブラウン大学です。非常にリベラルな雰囲気の大学で、当時の名称でLGBTAがキャンパス内で最大の団体であったようなところでした。

川野　それも原点の一つですね。

堀田　はい。それで、詩や短歌との出会いですが、まず小学校から大学までのリベラルアーツ教育の中で、詩が重要な地位を占めていました。ほとんどの大学に詩の講座があり、詩人の地位も高いですしね。

川野　日本は異様に低いですけれども(笑)。

堀田　そうですね。それで、幼少時から英語の詩、また、英訳された詩を学びました。十四歳の時、韓国人の友人が授業で俵万智さんの『サラダ記念日』の英訳版を紹介しました。それによって短歌の簡潔性に惹かれました。英詩は長く、装飾性が高く、過剰ですから。その後、T・S・エリオットやランボーの詩にも惹かれましたし、英語と日本語で自由詩も書いたり、日本語で小説も書いたりしたのですが、私は日本語が好きですから、最初は、五・七・五・七・七の五行詩の形で書き始めました。

川野　英訳から短歌に入られたんですか!

▽日本語の美しさ

川野　海外で日本語から離れて暮らした経験を持つ人は、自分で母語である日本語の故郷のようなものを作りますよね。『續明暗』で知られる水村美苗さんの場合は日本の近代小説が故郷であるように。堀田さんの場合はどうですか。

堀田　日本に帰国した時に、もっと本格的に短歌を作ろうと思いました。それまでの読書体験の中で、春日井建の短歌、特に一九九九年に刊行された『白雨』の作品に強く惹かれて、二〇〇一年頃でしょうか、春日井先生に直接お電話して「中部短歌会」に入会したのです。

川野　春日井建と言えば第一歌集の『未青年』から入る

堀田　七十か国近くの子たちがいましたので、いろいろな価値観に触れられたこと、違って当たり前という感覚の世界にいたことです

人が多いですが、闘病が背景の『白雨』ですか。死が常に意識にある晩年の歌集ですよね。俳句との出会いはどうだったのですか。

堀田　当時、自分で短歌を書くのも好きでしたが、読者も欲しいなと思っていましたので、『公募ガイド』掲載の募集に応募していたのです。その時に俳句の方が懸賞の数が多いということに気づいたのです。安直ですが(笑)。作り方が分からなかったのですが、藤田湘子『20週俳句入門』で学びました。その後、職場の同僚の紹介で「澤」の会員を知り、入会したのです。

川野　さきほどおっしゃっていた日本語が好きという感覚が独特ですね。私は日本語の中にどっぷり浸かってきましたので、息苦しいです。私は日本語でしか世界を理解できないんです。その息苦しさの感覚が堀田さんにはないものかもしれませんね。憧れるものとして日本語というものがあるわけでしょう。

堀田　例えばドナルド・キーンの感覚に近いかもしれません。他の言語と比較しても、日本語は本当に美しい。

川野　その美しいというのはどういう感覚ですか。

堀田　表現の幅ですね。例えば、語尾やオノマトペ一つとっても非常に多様ですし、漢字、ひらがな、カタカナ、その他、表記も多様で、文字体系を複数選ぶことができる世界的にも珍しい言語ではないでしょうか。主語や助詞なども省くことができる。つまりコントロールが効き、それによってニュアンスが変わり、奥深い表現ができますよね。

川野　裏返せば主語が省けたり、語尾のニュアンスで言葉以上のものを感じ分けたりできるというのは、理解の共同体、日本語共同体ができているからですね。それは息苦しさにもなります。短歌もそうですが、日本語の中に「ムラ社会」あるいは「島宇宙」と言われるようなものができていて、共同体の外部には理解しにくい、読めないということも起こりかねません。

堀田　よい点、そうでない点、表裏一体ですね。短歌について言えば、そういった共同体で培われてきた共通の象徴を想像する力が失われてきていると思います。俳句について言えば、季語などがありますから、共通の理解を持っておかなければならない。それを用いるから短い言葉で成り立つという面がありますね。

▽季語とはキーワード

川野　外から俳句を見ていると、季語に対する態度によって俳句に対する考え方が分かれているように見えて、それが非常に面白いです。現在の短歌が核になるものをもたず拡散してゆく状況を見ていると、季語を持っていることが俳句の強みになっているなと感じます。

堀田　季語とはキーワードです。ですから、外国の俳人に季語を使わせようとか、現地の季語を造らせようとか、そういうことではなくて、各地の言語文化の中にあるキーワードを使えばよいのですよ。暗黙の了解が言語によって違うわけですから、フランスならばフランス語の中のキーワードを使えばよいのです。

川野　『俳句ミーツ短歌』でも書かれていた季語的なイメージの喚起力を持つキーワードですね。短歌の場合には花鳥風月がそれにあたるでしょう。さらにクリスマスとか、ハロウィンとか季語的なイメージの喚起力を持つキーワードは多く使われています。そういう意味では、季語という制度が賛否を伴いつつ、日本語の背後にある文化を引き連れているということですね。しかし、堀田さんはそういう日本の生活圏の外からやって来られたわけですが、季語についてはどのようにお考えですか。

堀田　どの言語で創作するとしても、その言語に対するリスペクトが必要だという考えから、私は日本語で書く時は季語も重んじています。使うべき時は使うべきだと。こう言うと、みな驚くのですけれどもね、無季の句も作るし、「季」って「何」などという雅号ですし(笑)。

川野　堀田さんの無季の句、例えば〈永遠が裸のまま被さってくる〉(『星貌』)などを見ると、一行詩と読んでもよいと思います。一方、〈銃聲と思ふまで亀鳴きにけり〉(『人類の午後』)などの有季の句を見ると、季語に対する最大のリスペクトが払われていて、戦争の時代の静寂を聞き取っておられる。無季、有季というのは俳句の中のジャンルであり俳句に対する態度のように見えますが、堀田さんにとっては技法のように見えます。

▽戦争と詩歌

川野　ところで、『俳句ミーツ短歌』の中で、「私たちは全員戦争の当事者」という言葉が出てきますが、これは、日本で日本語を使うだけで生活しているとなかなか感じない感覚だと思います。短歌の場合は、フォークランド紛争の時に小池光さんが「あきらかに地球の裏の海戦をわれはたのしむ初鰹食ひ」という歌を詠み、アフガン戦争の時には米川千嘉子さんが「空爆の映像果ててひつそりと〈戦争鑑賞人〉は立ちたり」と詠んだように、戦争と離れた距離にいるということを自覚することで自らの立ち位置を確かめてきました。日本という国にあることを自明としたある種の誠実さであり、同時に積極的な「自閉」です。しかし、堀田さんは、世界のどこで起こった戦争であろうと、人間である以上、まして詩人にとって戦争は内面化されているはずだという考え方を表していると思うのですが。

堀田　さきほど申し上げた生い立ちの影響もあると思いますが、人類の本質は暴力の歴史だという面があると思うのです。ですから、人間を描く時に、よいもの明るいものだけ描くというものではないと思います。UAEで上梓した句集『亞剌比亞』では逆にあえて光の部分を描いたのですが、日本にいると、本当に平和ボケしているというか、当事者意識がなく他人事という感じですよね。句集『人類の午後』は二十年近く前からの作品を収めていますが、少し前まで非常に評価は低かった。不快であるとか露悪的だとか。二〇一一年の東日本大震災やコロナウイルスの問題、今度のウクライナ戦争を経た現在では、今度は評価が逆転していて、非常に複雑な気持ちです。自然にも人為にも怖いものがある、身近にあるということに気づいて、評価が変わったのかと思います。

川野　短歌でも戦争は詠われますが、時事詠として捉えられています。自分の内面の問題としてというより外からやって来た出来事として社会詠や時事詠になっています。それは私たちの人間性を問うものではあるけれども、過ぎ去っていくもの、という感覚ですね。震災についても、天災がやってきて過ぎて行ったというような感覚があります。戦争や原発事故が、あらかじめ私たちの人間性に宿っているという見方がされていない気がするのです。

堀田　そう思います。また、歴史的に見ても、朝鮮戦争、ベトナム戦争、その後の戦争、今回のウクライナ戦争でも、日本という国は多くの戦争に関わっています。それを関わっていないような印象が広まっていますよね。勘違いしている、知らないということです。

川野　為政者にとってみれば、戦後の日本社会が、物質的豊かさだけでもって、世界から隔離されたような平和な国という印象を作り出すことに成功したのだと思います。しかし、現在、日本の戦後社会がいかに欺瞞的なものであったかが次々に分かってきていますね。堀田さんから見て、日本はどのような国ですか。

堀田　はっきり言うと、アメリカの殖民地に近いでしょう。いろいろな仕組みや法案を見ると、ＧＨＱがすべての業界で作った戦後のレジームが、すべてその通りに行われて来たということでしょう。近年はますますそれに躊躇せずに従うようになってきましたね。

川野　国民が抵抗しなくなりましたね。

堀田　若い人の一部には抵抗がよくないものという意識がありますよね。迷惑をかけてしまうことは解決ではない、というような。

川野　そこにさらに世代間対立も重なっています。根本的な問題として、「人間観」というものが弱まっているという危惧を非常に強く持つのですが。

堀田　先のＬＧＢＴ法案の問題でもそうですが、「交差的思考」がないですね。

川野　「交差的思考」とはどういう思考ですか。

堀田　自分が多数派や強者であるとか少数派や弱者であるとか、シチュエーションによって変わるわけですから、そういう想像力を持つ思考のことですね。それを鍛える教育が欠如しています。加えて、少数派や弱者の中にもいろいろな考え方があるということを理解してほしいですね。一色ではなくグラデーションがあります。そのことを前提として話し合いをするということですよね。

川野　アイデンティティというのは常に揺れ動くもので、立つ位置、移動する場所によって、その表れが違ってきますよね。揺れ動き不安定で多面的な「私」です。

▽詩における「こえ」、「私性」、文語と口語

堀田　近代がいつ現代になったのか、今ようやくパラダイムが変わったと思っています。ある世代から「私性」が激減してしまいました

川野　それから、近年、詩の世界で「声」という言葉をよく聞きます。まだ活字になっていない痛み、個人の裡に深く仕舞われてきた「声」ですね。英語圏の詩では、例えば、ルイーズ・グリュックの作品の中で、「いつわたしは黙らされたのか」（『アヴェルノ』「十月」春風社）と書かれるように「声」が重視されていますね。英語というグローバルな言語で創作する人が、「声」という非常に個人的なものを作品に込めようとしている。これは一つの象徴的な動きのように思えて面白いのですが。

堀田　結局、詩における主義や修辞はやりつくされてしまった。そういう時に人間が何を詩にするか、この世界に生きている自分の「声」というものが残るわけです。その私は当然世界に関与しながら在るわけですから、人種、民族、ジェンダーの形で現れてきます。そういう詩が多く、しかも非常にすぐれています。日本ですとまだ少ないと思いますし、一面的な気がします。短歌の世界でも女性の「声」を挙げる歌が増えて来てはいますが、内容の深さにしても、多様性にしても、まだまだだと思います。よいトレンドですが始まったばかりですね。

川野　「声」がどのように独自性をもって普遍の通路に通じうるのかが問題でしょうか。例えば韓国の詩人ではハン・ガンの『すべての、白いものたちの』（河出文庫）が白という色で自らの抱える痛みの記憶をさまざまな世界に繋ごうとしています。今の「声」が横の広がりの中で、あるいは歴史の中にどう響くのか、縦にも横にも広がればいいのですが。

堀田　「声」の出方も弱いのではないですか。短歌のパラダイムの中で、近代がいつ現代になったのか、今ようやくパラダイムが変わったと思っています。ある世代から「私性」が激減してゆきました。赤裸々な「私」を表現するのが恥ずかしい、いやだという感覚があったり、「ぼくたち」「わたしたち」という言葉や感覚が増えたりして、そこから変わってきましたね。パラダイム・シフトが起こっています。

川野　確かにそれを感じます。「私」が「わたしたち」に変わったということでしょうか。以前は短歌にとって厄介だった「私性」というものがむしろ弱まって、群像的になっています。「私」と同時に作家性も弱くなる傾向にある。この時代のアンソロジーになっていくのかな。

堀田　俵万智さんやライトヴァース世代までは「私性」

を感じますし、現在の歌人だと四十代の歌人までは概ね感じます。それ以降は、過半数の作者で、歌の作り方が違いますね。作者世代が共感できる気分を歌に詠むことが増えたので、他の世代には読みにくくなっています。

川野　ある特徴がありますね。複雑で陰々とした時間経過を表現するのが得意なのが文語表現だと思いますが、口語短歌が主流になるとその「時間」が消えてしまいました。どこを切っても「今」です。過去がないと、投稿歌などを見ても歌が似てくるんですよね。

堀田　技術継承がどこかで途絶えたということもあります。文語の技術をほとんど知らないままに口語調で歌を作ると、語句の接合技術や調べのコントロールに触れる機会が少ないですね。口語調だから余計にその点が重要なのに、それが伝わっていないのではないかと思います。

川野　口語は初心者でも詠みやすいし、共感も得やすいですが、短歌が蓄えてきた表現の骨格みたいなものは確かにあってそれを伝えるのが結社だったりしたわけですが。

堀田　価値観も違って来ていることを実感します。例えば、ある歌会で、一つ驚いたのは、一首のうちに詩的飛躍を複数入れても、むしろ雰囲気的によいとか。

川野　雰囲気で書いたものを雰囲気で受け取る、ということが最近多くなっていないですか。批評という賛否ある対話のなかに作品を置く事が難しくなっている。

堀田　歌会を一緒にしている以上、ハラスメントはいけないけれども、指摘したり質問したりする権利はあるわけで、それに対して丁寧に説明することも必要でしょう。しかし、そう捉えずに、すべてを批判として受け取ってしまうと、継承もうまくいきませんね。

川野　「基本的歌権」という言葉もありますね。

堀田　私の場合、なるべく私の歌に対して批判や指摘がほしいですね。褒めてもらいに時間を使って歌会に行きたくないですもの。自分の歌のどこがよいかくらいは自分自身で分かりますから。むしろマイナスに読んでいただくほうが役に立ちます。

川野　自分で気が付かないことに気付きたいわけですか

川野　口語短歌が主流になるとその「時間」が消えてしまいました。どこを切っても「今」です

らね。批評の土台がなくなり、議論しなくなったことの影響はすでに短歌を変え始めているようにも感じます。一行詩になりつつある。短歌がどこかで流れ解散してしまうのではないかと。

堀田 ただ、そういうトレンドがしばらく続くとしても、また変化していくという希望はありますよ。私たちが考えてもいないような方向性が出てくるかもしれません。思えば、俳句のほうが継承に問題はない気がします。

川野 俳句の新人の岩田奎さんの『膚』を読んだときに、伝統が言葉の骨格に入っていることに驚きました。「鶯やほとけを拭ふ布薄き」など、言葉の体験が現実の体験より先んじている。それが積み上がっていることに驚きました。

堀田 俳句甲子園の存在も大きいでしょう。神野紗希さんや佐藤文香さんなど多くのすぐれた俳人が出てきています。岩田さんもそうですね。俳句英才教育を受けて、そういう伝統的な俳句技術の教育が自分の才能と合わさってすばらしい俳句ができる。

川野 季語が含んでいる経験、季語が含んでいる生活の厚みを感じるという言語体験が、自分の人生体験より先にあって、それを使って俳句を作っているような気がしますね。

堀田 最初から完成度の高い人が出現しやすいですね。その後の成長や展開は気になりますが。

川野 短歌でも、最近は笠木拓さん、菅原百合絵さん、鈴木加成太さんといった古典での言語経験を生かした歌人も出てきていますから、そういう方向と一行詩的な方向とが共存している状態かもしれません。

堀田 そういう方向は貴重です。

▽言語のエッセンスと翻訳

川野 もう一つお聞きしたいのですが、日本語の共同体性というのがありますよね。歴史や文化を共にし、美意識を共にする共同体が暗黙裡に作られてきて、その中で非常に濃い詩歌が作られてきたのだと思います。それで、典型的な例として挙げると、川端康成がノーベル賞受賞の時に行ったスピーチ「美しい日本の私」が思われます。川端は「心の根本がちがふと思つてゐます」と西洋人に自分の作品は理解できないと断言しました。究極的に言語共同体が持っているエッセンスの一番深いものは伝わらないのだと。しかし、それに対して大江健三郎が「あいまいな（アムビギュアス）日本の私」のなかでその川端の言葉を「閉じた言葉」だとしました。そして自身は「普遍的な言葉」を目指すのだと語りました。

堀田　その点については翻訳の問題もありますよね。世界が川端康成や三島由紀夫を評価したのは、「日本語の美しさ」ではない。翻訳を見ても、それは美しい文章ではないですよ。まったく美しくない。夏目漱石も谷崎潤一郎も。ただの英語です。元が美しい文章でもそうはならなくなるのです。評価されたのはやはり中身です。

川野　ストーリーとか主題ということになりますよね。

堀田　そうすると、漱石はあまり受けがよくないですよね。日本では漱石の文章を学びましょうということになるけれども、翻訳されると、それはただの三角関係の話で終わってしまって、日本文学の研究者でなければ評価しづらいです。谷崎は和製ＳＭの話として、川端は和製ロリータ・コンプレックスでよく分かると。ひどい話ですが、しかし、海外の人はその感覚で分かるようです。川端本人はいやでしょうけれども。三島由紀夫はもともと西洋の小説を意識して書いていますから、そのまま受容され易いですし、ナルシシズムなども伝わりますよね。海外で評価の高い大江健三郎や安部公房も、やはり内容が伝わりやすいです。村上春樹は日本語の文章が翻訳調ですから、翻訳しやすくほぼ誤訳もありません。その通り翻訳されて、その通り解釈される。曖昧なものもほとんどない。それとは逆に、短歌や俳句は翻訳することが非常に難しいですね。翻訳したら大した意味を持たない作品になってしまう作品も非常に多い。

川野　翻訳というのは一つの解釈ですよね。その作品のエッセンスがそのまま翻訳できるかという問題もありますが、私は、自分が短歌を書くときに、翻訳できない方向に向かって深めていくことが詩歌の営みなのではないかと感じます。良くも悪しくも。

堀田　世界が川端康成や三島由紀夫を評価したのは、「日本語の美しさ」ではない。翻訳を見ても、それは美しい文章ではないですよ

堀田　私が作品を外国語に翻訳するときは、なるべく自分なりにエッセンスを移そうとします。
川野　移せるものですか。
堀田　移せるものがあれば、ですけれども。例えば、エッセンスが「音」である場合には困難です。音中心で作った俳句や短歌はあるわけですが、翻訳に適さないものがほとんどです。大量の注釈が必要な歌も同様です。そうでないものならば、エッセンスに加えて最小限の言葉で翻訳しようとしますが、限界はあります。その限界はすごく感じていますが、それでも翻訳せざるを得ない。なるべく読んでほしいですから。たとえ翻訳しきれないとしても、それでも人間はどこか通じるところがあるのではないかと思っています。
川野　そうですね。
堀田　芭蕉の「古池や蛙飛《かわずとび》こむ水のおと」は世界で一番有名な俳句です。そもそも芭蕉が世界で一番有名な日本人の一人であるわけですが。その「古池や」の句、日本語話著はそれが春の句だと分かります。「蛙」という季の詞《ことば》を見れば。しかし、海外では、この句について多くの鑑賞文がありますが、これが春の句だということに感動している人はほとんどいないと思います。感動するポイントが違うんですね。米国だと仏教的な思想と合わさって、時間の永遠性と空間の無限性を象徴する「古池」という水平の広がりの中に、蛙が垂直に飛びこむ瞬間の音、ああ、なんてすごい悟りの句なのだというふうになりますね。
川野　禅俳句ですね。それはすばらしい解釈。おもしろいですね。今のお話ですと、翻訳することによって新しい解釈が生まれてくる面がありますね。セッションと言ってもよいような、異文化同士の響き合いと摩擦によって生まれてくる新しいものがありますね。
堀田　ですから翻訳には限界があるけれども、いろいろな解釈と読みが増えていきますね。「古池や」の句は英訳だけでも百種類以上あって、さらに百数十か国語に翻訳されていますから、世界的な大ヒットの俳句なのですけれども。

▽「第二芸術論」について

川野　『俳句ミーツ短歌』で、ＡＩが創作できるようになったときには、小説も作るから、いわゆる「第一芸術」、「第二芸術」もない世界が生まれるので、「第二芸術論」は消滅するだろうと書かれていて面白かったです。第二芸術論自体は、芸術の重要度の問題というより日本人の中にある西洋コンプレックスみたいなものが盛大に噴出したものに思えます。最初は俳句に向かっていったのに、結局短歌に集約していきますよね。

堀田　歌人のほうが気にしますね（笑）。俳人のほうでは「第二芸術論」などは大して見向きもしないですよ。

川野　短歌がそれを引き受けてしまったことにも必然性があるように思います。明治時代と第二次世界大戦後と、二回心と文化の共同体が相当な力を受けています。そのショックが明治時代では和歌革新運動を産みましたが、第二次大戦後は前衛短歌運動や女歌の誕生に繋がりましたから。ただ、詩歌自体は今もそれほど高い地位にあるようには思えませんよね。

堀田　日本で小説家が最上、次に（欧米形式の）詩人、そして歌人や俳人というような感じを受けるのは、明治時代の価値観から来ているのですよね。欧米的な小説と欧米的な詩が主流であるともてはやされたと。メディアも含めてですけれども。日本ではノーベル文学賞と言えば小説家が受賞すると思われていますが、世界的に見ればさまざまな詩型の詩人も相当の数がいます。

川野　そうですね。

堀田　まあ桑原武夫もおもしろいところがあって、後に考えを変えます。高度成長期に日本の伝統的なものもなかなかよいではないかと、考えを変えたことに留意すべきでしょう。ちょうどその頃に、欧米における価値観も変わったと思います。欧米が優位と思われていた明治時代においては、チェンバレンなどは俳句を評価しつつも、詩の断片だと言うわけです。その後、R・H・ブライスがオリエンタリズム的な観点から神秘的なものとして俳句を広めたことは、かえって効果的で、欧米とは異なるこちら側の詩歌も認められていきましたよね。そして、高度成長期を過ぎて一九八〇年代になると、極限まで短い、無題の詩として俳句が注目されました。百数十年前に俳句は海外に伝わってはいましたが、あらためてそれが最先端の詩であると見直されて、世界中の詩人が俳句を書き始めてしまった。そして、ついには、二〇一一年にトーマス・トランストロンメルという俳句も書いていたスウェーデンの詩人がノーベル文学賞を受賞するに至ります。価値観が完全に逆転したのですよ。ですから、欧米の詩人で「第二芸術論」を今読む人がいたら、それを真に受ける人はさほどいないでしょうね。俳句は欧米を含む世界中で大流行中ですから。さらには、この十年ほどで、「HAIBUN」も欧米で流行しています。

川野　「俳文」ですか。

堀田　そうです。日本人がほとんど関心を持っていない「俳文」です。フランスやイタリアでは専門の団体までできています。それがどういう形式かというと、長めの散文詩ないし散文に俳句的な短い詩が付いて、一つの「HAIBUN」という詩型です。

川野　それは長歌に短歌を添えるような感覚ですか。

堀田　感覚的には近いかもしれないですね。「俳画＝HAIGA」も流行っていますしね。桑原武夫はあの世で反省していると思いますよ(笑)。

川野　そうなのですか。

堀田　わざわざ著名俳人のよくない句と素人の俳句を並べて批判するという論法も稚拙ですし、彼が思っていた欧米文学の優位性も今は逆転して考えられていますし。

また、「第二芸術論」に対する高濱虚子の反応もおもしろいですよね。彼の息子の池内友次郎はフランス音楽に通じた作曲家・音楽教育家ですが、フランス研究で桑原武夫の知人なのですよね。それで、友次郎が伝えたとされるのが、「俳句もとうとう『芸術』になりましたか」という虚子の嫌味で、桑原はぎょっとしたという(笑)。

川野　あはは。俳諧精神から見ればそうなんですね。

堀田　最後にもう一つ加えますと、私は、近代以降の俳句も短歌も純粋な伝統詩だとは考えてはいないのです。欧米の詩と融合したと思っています。

川野　なるほど。確かに近代短歌は西洋的な自然主義やらロマン主義を取り込もうとしました。

堀田　「写生」もそうですし、自然主義、リアリズム、象徴主義、超現実主義をはじめ、さまざまな技術や思想が随時入ってきて、曲解されたり、独自に発展したりしていますし。折衷型の新しい詩型ですよ。「私性」も折衷による一つの産物です。ですから、俳句や短歌を日本の伝統的詩型で云々という批判が、そもそも的外れな側面があります。

川野　明治政府が推進しようとした和歌推奨の方向性と、

和歌革新運動とは逆のものでしたし、「私」が入るか入らないか、というのがものすごく大きかったですね。「私」が入ったものが近代、入らないものが近代以前ということですね。

堀田　それがまた変わってきたということで、現代に繋がる面もありますね。

川野　いままた和歌的になってきているという感じもします。「私」を表明しにくい時代に入ってきたということもあるので、もしかすると、「私」を消すことで生き延びてきた若者も多いかもしれない。

堀田　「私性」の問題は、日本独特の現象ですよね。欧米から写生や自然主義などいろいろな概念が入ってきて、それらが日本ですべて混ざってしまった（笑）。

川野　そうですね。

堀田　リアルな「私」を赤裸々に出しましょうとなったところが、いかにも日本的だなと思います。

川野　島崎藤村なんか真面目だから凄い告白小説を書く（笑）。

堀田　田山花袋の『蒲団』なんて……。

川野　しかし、その流れは今も繋がっていると思いますよ。「私」を主語とし続ける以上、「私」の生き方が問題になって来るという態度論は、今もある。良い作品を作るには「私」自身の生き方を磨いてゆくべきという考えですね。私は創作と生き方が密着するところに短歌の弱さも感じます。そのあたりが、西洋の思想や理論を一身に「私」のレベルで引き受けようとしたことの痕跡でしょうか。

堀田　おもしろい点ですね。そもそも写生の解釈が俳句と短歌で分かれたという点からして興味深いです。正岡子規が説いた写生を、伊藤左千夫らの歌人たちと、高濱虚子らの俳人たちでは、解釈が全然異なるものになってしまったという点です。短歌では「私」と混じり合って斎藤茂吉の「実相観入」などの方向に向かいますが、俳句では「客観写生」というどこか普遍的な方向性を取りますよね。「私」ではないわけですよ。

川野　季語が主役ですからね。そうやって歴史を繙いて

堀田　近代以降の俳句も短歌も純粋な伝統詩だとは考えてはいないのです

いくと、短歌と俳句というのは本当に違うものだと感じられておもしろいですね。

堀田　そうですね。繫がるところもありますし違うところもありますし。

▽グローバリズムの中の短歌と俳句

川野　世界には今七千二百くらい言語があるそうです。それでもずいぶん少なくなってしまったようです。その中で、世界の半分の人間がたった二十三の言語を使用して、世界を動かしているという状態らしいです。そして今後現在よりももっと英語グローバリズムは広がっていくと思うのです。私は、一つの言語は一つの人間観、世界観だと考えているわけですが、英語グローバリズムのようなものが広がっていく中で人間の価値観や世界観がどんどん狭くなっていかないだろうかと思います。そうした中で短歌や俳句という短詩型の意味はどんなところにあるでしょうか。

堀田　短歌について言えば、短歌そのものは英語でも何語でも書けますが、外国語ではあまり広がらないだろうと思います。なぜかというと、外国人がわざわざ五・七・五・七・七という形式で書こうとするならば、何かの理由で、意識的に短歌を他の詩型の中から選び取って書かなくてはならないからです。そこまで必然性があるかというと、おそらくないだろうと思います。ただし、日本語のすぐれた短歌はどんどん翻訳されるべきだと思いますね。翻訳されている短歌を見ると、未だに万葉集ですとか百人一首とかばかりで、近現代の作品などはまだまだ少ない状況です。

俳句は、短さゆえ、いろいろな言語ですでに創作されていて、日本の俳人が知らないようなすぐれた俳句が作られています。そこにはよい面とよくない面があって、後者は技術継承がされていない、という点が問題ですね。詩人などがいきなり俳句も作るわけですから、結社などで師について学ばず、自分自身がなんとなく俳句らしいものとして作ってしまっているものも多いので、技術的に惜しい作品の比率が日本と比べると高いですね。日本ならば、この言葉は無駄であるとか効果的だとかいうことは教わるものですが、海外ではそうではありません。しかし、日本の俳人にはないダイナミックな発想から生まれた作品も多くあります。ある意味では、日本から伝わり、日本の俳人の手を離れて、独自の進化を遂げているということだと思います。いろいろな言語で作られていますが、確かに英語で作られた作品が多いのは事実です。でも、英語といっても、住む場所や使う人によってさまざまですから、同じ英語で作られた俳句でも違いが出てきます。同時に、グローバル化の影響もありますね。英語によって作られた共通のグローバル文化の洗礼を受けているのですから。

川野　日本語も翻訳の影響を受けて近代以来どんどん変化してきました。短歌や俳句も変化しているのかな。

堀田　さあどうでしょうか。村上春樹やライトノベル、マンガなど他ジャンルの影響は出ているのかもしれません。また、世代論にしたくないですが、若い世代ほどマニュアルや多数意見を大切にする傾向がある気がします。何でも明文化、基準化してもらいたい、そして、それを守るところがある気がします。よい意味では清廉だし、ルールも和もきちんと守りますが、わるい意味ではそれ自体に疑問を持ったり、変えようとしたりしないのではないですか。自分自身が社会を構成して動かしているという当事者意識が稀薄で、日本の将来にとってはそこが心配ですが、それが文体や内容に出ている気がします。

川野　なるほど、そうですね。短歌では近年若い世代になにか不思議にイノセントな作品が増えている気がします。社会や歴史からはぐれて無垢な「私」なんですよね。いろいろな含みや飛躍というものには、詩的な直感とともにある種の共同体の了解というものがいりますよね。共同体験の束の象徴として書かれるということが少なくなっているのでしょうか。

堀田　明文化、基準化の裏には、想像力の弱体化があり、人間への信頼低下もある

堀田　明文化、基準化の裏には、想像力の弱体化があるでしょうし、人間への信頼低下もあるでしょう。私は、読者が容易に想像できるようなことは言わずもがなで書く必要はないと思っているのですが、読者の想像力を信頼できないのか、従来省くべき部分を主部として書いてしまう歌人が多くなっていますね。「わたしたち」の感覚でありながら、その感覚は想像させるのでなく、その

まま正直に書いて、短歌に馴染みのない読者からも共感を得やすい歌にしているのかもしれません。時折、そこに、世代的雰囲気に通じる詩的飛躍を加えればよい作品ができるのだというような感じで。変わってきました、本当に。教育の時点で想像力が省かれていってしまっている可能性もありますけれど。それでも、少なくとも俳句に限って言えば、中学校や高校で教えていると、すばらしい作品を作ってくる生徒がいます。ものの考え方、捉え方を教えてあげれば、希望があります。短歌と比べて俳句は類想を非常に嫌いますので、対象の捉え方が問題になりますから、そこを伸ばす手助けをしてあげれば、どんどんよい俳句が生まれるでしょう。

川野　今日は広い視野からお話を伺えてとても楽しかったです。有難うございました。

（二〇二三年六月十五日　アルカディア市ヶ谷）

3 長い形式、短い形式

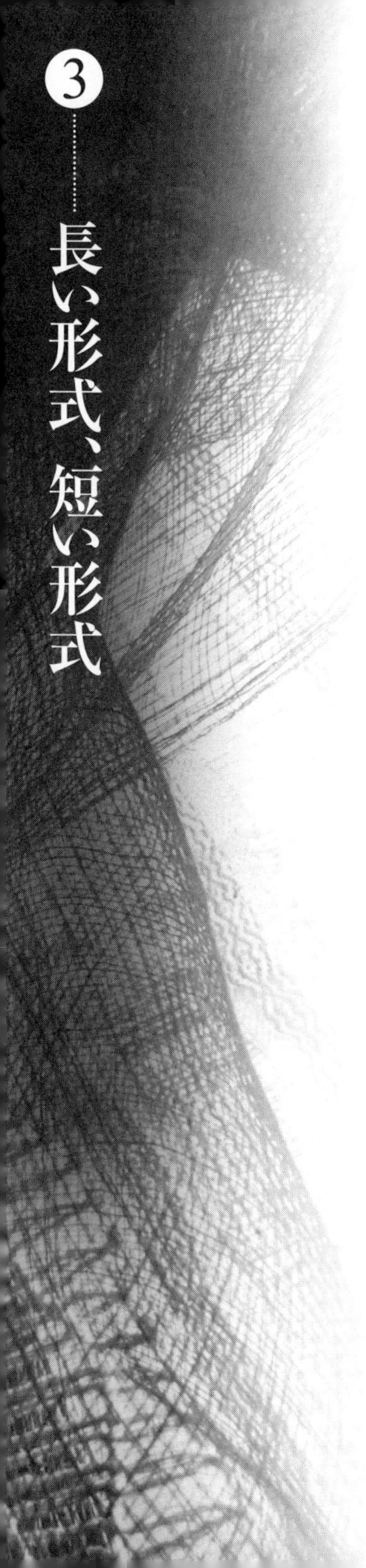

今更だけど「私」って何だろう？

村田喜代子
（小説家）

×

川野里子

村田喜代子（むらた・きよこ）　1945年、福岡県北九州市生まれ。1987年『鍋の中』で芥川賞、1998年『望潮』で川端康成文学賞、2007年、紫綬褒章受章。2010年『故郷のわが家』で野間文芸賞、2014年『ゆうじょこう』で読売文学賞、2019年『飛族』で谷崎潤一郎賞受賞。2021年『姉の島』で泉鏡花文学賞受賞。著書に『蕨野行』他。

▽語りの言葉と韻文

川野　今回のゲストは小説家の村田喜代子さんです。村田さんは一九八五年に『鍋の中』で芥川賞を受賞されて以来、大変な数の作品を書いておられます。文体もいくつかお持ちで一人の作者と思えないほどですが、最近では『飛族』、『姉の島』とおばあちゃんを主人公にした語り文体の名作をつぎつぎに発表しておられて、筆力に驚くばかりです。先日『姉の島』で泉鏡花賞を受賞されましたね。おめでとうございます。

村田　有り難うございます。続けて二作も書いてしまうほど海は題材として尽きない興味がありますので、達成感が湧いてきました。

川野　長いこと西日本新聞に連載されているエッセイ「この世ランドの眺め」にしばしば短歌や俳句を引用されていて読み込んでおられますね。小説の方ではなかなか韻文に興味をもつ方が少ないのでとても嬉しいです。

村田　小説って何でもありの世界です。世の中そっくり盛り込んで恋愛に歴史、経済、科学に医学、そして短歌も俳句も詩も包含する。それで好きな分野は普通から楽しんで取り込んでます。西日本新聞のエッセイの場合はタイトルともう一つ、小見出しみたいな文章を添える体裁だったので、短歌や俳句の言葉の連なりが意外にうまく合いました。おかげで本文を書く時間よりも合う短歌や句を探す方が時間が掛かったりします。

川野　ほどよい離れ感ですか。

村田　ええ、添いすぎてもダメ。ちょっと離れて少しズレてるけど、それが広がりになる感じもある。なかなか面白いですよ。自分の好きな歌や句は常に頭にあるんだけど、うまく当てはまらなくて外す場合が多い。先にまずエッセイの中味があるので微妙ですね。

川野　『姉の島』、大変話題になってますが、この小説のなかでも村田さんの名調子に唸らされて何度も声に出して読んじゃう。誰かに読んで聞かせたくてしようがなくて、家族を捕まえてちょっとこれ聞いてって(笑)。単なる言葉というよりも身体を通したくなる言葉っていうんですか、韻律に乗せられちゃうんです。

村田　こういう語りの言葉はつまり韻文なんですよね。なぜ自分がこんな語りを書くかというと、韻文は抽象言語なんです。現代に通常使われている言葉では、抽象概

村田　韻文は抽象言語なんです

念みたいなものが入れ込めない。

川野　つまり現実の出来事を説明するのではなくて、もうちょっとふわっと浮かんだところで象徴的に語るということですよね。よく短歌の批評をするときにここは説明的になっています、駄目ですというんですけど。

村田　ええ。短歌とか俳句とか、そういうものにあまり馴染んでなくて書く人たちはそこのところで損だなという気がします。

川野　本当に感服するんですけど読み上げていいですか。海女さんたちが潜っているシーンです。

　海の中を思い出すと、もう亡うなった祖母《ばあ》ちゃや、母《かあ》ちゃ、叔母っちゃだちが、黒いカジメの森をひらひら上がり下がりする姿が浮かんでくる。今はみんな家の仏壇の中でお位牌になっとるがな。　『姉の島』

時間を超えた一つの世界ですよね。海女として生きてきた女たちの歴史そのものが映像になっています。短歌だったら十首分くらいの連作でできあがるような象徴的な場面ですよね。

村田　これを普通の現代文で書くと、こういうふうにはいかないんですよね。やはりコレは抽象なんです。そして省略。つまり鷲摑みにできるんですよ。

川野　これだってきちんと説明したら海の中のはずなのにいきなり仏壇に場面転換する。位相が違いますよね。

村田　それで四次元も五次元も六次元世界も書けるんです。現代の文法による文章はそれではいかない。

川野　それでいうと村田さんの文章は過去とか現在とか未来も時々ありますが、時間が幾重にも重なって、それが語りによってゾロゾロ出てくるんですよね、重層的に。

村田　だから、いつもおばあさんの語りみたいな一見、古臭いようでも、こういう文章には位相がズレるというか、非ユークリッド幾何みたいな、おかしな物の見方に入り込んでいく。これはちょっとやめられないですね。

川野　昔話って、昔々あるところにおじいさんとおばあさんがいました、と今の時点から昔を語る。既にそこに時間の落差ができてますね。今とは違う時間で始まることによって、「今ここ」から解放されますよね。別空間がたっぷりそこに広がっていく。村田さんの場合はそれが幾重にも重なっていく感じ。『姉の島』や『蕨野行』のようなおばあさん語りもあるけれども、一方で全然違う『熱愛』のような冷静で硬質な文体もありますね。

村田 ああ、初期のオートバイの走行感を出した独白文体ですね。でもどちらも同じなんです。『熱愛』でも文章をいろいろ変えてみたけれど、結局、そうだ主人公の少年自身のセリフで通せばいいんだって。

川野 「今日のツーリングをいいだしたのは、ぼくだった」って冒頭です。少年が主語になっていますね。

村田 だから、どんなにも動かせます。次元を変えて。

川野 なるほど。おばあちゃんテイストか、少年テイストかの違いなんですね。文体としてずいぶん違うような気がするんです。この短編、今風に言えばボーイズラブのような感じですね。とても惹かれ合っている男の子二人がバイクでツーリングに出るんだけれど、その帰り道に二人のうちの一人を見失っちゃうわけですよね。戻ってきてみたら自分一人だった。そのものすごい喪失感、別の宇宙が始まるような喪失感ですよね。そこまでで終わってるんですけど、ちょっと読ませてください。

オートバイで走るときはいつもふたり一緒だった。センターラインが澄みわたりぼくはその白い糸を巻きとって走る。ぎりぎりに引張った糸の先をぼくが、そして反対のはしを新田がとり、たがいに強く引き合っている。新田が前進することで糸が引き締められ、それがうしろをいくぼくの走行をたかめる。　『熱愛』

村田 いきなり始まったら糸を引くことになるでしょう、二人の少年が。この自由自在さは語りじゃないとできないですね。

川野 語りだけど、絵が見えてくるんです。ツーリングしている二人が映像としてクリアに見えてくると同時に、強く惹かれ合っている二人の内面の描写でもある。二人がぴしっと美しい軌跡をとっているさまが見えてきます。

村田 私はもともと映画のシナリオを勉強していて、シナリオライターになりたかったんです。小説は面倒くさいんですよ、文章をいっぱい書くから。シナリオは簡単です。場面の紙をずらっと並べて前にやったり後にやったりして、後はセリフだけでしょ。そういうときに一番大事なのは情景が目に浮かぶという事だけ。私が小説を書くときはいつも字で見る映画だと思っています。それには描写が絶対条件です。

それが語りだったら自由自在に書ける。バイクに乗って走り出したらいきなり両方のオートバイが糸を引くわけね。そうすると、糸を引き合う場面もアップになるんです。（iPad を指で広げるしぐさをしながら）こうやって広げるところが快感なんですよね。何でも仔細に見たいときは iPad でわざわざ出して、それを指でグーって押し広げてやる。文章を書いているときもそれと同じで、拡大したり縮めたり自由自在な言葉の使い方をやるのがもうとても面白い。

川野　例えば二人の少年がツーリングに行くときに凡庸な私の頭の中では道の風景をまず描写して、そこで二人のバイクが客観的にどう走っているかを書きたくなるんですけど、村田さんはそうじゃなくて僕の心を書かれる。

村田　それも iPad みたいに僕の心を開きます。語りだから即はなりきってるんですね。

川野　村田さんバイク乗れるんですか？

村田　乗れない。自転車も乗れないの（笑）。

川野　いや、でもこれはものすごいバイクの好きな人が身体で覚えた感覚が入ってそうな気がします。私も乗れませんけど。

村田　書く前にオートバイの乗り方という本を二冊買ってきました。乗れないから想像が膨らみます。風を切るときはどんな感じだろうとか、コーナリングするときの傾き加減の快感はどんなだろうとかゾクゾクします。夫に聞くと別にどうもないって言うんです。当人は普通なんですね。それが常態。できる人は気の毒だなって思う。できない人間はもう様々に想像して、あたかも走行感覚の一大哲学小説みたいなのが浮かんでくる。私は体を動かして何かやることが生まれつきダメなので、観念の身体感覚だけは発動しているんです（笑）。

川野　『姉の島』は海女の物語です。水中深く潜って行きますけど潜れるんですか？

村田　五、六メートルは泳げるけど（笑）。潜りは恐怖！

死ぬより怖い。閉所恐怖症ですが、水中の閉じ込められた感覚が一番怖い。

川野　海中の描写やら水圧の感じやら、よほどの潜りの達人であろうかと思えます。

村田　水の閉塞状況に加えて水圧というものが恐怖です。想像するだけで息が詰まりそう。谷崎賞をもらったときの『飛族』、あれも海女の話でしたが、もう怖くてぞくぞくしながら書いたら、選考委員の池澤夏樹さんが「村田さん、ダイビングできるんだ」って意外そうだったとか。できないできないできません！

▽状況を書きたい

川野　『蕨野行』もそうですが、姥捨て山である蕨野を見てきた感じですね。だんだんみんな亡くなって行って飢えてゆく。残った年寄りたちの目から見えるすさまじい雪の風景とか。

村田　芥川賞をもらったときに文芸誌の対談で、姥捨てにどんな興味があるんですかなんて言われたとき、私は小説を書いて人間の心理とかそういうことはどうでもいいんですと言ったんですよ。変なやつだと思ったみたい。私はただ姥捨ての山の情景とか、年寄りの暮らしの状況が描きたかった。それが抜けてるというか、心理ばっかり書いてる小説はちっとも面白くないんです。人間の孤独とかそんなのどうでもいい。孤独の有り様とか状況が把握したい。

川野　それ、すごい大事なことだと思うんですよ。村田さんに伺ってみたかった核心の部分はそこなんです。私、個人の心理の入り組んだ病的な繊細な、ああいうものがほんと嫌いで、私小説は本当に苦手です。他人の自意識なんかどうでもいいですよ。どうして日本の近代はあんなに私小説がもてはやされたのか。

村田　ふふ、人間の心理なんて条件反射の範囲だって思う。たまにそれを超えてる心理描写に出会うと「参りました」ってなる。それには状況が必要です。平凡な状況描写で秀逸な心理描写はあり得ませんね。

川野　村田さんは群衆をお書きになりますね。『蕨野行』であれば、ワラビ、つまり捨てられる年齢になって出て行ったおじいちゃんたち、おばあちゃんたちの濃密な人間関係で、それぞれの立場がリアルに書けるわけですよね。同時に村で待っているヌイさんというお嫁さんの心理やらその背後の家族やらも。

一方で短歌は一人称の詩形と言われていて、この「私」というのをとりあえずおかないと歌が読みにくくなってしまいます。そのあたりの制限が短歌を狭くしている部分もあるような気がするんです。実際にはいろんな位相の「私」があって現在はそれが多様です。そこは実は自由詩でも同じことが言えるのかもしれません。若い人たちは「私」の感覚を先鋭に拡大し尖らせて新しい歌を作っています。でもやっぱりそれは「私」の感覚であって、他者の感覚ではない。他者の存在の気配が消えがちなのが一番の問題だと思っているんです。村田さんの小説は他の方の小説ともかなり違っていますね。

村田　たとえばどんなところですか。

川野　つまり村田さんは、語り、という器を持っておられるという感じがします。その器には捨てられた老人たちゃ里に残された嫁なんかもみんな入ってしまう。本来、語り、といえば語る主人公一人のための器なんだけど、村田さんの場合はスラッと群衆が入ってしまう。

村田　そうですか。私本人としてはとくに自覚がないんですが。というより私の目で見ると、現代は個人が集まってできた社会だって感じます。それは当然かもしれないけど、わざわざ言いたくなるほど個人ばっかりです。会合なんかに行くと怖くなるほど。

　私は北九州の八幡製鉄所の街で育ちましたが、戦後の中学なんて一クラス六十人くらいで十八組とかありました。それこそ個人が田圃の蛙ほどゲロゲロって一杯居たわけ。中学の全校生徒二千人なんて聞きました。でもいっぱい人がいて、家の境界意識が薄かった。運動会の弁当なんてよその家のゴザで食べていた。子供のいない家は親戚から子供を貰う。私の親戚にも貰いっ子が沢山いて珍しくもなかった。現在は個人主義というほどの個人は、もういないんじゃないかと。

川野　そうですね、今はそれにネットが加わることによってこの「私」というものが世界レベルで拡散できてしまう、ある意味子供部屋の王様みたいな感じになっちゃうとこがありますね。

村田　近頃言われてるネット攻撃なんかも蛙のゲロゲロ

村田　人間の孤独とかそんなのどうでもいい。孤独の有り様とか状況が把握したい

に似ています。昔、農村には結いの風習がありました。今も結納っていいますね。結は五、六軒の単位で結束して、一つの家みたいなものを構成していた。夫が大分の安心院ですが、今日は稲刈りだから学校から帰ったら誰それさんの家で晩御飯をよばれなさいって、子どもに言っておく。

川野　今の家族観、人間関係観と全然違う。結構大きな旧家だと下宿人がいたり軒先を借りていつもいるホームレスみたいな人とかいろんな人がいたんですよね。そういういろんな人を抱えることも旧家の役割だった。

村田　八幡だと在日の人とかもいっぱいいるんですよ。在日の主婦がシェパードを連れて、両手に子供を引いて、亭主が酒飲んで暴れてるから今晩泊めてと。よく来たと家に上げてやる。婦人会の組織があるからいい加減にはしない。文学も、神経過敏で人対人の関係性のところばかりでいろいろいうと、痩せ細ります。自分とは何かって？「あんたが誰だろうが関係ない」って思いますね。

川野　本当にそう思いますね。

▽物理学と孤独

村田　また話が飛びますが、（コップを手に取って）この200ccのコップに海の水を一杯入れます。そうするとこの中に過去の歴史時間以前からの、すべての生き物の原子が入ってるんだそうです。

川野　え、それは凄いお話ですね。

村田　物理学って面白いですね。クレオパトラからシーザーから紫式部から、むろん縄文人もクロマニヨン人も全部です。でもヒトラーはまだ入ってないそうで。

川野　どうしてですか？

村田　最近死んだ者はまだ海水によく攪拌されてないかららですって。死体が分解して地球規模に拡散するには時間がいるそうです。ベートーベンくらいからじゃないかと。物理学者の池内了《さとる》さんの本などにも出ています。

川野　そしたら今私たちこうやって水を飲んでますけど、ベートーベンとかクレオパトラの分子とかが私の中に入ってくるわけですよね。そうするともう一回私とは何かと言ったときに、私っていろんな原子の寄り集まりですみたいな感じになりますよね。

村田　そうですよ。だからね、あまり自分自身にのぼせないほうがいいんです。

川野　自分の周りにいっぱいいる草木虫魚とか他者、いろんな民族がいたり、いろんな暮らしがあったりすることに気がつかない。気がつかないのはもったいない。

村田　科学とか理科って大事だと思うんですよ。中学生レベルで充分。一本の木は根から養分を吸って天辺で空に蒸散してるんですよね。上で抜けて行かないと下から吸えないので、上へ上へと上がっていく。葉っぱも秋になったら落ちますけど、一枚一枚の葉っぱの数だけ生命がある。人間もそうなんですよね。いかに人間が孤独かということは私は癌になったときにわかったんです。自分というものの孤独がです。

細胞は一つ一つが各自の時間を持っています。癌細胞がなぜ怖いかというと、癌細胞は自分の体内の細胞が変化したものなんですね。何かの拍子に狂ってしまった。もともと体内の細胞には半年とか一年あるいは数年とか決まった寿命を持っていたのが、何かのミスで不死の細胞に変化したものです。これが癌ね。だからとくに悪さはしませんが、ただ死なない細胞になったのでどんどん分裂・増殖するんです。本で読んだんですが、時々、交通事故の死者の解剖をすると、綿みたいなのが体中に詰まってるケースがあるそうです。それがぜんぶ癌細胞。臓器を冒して増殖するまで気がつかない。

結局、私たちが持っている意識なんて、どこまでが自分なのかわからない。「我思う故に我在り」の「我」は、この私という意識の総体なのか、それとも六十兆個もある私たちの体内細胞の意識なのか？　意識してる部分だけが私で他の部分は私じゃないのか。

一本の大きな銀杏の木は何万という葉を意識していないのか？　私が私がって言い続けるのって不気味です。自意識のどこまで面倒が見られるか。病気になって気分が悪いときのあの言いようのない不快感は、六十兆個の細胞の不快感ですね。もう言い尽くせない（笑）。

川野　「私」なんて言ったってそもそも理解しきれてないわけですね。腸のなかの細菌たちだって「私」

村田　「我思う故に我在り」の「我」は、この私という意識の総体なのか、それとも六十兆個もある私たちの体内細胞の意識なのか

の一部なんですよね。
村田　ならこの私って何だ？
川野　そうですよね。逆に孤独ってなんですかって感じがしてきますよね。
村田　もともとは私だけ意識できる範囲があると暗黙のうちに信じてる。私たちはこの目で外界を見てると思っているけど、川野さんが私の目の中に飛び込んでくるわけではないし。川野さんを見るという事は脳の奥に電気で受け取った情報が逆様の映像になりながら映ってるわけですよね。脳科学者の誰かが言ってたのは「脳は孤独の王様」だって。潜水艦の中から海面を潜望鏡で見ている、それが私たちの意識だと。潜望鏡で見て、それがメガネを通して入ってくる。触覚や嗅覚、聴覚なども人間の器官が脳に通じて情報を取り込んでいる。私とはそういうものがなければ何一つ認識できない。
川野　ああ、脳は孤独なんだ。近代ってこの脳の孤独を肥大化させた時代かもしれませんね。我々人間は突き詰めれば物質ですよね。水とタンパク質とカルシウムでしかない我々が、なぜ私たちは物質ではないと思えるのか。それって関係性の問題ではないかという気がするんです。人間だけとの関係ではなくて、今日天気いいね、と言ったときに空との関係とか、躓いたら道路との関係とか、木がそよいだねと言ったら木との関係とか、もちろん人間同士の関係とか。自分の意識の中にある想像できうる限りの関係。そういうものと瞬間瞬間になにがしかの物語を作り上げながら人間は物質ではないものになっているのかなあと思ったりするんです。
村田　ああ、そういう関係性を意識するって面白いですね。そしてこれぞ短歌や俳句、韻文の世界という気がしますね。人と人との関係だけに限定されず、風が吹いて草原が揺れた、とか、風が吹いて池面が波立った、とかこういう見方も関係性ですね。仏教ではこの風を「因」と見て、揺れる草原や波立つ池面を「果」と見る。つまり「因果律」ですね。人間世界だけに当てはめない。万物がこの因果の法則で営まれているといいます。こんな話を聞くと私は広い草原を歩いているような穏やかな気分がします。
川野　宗教に限らず、昔は水が沁みるように、生活のなかで世の中というものを何となく教えられたのではないかと思います。我々はどんな世界に住んでいるんでしょうと言ったときに。よく、お天道様が見てるとか、バチが当たるとか言いましたよね。昔、漠然とあったんですよね、そんなものが。

村田　現代人はそれがないですね。だからもう一つ心の世界に入りにくいんじゃないか。一番通じにくいのがアメリカ人で、すぐわかるのがインド人だとか言いますね。インドの人たちはそれで生きてきたんですもんね。

川野　でもアメリカもまだダーウィンの進化論を認めない人たちがいますからね。

村田　ああ、ほんとに！　信じられない話だけど。

川野　宇宙には天使が飛んでると思ってる人たちがいます。もちろん科学の否定は由々しき事ですが、だけどそれはある種の生活感覚でもある。だから、アメリカよりも日本の方が殺伐と人間を囲む世界観というか物語が死にそうになっているんじゃないかなあ。人間だけが物質世界に投げ出されている感じです。

村田　本当に。いったいいつの間にこうなったんでしょうね。

▽『蕨野行』の世界観

川野　今の小説に私がしばしばどこか息苦しいなと思うのは、人間がこういう世界に生きていますよと、大きく摑む人間を超えた世界観、そういうものが感じられないせいじゃないかと思っているんです。もちろんそれはさまざまにあるべきで国家が物語を一つに纏めたら全体主義です。村田さんがもっておられるのは個人の記憶に根差した人間観とか、世界観で、私はそこに惹かれています。『蕨野行』の書き出しから引き込まれます。

> ヌイよい。
> 残り雪の馬が現われるなら、男ン衆の表《オモテ》仕事《シゴト》の季節がきたるなり。田の打ち起しが始まりつろう。裏の庭にもコブシの花が咲いた。
> 『蕨野行』

これだけでもうすでに平面的なその土地とか風景だけではなくて、重層的な世界把握の上に立っている世界認

川野　脳は孤独なんだ。近代ってこの脳の孤独を肥大化させた時代かも

識ですよね。毎年先祖がそういうふうにしてきた。そうやって農耕って始まるんだよと。それが語り文体で展開されるんですね。そういうことが「私」なんてものをはるかに超えておばあちゃんと嫁のヌイとの掛け合いでもって世界観ができていく。そして普通に淡々と営まれている村の生活のすぐ隣に蕨野という姥捨て山、死ぬしかない世界があって、その二つの世界が穏やかに共存している。蕨野って山奥の深いところにあるわけではないのですよね。普通の村のすぐ隣にある。そのことの凄さですよね。相互に補い合いながら生きている世界です。現代の人間観を超えた大きな世界観に包まれている。

村田　それは実際に書く前に遠野へ取材に行って案内してもらったんです。昔の遠野にはこういうデンデラ野という場所が三カ所くらい実在したみたいなんです。だからその地区の共同体の中で必然的に作られたもの。現代の市で言えば老人の一つの施設みたいなものですか。生と死の中間域みたいなものが、昔は残酷だけど定着していたようなのです。そのうちの二カ所は案内してくださった方が、今はもうその土地に団地ができて昔の姿は想像できないと言いました。行ってみると新興住宅団地になって洗濯物がズラリと翻ってたんです。何だか怖い情景だと思いましたね、逆に。

一カ所だけ残っているところに石碑があって、おばあさんをおぶっている銅像とかあって、『楢山節考』の映画になった場所だとかいうことでした。村はずれの水車小屋からほんの五、六分歩くとその境界です。小さい小川があって、そこを渡ったらもうデンデラ野のゆるい上り坂なんです。丘の上に立って、おーい、って呼んだら村にその声が届くような場所。そんな距離です。

川野　私も遠野で多分そこへ行ったと思うんですけど、日当たりの良い何とも居心地の良い丘ですよね。

村田　六十歳を過ぎた年寄りがあそこを下って里に行って、仕事をしておにぎりか何か貰って帰ることができる。理に叶った地形です。あれは本当に必要があって作られたところ。だから年寄りを捨てるところじゃないんですよね。年寄りが村へ仕事に通って行けるところなんです。

川野　みんな自主的に行くわけですね。そして体が動く間は無言で出てきて村を助けて、体が動けなくなったらそこで死んでいく。芽が出て枯葉が落ちてという循環と同じように村の人間観に組み込まれている。過酷さを平等に受け入れることで成り立っている世界観ですね。村田さんはそれをセットでこれが人間の世界ですと、その命とかの循環として把握しておられるような気がするんですよ。それは野生の動物や植物の世界とも似ている。

村田　私がたまたま見たのはそういう理屈に合っているところだったんです。でもね、人に聞いた話ではある学者が山口県の谷間に調査に入って、「この谷はどうも途中から年寄りを輿に乗せたまま、崖から投げ捨てたような地形だな」なんて言われたようで、そんな無惨な場所もあったみたいです。また東北のある地方では、おばあさんが息子におぶわれて行きながら、手を伸ばして背の高い草を折っていったとか。捨てられてもまた逃げて戻ってこれるようにでしょうね。それは遠野のデンデラ野と違って、通いの姥捨てじゃなくて行ききりになってしまうところだからでしょう。ほんとに捨てられるからですね。通いの姥捨てとか、捨てられてそれっきりとか、途中の谷に投げ落とされるとか、様々な形の姥捨てがあったんじゃないですかね。

川野　現代社会も老いの問題すごく苦労してますけど、人間や社会というものをどう考えるかということと深く絡み合っている問題だと思います。昔の人の葛藤も壮絶ですね。

▽洞窟の闇

川野　現代の小説は都会が舞台で、今という時間に密着したものが多いです。村田さんの小説が描くものは、いろんな時間の層があり、また舞台も海中だったり空を飛んだり、いろいろです。同時に人間の世界がそれより大きな世界に包まれてある気がします。村田さんにとって人間とはどんな存在でしょうか。

村田　大学でゼミ学生たちを連れて行ったときの、「楽園」というタイトルの短編があります。それは、山口県の秋芳洞の第七新洞を発見した櫻井進嗣さんの実録を作中に入れ込んだ小説です。イギリスの探検隊が来て調査したけれど発見できなかったその新洞を櫻井さんは単独で探し当てました。一九九六年のことです。しかし彼はその帰路に入り組んだ洞内で戻る道を見失ってしまうのです。地下深く水没した洞内は入れ子状態になっている。水没洞窟の怖さですね。

地下鍾乳洞を潜って行くと竜ケ淵という池底湖の前に

着く。そこがスタート地点です。普通の人間にはそこで行き止まりと見えるけど、そこから長い水中洞窟探検の道程が始まるわけです。潜水服を着て酸素ボンベを背負い、ライトを点けて幾つもの支道に分かれた水中洞内を潜行する。彼は何とか帰る道を見つけたけれど、結局七時間もたった一人で洞内をさ迷った。

川野　七時間って酸素ボンベが切れませんか。

村田　何本か持ってギリギリだったでしょうね。行って帰って七時間。洞窟の入り口には新聞記者が待っていて、もう諦めかけていたんですって。私はその本を読んで櫻井さんにメールを送りました。質問です。

「光と酸素と重力のない世界で、あなたは何者でしたか」

「探検家です」

返事のメールはこうでした。この世で一番ハードな冒険が、このケイブダイビング、つまり水没鍾乳洞の潜水だそうです。光がなくて酸素がなくて重力がない。地球にそんな場所がめったにあるものじゃないです。

「櫻井さんの手記『未踏の大洞窟へ』を拝見して、私は洞窟に潜ることとは、人間の存在とか認識に深く関わる、一つの哲学体験ではないかと感じましたが、如何ですか?」

「まったくその通りです。そして、それは限りなく造物主に近づいていく創造的体験だと思います」

彼は不思議なことを言います。

「その造物主というのは、単純に神と考えていいのでしょうか。そしてその神に会うことが、どうして創造的体験となるのでしょうか。私にはちょっとわかりません」

とそう書いて送ったらまた返事がきて、

「造物主に会うのではなく、限りなく近づこうとすることです。たとえば洞窟は私に発見されるまでは存在していません。ですから存在を作り出すという体験によって、造物主に近づいていくということです」

こういう認識の仕方があるのかと、私は驚きもし深く感動もしたのでした。なるほど人間とは意識する存在です。人間があるから世界があって宇宙がある。人間がすべてを生み出すわけですね。人間がいなければ世界も宇宙もないということ。そして人間が死ねば全てはなくなる。ということはこの世に「死」もないわけですね。死んだ途端に「死」という概念も消滅するのだから。

死んだら死はない。ということは人間に死はないことになる。そういう意味で人間とは世界を作り宇宙を作り出す存在になるのですね。

川野　なるほど。私たちは私たちの意識で創った世界で生きているわけですね。逆に言えば死の側から見たら私たちは無いわけですもんね。

村田　だから何も怖がる必要はないんだけど、生きてるから怖がるんですよね。生きているって不幸かも知れない。幸福かも知れない。何でしょうかね？

川野　死への恐怖って圧倒的に生の実感でもあるわけですね。生きてるって、いつ酸素が切れるかもしれない恐怖を背負いながら闇から闇を探る洞窟探検してるような感じがしてきますね。

村田　秋芳洞って大きいでしょう。私たちのゼミ合宿の案内をされた科学博物館の館長さんは、毎週日曜日には竜ケ淵の地底湖まで散歩に下りてくるって仰るの。真っ暗だからライトを持ってね。それじゃ地底人じゃないですかって言ったら、笑っておられたけど。竜ケ淵まではの人はよく行ってたんですって。何故かというと死者の声を聞きに行ったわけ。

川野　そこまでいけば聞こえると思ったんですね。死者の声が聞こえる場所って昔からいろいろありますね。恐山とか、山陰の方だと海に突き出した海蝕洞穴に石を積んで賽の河原と言ってるみたいですね、そこを。

村田　根の国というかな。そういうことまで考えると、もう小説でも何でも書ける気がする。

川野　村田さんなら根の国もあの世もリアリズムで描けそうですよね。もう本当に愉快。リアリズムって何だよ、って。村田さんの海の中の描写とか空を飛ぶ描写、オートバイも、あまりにもありありと体験を感じさせるのでびっくりします。

村田　でも、本を沢山買い込みました。ほとんどが図鑑です。写真とかの。文字がいっぱい書いてあるような本じゃないんです。子どもみたいです。

川野　視覚はとても大事な役割を果たしていますよね。海中深く潜ると零戦の翼の赤い丸が青く見えるというのがぞわっとしました。

村田　カメラで撮ってるんです。深く潜ると赤が青に見えるそうです。沈んだ零戦の残骸の日の丸がね。街を見上げるとビルがあって十階とか二十階とかあるじゃないですか。それは何ともないのにどうして波の下に潜ると、たった自分の身長の百五十センチくらい潜っただけで、たとえば風邪ひいて耳抜きがうまくいかないときは潜れない。水圧で目玉が飛び出るから。水の中も大変。地下洞窟も大変。場所ほど面白いものはないと思います。

▽時間の重層性

川野　今、短歌で気になっていることのもう一つには時間という観念がないんですよ。さまざまな時間の層が作品から欠落していて、今と瞬間とに集中して、ものすごいエッジの利いた作品が出てきてます。

村田　短歌ってそういうものなんですか。

川野　私は違うと思うんです。俳句ならばエッジの利いた瞬間を書いたとしても季語があるのでそこに時間も含まれてくると思うんですよね。

村田　そういう意味で俳句の方が抽象度が高い気がします。攝津幸彦さんの好きな句が三つあるんです。

生前の手を乾かしぬ春の暮
生き急ぐ馬のどのゆめも馬
野菊あり静かにからだ入れかへる

川野　「生前の」ですか。馬も菊も長い時間に現れたり消えたりしている。今だけじゃないものが言葉に幾重にも何度も現れてきている感じです。

村田　恩田侑布子さんの評論集『余白の祭』に攝津幸彦論があって、その中に相当ハードな俳句表現ですけど、これがあったんです。

川野　存在論ですね。今があるのは過去があって未来があるから。時間の厚みを想像するのも人間の特権のはずです。その往還をなくしたら本当に物体化しますよね、人間というものが。そこにものすごい危機をずっと感じていて、反対に村田さんの世界を読むと先ほど描き出されていた『蕨野行』だけじゃなくて、今度出された『姉の島』その前の『飛族』、あれも私たちが普通に暮らしていると思っているその普通のすぐ隣のドーンと深い世界というものが書かれている気がするんです。特にこの『姉の島』だと私たちは陸でばかり暮らしていて気がつかないけど、海の底に潜ったら潜水艦が沈められているよとか、遣唐使の船とかたくさん沈んでいる。

村田　海の中は水中博物館ですね。すごい重層的に。

川野　海の水を抜いたらいろんなものが沈んでいるとい

う、その発想がすごいなあ。
村田　それから太平洋戦争のときの残骸がすごいんですってね。飛行機と船が。だから戦争博物館ですよ。
川野　源平合戦のときの船も沈んでますよね。
村田　人間の意識ってすごいなと思うのは、友達であそこの関門大橋を通れない人がときどきいるんです。あの鉄の大橋を車で走っていて海側に引き込まれそうになるって言うんです。下関の市立美術館で待ち合わせしようと言うと、その人たちは来ません。怖いからって。犬なんかもときどき落ちると聞きました。
川野　はあ。犬も落ちますか。新聞歌壇の選をしていて、ときどき下関の人が投稿してきますけど、風の夜は平家の落人の声が海峡からオオウオオウー流れてくるというような歌が時々あるんですよ。
村田　わからなくもないですね。私が子宮体癌になったとき、詩人の男友達も肺癌になっていて、私は鹿児島の放射線センターから彼に電話して、病人同士でいろんな話をしました。そのとき彼が言うことには病状が本当に悪くなり始めると、もともと海が好きで海峡のそばにマンションを借りたのに、だんだん怖くて住めなくなったって言うのです。窓の下は海なんですが、そこから人の気配が上がってくるんですって。
川野　安徳天皇やらなにやらぞろぞろ。九州の周辺の海には日本史に書かれなかったいろんなものも沈んでる。
村田　軍艦とか沈没した潜水艦の記念館があるんです。そこに大学のゼミなどで行くとやっぱりやられますね。
川野　今の社会がグローバルとか言って広くなってるように感じてるかもしれないけど、ものすごく見落としの多い社会ですね。私などもそうですが、ネット世界で何でも知ったように思えてしまうので。異文化を理解する困難さもめんどくさくなってしまって他者を失いがちです。それどころか自分の五感や記憶や他人の話やそういうものをあまり聞かなくなってる。村田さんが『飛族』で描かれていたのは住人が二人だけになってしまった離島ですよね。ああいうところで空にしか逃げ場のないおばあちゃんたちが住んでいるような世界を想像だにしない。今もすぐそこにある世界ですよね。そういう世界の奥行を意識しないと人間って貧しくなりそうで怖いです。
村田　今の人たちって外国にも行きませんね。私たちのころヒッピーが流行りましたね。みんなどこか行きたかった。ホームレスなどにも憧れたんです、家のない。

川野　それぞれの国がそれぞれの妙な幻想の中に包まれつつある気がするんです。アメリカも日本もそうですし、他者への想像力がどんどん欠落していく感じ。

村田　私、人間にあまり興味はないんですけど、人が何を考えているかはわりと感じる方なんですよ。つまり小説を書くのってそんな感覚がないとだめみたい。作れないんです。誰が言ったのか名文句で、作家は恋敵にも同情するって。ライバル意識はめらめら燃やしていても、恋する女同士の辛さや悲しみを思うことができる。

川野　そっちに主観を移せばそうなるってことですよね。それは凄いです。「私」の主観優位の世界にいたらできないですね。

村田　作家はそれができるってことです。でも普通はなかなかそれができない人もいっぱいいるんですよね。

▽樹木と生

川野　そのかなり行き着いたところに村田さんの木の物語がありましたね。『人の樹』。樹木婚、木と結婚する人間の話です。私あの世界観が好きで。人間はなんて寂しいんだろうと思うんですよ。人間と結婚したってままなりませんけど、木と結婚しておけばそこに自分の存在を結えつけておける。そういうことが風習としてある人間世界を村田さんが目の前に開いてくださった。

村田　どうして木と結婚すると思います？　あれは木の聖性を貰うんですよ。嫁ぐ前に一度、木と結婚して体をサラにするんじゃないかしら。人間界から植物界に入ることでまっさらゼロにして嫁に行く。一時的に通過する清めの行為というのかしら。

川野　そうなんですか。そうすると樹木と結婚するのはやっぱり女ですか。

村田　男だって清めた方がいい人いるんだけどね。ちょっと木になって貰いたい奴はいますよね。木と結婚するわけじゃないけど、そういえばC・W・ニコルさんに一度お会いしたことがあるけど、彼は帰国すると故郷の村に自分の木というものがあって、その木の幹に抱きつくんだそうです。子どもの頃から自分の木を持ってるんですね。柳生博さんという日本の俳優さんがいますよね。あの方は柳生一族の隠密か何か忍者の家系ですか。柳生さんも似たようなことを書いておられました。柳生の里に行くと自分の木があるって。「おう帰ったぜ」みたいな。バックボーンとしてあるんですね。私たちにはそれが無い。そういうのを持たない育ち方をしてきたんです。

川野　樹木葬とか最近流行ってますけど、それも現代人の寂しさの表れでしょうか。

村田　さあ、寂しさと関係あるかはわかりませんが、お茶を買いに中国の武夷山という所に行く途中、朝、古いホテルの窓から木に抱きついてる人たちを見たことがあります。太極拳をする人もいれば木に抱きついてる人もいる。木に抱きつくと自分の体液と木の樹液の循環が合わさるとか聞きます。

それで思い出すのは、私が出産したとき難産の末に出てきた赤ん坊をポンとお腹の上に這わせました。母親の心臓の鼓動に赤ん坊のを整えさせるんだそうです。私は病院でなく助産師のおばあさんたちがいる産院で生んだんです。

川野　樹木と関わり合って生きてるわけですよね。私もいつも行く公園に大好きな欅君がいます。それから、例えば海との関わりも深いわけですよね。よく満ち潮のときに赤ん坊が生まれ、引き潮のときに人が死ぬと言いますよね。私たちは海から生まれたのに忘れてる。

村田　昔、島で暮らしている人たちはお彼岸の満ち潮の刻にみんなでバケツに海水を汲んで、それに満月を映して持って帰る習慣があるそうです。今はどうかしら。海の水を潮という。人の体も血潮が巡っていますね。

川野　人間の体液は海水とほぼ同じ塩分量といいますね。

村田　天と書いてアマと呼びますね。そして昔から海もやはりアマと呼んでますね。だから海で働く女もアマです。天と海。アマとアマ。昔の人たちの方が世界の根本的なことを知っていた気がしますね。

川野　そうですね。ある種の謙虚さと言っていいんでしょうか。自分というものがたいしたものじゃないということを起点にして、様々な関わり合いの中で人間観というものを大きな世界認識のなかでバランスよく持っていた感じがあります。そういう関係でしょうか、村田さん

村田　作家は恋敵にも同情する

は渡辺松男さんの歌をすごくお好きなんですよね。渡辺さんのどんな作品がお好きでしょうか。

村田　さらっと歌っていて突きぬけてる凄さというか。

川野　渡辺さんの世界って宇宙とか自然とか、空間認識や時間認識が広大で、人間のスケールを超えています。

村田

天命なりと立ち止まりたるものが樹で止まらず歩いているのが俺だ　『自転車の籠の豚』

ああ母はとつぜん消えてゆきたれど一生なんて青虫にもある　『泡宇宙の蛙』

ごうまんなにんげんどもは小さくなれ谷川岳をゆくごはんつぶ　同

ふくろふはなんにんの生れかはりなるなんにんの悲《ひ》のかさなりて啼く　『蝶』

この方は直感ですね、つくづく。この「一生なんて青虫にもある」って、渡辺松男さんの定義ですよ。さらっと渡辺定義を作ってしまう。

川野　渡辺さんは哲学の出身ですけれど、理屈っぽい哲学というよりはもうちょっと自分の存在から派生していく命のつながりの中で人間が生まれるという、どこか村田さんと似た世界観を持っていますね。

村田　ぽーんと飛ぶその飛び方が快感です。

かたつむりってちっともさみしくないみたい昨日より一メートル上の葉を這う　『けやき少年』

へーそうなんだとかね。渡辺さんは樹木がお好きだそうですが、この方の樹木はふわっと明るい。生死を絡めて歌うのにカラッと日が射している。そんな感じがとても好きです。スポンと木は立ってて彼の木は明晰です。

川野

ひとの死ぬるは明るいことかもしれないと郭公が鳴く樹の天辺で　『歩く仏像』

この明朗さというか、そうだよねカッコウにとってみりゃとか、そういう人間中心の私中心の狭い世界観と全然違うものを持っている。こういう文脈のバリエーションって沼空なんかにもあったはずだし、山中智恵子にも感じられます。すっきりと抜けた感性です。もっといろいろあったと思うんですけど。

村田　存在ということに一種こだわる方ですね。そのこだわりがあまり重くなくてポンと飛んでかたつむりとかになってる。ちょっと鮮やかすぎてショック受けます。ぐーんとゴムを伸ばして、パチン！　とやられたみたいな感じ。えっ、そんなふうにいくの？　みたいな。

川野

月読に途方もなき距離照らされて確かめにいくガスの元栓　『寒気氾濫』

月からの距離を考えてきて、なんでガスの元栓！　て思いますよね。なにか衝突するんですよ。

村田　あれパチン！　ですよね。攝津さんと渡辺さんと両方を一日閉じ込めて、やり合わせたい（笑）。

川野　ほんとそうですね（笑）。面白い。今日は本当に豊かなお話を伺えました。ありがとうございました。

（二〇二一年九月五日　リーガロイヤルホテル小倉）

村田　この「一生なんて青虫にもある」って、渡辺松男さんの定義ですよ。さらっと渡辺定義を作ってしまう

詩歌の型と小説の型って？

三浦しをん
（小説家）

×

川野里子

三浦しをん（みうら・しをん）　小説家。1976年生まれ。2000年『格闘する者にまる○』でデビュー。2006年『まほろ駅前多田便利軒』で直木賞、2012年『舟を編む』で本屋大賞を受賞。小説に『風が強く吹いている』『仏果を得ず』『墨のゆらめき』など、エッセイに『しんがりで寝ています』などがある。

▽短文から入った人は長文も書ける

川野　今日のゲストは作家の三浦しをんさんです。今日はご多忙のなかをありがとうございます。三浦さんとは「エフーディーの会」で短歌や俳句を作って遊ぶのですが、小説を書かれる方が短詩形を操るってどういう感じなのかなと興味深いです。短歌を作っていて、次に評論を書く時にはギアチェンジが必要で韻文と散文の生理が違うので苦しむことがあります。使ってる頭が違うというか。

三浦　そうだろうなと推測します。私の持論として、定型の表現もしくは文字数が短いもの、例えば俳句や短歌から入った方は小説も書ける。これはほぼ例外ないと今のところ思ってるんですよね。でも、小説から始めた人は短い表現形式に対応できないんですよ。

川野　なんででしょう。

三浦　わからないですね。例えばシナリオも小説よりは文字数が少なくすむし、すむって言い方おかしいですけど、ある程度、こういうふうに書きなさいという型がありますよね。一ページでだいたい一分みたいな、なんとなくの決まりがある。それにちゃんと応えつつ表現ができる人は小説も書けるんだけど、最初から小説家だった人が脚本家としても大成したってあまり聞かないですね。

川野　小説が結構突き詰めた形の表現ということですか。

三浦　いえ逆に、突き詰めなくてもできるってことです。誰でも書ける可能性が一番高いのが小説なんですよ。

川野　まさか。

三浦　先行作をあまり読んでなくてもいきなり書けるっていうのは、たぶん小説が一番多いと思う。もちろん短歌でも、先行作を知らなくても案外リズムに乗ることができて、若い感性のきらめきによって、十代とかですごい傑作を詠めたって人もいるとは思います。だけどその人が歌人として六十、七十までずっと詠めるかと言ったら、それはまた別な話ですよね。小説も同様なんですけど、ただ、先行作を知らずにいきなり書いてデビューし、その後も執筆で食べていけるクオリティの作品を出し続けられる率が一番高いのは、たぶん小説です。

川野　それはとても信じられない。

三浦　漫画だとなかなか難しいと思いますが。

川野　それは分かります。絵なんて描けない（笑）。でも短歌、俳句の方が膨大な愛好者がいますから。

三浦　その方たちは、趣味として楽しみながら詠んでおられるんですよね？

川野　多くの愛好家がいます。でも短歌、俳句の世界は趣味と専門性の線引きが難しいですよ。小説は二作目が書ける人って小説家だなと思う。

三浦　なるほど、趣味と仕事の境界が明確ではないのか。

▽自由な発表の場で起こること

三浦　ただみんなが認めるクオリティって、やっぱりその業界ごとにあるじゃないですか。そこをずっとクリアできるかということになると、やっぱり短歌や俳句だと、先行作をよく知ってないといけないのではないですか？

川野　昔はそうでした。それが、最近そうでもなくなってきてる。

三浦　言われてみれば、最近の漫画家さんにもちょっと感じるときがありますね。この人より私の方がよっぽど漫画読んでる気がするなと（笑）。先行作を読まずに、商売として表現をずっと成立させられる人って、昔はそこまでいなかった気がするんですよ。でも最近多いですね、いきなり書けちゃう人。

川野　それ最近すごく多いです。自分の周辺の仲間の作品しか読んでない。その中で切磋琢磨して仲間と尖ったのを作っていく。でも、近代やら戦後の作者とか、十年前の作者でさえ知らないことがある。

三浦　たぶんなんですけど、今短歌ってSNSでやってる方が多いですよね。Twitterにすごく合う表現形式だから。SNS上に仲間がいて、みんなでああだこうだ言いながら楽しく作ったり。小説の場合も、自作をサイトに無料でアップできて、いいねをつけたり、メッセージやコメントで批評しあったりする場があるようです。同人誌を作って、うるさい先輩がいて、といった煩わしいことから解放された（笑）。

三浦　先行作をあまり読んでなくてもいきなり書けるっていうのは、たぶん小説が一番多いと思う

川野　とにかく茂吉を読め、次に白秋だ、とかね。

三浦　そういうのはないでしょうね。気軽に発表できるのはいいことだし、そこから自由で新しい表現も生まれてくるんだろうと思います。サイト内でのある種の文法みたいなものがあって、みんなで楽しく批評しあいながら書いてるんだろうなという感じがします。

川野　それもう、歌の世界そっくりそんな感じです。とりあえずはそれでいいんですけど。そのことに関して三浦さんは肯定的ですか。それとも否定的？

三浦　もしプロを目指すなら、私だったら絶対サイトにアップはしないですね。今後は出版界も先細りしていくので、小説で対価を得られるだけの市場、システムがどこまで維持されるかわかりませんし、テクノロジーの発展とともに、小説というジャンル自体が、文章のみで表現するのではない、どんどん別の「新たな何か」に変化していくんじゃないかという気がしていますが。ただ現時点でプロの小説家になりたいんだったら、闇雲に書いたものをサイトに発表して、寄せられたコメントに一喜一憂して、というのは避けたほうがいいと思います。自分のなかの情熱というか情念のようなものを、「一週間に一度はサイトにアップ」みたいに浪費せず、もっと大事にするべきだと思うから。

あと、コメントに心をへし折られたとか、「早く続きをアップしてください」ってプレッシャーがつらいという悩みを、小説家志望の方からたまに聞くんですよ。気にするなと言っても、コメントは気になりますよね。しかし肝心なのは、作品にとって真に有益なアドバイスができる人は皆無に近いということです。小説を読むプロである編集者だって、みんながみんな的確に指摘できるわけじゃないですから。そこはもう、書き手が自分でジャッジしていくしかない領域です。「サイトにどんどんアップしなきゃ」「読者からのいい反応が欲しいな」と思ってしまうと、自分の中でじっくり熟成させてから書くとか、自作を冷静にジャッジして、コツコツと修正し練りあげていくといったことが、身につきにくくなってしまうのではと懸念されます。現状では、プロになりたいなら、「これだ！」という一作を納得がいくまでじっくり書きあげて、新人賞に送るほうが早道だと思いますね。もちろん小説を書くことが趣味として好きで、同好の士と楽しみを分けあいたい場合は、サイトでの発表や交流を大いに活用していただきたいですが。

川野　そこなんですよ。短歌だったらもっと簡単じゃないですか。サクサク出せますよね。ネットも同人誌も学生短歌会もあって、そういう広がりは確かに面白いものを生んでいます。でも技術を尖らせていく、言葉を尖らせていくことと、自分の中の塊を摑んでゆく、人間を掘っていく、世界観を育てていくような作業とは違うと思うんです。後者はとても時間がかかりますからすぐには表に出ない、だから軽く扱われがち。そこが問題だと思っています。今という瞬間に向けてエッジの効いたものを出す作業と、時間をかけて深掘りし、澱のようなものを溜めてゆく、方向は両方あるはずだと思うんです。

三浦　はい、そう思います。若いときは特に、自分を表現したいとか、自分は特別な存在かもしれんぞと思いたい気持ちって絶対あると思うんですよ。あと、焦りみたいなものも。しかも感性は非常に尖って研ぎ澄まされてる時期だから、ちょっと文章心がある人は小説を書けてしまう。小説に限らず、創作物はなんでも自己表現ではあると思うし、自分を見てくれという自意識過剰さに突き動かされて行われる側面が必ずあると思うんですよね。私も二十代の頃は、もっと感性がきらめいてたと言えば聞こえがいいですが、「見てくれ、ドヤ！」という何か得体の知れぬぎらつきがあった（笑）。

　でも、二十年以上書き続けて今思うのは、実は何かを表現するって、自分自身をいかに消していけるかじゃないかなってことです。消そうとする動機は、川野さんがおっしゃった澱のようなものが自分のなかにあるから。自分を消して消して、ひたすら澱のなかに潜るというか、澱の正体を見極めるというか。澱も自分の一部だから、これまた自意識過剰や自己顕示欲と表裏一体の行いなんでしょうけどね（笑）。どうしたら自分というものを消していけるのかを考えて表現するのにはすごく時間がかかるし、試行錯誤が必要になってくる。その結果として何を目指してるのかといったら、いったい人ってなんなん

三浦　小説に限らず、創作物はなんでも自己表現ではあると思うし、自分を見てくれという自意識過剰さに突き動かされて行われる側面が必ずあると思うんですよね

だろうってことです。自分のことだけじゃなく、いろんな人のありようを小説で表したいから、時間をかけて、ああかな、こうかな、と考える。きらめきや鋭さだけに頼った表現方法ばかりを採っていると、書くことにいつか飽きちゃうと思うんですよ。経年変化で感性が鈍磨した者の負け惜しみかもしれませんが（笑）。

川野　そうですね。今おっしゃった、自分を消す、っていうのすごく大事だと感じています。自己表現だとたちまち底を尽いちゃう。結局小説も短歌も人間の声を聞きとる道具だって気がするんです。短歌は一人称の詩形って言われますが、それは自分というサンプルを通して人間の普遍に辿り着くための方法なんだと思う。この歳になってつくづく思うに、才能なんかあろうがなかろうがどうでもいいことだなって。

三浦　才能。そんな曖昧なもん、ほんとどうでもいいですね。

川野　一番難しいのは、三浦さんがおっしゃった人間って何だろうという人間への問いというか、世界や世の中への独自な好奇心が維持できることかなあ、と。私の場合だとこの私が生まれてきた世界はどんな世界なんだろうということを知りたい。けど、そういう問いを途切れず持続するのって、精神的な体力が必要ですよね。

三浦　はい。でもちょっと意外な気もしました。これは一種の偏見でしょうけど、文字数が少ないからこそ、短歌って瞬発力が特に要求されるのかなと思ってた。

川野　瞬発力も必要。一回一回生まれて死ぬみたいな。

三浦　若いと瞬発力があるじゃないですか。個人的には、文章面で瞬発力ときらめきがピークに達したの、小説を書き始めて五年目ぐらいだったなって思うんですよ。今はもう失われてしまいましたねえ。瞬発力どころか、たるんだゴムですよ。

川野　与えられた若さの花が消えた後に自力で咲かせる花、そっちが問題になってくるんですよね。

三浦　そうですね。だからすごく苦しい、いつ終わるともわからぬ道を行く感じになってきました（笑）。短歌も同じなんですね。最初は若さのきらめきで書けるところがあっても、それを何十年と追求しつづけようとしたら、この世界に対する好奇心や問いかけを一人で黙々と維持できるかが重要になってくる。胆力や持久力がどんどん必要になって、それに見合うだけの精神と肉体の力がどこまで保つのやら、自分のなかでデッドヒートが繰り広げられてますね。

▽文学に求めるものと時代

川野　三浦さんが二〇〇〇年に『格闘する者に○《まる》』で登場されたとき、え、こんなことが小説で書けるんだ、とびっくりしました。あの頃を境に小説の主題が変わってきたような気がするんです。近代以来続いてきたのはいわゆる生老病死に愛というやつですよね。特に愛とか恋、男女の関係って大きな主題だったじゃないですか。

三浦　たしかに。短歌もそうですよね。

川野　そうなんです。メインストリームと言われていた生老病死と愛とは全然違うところから三浦さんが登場された。その後も『神去なあなあ日常』では林業を扱われたし、『舟を編む』では辞書を作る現場が扱われました。

どれも今まであまりスポットライトの当たることのなかった主題です。こんな世界がこの世にあったのか、あったんだよね、と新鮮でした。『舟を編む』も最初はそういう編集室を舞台にした恋愛物語かなと思って読み始めたら、全然違って熱烈な言葉への愛の集まる場所として出現する。そして今度出された『愛なき世界』は植物の研究をやってる院生が主人公です。ひたすら葉っぱを毎日観察している。そうなると近代からずっと積み上げてきた文学のメインストリームだと思われてきたものとは別の、もっと小さなニッチな世界の方が人間の生きる場として活気がある。今やそこがメインストリームになっている感じです。三浦さんはそういう世界のシンボリックな存在かなと思います。

三浦　そんなふうにおっしゃってくださる方、誰一人いないですが(笑)。たぶんそれは、世のなかが不況だってことと非常に密接に関係していると思います。私は年齢

川野　自己表現だとたちまち底を尽いちゃう
三浦　何十年と追求しつづけようとしたら、この世界に対する好奇心や問いかけを一人で黙々と維持できるかが重要

的にデビューは早い方で、大学を出た翌年なんですが、その頃ものすごい不況だったんですよ。今もですけど。
川野 氷河期ですよね。第一世代。
三浦 会社に就職できた人、大学のときの友達にはほぼいないですね。みんな、契約社員とか、ライター、自営業など、しょうがないから自分で何かやって稼ぐかという感じで今に至ります。私たちのときは、「全然就職できないな。ちょっと他の道を探るか」という余裕がまだしもあったとも言えて、今は不況も極まり、すごくブラックな会社でも、とにかくどこかに入らないことにはやっていけないぐらいになってますよね。地獄みたいな状況が、もう二十年以上続いてる。そうなると今までの価値観どおりに、「恋愛して結婚して子どもができて」みたいな生活を迷いなく選べる人は少数派ですよ。「恋愛、結婚、出産？　こちとら、そんなこと考えてる場合じゃねえ。いいからまっとうな就労／労働環境をくれ！」と言いたくもなります。
川野 おっしゃるとおりですね。短歌の世界で、私が出発したころは九〇年代初めで、バブルの頂点のころです。そのころの女性の歌人は、まず恋を歌います。次に結婚します。そして子どもを産みます。そして子どもを歌います。だいたいコースが決まって。
三浦 アハハハハ！　いや、いいことですけどね。そのあいだ男の人は何を歌ってたんですか？
川野 恋愛かな、それと社会と個との摩擦とか。
三浦 夏目漱石以来の、伝統的「近代の悩み」だ（笑）。
川野 やっぱり恋ですよね。恋は大きな悩みごとでしたね。そして気がついたら、二〇〇〇年に入ったころから、恋って消えたよねって。生きるか死ぬかのほうになってきて、今はまるで啄木の時代みたいになってる。
三浦 誇張じゃなく、明日どうやって飯食おうって状況ですから。もう一つは、別に恋愛は男女のあいだだけで発生するものじゃないし、別に恋愛したくない人だっているんだという当たり前のことが、やっと広く認識され始めたのも大きいと思います。多種多様な性別や性指向の人がいるのが普通で当然なんだという感覚、考え方の持ち主が、特にここ十年ぐらいで一気に増えた気がしますね。それは本当に希望の持てる、いい変化だと感じます。
川野 家族制度の呪縛がやっと解けてきた。そういう意味では、今しきりにいろんな小説の主題になっているのが、新しい共同体の編み直しへの模索かなと感じます。三浦さんの『あの家に暮らす四人の女』も河童のミイラ（笑）を中心にしながら『細雪』的な名前を持った四人の女が不思議に集まってきて、なんだか日常が生まれていく。ストーリーなくディテールだけであの世界が出来上がる凄さみたいなものを思うんです。

三浦　ありがとうございます。血縁によらない新しいコミュニティみたいなものは、現在の日本の、特に女性が書く小説に結構多くなってきましたね。個人的には、男性の小説家が提示する、誰にとっても生きやすい家族の形、新しい共同体の話を読んでみたいなと思うんですが、それほど書かれていないような……。そこにあんまり興味がない人が多いのかな。

▽オタクだから

川野　人間って愛がないと幸福じゃないと思うけれど、でもそれは男女の愛や家族愛だけじゃない。三浦さんの作品はあたらしい小さな愛を見つけてゆかれるのですが、その過程が緻密に編まれてると感じます。短歌で言えば与謝野晶子のような異性への愛と情熱というようなものでは全然なくて、もっと手前のところでもっと小さなものに熱烈に捧げる愛、そういうものが意外と幸福感やら人間の居場所を作り出している、そこにリアリティが生まれている。

三浦　うーん、それは私がオタクだからかもですね。オタクと言っても、もちろんいろんな方がいらっしゃいますが、私は何に一番幸せを感じるかなと考えるに、恋愛とかではまったくないんですよ。幸せや喜び、熱狂を感じるのは、漫画を読んだりライブに行ったりオタク活動に没頭したりしてるとき！　結婚したいとか子どもが欲しいと真剣に願ったこと、正直言って一回もない。さすがに三十代半ばぐらいで、「あれ、子どもが欲しかったら、そろそろ産まないとって頃合いだぞ」とちょっと考えたんですけど、「まあいいか。それより、早く仕事終わらせて今日も漫画読まなきゃならんからな」って結論になりました。だから植物の研究者とか、辞書を作る人とか、大多数の人から見ると「え、そこに夢中なの⁉」と思えるものに、わけのわからない情熱を傾けて生きている人を知りたくなるし、書きたくなるんだと思います。

オタク気質な人が、好きなこと、興味のあることに没頭してるときって、いい恋愛してるときの熱狂や多幸感と同じ脳内物質が出てると思うんですよね（笑）。

川野　そうかもしれません。恋人の新しい癖を知ったとか、え、シイタケ嫌いだったの？　面白い！　みたいな感じと、オタク活動って似てるかも。研究者もまあオタクですものね。研究してて何か見つけた喜びとも似てるかも。

三浦　はい。「そうか！　あのとき、あの人はこう思ったから、ああいう反応だったんだな」って、対象物をねちこく解き明かしていく喜び。経験や思考や実践を重ねて、ついに何らかの肝を摑む瞬間。それって恋愛でも研究でも芸事でも同じだと思うんです。

▽小説と短歌の違い

川野　短歌の世界でもそういう意味ではいわゆる王道の生老病死と愛から外れたところがかなりのメインストリームになってるんですけど。

三浦　例えばどういうことを歌うんですか？

川野　斉藤斎藤さんの歌を例に出すと。

　雨の県道あるいてゆけばなんでしょうぶちまけられてこれはのり弁　　斉藤斎藤『渡辺のわたし』

これは「のり弁」が驚かれているのですが、そういう断片へのフェティシズムが連なったり固まったりしていく。こうした断片が積み上っていく何か、掘っていく何かになっていくのかどうかが私にはわからない。そういう連なりを拒否してるのかもしれませんが。

三浦　へえー、おもしろい歌ですね。なんだろう、散文っぽいのかな。一文ずつに分けて考えると、いや短歌を「一文」とかで考えてる時点で、非常にセンスのない無粋な精神で申し訳ないんですけど、カメラを持ってる視点人物が明確に固定されてて、スムーズに「のり弁」へとズームアップされていきますよね。これだと、散文脳の私にも飲みこみやすい。

　だけどだいたいの短歌は、私にとっては、「一文単位に分解すると、なんだかもやっとしているもの」なんですよ。でも一首を通して読むと、バチッと焦点が絞られる。例えば、

　早春のレモンに深くナイフ立つるをとめよ素晴らし

き人生を得よ　　　　葛原妙子『橙黄』

無理を承知で散文的にとらえると、これは二文に分かれますよね。「早春のレモンに深くナイフ立つる」で一文。「をとめよ素晴らしき人生を得よ」で一文。もし小説の中に「早春のレモンに深くナイフを立てた。をとめよ素晴らしき人生を得よ」という二文が並んでるとすると、非常に曖昧な文章が二つ連なってる、と受け取られかねません。

川野　文脈がないからですか。

三浦　それもありますが、小説の文章だと仮定して考えると、視点人物がブレてるというか曖昧なのが、何よりも気になるし引っかかる点になってくると思いますね。まず、急に出てきた「をとめ」が誰なのかがわからない。この二文のさらに前後の文脈を読めば、「をとめ」とは「里子」の言い換えだとわかるかもしれないけど。さらに、「早春のレモンに深くナイフを立てた」のが、「私」なのか「をとめ」なのか、それとも「この二文には登場しない誰か」なのかも、判然としない。散文ばかり読んだり書いたりしてる身からすると、ちょっと困惑するんですよ。

川野　そもそも「早春のレモンに深くナイフ立つるをとめ」なのか、「をとめよ素晴らしき人生を得よ」なのかわからない。

三浦　はい。連続する二文のなかで、レモンにナイフを立てた行為の主体が、「私」とも「をとめ」とも取れる、という書き方は、小説では普通しないと思います。ところが短歌の場合、散文的には文意が不明瞭と思われかねない文章が二つ連なってるにも関わらず、この一首を通して読むと、ものすごく焦点が合うから不思議です。何かただごとならぬ不穏が立ちのぼってくる。

小説の場合は、発想法が逆なのかもと感じます。一文一文は明快な、解釈の余地がそんなにない文章が何百、何千と連ねられる。しかし一作の小説を読み終えると、明快だったはずの無数の文章が、途端に掴みどころのな

三浦　短歌の場合、散文的には文意が不明瞭と思われかねない文章が二つ連なってるにも関わらず、この一首を通して読むと、ものすごく焦点が合うから不思議

い「何か」に変じる。短歌が一首をかけて徐々に焦点を引き絞っていき、イメージを明確に立ちのぼらせるものだとしたら、小説は一文一文のピントは明確に合ってるはずなのに、それが連なって一作になると、イメージが霧散／拡散していく感じ。

たぶん川野さんのおっしゃる短歌への危惧は、五七五七七しかないにも関わらず、あまりにも散文的ではないか、ということなのかなと推測します。二文のあいだでブレや余白がなさすぎるというか。

川野　そうなんです。「のり弁」の歌だと、焦点が合い過ぎて散文的過ぎることが過激な技法なのかもしれません。普通は短歌はどこかで散文を拒否するものを抱え込んでるはずだと思うんです。

もうひとつ短歌独特の話になりますが、短歌にはいろんな読み方があって、一首で読む、連作で読む、歌集で全集でといういろんな単位で読みます。もちろん一首で屹立することは理想ですが、一首で明確にピントは合ってるけど物足りない、というのがある。そういうのをずっと読んで、それが一つの塊になったときにずーんて別のものを感じることがある。何か歌と歌との間に有機的な空間があって、特別なものに向かっている感じがすることが大事だと思うんです。それが一つの塊として、作者っていうものを感じさせることがあります。短歌ってやっぱり行間をいかに作るかという文芸でもあると思っていて、一首だけ作るというよりは一首と一首のあいだにいかなる質の静寂とか空間とか闇とかそういうものを作り出せるかということもある。

三浦　なるほど。小説で言うと、独立した短編を一作ずつ読んでいったら、短編集全体で共通する何かが浮かびあがってきたり、一作ずつの読み心地とはまるで異なる読後感が残ったりする感じでしょうかね。

川野　ああ、そうかもしれません。一首で考えてみると、例えば茂吉にこんな歌があるんですよ。

めん鶏ら砂あび居たれひつそりと剃刀研人《かみそりとぎ》は過ぎ行きにけり

斎藤茂吉『赤光』

上の句は、めん鶏たちは砂をあびていなさい。下の句は剃刀を研ぐ行商の職人さんが歩いて行った。この二つがくっついている。三浦さんがおっしゃった明確な文が二つあるわけです。「めん鶏ら砂あび居たれ」は、砂あびを楽しんでらっしゃいくらいの感じでしょうか。「ひつそりと剃刀研人は過ぎ行きにけり」もわかりますよね。だけどそれが合わさったときに全くもって不明瞭ですね。

三浦　すみません、短歌のセンスが皆無な私からすると、なんで急に「めん鶏ら」と「剃刀研人」が出てきて並列されるのかが、まず全然わかんないんですよ……（笑）。でも確かに、先程の「レモン」よりは一文ごとの文意が明確ですね。にもかかわらず全体として、「なにやら不吉なり」というイメージがもや〜っと湧いてくる。

そっか、いろんなパターンがあるんだな。そりゃそうですよね。

川野　二つの文で出来てますよね。俳句だったら二物衝突と言うんでしょうけれども。二つの異なるものがぶつかったときに妙なものが生まれる。近景のめん鶏とその向こうの剃刀研人とは直接には何の関係もないんですけど、この二つが合わさると不気味な予感のようなものが生まれてしまう。ばらばらのはずの二つの光景の繫がりに必然性が生まれています。説明のつかない生理的な恐怖感というものを私たちは覚えてしまうんですね。

三浦　たぶん、この「めん鶏ら」の歌は、小説が何百文も費やして、一作を通してなんとか表現しようと苦闘してることを、一首でやってみせちゃったってことなんだと思うんです。

川野　そんなふうに言っていただけると短歌の側はうれしいです（笑）。どういうふうに何をぶつけ、何を省略したらより効果的に異空間が生まれるか、化学変化が起こるかを考えるのは短歌俳句の肝かもしれない。直接には書かれていない見えない何かがそそり立って欲しい。そういえば二物衝突得意ですね、俳句は。

三浦　季語もあるのに、よく衝突させる余地があるな、と不思議でなりません。気ぜわしさも感じさせずに、衝突。「俳句、一文もないぐらいの文字数なのに！」とびっくりします。いや、「なんでも『一文』の単位で考える無粋をやめろ」という話ですが。

川野　三浦さんが最初に俳句を作られたときに「短すぎ

川野　一首だけ作るというよりは一首と一首のあいだにいかなる質の静寂とか空間とか闇とかそういうものを作り出せるか

る！」って絶叫してたのが可笑しかった。そしたら俳人の髙柳克弘さんは、短歌でさえ長すぎる、七七が要らない、って返してましたよね（笑）。

三浦　どうかしてますよ（笑）。髙柳さん、小説もすごいじゃないですか。「定型短文から入った人は長文にも対応できる。しかし残念ながら逆はほぼない」という私の説はやっぱり正しいんだなと、その点に関してだけは自信を深められましたけど。

小説が目指そうとしてるのは、明確な一文一文を何百文も積み重ねていった結果、なんらかの不穏だったり、一文ごとの文意や文字面とはまったく異なる景色だったりが、最終的に読者の心に浮かびますようにってことなんだと思うんです。それを五七五や五七五七七で実現できるなんて、本当にすごいし底知れぬ表現形態です。

川野　でもそういう意味では小説も同じでしょう。明瞭な意味を結ぶ文を重ねていって、訳の分からない深い世界が暗示される。

▽むしろこっちがメインストリーム

川野　三浦さんが見出してこられた良きものには現代を生きる者に切実な説得力があります。こういう小さな愛やこんな思いがけない生きる場があるねというような。顕微鏡を覗いたときにきらきら光っている細胞の星のようなものであったり。それから『舟を編む』の中で素晴らしい言葉がたくさんあって、『舟を編む』って傑作だと思うんですけど！

三浦　そ、そうですか？　ありがとうございます（笑）。

川野　偉そうなことを言ってすみません（笑）。

……一冊の辞書にまとめることができたと思った瞬間に、再び言葉は捕獲できない蠢《うごめ》きとなって、すり抜け、形を変えていってしまう。辞書づくりに携わったものたちの労力と情熱を軽やかに笑い飛ばし、もう一度ちゃんとつかまえてごらんと挑発するかのように。……

ここだと思うんですよね。

三浦　えっ。特筆すべき表現はなかったように思えますが、どこだ（笑）。

川野　「挑発するかのように」。辞書づくりってやってもやっても終わりがない、完成はないということですよね。それを徒労と感じるか、「挑発」と感じるか。三浦さんは魅力的な「挑発」として示しておられる。それに対して、こんなことを一生やるのかという絶望の仕方もあると思うんです。戦後的な価値観から言うと、例えば会社で頂点に上り詰めてとか、名声と地位を得てというようなメインストリームの中心にどれだけ近く行くかが価値観だったわけですよね。だけど三浦さんの小説は全部それとは反対方向に向いている。そこにやり甲斐とか生き甲斐が見出されている。徒労だと言われれば徒労ですよね。辞書づくりも葉っぱの研究も。ところが三浦さんはそういう場所や生き方にこそきらめきがあると書かれている。そこがとても現代的。

三浦　そうか……、意識してなかったですね。どうして「挑発するかのように」と書いたかと言ったら、追求してもしても「完全」ということがない、「絶対の完成形」には決してたどり着けない辞書づくりが、苦しいけれど楽しい、登場人物たちにとって大切で大好きなことだからだと思います。出世を大切だと感じる人からしたら、「そんな、儲かりもしない無駄なこととして」と思われるかもしれませんが、私が共感と思い入れを持って書けるのは、断然「徒労派」なんですよ。

なぜかと言えば、やはり私がオタクだからなのかなあ。自分の好きなこと、興味のあることを思う存分できる人生がいい。「出世派」も、もちろん出世が好きで興味があるんだと思いますけど、私はそこには情熱を持って打ち込めないってことですね（笑）。でも、好きなことをやるにもお金はいるし、多少のお金ができても今度は暇がないかもしれないし。「オタク」って今は、「好きなものがあっていいね」「のめり込める趣味があっていいね」って肯定的に受け取られるようになってきましたが、それでもまだ、「いい歳してなにやってんだ」と思われることもありますしね。出世派と同様、徒労派にもドラマや葛藤はあるということでしょう。地味でスケールが小さいかもしれないけど……。いや、美は細部に宿るとも申しますからね（笑）。

川野　「いい歳して」という言葉がたぶん旧来のピラミッド的な価値観。そのなかで何歳で何をして、ピラミッ

三浦　私が共感と思い入れを持って書けるのは、断然「徒労派」なんですよ

ド登っていかねばなりませんよ的なものさしだったと思うんですよ。『舟を編む』読みながら、これ同じテーマで高橋和巳が書いたらどうなっていただろうって。
三浦　そりゃ大変なことになりそうですね(笑)。
川野　自殺者が出そうじゃないですか、何人も(笑)。社会の変革とか目指すべきものに向かう強い光みたいなものがあるのに、その陰になってエンドレスの辞書を編む人たちの絶望、とかね。高橋和巳の書いた時代のように良きものはこっちだ的なものが強くあった時だったなら、絶望の場かもしれない。けど三浦さんが書くと主人公の馬締さんの天国になっちゃう。それを一つの価値として表に出すわけですよね。
三浦　でも、特にひっくり返すという意識もないんですよ。むしろ辞書づくりがメインストリームだし理想的な生き方なんです、私のなかでは。絶望しなきゃならない要素を辞書に見出せない(笑)。林業もそうです。「よくこんなニッチな題材に目をつけましたね」と刊行時にしばしば言われましたが、「失敬な！　林業は超主流だというのに」と内心で首をかしげてました。ま、「俺が主流だと思ったものがすなわち主流なのだ。以上！」ぐらい、根拠なき謎の確信に満ちて書いたほうが、小説としてはおもしろがっていただけるのかもしれませんね。
川野　そう思ってみると大学で研究してる人はほぼ全員ニッチ派ですよね。研究者って。うちの家族は私以外二人ともオタクなので、肩身が狭くて。オタク的世界が私には理解できない(笑)。
三浦　アハハ、大丈夫！　お気づきでないようですが、川野さん、十二分に短歌オタクですよ(笑)。
川野　え、そうですか？　今やオタクはすっかり評価が上がってますが、小さな熱い世界を、これが世界の中心です、これが幸せなんですと言ってみせたのは三浦さんが第一世代のような気がする。
三浦　近現代の小説、割と最近までなんだかんだでマッチョでしたものね。それはやっぱり、景気とも非常に関係があると思います。例えば専業主婦が多かったのは、家庭のなかで一人しか稼ぎ手がいなくてもやっていけるくらい好景気だったからですよね。そうするとどうしても、いやだなと感じることがあっても、「まあ我慢すれば夫の稼ぎで生活はしていけるし」と女性もマッチョ思考に順応しちゃうし、マッチョでいるのつらいなと思う男性も、「でも妻子を俺一人で養わねばならんし」と無理して頑張らなきゃいけなくなる。でも景気の低迷とともに、「それはやっぱりおかしいんじゃないか。もっと価値観も生き方も多様かつ自由でいいんじゃないか」という世の中になってきた。小説も当然、時代の空気や経済状況にも影響されるものだから、社会の変化を反映して、登場人物の生き方や価値観もより多様になっていったのかなと思います。

川野　時代の変化が気づかせた価値観ですね。人間自体はそうは変わらないのでもともとあったものかもしれないわけですが。

三浦　根本的な感情、心の動きは、特に変わらないだろうなと思います。何に喜び、何に悲しむのかといったところは。

川野　そうすると表現って、そういう変わらない人間のどこからどう光を当てるかの移ろいのような感じですね。

三浦　そうかもしれませんね。当てる角度は、当然作者が考え、判断するわけですけど、その思考と判断にやっぱり時代の影響が色濃く出るのではと思います。

▽型通りと型破り

川野　三浦さんは今という時代の空気感をとてもよく摑んだ世界を持っておられるけど、一方で文楽に惹かれたり、歴史的な時間のなかで育まれてきたものにも興味を持たれ、新しさを見出されてますね。社会も表現もどうも刹那的と言いますか、今この瞬間を輝くことだけに注力しすぎてる気がするんですね。それに対して、人間一人の時間を超えた時間、人生史を超えた時間というものがある。三浦さんが興味を寄せておられるのが面白いです。伝統芸能って長い時間を湛えています。そこに

三浦　文楽を好きなのは、「型（パターン）」があるからですね。短歌も、自分で詠むことはできないし、読解も苦手なのにもかかわらず、くじけずに好きなんですけど

川野　今この瞬間を輝くことだけに注力しすぎてる気がするんですね。それに対して、人間一人の時間を超えた時間、人生史を超えた時間というものがある

（笑）、それも五七五七七という「定型」があって、そのなかから工夫や斬新さが生まれるものだからかもしれません。

文楽の場合、ストーリー展開やエピソードはもちろんのこと、「こういうシーンでは、三味線は必ずこの旋律を奏でる」といったように、音楽面での型もあるんですよ。ところが、昭和の名人と言われるような太夫の音源と、最近上演された舞台を聞き比べると、同じ演目でもまったく異なる印象を抱くことがあります。型があるうえに、江戸時代から綿々と、みんな師匠に教わったとおりにやってるはずなのに。その人の身体性だったり解釈だったり、それこそ時代の空気によって変化するものなんだなと感じられます。変わったことによって、その演目が新たな輝きを帯びたと思うことも、やっぱり昔の名人ってすごいなあと思うこともあるんですが、どちらがいい悪いではなく、型があるからこそより見えてくる、個々の演者のちがい、解釈の更新、それらによって演目が常に生き生きとした命を宿らせ続けている様子が、とても刺激的でおもしろいんです。

もう一つ、文楽には例えば、「忠義のために我が子を身代わりにする」という、「寺子屋」に代表されるストーリーの型があります。ある演目で「子どもを身代わりにする」展開が客にウケたとなったら、戯作者たちが興奮しちゃうのかなんなのか、「身代わり」って設定をちょっと変形させて取り入れた後続作が次から次に作られる。「身代わり」に関する、ありとあらゆる工夫や新機軸が打ちだされるんですよ（笑）。つまり、パロディを繰り返すことによって、ストーリーの型が定着するし洗練されていく。「また身代わりか！　あ、でも、戯作者の苦心と気概が感じられるぞ」って、細部の微妙な差異を味わうのが楽しいです。

川野　そういう意味では短歌も本当に型なんですよ。

三浦　本歌取りとかありますよね。

川野　ええ。本歌取り、枕詞、句跨り、切れ、もういろいろです。逆に型の使い方の癖によって個性が生まれるような感じもします。反面教師やら尊い先生やらのように型があるから却って新鮮さが生まれるのかも。

三浦　それってつまり時間の積み重ね、経験の蓄積ということだと思うんですよ。一人の人間が、一生のあいだにゼロから何かを生みだそうとしても時間がたりない。

そこで、型の出番です。先人たちの工夫や研鑽や試行錯誤が結晶したものが型で、それを踏まえたり取り入れたりすれば、有限の時間を有効活用できます。しかし人それぞれ、性質も得意なこともちがう別個の人間ですから、いくら同じ型を踏まえても、出てくる表現はまったく異なる味わいを帯びることになる。小説もそうです。ストーリーにはやっぱりある程度の型がある。それは小説を読んだり書いたりしてきた先人たちの、「これがおもしろいよね」という思いの集積で形成されている。あらゆる表現は、常に型通りと型破りの間を行き来しながら生みだされるものだと思うんです。だから、型がはっきりした創作物が好きだし、型があることによって発生する微妙な差異を舐めるように比較検証するのが好きです。

▽心のツボ

三浦　なぜ創作物にはパターンがあるのかというと、面白いなとか美しいなとか悲しいなと感じるものって、大昔から割と人類共通というか、心のツボは変わらないからってことなんだと思うんですよ。

川野　そこ、たぶんお父様の三浦（佑之）さんから学ばれたことも大きいのかなって気が。

三浦　こんな話、父とはしたことないですね。まず、歌舞音曲の類が全然ピンと来ない人だし（笑）。

川野　そうですか（笑）。例えば噂話って作られていくじゃないですか。真実とは別に、人は自分の好みの話を作っていきますよね。人の口の端に乗れば乗るほど、人の好む話に仕上げられていく。いろんな昔話の話型のパターンに大方収まっていくように、話が少しずつ収まっていく傾向がありますね。

三浦　創作物にパターンがあるということは、それを生みだす人間の心や感情も、実はパターンでできているのだとも言えますよね。しかも、「喜怒哀楽」と大雑把に四つぐらいに分類できる程度の回路、反応しか有してい

三浦　一人の人間が、一生のあいだにゼロから何かを生みだそうとしても時間がたりない。そこで、型の出番です

ないのかもしれない。ところが、感情をパターンに当てはめようとすると、途端にそこからこぼれるものが見えてくる。分類しようにもしきれない、各人固有の複雑で奥深い感情、気持ちが存在することに気づかされるのです。うまく言えないし、なぜなのかわからないんですが、型を活用することによって、逆に個々人の奥深い場所にそっと分け入ることができるんだと思いますね。

川野　それすごく大事なことですよね。

三浦　はい。特に伝統芸能がパターンを使って究極的には何をしようとしてるかというと、もうこの世にはいない人の心の中に入り、その人の声を聞いて、観客に伝えようとしている。

川野　典型的なのはお能ですね。幽霊がよく出てくる。

三浦　能もまた、「複式夢幻能」とか、構成にも演出にも型がありますよね。境界が融けて、あの世の存在が出現する。能の型通りの展開です。ところが、あの世の存在が語っていることに耳を傾けてみると、非常に固有な、「その人の物語」なのです。漠然と分類され、単純化されてしまっていた思いや感情の中から、まあつまりは忘却の中から、「その人」だけの思いを掬いあげ、声を聞く。そのために型を使ってるんじゃないかと思うんですよ。思いを聞いてもらえると、あの世の存在も満足して成仏するって展開ですしね。

川野　そうすると、言葉は星の光のようなものだって感じがしてきます。星の光って、今発したものではなくて、古いものを受け取ってるわけじゃないですか。言葉も実はそんなところがあって、新しいと思っていても、途方もない昔からずっと繋がってきている。もちろんいろんな変化をしながらですけど。

三浦　文法という意味でも、語彙という意味でも、言葉はいま自分が新しく作り出したものじゃないですものね。言葉もまた、「型」ですね。言葉というパターンも、時間の蓄積で形づくられているので、その狭間から過去の声が聞こえることはあるでしょう。言語を使った表現は、パターンを踏まえ、活用しつつ、しかしその奥に隠れている普段は聞こえない声を聞くことを、やっぱり究極の目標にしてるものだと思うんですよ。

川野　そこです。そこです。

三浦　たとえば身体表現でも、同じリズムを刻むことによって、神がかったり死んだ人の思いを代弁しはじめたりするじゃないですか。パターンを繰り返し活用することを通して、この世ならぬ声、普段聞こえない周波数にチャンネルを合わせるってことなのかなという気がします。

川野　若いころは短歌で何かを表現したいとか言いたいと思ってたんですよ。ところが今は聞きたいと思うんです。歌を作ることで如何に耳をすませられるか。その耳を澄ます状態を作り出したいと思うんです。言語表現とか、広く言うと現代アートもそうなのかもしれない。いかにいろんな思いや声が集まってくる磁場を作れるかが勝負所だと思う。そういう意味では三浦さんの作品もそこにいろんな人の心を呼び寄せることができてるような気がする。

三浦　そうだといいんですが、私のは気軽に読んでいただければと思って書いてるエンタメなので(笑)。エンタメを下げるわけではなくて、気軽で面白いってすごく大事なことだと思ってるんですけど。

川野　エンタメってすっごい怖い。実は。気楽にエンタメだと思って入って行った人はきっと驚くんじゃないかな。

三浦　しかし磁場か……。実現は難しいですが、心がけたいものですね。短歌は磁場感ありますね、たしかに。

川野　そこに人の心とか言葉が集まってくるような印象のようなもの。短歌は特にそういう役割が大きいような気がするんですよね。三浦さんはいつもハッとするような角度から何か見つけて提示してくださる。言い忘れたけど、しをんさんのエッセイめっちゃ面白いですね。忘れられないのが直木賞を受賞されたときの新聞に書かれたエッセイで、送られてきた酒瓶で部屋が埋まって歩けなくて云々って話。本当に面白くて。これが直木賞の受賞エッセイかって。

三浦　この対談の冒頭で、歌をお詠みになるときと評論を書くときでは、ギアチェンジが必要だとおっしゃいましたよね。小説とエッセイでも、やっぱり使う脳みそが

三浦　言葉もまた、「型」ですね。言葉というパターンも、時間の蓄積で形づくられているので、その狭間から過去の声が聞こえることはあるでしょう

全然違う感じです。エッセイはネタさえあればパッと書けますが、小説はそうもいかなくて。

川野　かなり緻密に組み上げられてる感じがします。

三浦　実はそうなのです(笑)。

川野　今日は念願かなってしをんさんを独り占めできました。貴重な機会をありがとうございました。

三浦　ありがとうございました。楽しかったです。

(二〇二二年二月一四日　アルカディア市ヶ谷)

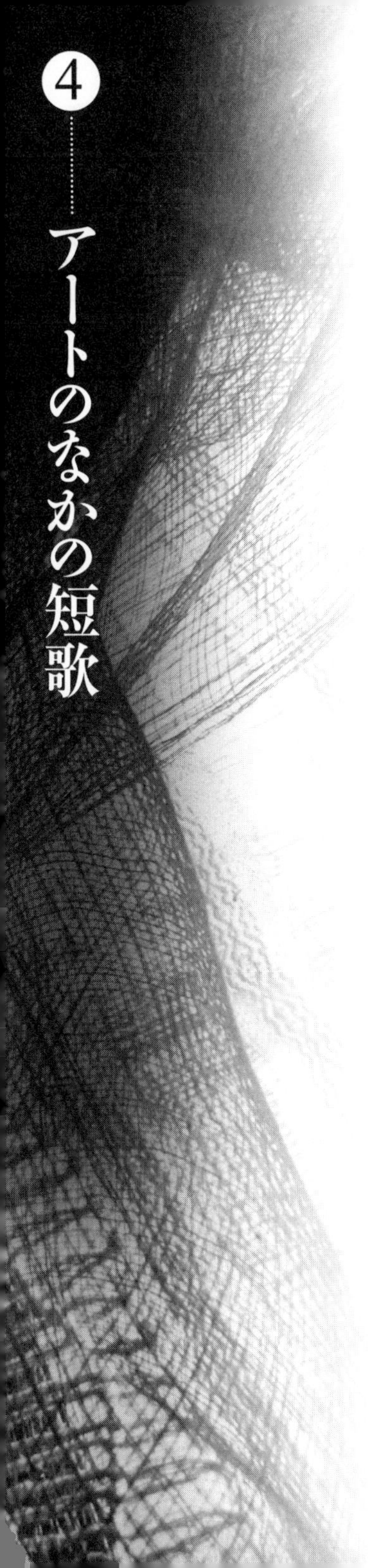

④ アートのなかの短歌

西洋絵画の見方は間違いだらけ？

宮下規久朗
（美術史家）

×

川野里子

宮下規久朗（みやした・きくろう）　1963年名古屋市生まれ。東京大学大学院修了。神戸大学大学院人文学研究科教授。著書に『カラヴァッジョ　聖性とヴィジョン』『食べる西洋美術史』『モチーフで読む美術史』『闇の美術史』『ヴェネツィア』『聖と俗』『そのとき、西洋では』『聖母の美術全史』『バロック美術』など多数。

▽カラヴァッジョに捕まった⁉

川野　今日のお客様は美術史家の宮下規久朗さんです。サントリー学芸賞を受賞された、『カラヴァッジョ　聖性とヴィジョン』が、ほとんど初めて、日本にカラヴァッジョを紹介する本として脚光を浴びました。

まず、なぜカラヴァッジョに注目されたのでしょうか。

宮下　もうこれは「カラヴァッジョに捕まった⁉」という感じです。最初、テレビの「美の美」を見た時に、すごく衝撃を受けました。映画監督の吉田喜重さんが世界の美術館を回る内容で、カラヴァッジョのことは二回にわたって取り上げられました。私が小学校五、六年生のころでした。近所の図書館に行ったけれど、カラヴァッジョの画集は全くなくて。ただ、大きい美術全集の中で挿絵として載っていたのを見て、すごく惹かれました。それで、この画家について知りたい、もっと絵を見たいという気持ちが……。それまでは私は絵を描くほうが好きで、画家になるつもりでいたのですが、カラヴァッジョに限らず、いろいろな作品、美術を見ていくと面白くなって、そっちのほうに興味が移っていったのです。ですから、最初に私が美術史というものに出会ったきっかけがカラヴァッジョで、私の原点みたいなものです。

川野　宮下さんは日本人の美術の見方、受け入れ方に対して大きな違和感を持っておられる。文脈、意味性、知識というものを抜きにして、「感性だけで見てしまう弱さ」をいくつかのご著書で書かれています。そのことと短歌の近代性は非常に深い関係があると思っています。

宮下　日本人は美術を「感性で見る」ようなところがあって、モネの睡蓮なら睡蓮、ゴッホの向日葵なら向日葵と、中身を見ない。それが物足りない。というのも、カラヴァッジョみたいなバロック美術とかルネサンス美術は中身がちゃんとあるのです。意味とか、キリスト教とか、寓意とか象徴とか。そういう絵解きの楽しさがあり、さらに、西洋美術は読み解いていくものだ、ということがだんだんわかってきたのです。

▽西洋美術の輸入と近代短歌の「自我」の関係

川野　西洋美術の輸入と近代短歌は切っても切れない関係にあります。正岡子規と中村不折の関係は正岡子規の写生論に深く影響を与えますが、その後では、ゴッホやゴーギャンなど印象派の絵画が強い影響を与えてゆきます。短歌では斎藤茂吉や北原白秋などが作品からも読み取れるほど影響を受けています。近代日本にはキリスト教の歴史が浅いので、その歴史の文脈を読まなくても鑑賞できる絵が受け入れられたということでしょうか。

宮下　そうなんです。西洋はフランス革命以降、政教分離で、市民社会にキリスト教は入れないことで、表向きは世俗の社会が強くなったように見えるのですが、その反面、精神的には脈々とキリスト教はある。その表面だけ、世俗の部分だけを日本は輸入したわけです。印象派のように、一見、キリスト教と関係ないようなものとか、ゴッホやゴーギャンには非常に熱中したのですが、その背後にあるキリスト教的な精神は全く置いていった。

　例えばゴッホはものすごくキリスト教色が強い人で、牧師になろうとしてなれなかった人です。ミレーやゴッホが描いた「種播く人」は今、岩波書店のマークになっていますが、あれは「種播く人のたとえ」のキリストなんです。「種播く人＝キリスト」と、西洋人だったら子どもでも知っていますが、「白樺」の人たちはそういうことは全く無視して、「勤勉な農民の絵」の背後にあるキリスト教的な意味はあえて見ようとしなかった。白樺派の人たちはかなりインテリですから、わかっていたと思うのですが、意図的に切り捨てた感じがします。

　その反面、大衆化したというか。日本人が西洋文学を翻訳を通じて気軽に読む伝播の力にはなったと思います。

川野　あの当時、一般の人たちはどうやってそういう絵に接することができたのでしょうか。

宮下　当時、丸善などは西洋の画集をどんどん輸入した。

川野　写真ですか。

宮下　ええ。二十世紀の前半はカラー写真が入ってました。岸田劉生はデューラーに心酔し、デューラー画集など西洋の画集を何冊も持っていた。しかし、洋書はちょっと高いので、お金持ちの人が持っていて、そこにみん

宮下　日本人は美術を「感性で見る」ようなところがあって、モネの睡蓮なら睡蓮、ゴッホの向日葵なら向日葵と、中身を見ない

ながが見に来る感じだった。かなりリアルタイムに西洋の文化が入ってきていて、二十世紀になると複製図版だけの展覧会がけっこうあった。それで社会の隅々まで西洋名画が知られてたんですね。

あと、ゴッホやゴーギャンの絵は日本人が早々と買ったりしたんです。大原美術館が開館したのが一九三〇年で、かなり古い。ですから、ときどき、泰西名画展とか、フランス現代美術展とか、直接、向こうから絵が渡ってきた。それが一種の事業として成立していたのです。都市部が中心ですが、大阪や東京ではそういった生の西洋絵画を見る機会があった。大正から昭和にかけて。

川野 そうなんですか。それは初めて伺いました。例えば茂吉の手帳の中に、実際に彼が目にした「ひまわり」の絵が写してあって、それぞれの色が何色、何色ってメモしてあるんです。

宮下 それは昔の、写真のない時代の人はよくやることです。茂吉は〈ゴオガンの自画像みればみちのくに山蚕《やまこ》殺ししその日おもほゆ〉と詠ってます。ゴーギャンのきつい表情、眼付きの鋭いのを見て、自分の中の山蚕を殺したことを思い浮かべるって、なかなかいいですね。東北人らしい情念みたいなものも感じさせますし。

川野 この歌に象徴されるように、恐らく日本人の中でなかなか表現しにくかった「自我」を引き出す役をゴッホやゴーギャンがしてくれたと思うのです。

宮下 そうでしょう。ですから、キリスト教的な意味は放っておいて、ゴーギャンやゴッホの一種の自我のあくの強さみたいな、そういうのに魅かれるのはよくわかります。短歌でもそういった「自我の輸入」というか、西洋的な自我みたいなものがあるんでしょうか。

川野 実はそこが脆弱だと私は思うのです。茂吉が『赤光』で目指したのはそういうところだったと思うのですが、その文脈は途絶えているかもしれない。むしろ私小説のような私語りとして展開していった気がします。自我というのは外界との対話とセットだと思うのですが、対話が弱いのが日本の特徴かもしれません。

宮下 確かにダイアローグが弱い、短歌も俳句も。ですから、モノローグというか。

川野 そうなんです。だから非常に自己完結的な、自分の中の小さな神様への信仰になる危うさがある。

宮下 自我を突き詰めるとか問いただすということはな

いですね。

川野　聖書の摂取に関して、与謝野晶子も当時の女学生向けの雑誌に出ていた讃美歌などを見ていたようです。〈きけな神恋はすみれの紫にゆふべの春の讃嘆《さんたん》のこゑ〉の〈きけな神〉の〈神〉は聖書の神とは全く違いますね。

宮下　全然違います。ものすごく小さい存在に貶められているというか、逆にものすごく身近な存在ですね、この〈神〉は。

川野　山川登美子も〈誰がために摘めりともなし百合の花聖書にのせて禱てやまむ〉で、この〈聖書〉もやはり女学生の憧れ、ですよね。

宮下　女学生の西洋文化への憧れみたいなものも、この〈聖書〉に籠められているのでしょう。〈百合の花〉が聖母の象徴ということは知っていたと思うのです、この人も。聖書に百合の花を載せて祈るという行為とか、静物的な配置、それが一種の西洋文化です、この人にとっては。真剣に神との対話をすることは全くないでしょう。

川野　そうなんです。星菫派と呼ばれた星や菫のような美しいものを志向したのが日本の浪漫派ですが、日本の浪漫派がこの程度の聖書の摂取に終わってしまったことは一つの弱さじゃないのかと。

宮下　生半可なんですよ。よく言えば「日本化した」とも言えるのですが、本当の西洋の神髄には迫ることが出来なかったというか、避けたわけです。

川野　神や教会との格闘の凄い歴史に絡んでゆけば詩歌や文学はまた違った方向に展開していたかもしれません。

宮下　逆に詩歌や文学も伝統的な花鳥諷詠とかそういったものに接続していたということですね。近代になって全く違うものになったわけではなくて。そういった伝統ジャンルが存続するためにはよかったのかもしれない、という気もしますけどね。

▽「誰がマタイか」がなぜ問題なのか

宮下　かなりリアルタイムに西洋の文化が入ってきていて、二十世紀になると複製図版だけの展覧会がけっこうあった

図1―1
「聖マタイの召命」
カラヴァッジョ
1600年
ローマ、サン・ルイージ・デイ・フランチェージ聖堂

図1―2
「聖マタイの召命」部分

川野　絵の中にキリスト教との深い関係を見る一つの例として、西洋の絵の見方をご教示いただきたいと思います。カラヴァッジョの「聖マタイの召命」（図1）、あの絵の「マタイは誰か」という話ですね。

宮下　そうです。まさにそれがキリスト教の神髄というか、それに関係がある絵だと思うのです。キリストとペテロだけが聖書の時代の服装をしていて、あとの五人は同時代、十六世紀の終りごろのローマの民衆というか、賭場とか飲み屋に屯している若者の姿。つまり普通の溜まり場にいきなり聖書の人物が入ってきて、現代と聖書の時代がぶつかり合っている。光の表現によって何か、この世のものならぬ神の存在みたいな感じがしますが、あくまでも現実の光です。

　キリストが力なく指さしているのが誰か、という問題です。真ん中で、自分のことを指しているように見える髭の男がマタイではないか、とずっと思われていたのですが、いや、髭の男は隣の若者を指さしているように見えるということもあって、お金を一生懸命集めていて、キリストの存在に気付かない、この左端の若者がマタイじゃないかという意見が出た。私も何度もそのことを書いたりして、今はそちらのほうが主流になりつつあります。ただ、やはり髭の男がマタイだと思っている人が多いし、本場のイタリアではまだそう思っている人のほうが多いんです。

つまり、身なりがよくて、キリストに向かって顔を上げている人が、「選ばれし人」というか、救われる人だということで、この髭の男がマタイにふさわしいというのですが、キリストの教えというのは「救いは誰しもに開かれている」、つまり、今、お金を見詰めている若者も次の瞬間にはキリストに従うかもしれない。誰しもが救われる可能性があるということから、この若者こそがマタイにふさわしいという見方が出てきました。キリストはちゃんとわかっていない人にまで開かれた教えであって、回心すればみんなが救われるという、悪人正機説みたいな教えではないか。

カトリックとプロテスタントは、当時、非常に論争があった。プロテスタント、カルヴァン派は「予定説」といって、「誰が救われるかは予定されている。予定された人だけが天国に行けて、そうじゃない人は地獄に落ちる」という厳しい考え方です。でも、カトリックは「悔い改めれば、懺悔すれば、すぐに救われる」。この絵を注文したのはカトリックの教会ですから、そういった教えを描こうとしているのではないかと思うのです。

川野　その絵で、お金を数えているのは、税金を集める係の人で、銭金《ぜにかね》にとらわれている救われない人ですね。

宮下　そう。お金に夢中。この若者の上にいる老人も救われない人として眼鏡でお金を見ています。その右側でキリストに目を向けている人たちは救われる人。ただ、マタイは徴税吏、税金を集める側の人だったのです。キリストは徴税人のマタイを召したということになっていますが、よく見ると、帽子をかぶっていない左の二人は税金を集める人で、他の帽子をかぶっている三人は、お金を払いに来た商人なんです。この髭の男がコインで一枚ずつ払ったお金を、左端の若者が受け取っています。つまりこの人物たちは税を払う商人と受け取る徴税吏と二つに分かれる。マタイは徴税吏ですから、払いに来た髭の男であるはずはない。ですから、この若者がマタイであろうと。

一見、真ん中の髭の男がマタイのように見えるのですが、それは図2の絵に問題がある。つまり、礼拝堂の側

図3
「聖マタイと天使」第一作
カラヴァッジョ
1602年
ベルリン、カイザー・フリードリヒ美術館旧蔵

図2 「聖マタイと天使」
カラヴァッジョ／1602年
ローマ、サン・ルイージ・デイ・フランチェージ聖堂

壁に図1の絵があって、正面に「聖マタイと天使」（図2）が掛かっているのですが、最初、カラヴァッジョが描いたのは、失われた、こっちのバージョン（図3）だったのです。このマタイはサヴォナローラ椅子という同じ椅子に座って同じように下を向いている。「聖マタイの召命」（図1）の左端ではお金を見つめていた男が、「聖マタイと天使」（図3）では聖書を見ている。同じマタイの変化が劇的にわかるのです。

だから、当初、カラヴァッジョが設置した、「聖マタイと天使」（図3）がそのまま掛かっていたら、若者がマタイだとわかりやすかったのですが、この「聖マタイと天使」は聖人が武骨で天使といちゃついているように見えることから不評で描き直しを命じられて、マタイがもっと行儀のよい現在の「聖マタイと天使」（図2）に取り換えられてしまった。こちらのマタイは、「聖マタイの召命」（図1）の若者とは似ていなくて、どちらかといえば真ん中の髭の男に似ているように見えるので、マタイはこの男だと思われてしまったんです。

でも、当初の「聖マタイと天使」（図3）のほうが若者の劇的な変化、つまり、お金に執着していた人が神に出会ってから聖書を書くようになっている、という変化がよくわかったわけです。

川野　このキリストの指は誰を指しているのか、よく見ると漠然としています。

宮下　そう。キリストの手は当初はもっと真っ直ぐ、若者の上に落ちていました。最初カラヴァッジョはこの若者のつもりでマタイを描いたけれど、まあ、見る人によってはこっちの髭の男でもいいか、とあえて曖昧にしたのかもしれません。

川野　曖昧にすることによって、だれでも対象になりうる。カトリックの教義としては救われる人が多くなるわけですね。

宮下　そうです。曖昧にしたほうが誰しもが救われる可能性がある、というカトリックの教義に相応しいわけですよ。救われるのがただ一人に限定するのはプロテスタントの考えに近くなってしまう。

川野　こんなちょっとした指先のしぐさにも教義とか思想というものが、厳しく織り込まれているのですね。

▽光と闇の対比

川野　特にカラヴァッジョは光と闇の対比が劇的ですが、それ以前の絵に、そういうのはあったのですか。

宮下　それ以前も、夜の絵にはあったのですが、カラヴァッジョほどリアリスティックなのはなかった。例えば、レオナルド・ダ・ヴィンチの絵は薄暗くてぼーっとしているでしょう。レオナルド自身は「あまり明るい光の下では絵を描くな。影が濃すぎるから。曇り空みたいなもののほうが絵に相応しい」みたいなことを言っているくらいで、ぼんやりしていて、どこから光が入って来るかわからないようなのがルネサンスの絵画ですよ。

　カラヴァッジョはあえて、ものすごく劇的な光と影にして、それが生と死とか、神と人間みたいな対比になっているのが彼の宗教画です。

川野　カラヴァッジョからは人間とは何かという問いが強烈に降りかかってきますね。無残な場面も多く、人間の裸の姿が迫ってきます。

宮下　カラヴァッジョ自身が神を信じていたけれど、実は疑っていた人だからだと思う

宮下　それは、カラヴァッジョ自身が神を信じていたけれど、実は疑っていた人だからだと思うのです。常に彼は「神とは何か」とか、「神はいるのか」ということを問いかけながら絵を描いていた。非常に懐疑的な人だったのではないか。

ですから、十八世紀までは甘美な作風で知られるグイド・レーニのほうが圧倒的に人気があった。近代になるほどカラヴァッジョの方に人気が高まり、レーニみたいなのが人気がなくなっていったのは、そういうことによると思う。要するに神が信じられなくなった時代にカラヴァッジョは浮上するのではないでしょうか。

川野　まさに人間と神との問いによる絵画の受容の変化ですね。日本では最近、フェルメールが人気があります。小ぶりで静謐で何気ない場面が神秘的。

宮下　フェルメールにも寓意の象徴が山ほどあります。非常にキリスト教的でもある。フェルメールは、プロテスタント国のオランダの中で、奥さんがカトリックだったので改宗してカトリックになったので、イタリアの絵もよく見ていた。でも、フェルメールの絵に隠された象徴みたいなことは日本人は見ずに、十七世紀のオランダの日常風景を切り取った、写真のような絵だとして受け入れていますが、実際は彼の絵にはモチーフにも意味にも非常に取捨選択が働いています。日本人が西洋の美術を受け取るのは、よく言えば独自な見方でも、実は内実をわかってないというか、表面的な理解にとどまっていることが多いんです。

▽その後の文化の大衆化

川野　それは日本の近代に幾つか問題があったような気がします。例えば晶子に始まった浪漫派ですが、「明星」が百号で終刊してしまいます。確かに収穫は大きかった雑誌ですが、やはり「気分」の摂取に終わった感があります。開拓された技法や方法もあったのですが。

宮下　古代というか、中世は、和歌とか文学を嗜む人たちに共通の教養があった。みんな『源氏物語』はよく知っていて、いろいろな古典を本歌取りをしたりしていますが、近代は気分だけで行ってしまうから、共通の古典の教養が前提となってないんじゃないかな。

川野　そうですね。平安時代だと中国の典籍、『白氏文集』や『文選』などは全部、諳んじていたと思います。だから和歌によって暗示をするような表現も可能でした。

宮下　それは共通の了解事項があるから成り立っていた文化ですが、近代にはそれがないというか。

川野　そうですね。それは一つには致し方ないところがあって。爆発的に近代という空間が広がりますね。そのときに何を共通項にするのか。『万葉集』を新しい古典として持ち上げますが、宮廷を中心にした小さな空間ではないので、もっと直感的に訴える表現が必要になります。

宮下　それは文化の大衆化ということで、しようがないですね。

川野　でも、それにしても残念なのはダイナミックな対話の対象、ダイアローグを日本人が見出し得なかったということでしょうか。

宮下　それは今でもそうです。議論、ディスカッションを日本人は嫌いますけれど、欧米の人は徹底的に議論する。どっちが正しいか、解決法はあるのかと。

川野　今度のウクライナ戦争に関しても、ヨーロッパは議論を尽くして、理念でみんなが結託しますけど、日本は雰囲気でいろいろ決めてしまう。

宮下　そう。日本のマスメディアのウクライナの報道は、子どもが亡くなったお母さんの映像とか、同情を誘うようなものばかりです。その根本の原因がどうなのか、どうしたら解決できるのかはあまり出てこない。突き詰めて考えられないのです。

▽ウクライナとロシア

川野　宮下さんのご著書のなかに、近年、ソ連崩壊後のロシアが宗教を復活して、宗教的なものに拠っていく気持ちがすごく膨らんでいることが書かれています。

宮下　ソ連時代の反動で、ものすごくキリスト教が盛り上がっている。今のロシア、ウクライナもそうです。それは、百年以上、抑圧されていたことの反動です。共産

> **川野　残念なのはダイナミックな対話の対象、ダイアローグを日本人が見出し得なかったということでしょうか**

主義は「宗教は阿片である」という考えで、ソ連時代だけでも一万を超える教会が爆破され、失われた文化財は天文学的な数字になるくらいキリスト教やその文化が徹底的に弾圧された。でも、民衆の中には脈々とそれを受け継いできた信仰があって、ロシアになってから一気に復活したのです。

ソ連の時代は文化史上、一つの暗黒時代と言ってもいいくらい、美術の面から見るとひどい時代だった。ウクライナはソ連の周縁に位置していて、もっともひどい目に遭った。ウクライナには世界遺産の教会がいくつかありますが、かなりの数がソ連時代に爆破されています。ですから、「ロシア憎し」という恨み骨髄、ウクライナの人たちはロシアに同化することは絶対にないというのがよくわかります。

川野　人間の精神文化の激しい闘いですよね。

宮下　まさに。宗教上もウクライナ教会とロシア教会はいちおう分離している。同じギリシャ正教の中でも違う教会になってますから、分かり合えないのです。だから、ロシアのほうは「ウクライナは兄弟だ」と言っても、ウクライナは「いや、違う。ロシアにさんざんひどい目に遭わされて、苦労してやっと独立したんだ」という気持ち、被害者意識はすごく強い。ロシアの思惑とウクライナのものは真逆というか。

でも、日本人にはそういった統一の宗教がなかった。いや、日本人は法事とか、お葬式とか、結婚式とか、手を合わせるのが好きですよ、神社とか初詣とか。だから日本は絶対、無宗教ではない。日本には無神論者は少ないといわれています。つまり何かの神様はいると思うけれど、それは確固とした一神教の絶対神ではない。アニミズム的に、どこにでも神様がいるという、そういった点では非常に信心深いですが、宗教の持つ厳しさがない。だから、ダイアローグは生まれないと思う。

▽あらゆるところに神は居る

川野　例えば酒井抱一と言えば「夏秋草図屏風」ですが、草花とか虫とかの小品もありますね。草の葉に螽斯《きりぎりす》が一匹いる、その螽斯が神様に見えてしまう。あれを見たとき、「ああ、日本人の神様って、草木虫魚だなあ」と思った。そうすると、そういうものと短歌、俳句はすごく馴染みやすい気がするのです。
　近代になって、油絵、西洋絵画の技法が入ってきたけれど、精神性はそのままですよね。例えば髙橋由一の「鮭」、あれは短歌的世界ではないのかと。

宮下　全くその通りです。西洋の静物画は、いろいろなものを置いて描く。でも、由一の「鮭」は、そのまま台所に吊るしてあるのを描いた。俎板の上の豆腐を描いたり。どれも非常に身近なものです。

川野　「鮭一匹に神を宿らせる」的なタッチですね。

宮下　そうです。そういう切り取られた自然みたいなものって、結構、日本の特色だと思うんです。まさに短詩型文学の世界ですよ。でも、その神様は厳しいものではなくて、馴染みやすいものです。西洋の神とは全然違う、もっとやさしい、どこにでもいる、アニミズム的な神、そういうものですね。

川野　そういうものが近代で終わったのかというと、実は現代にもさまざまな形であると思います。

宮下　全くそうですね。現代はもっと宗教があいまいになってきてますから。でも、そういう精神の間隙というか、空白を埋めるために新興宗教が流行った。様々な新興宗教とかスピリチュアリズムとか、そういうものが流行るのは、宗教がきちんと用をなしていないためかもしれませんね。

川野　日本においてキリスト教には、二度、大きなムーブメントがあったと思うのです。まず、近代でキリスト教が解禁され晶子のような受け入れ方をした。もう一回は第二次世界大戦後ですね。

宮下　そう。進駐軍とともに大挙してアメリカの宣教師が来て布教したり、クリスマスを祝うのが大衆化したり、主に戦後ですね。

川野　塚本邦雄の〈聖母像ばかりならべてある美術館の出口につづく火薬庫〉。これは戦後日本のいかさまな平和のカリカチュアです。

宮下　まさに。一見、穏やかな聖母像の美術館だけど、火薬庫につながっているということですね。

川野　〈てのひらの傷いたみつつ裏切りの季節にひらく

川野　例えば髙橋由一の「鮭」、あれは短歌的世界ではないのかと

十字科の花〉も。

宮下　傷とか裏切りとか、そういう不穏な言葉が並んでいます。最後に「花」とあっても、それは優雅なものじゃない。「聖母」とか「花」とかが全く逆のネガティブなイメージを与えられている感じがしますね。

川野　日本人は信者でなくても、詩の中に聖書という古典を本歌取りするようなかたちでの摂取をよくやります。

宮下　はい（笑）。やはり聖書はいろいろな文学者に大きな影響を与えているけれど、ちゃんと聖書を読み込んで、その本質をつかんでいるかというとそうではなくて、理解が表面的な気がする。西洋のファッションに近い。

でも、塚本邦雄さんはそれを斜に構えて見ている感じがします。〈革命歌作詞家に凭りかかられてすこしづつ液化してゆくピアノ〉はすごく好きです。まさにダリのイメージです。「液化してゆくピアノ」とか「革命歌」、つまりこの人はキリスト教と同じく、革命とかそういった運動にもかなり批判的だったことがわかります。有名な〈日本脱出したし　皇帝ペンギンも皇帝ペンギン飼育係りも〉。「日本脱出」とか不穏ですよね。

川野　昭和天皇がマッカーサーと並んでいる写真。

宮下　そうそう。あの写真のね。塚本邦雄は日本の短詩型文学の中でも鋭利な感じがあって、それこそ問いかけられているようですごく好きです。

川野　葛原妙子もそういう意味では女という立場から常にマリアと対決し続けた。

宮下　でも、葛原妙子はクリスチャンだったわけじゃないですよね。

川野　ええ。むしろ信じない立場からキリスト教にはたくさんの問いを投げかけたと思います。「原罪とは何か」とか、旧約聖書の世界に人間の世界を重ねるような見方もよくあります。最初は「私が母なのに聖母に娘を奪われた」と（笑）。女の立場から見ていました。

宮下　対抗心があるわけですね（笑）。〈銀杏《ぎんなん》の乳の匂ひの淡くして夕月は出づ　あはれノア・ノア〉、ゴーギャンのイメージ、そこにも〈乳〉が出てきます。

ゴッホやゴーギャンの自我の強さみたいなことに日本人はちょっと痺《しび》れたんでしょう。それまで日本人がうたってこなかったものですから。

川野　そう思って見ると、近代の西洋画の摂取と日本の詩歌の内面的な成熟の度合いが相似形のように見えます。

▽ルネサンスは単なる「再生」「復興」ではない

川野　今日は宮下さんにぜひ伺いたいと思うのが、よく日本でも「ルネサンス」を標語のように言います。「人間復興」という感じで使うのですが、宮下さんからご覧になるルネサンスはどういうものでしょうか。

宮下　ルネサンスは「人間復興」ということですが、それを日本人が安易に真似して、江戸時代が日本のルネサンスだとか言うのは全部間違いです。

要するにキリスト教が非常に強かった中世を前提としたものがルネサンスです。千年間続いた、神が支配していた中世に対して、再び古代の人間というものを呼び戻そうとした、人間復興、古典復興がルネサンスであって、西洋文化圏以外では使えない概念です。単なる再生とか復興というものではないわけです。

川野　ただ、そのルネサンス期に発掘されたローマ期の作品と見比べると、ローマ期でもう完成しているように見えます。ルネサンスは一体、何をやったんでしょう？

宮下　それはよく出てくる疑問で、「ローマ時代までにすべての美術はできていたんだ」という考えもあるんですよ。ヴァザーリという同時代の美術史家によれば「ミケランジェロ、ラファエロの両天才に至って、やっと古代を越え、古代以上のものをつくった」ということになっている。三大巨匠、レオナルドも含めてもいい。ですけれど、基本的には「古代に全部やり尽くされている」というのが西洋の人たちの考えにはあって、それがクラシック、古典なんですよ。

だから、絶対的な古典があって、そのなかで「自分は何をやるか」をずっと考えながらやっているのですが、日本にはそういった絶対的な古典がない。過去の素晴らしい栄光を日本人は持ってなくて、平安朝の、例えば美術とか文学は一応、古典です。だから、琳派、酒井抱一なども平安朝の文様ややまと絵を理想にしていた部分があって、強いて言えば日本の古典は「平安朝の文化」だろうなと。でも、西洋ほど絶対的じゃない。

川野　和歌にとっては確かに平安朝でしょうか。それか

川野　近代の西洋画の摂取と日本の詩歌の内面的な成熟の度合いが相似形のように見えます

ら『万葉集』。『新古今』を超える歌はあるのか、という疑問は常にあります。

宮下　技巧的には『新古今』が頂点でしょう。逆に中世以降の、例えば近世、江戸時代の和歌はそんなにパッとしないのは、どうしてですか。

川野　江戸時代の和歌、詳しくないのですが、古典を金科玉条のようにして、制度化しちゃったということじゃないかと思います。「敷島の道」です(笑)。

宮下　ただ、宮廷歌合の会とか、ずーっとあったでしょう。つながっているわけですよね、天皇家とは。

川野　宮廷では途絶えた時代もあったようですが、江戸時代以降続いています。江戸時代には武家の高尚なたしなみとして盛んだったようです。樋口一葉などが学んだ萩之舎での修行などにその名残があるとすればとても制度的で、創作するというより修行する感じです。

宮下　要するにマニエリスムですね、ずっと。ということは、近代になって一気に和歌が広がったということが言えるわけですね。

川野　ええ。新聞や雑誌の投稿欄を通じて若者に一気に広がり、それから庶民に広く。そういう意味ではプチ・ルネサンスかもしれない。だから、どうして晶子や牧水があんなに恋を歌ったかというと、「人間復興」なわけです(笑)。江戸時代の恋は制度の外でしたから、心中するしかなかったけれど。ただ、近代の恋はその奥にあるもの、人間の自由や自立と社会との葛藤という問いまでは取り込めなかった。

▽「ヌードは芸術」は大いなる誤解

川野　宮下さんの『刺青とヌードの美術史』(現『日本の裸体芸術』ちくま学芸文庫)は大変ユニークで、身体と美術の関係について考えておられます。

宮下　僕がこの本で言いたかったのは、「霊と肉の二元論は日本にはない」ということ。精神と肉体、これは西洋の考え方です。「身《しん》」、「一身上の都合」といって、体だけではなくて、その人全体を指すことばです。だから、日本の美術には肉体が表には出てこなかった。肉体性がないというか。

川野　身体、裸体を描くのではなくて、衣が全てを語る。着物だけが豊かに情感を表現している(笑)。

宮下　そう。顔もあまり関係なかった。浮世絵は全部同じ顔をしてますよね。平安朝の文学は、どういう着物を着ているか、事細かに描写してます。それがもうその人の人格です。衣をはぎ取った肉体はあまり重視されない。ですから、当然、ヌードもなかった。ヌード芸術は西洋から入って来たわけです。肉体というものが不在だったんですね、日本には。

川野　それなのに、この御本の中で衝撃を受けたのは「日本では駅前ごとに裸の銅像が立っている」（笑）。

宮下　一種の反動として西洋から裸体が入ってきたら、一気に「ヌードは芸術なんだ」と勘違いした。西洋ではヌード彫刻は外にはない。あれは日本特有の現象で、駅前に裸像があるのを見て西洋人はびっくりするんです。ヌードを西洋文化そのものだと思って愚直に増殖させてしまったのが日本の近代で、これは大きな誤解です。日本だけですよ、近代にこんなヌード大国になっちゃったのは（笑）。つまり、西洋文化を中途半端に理解して、ヌードは美しいものである、鑑賞に値するもので、あれは女性の人格とは関係ないという変な身心二元論の考え方ですよね。でも、これはとっても変なことなんですよ。

今の西洋ではそうは思われていない。やはりヌードは女性であって、単なる裸を見て楽しむなんて男性中心の文化に過ぎないということで、逆に今、西洋ではヌード像を規制していて、展示は美術館の中に限定している。

川野　ボッティチェリの「ビーナスの誕生」とか、あそこに描かれている裸体は妖精とか女神とか、裸でいるのは人間以外というのがお約束ですね。

宮下　そうです。ですから、ドラクロワの「民衆を率いる自由の女神」もおっぱいを出してますが、あれは抽象的な「自由」という概念を表している擬人像なので、実際の裸の女が戦っている絵ではないのです。裸であることによって、「この人は抽象的な概念だな」と、見る人がおのずとわかる。普通に裸の女性が男に混じって出てくることはあまりないですね。

宮下　西洋ではヌード彫刻は外にはない。あれは日本特有の現象で、駅前に裸像があるのを見て西洋人はびっくりするんです

川野　その辺も基礎の誤解が積み重なっている。
宮下　それが日本の近代です。中途半端な西洋理解というか。独自に摂取したと言ってもいいと思うのですが。
川野　体に対する考え方が凄く違っていたのに、西洋を変な形で摂取して今がある、ということですね。
宮下　私は「刺青」は身体に刻んだ衣と同じ、と思ってます。だから、顔よりも刺青で人が認識できたというか。『魏志倭人伝』に「日本人は上下を問わず、男も女もみんな刺青を入れている」という記事がある。それは最古の日本人の記録ですが、日本にはもともと刺青文化があって、それが顔や肉体よりも大事だったと。だから私は、「刺青こそが日本の肉体芸術だ。ヌードではなくて」ということを言ったんです。

以前、川野さんに呼んでいただいて「ＮＨＫ短歌」に出演したとき、島田修二さんの〈屈辱も疲労もやがてなじみゆくわがししむらの闇をうたがふ〉を好きな歌として挙げました。つまり、「屈辱や疲労が体の中に染み込んでいく」という考えです。西洋は、屈辱というのは精神のメンタルな部分で、肉体とは関係ない、という考え方ですから、まさにこれは日本的な身体をうたった歌じゃないか、面白いと思った。「ししむら」、肉の闇というのがある、というのは非常に現代的というか。霊肉二元論が疑問視されて、身体の重要性がいろいろなところで言われていますが、そういうのを先取りする歌じゃないか。

▽日本人は青空に気がつかなかった

川野　いつだったか、宮下さんに「日本人が空に気がついたのはいつなんでしょう」と伺ったことがあります。
宮下　青空は日本人には見えてなかった。あれは不思議ですね。「山水画でも何でも青く塗る」、それは江戸時代にオランダの洋画が入ってきてから、司馬江漢とかがやり始めた。それが広重や北斎にも影響を与えたんです。十八世紀まで日本人は青空を知らなかったんです。
川野　よく、屛風絵などでは空間が雲のようなもので覆われますね。
宮下　あの雲は単に「違う空間だ」と示す、一種の記号です。本当の雲ではなく、場面を区切るためのものです。
川野　「日本人はずっと近代まで青空に気がつかなかっ

た」という宮下さんのご指摘、本当に衝撃でした。

宮下　中国人もそうですけど、空が青いというのに気付かない文化があるんです。要するに「雲が浮かんでいても、空には何もないんだ」と。青空、白と青の対比に気付くのは近代的な、西洋的な視覚なんです。

川野　空《そら》ではなくて空《くう》なんですね。同様に、日本人は海という空間にもあまり気付く気配がないですね。日本人って空間に弱い気がします。目の前の点景に注目しますし、記号化された月とか松とか小舟などを描きますが。

宮下　モチーフには敏感ですね。風景の発見が近代になって大きくおこった。それまでの山水画は理想郷を描くようなものですよ。江戸時代にも真景図というのがあったのですが、歌枕とか名所にとどまっているのです。だから、目の前の自然の美とか、そういうのを詠んだ歌もあまりないでしょ、リアリズム以前は。歌枕とかはあるけれど、そういった象徴的な風景に限定されていた。目の前の景観を楽しんだり、歌ったり描写することは日本人にはなかったのです。

川野　だから近代は自分の目で見る写生に夢中になるわけですね。でも例えば向こうに水平線があって、その向こうに空があって、さらにその向こうにもっと別の世界が広がっているというような空間把握が弱い気がします。

宮下　弱い。美術の面でも、「奥行き感がない」とよく言われます。中国の山水画にはしっかり奥行き感がある。でも、日本に山水画が室町時代に入ってきて、それを真似すると、いきなりべったりと平面的になるのです。屛風絵もそうでしょう。横に広がるけれど、奥行きは全くない。日本人は多分、空間把握が苦手なんでしょうね。

川野　中国の山水画はいろいろ描き込んで奥行がありますね。習近平さんの背後とかよく飾ってある（笑）。

宮下　日本では中国の大画面を切り取ってしまう。北宋山水画のモニュメンタルな大画面は日本には受け入れ難くて、小さくして一部分だけを描いたのがちょうど床の間にぴったりのサイズでいいと、小型化してしまうんですね。

▽「余白の美」の文化

宮下　それと関連して、『「縮み」志向の日本人』という、李御寧という韓国人の書いた本があります。日本人は箱庭とか、何でも小型化すると。

川野 そうですね、盆栽とか。

宮下 トランジスタとか半導体の技術にまでつながっているんですって。日本の最初の輸出品は扇だと言われているんです。扇は中国にはなかった。日本人は畳むのが好き。何でも小さく、というのが得意技で、美術もそうなんです。北宋の巨大な山水画が床の間に収まる小ぶりの景色になってしまうし、箱庭もお弁当もそうですね。それは日本人の特性といってよいでしょう。

要するに、目に見える身辺のものばかりに拘っているというか、そこから出て行かないわけですよ。

川野 一方で、面白いのは、中国や西洋の美術が白紙部分を怖がるかのように、いろいろなもので埋め尽くしますね。

宮下 空間恐怖ですね。隅々までびっしり描く。

川野 とにかく、隙間なく埋めないと気が済まない。ところが、日本の絵は余白が多い。むしろ余白に語らせるというか、余白の空気感で何かを伝える。発想として逆ですね。私、日本美術の素晴らしさって余白にあるかもしれないと思うんです。

宮下 「余白を使う」のは日本人の偉大な美意識だと思うんです。西洋は油絵もそうだけれど、全部、塗り込めます。白い部分でも白い絵具を塗ってある。ところが、日本はそのまま残す。紙の白さを生かして、空間に見立てる、というのが得意ですし、「余白の美」は日本人ならではのものだと思います。これはよい部分でもあるんじゃないですか。

川野 そう。本当に不思議なことですけれども、こんなに余白の多い美術って、日本以外、ないですね。六双の屏風だったら、全然、何も描いてないのが二枚くらいあるとか(笑)。

宮下 屏風の金をパーッと見せて、隅っこにちょっと松が描いてあるとか(笑)。それ、独特の美意識です。

さっきの抱一の、草の葉っぱにちょっと螽斯が止まっているだけの絵とか、「部分を切り取る」のはあまり他の国ではないですね、それによって秋とか虫の音とか、いろいろなものを感じさせますね。そういう点で、余白とか余韻を生かすのはまさに短詩型文学の世界です。

川野 あ、そうかもしれません。長沢蘆雪の襖絵に凄く面白いのがありますね。朝顔の蔓をツイーッと描いて、朝顔が襖一枚にちょこっと咲いていていて。何枚にも渡って描いてあるのが蔓だけ。画家としては楽だった（笑）。

宮下　省エネというか（笑）。一種の機知みたいなものもあるんですね。空間把握は苦手だけれど、線とか余白をうまく応用するのが日本美術ですよ。

川野　ええ。そういう線描の文化、線描と余白の文化ですよね。非常に生き生きした線で描いていた日本の絵画の生命みたいなものが、特に近代の油絵文化の中で抑圧されてきたようなところがある気がするのです。

▽すべての伝統は捏造である

宮下　最近、大貫恵美子さんの『ねじ曲げられた桜』という本を読みました。桜は日本の象徴だとか伝統だとかいうことはなかった。和歌でも梅を詠んだものが圧倒的に多く、桜を詠んだものは少ないらしい。『万葉集』でも何でも。梅は中国文化です。梅の絵は膨大にあるが、江戸以前の桜の絵は、吉野のような名所と結びついたもの以外は非常に少ない。ソメイヨシノが幕末に大量に植えられ、広がって、だから今、春の風物詩みたいになってますが、もともと日本にはなかった。

　戦争中に桜は「潔く散りゆく」ということで、日本の象徴として仕立て上げられ、軍国主義的に「桜は日本の伝統」と捏造された。

川野　近代に捏造されたものが本当に多いですね。

宮下　そうです。伝統というものは実は全部が作られたものだと、ホブズボウムという人が提唱したのですが。

　京都の祇園祭や葵祭など、日本の祭礼のほとんどは何度も中断されたり廃止されたりしたものを近代になってから復興したものです。連綿ずっと続いていたわけではない。だから、「伝統」と言った瞬間に、私なんかちょっといかがわしく感じるのです。つまり、現在要請して昔の何かを都合に合わせて引っ張ってきたのを「伝統」と言っているだけで、脈々と受け継がれるということはない。

宮下　昔の何かを都合に合わせて引っ張ってきたのを「伝統」と言っているだけで、脈々と受け継がれるということはない。必ず途切れている

ないのですね。必ず途切れている。だから、「すべての伝統は捏造である」と言えるわけです。
川野　それはもう、おっしゃる通りだと思います。『万葉集』だって、日本の大古典として脈々とみんな知ってきたように考えてますけど、品田悦一さんの『万葉集の発明』によれば、あれは近代が大古典にした。
宮下　正岡子規とかが再評価したんですよね。
川野　そう。それまでは国学者がひっそりと読んでいた。
宮下　みんなが知っていた古典じゃないですね。『古今』『新古今』のほうがもっと普及していた。
川野　庶民にとっては「百人一首」じゃないですか。浮世絵なんか、百人一首を主題にしたパロディがよく描かれていますし。
宮下　なるほど。確かに。あれは国民的な教養としてあったんですね。縄文土器だって、日本美術の原点だと今では言われてますが、ずっと忘れ去られていて、近代になってから発見された。だから、日本の伝統というものはあるのか、ということです。全部、近代になって、でっち上げられたり、作られたり、浮上してきたものじゃないか、僕らが「伝統」と言っているものは。

▽本当にいいものは作者を必要としない

川野　そうであれば、過去にあるものをどう読むのか、何が今、創造のエネルギーになるのか、人間を問いかけてくれるのか、これから探していく必要がありますね。
宮下　そうです。だから、単に受け継がれるのではなくて、能動的に過去にいろいろ働きかけなければいけない。現代の目がカラヴァッジョを発見した。ですから、ただ受け継がれたものなんて、ないわけです。
　アーチスト、芸術家、天才、創意、そういうものによってアーチザン（職人）文化が軽視されたというのが日本の近代の悪い部分です。
川野　全く同感です！　アーチスト高村光太郎の彫刻「手」より、アーチザン高村光雲の「老猿」のほうがやはり力強い。ミケランジェロは自分をアーチザンだと思っていたところがありますね。アーチザンについて現代のアートはもっとしっかり考えるべきなのでしょうね。
宮下　中世のもので、作者はわからなくても素晴らしいものはいっぱいある。本当にいいものは作者を必要としないと思う。だから、この人はこれだけ葛藤して、これだけ悩んで、これを作った、素晴らしいと、作者と作品を同一視するのがよくない。作品は作品で、自立したものだと僕は思う。

川野　歌もやはり、最終的には「詠み人知らず」になって、「この歌、作者はだれなんだろうね」と言われるのがいいのかもしれない。今日は素晴らしいお話にわくわくしました。本当にありがとうございました。

（二〇二二年五月一五日　神戸大学）

短歌は定家で終わっている？

新見隆
（キュレーター）
×
川野里子

新見隆（にいみ・りゅう）　1958年尾道生まれ。慶應義塾仏文卒。セゾン美術館学芸員を経て武蔵野美術大学教授。同美術館・図書館長。元大分県立美術館館長。食のスケッチ、箱、人形の作家。

▽問いかけ型の展示

川野　今回のゲストはキュレーターの新見隆《りゅう》さんです。武蔵野美術大学美術館長を務めておられ、大分県立美術館館長などを歴任され、美術とはなにかを問いかけておられます。新見さんに最初にキュレーターってどんなお仕事ですかと伺ったときに、荷造りがうまいことと、人の信頼を勝ち取るために踊りでも何でもできる根性があることが大事だと（笑）。なるほど、キュレーションというのは大事な美術品を借りてくるという非常に具体的な仕事なんだと気付かされました。

新見　覚えてないなあ（笑）。美術館は、エンターテイメント性の装置でもあるから。それが大事だということ。踊りは比喩で飽くまで「心意気」の話。作品という物を運ぶのが仕事なんですよ。今はこういうもの（スマートフォン）もあるんだけど、学生にこれはミュージアムの最終形態だよっていってます。ぜんぶをファイル化して整理整頓する装置でしょ。

川野　確かに。検索システムなどは本当に便利に整理されていますよね。ツイッターなどのＳＮＳも自分好みの情報しかあがってこないくらい整理されています。自分用の小さなミュージアムですよね。

新見　基本的には十七世紀十八世紀、ヨーロッパの啓蒙主義が、科学実証主義を生んで混沌、カオスから世の中を整理整頓して箱の中にきれいに入れていった、そしてテクノロジーが発達して生活が便利になれば、絶対人間は幸せになれるという信奉、そこから始まってるわけですね。ルーブルも、革命政府の人たちってブルジョアを代表するインテリであったことも確かだけど、王様と王妃を断頭台に送ったかなり乱暴な人たちでしょ。彼らは美術館なんか知らなかったんだろうけど、王宮を解放したルーブル見たときに、これを民衆に見せるのはまずい、もうちょっと整理整頓してくれと言ったということになっている。カオスじゃだめだ、コスモス、小宇宙にしなさいと。それで学芸員が時代順とか地理順とか素材順に分けていった。

　スマートフォンはすごくだからミュージアムと似てるものなんですよ。僕は、美術大学で学芸員になりたいって子たちを教えているけど、彼らは絵も彫刻もデザインもやってるわけね。だから物を作るならこんなものドブに捨てないと、どうやって身体動かして物なんか作れるのって言うわけ。君らの自由だけどこういうものに支配されて、人間の肉体がこういうものに取り込まれてたら物づくりなんかできないでしょって。捨てる覚悟で使ってねって。スマホは女房が連絡取りたいから持たされてるだけで、それ以外の用、僕はまったくないのよ。いつか捨てるからね。

川野　整理されすぎた世界は怪しいということですね。新見さんはよく美術館のことをホワイトキューブと言われます。四角い白い箱にこれが芸術です、って美術品を並べて、インテリっぽい鑑賞者たちが集う。ハイカルチャーとしての美術館に疑問を投げかけておられますよね。

新見　僕は物を並べる商売としてはホワイトキューブのなかで仕事をしてきている。大分県立美術館もホワイトキューブじゃないですか、結局は。だからそこらで今どきの地域のアートとか自然の中のどうのとか、ああいうのは僕はやらない。美術とか作品が外でやると借景で助けられちゃうんです。借景で助けられないと自立できないようなものはアートじゃないと思うから。

川野　アートが背景に寄りかかってしか鑑賞されないというのはおかしいということですね。そういう意味では美術館は美を提案する場所ですね。だから、美に対しての責任がある気がして。

新見　無責任でもちろんいいんだけど。美術館って皆んなのとか、県立美術館であれば県民のとか、そういう発想がまずあるわけね。暴論だけどやはり美のユートピアというのは結局自分だけのものでしかないわけ。だから僕は自分のためのユートピア、自分のための美の道場を作ってやろうと、県民のことも誰のこともまったく考えてなかったんですよ。

川野　新見さんが大分県立美術館で企画された「神々の黄昏」という展示に短歌も参加せよということでお招きいただきました。「神々の黄昏」というテーマで集まってきているものが、絵や彫刻だけでなくお神輿だったり、

新見　今はこういうもの（スマートフォン）もあるんだけど、学生にこれはミュージアムの最終形態だよっていってます

朽ちかけた木製の仏像であったり、展示室のドアが開くと最初に神社に祭られている狛犬が迎えてくれるので驚きました。

新見　あれは宇佐神宮の元の狛犬で、それはそれは由緒正しいものなんですよ。シュタイナーの黒板のドローイングがあったり、マーク・ロスコがそこにあったり。脈絡ないんです。何というか、これが俺の空想の書斎だよって。

川野　とりわけ感動したのが、朽ちかけて半分姿がなくなった木製の仏像のわきにクリムトの裸婦が並べてありましたよね。クリムトの金箔で囲まれた退廃的で肉感的な裸婦と、崩れかかって滝みたいに見える木像とが並べてあって、その配置がすごいと思ったんです。過剰装飾な裸婦と、片方にはあまりにも奪われすぎて消えそうになってる仏像の形、それ自体が問いになってる。そこにさらに短歌という言葉を投げかけてみよ、という提案でした。凄く刺激的でした。その時の作品です。

　衣ぬぎ裸さへぬぎて立ちたまふ菩薩像なり瀧となりつつ

新見　無理に対比したわけでもないんですよ。朽ちていようが、木像もビーナスに見える。クリムトのものは見た感じビーナスだし、どっちも僕は同じようにビーナスに見える。歴史の時間とか肉体の儚さこの世の虚無の、とか、それはめいめい見て感じてもらっていい。だけどこれは絶対に「ミュージアムで短歌」だ、川野さんに来てもらってビーナスを詠んでもらおう、と閃きました。「五感の美術館」というコンセプトを僕がつくりましたから。楽しかったなあ。

川野　新見さんの展示が問いかけ型で、新見さんがあえて個人的な書斎とおっしゃる暗がりのなかから出てきたものが、美術館というホワイトキューブのなかに展開される。鑑賞者はどきどきしながら問いを受け取ってゆくことになりました。

▽なぜ創作するのか

新見　京都で日本美術をずっと蒐めておられる梶川芳友さんという人がいて、村上華岳とか魯山人とか、美術界の常識を超えた「蒐集の鬼」といわれる人ですが、その人がなぜ蒐めるのかと、僕らが美大でなぜ物を作るのかは同じで、何か気になる謎とか、美術が持ってる疑問がある。いつもわからないんだけど、わからないのが面白い。だからやれてる。わかったら物を作る必要もないだろうし。だからその人も所有欲で集めてるわけじゃない。わからない疑問があるから、自分で勉強している。それで楽しいからやってる。極言すれば、わかったら華岳だろうが魯山人だろうが持ってる必要ないよって。なにしろ魯山人の箸置きをなにかの競売会で何百万だかなんだかで買ったという伝説もある人なんだから。

川野　新見さんが企画された「北大路魯山人展」を拝見したんですけど、可愛らしいぷっくりと肉厚な魚などが象られている箸置きの群れはとても印象的でした。

新見　あれは梶川さんに頼んで、梶川コレクションで好きなように構成してやってもらった。梶川さんが言うのは、懐石の場では他の器は変わっていくけど箸置きは最初から最後までずっといる。だから一番大事な物なんだよって。その大事な物をいかに小さかろうが魯山人がいい加減にやるわけないと。だからすごく理屈にあってる。話していたら、「魯山人は強い」というのをたぶん僕じゃないと知らないと思うって言われるわけ。「割れないんだよ」って。他の食器と一緒に奥さまが洗ったりしても、他のは割れるけど魯山人は簡単に割れないって(笑)。

川野　普通洗いませんからね(笑)。

新見　その人は美術という謎を少年のように考えて面白いと思ってるからずっと蒐めてる。それがわかったらたぶん止めちゃうんじゃないか。その人に僕なんか教師ですと言うと、一庶民だから梶川先生みたいなことはできるわけないでなんでも買えるって。家があるだろうって言うわけ。家売ったらいかだけなんだと。誰でもやれる。ただやるかやらないかだけなんだと。それはもう一線を越えてしまった人の言葉だよね。一線越えるとこうなるんだと思う。

川野　謎や疑問があるから蒐集も創作もやるんだ、と。ここでひとつ結論出ちゃったんでやりにくくなっちゃったんですが(笑)、結局なぜ短歌今頃作ってるんですかと

新見　何か気になる謎とか、美術が持ってる疑問がある。いつもわからないんだけど、わからないのが面白い。だからやれてる

聞かれたときに、短歌ってなんだかわからないから、それに尽きるんですよ。短歌って何か結論が出てしまったら、とっくに止めてると思うんです。結局、疑問形として開いてることによってしか続けていく動機にならないという気がしてるんです。美術もやはりそうですか。

新見　いわゆる起源論というか、上手い下手よりもやっぱり良い悪い。いい絵画って、絵画とは何かを最も深い形で造形的に問うている。すばらしい彫刻、第一級の彫刻って彫刻とは一体何かというもっとも深い疑問が彫刻の形で表れている。疑問の深度が造形化されているかだけ。たとえば（絵画で）線引くわけだけど、その線みたいなものがさっと引かれてるように見えるけど、さっと引かれてる30センチのなかに何万回も振動しているような線でなければそれは線じゃない。何万回も、さっと引かれてるもののなかで振動してる、「魂が震えている」線こそが絵画とは何かを問いかける。

川野　幾何学とか数学でも線という概念は現れますよね。だけどそういう線と美術で描く何万回も振動してる線の決定的な違いは、数学的な真っすぐな線は引けません、という人間の迷いとか不完全さとか未完成感とか意志とかそういうものですか。

新見　そうだと思いますね。柔らかくて本当に生きている線というのがよく言われる。音楽評論の遠山一行先生のモーツァルト論に、神学者のカール・バルトの言葉でモーツァルトの音楽は天上性だとか天使だとかいろいろ言われるが、この今日現在の一瞬一瞬のなかに何万回の自分の生死の繰り返しがあるというその奇跡みたいな当たり前の事実をモーツァルトの音楽は伝えているだけだという文章があって、人間の細胞が生死を繰り返してるという単純な話ではなく、本当に瞬間瞬間に小さい生と死が繰り返されている面白さと驚きが上手に出てる線があえて言えば本当の線なんじゃないかな。

川野　私はしばしば希望と絶望だというふうにも思うんです。希望って一番絶望に近いっていうか。すごく痛いもので、美しいもの。創るという作業は、希望の怖さみたいなものにいつも侵犯されながら希望と絶望を繰り返している感じがするんです。それを生と死と言い換えられるのかな。

新見　僕はもう少し気楽にもうちょっとおおざっぱに考えてて。対極に一見あるように見える、それは川野さんが言われた裏と表でもいいし、生と死でもいいし、何か我々の周りに磁力のプラスとマイナスにあるような、引かれ合うけど最後はぶつかったり。ぶつかり合うんだけど最後は裏返ったり、そういう二極の動力があって、その動力を同時に上手に見せるもの、それがテクニックだろうと。それは言語のテクニックだろうが美術の造形だろうが同じ。そのテクニックって何かというと二つの力を織り交ぜる頃合いのよさというか、その人の配分のよさ。美術だとそれはわかりやすく古典的な構築力、西洋で言うところのアポロ的なもの、物の量とバランスの絶対的な均衡ですよね。だから黄金比みたいなね。西洋でいうと古典主義。でも美術というのは基本的に古典主義だけでできない。ディオニソスが出てこないと。生命のゆらぐ運動でしょ。舞踊神というか。

川野　一回性と言い換えていいんですか。たった一回しか生きられない命の求めみたいな。

新見　舞踊性かな。ガチっとした緊張感あるものと隙間の間合いとか、その均衡を打ち破るゆらぎかな、両方ないといい造形とは言えないな。それは言語もそうじゃないですか。そこがテクニックなんだと思う。そういうオシャレな頃合いじゃないと。

▽イサム・ノグチの庭

川野　新見さんはイサム・ノグチの研究家でもあるわけですが、どうしてイサム・ノグチという造形家を生涯の対象にされたのですか。

新見　展覧会で付き合うようになって。モノ、作品との出会いです。もちろんそのときには亡くなってましたが。生前会ったのは上司に連れられて一回挨拶しただけだからむこうは絶対覚えてないと思う。

彼の面白さをいうと、ニューヨーク近代美術館みたいなホワイトキューブで、バチっとしたモダンアートの枠みたいなもの、シャープでミニマルな、そういうものに

川野　創るという作業は、希望の怖さみたいなものにいつも侵犯されながら希望と絶望を繰り返している

バーンとぶつかっていく、一瞬の永遠みたいな。これはものすごく魅力のあることでもあるんですね。世の中一般に言われるのは近代の彫刻。モダニズムをどう乗り越えるか。それを否定しているわけでもないし、半分以上そういう勉強を僕もしてきたんだけど、もともと仏文とかやって西洋近代、モダンということを考えてきたから、それもたいへんな魅力だけど、それだけじゃないことがノグチ見て身体でわかったんだな。

川野　私自身のイサム・ノグチとの出会いは、ニューヨークのメトロポリタンミュージアム（Met）、馬鹿みたいにでっかいミュージアムです。西洋美術の曲線の氾濫を見てきて最後に日本の展示室に入ったときにイサム・ノグチの蹲《つくばい》があったんですね。石をいびつに刻んであってその全身が水で濡れているんです、で、水平面がすーっと石の表に広がっていて、それを見たときにこれは凄いなと思ったんです。

新見　Metもミュージアムの一つに過ぎないから。ノグチのものをアジア東洋部に入れちゃうっていう下らなさもある、本当に良い物と思うんなら正面玄関に持って来いよと思うけど、それはMetの美術館の在り方の問題だから置いとくけど。蹲《つくばい》ってやっぱり日本のものだと思う。お茶室のちっちゃい蹲《つくばい》、僕は茶道やったことないけど、茶室入る前に手洗ったりする、ああいうちっちゃい蹲《つくばい》もノグチは作ってるんですね。それをもっとグローバルにしたものがMetなんかのものだと思うし、蹲《つくばい》は最高裁の中庭にすごいのがありますよ。

川野　黒い石が凄く静かに一列に並んでいますね。

新見　だいたい蹲《つくばい》は黒でやってる。六つだったか七つだったか、中庭に一列に並んでる。僕は最高裁のを見たときにこれはインドだなと思った。苛烈なものというか。ノグチはネルー首相の姪ごさんと結婚しそうになったくらい恋仲で、すばらしい女性だったらしい。そういう意味でもノグチにとってインドって特別な土地だったのかなあ。インドだけじゃなくマチュピチュ、インカのテオティワカンとか、古代遺跡みたいなものがとにかく大好き。文明以前のところが好き。そのノグチが和泉正敏さん、お弟子さんというかパートナーの彫刻家の方で、彼を真っ先にインドに連れて行きたいと言ったのはインドの人は土と生きている、土に頬ずりできる、そういう生き方してるからやっぱり石を扱う者には聖地だと。

川野　ノグチは土俗という言葉で語られることもありますね。土とか大地とかそういう最も原点的なものが彼の中にあったんですね。

新見　最高裁は人を裁く、公正でないといけない場所だから水平であることが一番大事だからと言ったらしく、細心に気を使ったらしいですよ。

川野　あれは本当に美しいですよね。黙るしかない。

新見　それはおそらくインドとか、石とか土を好きな民族の持つフラットさというか公平さ、人間の本来あるべきな水平さ、それがものすごく気になったんだと思う。

川野　それは石庭の持つ込み入った光と影のようなのとはまたちょっと違うわけですよね、水平思考というのは。石庭というのは水平思考というよりは光と影の細やかな組み合わせのような感じがしますよね。

新見　イサム・ノグチは石庭は大好きで勉強していっぱいまわってるんです、京都とかね。三十年代にも帰ってきて、そのときはほとんど京都で焼き物を作ってるし、短い間だけど瀬戸でも作ってる。そのときは自分が庭をやろうと思ってたから庭の勉強をした。だけど既存の庭を真似したいと思ってなかったと思う。大好きなものも決して真似してない、芸術家ですからね。

川野　ニューヨークにありますよね。ウォール街の真ん中に石庭風の空間が。（「チェイス・マンハッタン銀行プラザのための沈床園」）

新見　あそこは素晴らしい水の庭ですよ、クイーンズには自分の美術館もあるし。世界じゅうの好きだった古代遺跡は、要するに最後の大作モエレ（沼公園）に全部が取り入れられてるわけです。イタリアの広場もあるし、ストーンヘンジみたいなところもあるし、マチュピチュもあるし、テオティワカンの太陽神殿もあるし。日本だと古代の古墳みたいな感じがあって、全体がそもそも前方後円墳みたいな形に空から見るとなってるから。好きなものも、絶対パクってないんだな。やはり造形家として第一級だからあのへんがそういう気配だよねという雰囲気でしかわからない。天才ですよ。ノグチの得意な造形は出て行ってまた戻ってくる形が大好きだから、円環構造。ほとんどが。舞踊ですから。

川野　彼は父親が詩人の野口米次郎ですし、母親がアメリカ人の作家。第二次大戦中に日本とアメリカに割かれてどちらにも所属しない、という生い立ちですよね。そういう生い立ちを背負いながら、石とか大地とかそういうものに向かっていくことは、所属をもたない人間による特別な人間の原点への問いのように思えます。戦争によって破壊された人間というものを原点からもう一回別の回路から問い直すことにもなっている。

新見 それはもちろん二つの大戦の悔悟がある。本人が奨学金もらって戦後世界を回ったのは庭の研究の第一歩だけど、美術芸術文化って偉そうなことをいって、戦争を防止できなかったじゃないかという、その反省の出発点ですからね。それが「レジャーの研究」というもの。ノグチって晩年まで格好の良い人だしハンサムだったんだけど、すごく自信に満ちた写真しか残ってないんですね。ただ一枚だけものすごい怯えてる写真がある。原爆ドームの前に立ってる写真です。

川野 壁にGIが落書きいっぱいしてある保存される前の原爆ドームですよね。

新見 僕それ見たとき、人間って、それほど打ちひしがれたところから出発しないと本物なんて作れないんだろうなと思った。

▽広島のモニュメント

川野 芸術であれ、文学であれ、創造ということを考えるときに、破壊しつくされた原点としてのヒロシマであれアウシュビッツであれ、戦争という荒野みたいなものを起点に考えるときに問いは鮮明になる気がします。

新見 丹下健三に頼まれてやった広島のモニュメント。丹下がやった「安らかに眠って下さい、過ちは繰返しませんから」という碑の上にある弥生の馬の鞍型のモニュメントは優しさですよね。優しさというか、遺されたものに対する慰謝。だけどノグチのもの（上段の写真）は死者の怒りでしかないから、こんなになってる。あれをほとんどの人がノグチの代表作だと思ってるけど、実現できなかったし模型も写真でしか残ってない。あれはどう考えても死者の怒り。大谷幸夫先生（建築家・広島平和記念公園及び記念館の計画、設計に参加）が講演したときに聞いたけど、ノグチが模型を持ってきたときにみんなびっくりしたって。丹下健三はいなかったらしいが、大谷さんはこんなもの作れるわけないって。これ作ったら死者の怒りじゃないかって。亡くなった人は普通に考えるとこの世にはもういないんだから、生きてる人間の慰めじゃないといけないから無理だと。もちろん直接の原因はノグチがアメリカ人だったからだろうけど、やっぱりあの碑ができるとは誰も思ってなかったらしい。

川野　素人目に見ると、丹下健三のモニュメントはスッキリとしていてやはり優れたデザインだと思うんですよ。だけどノグチの叶わなかったプランは、地上に出ている部分より地下に食い込んでる部分のほうが大きい。あれはもう存在論と言いますか、人間というものへの問いが地面深くに突き刺さってく感じ、あるいは生え出ていく感じ。あの力強さはちょっと比べものにならない感じがありますね。

　原爆ドームに行く手前に橋がありますね。あの欄干もイサム・ノグチが作っているんですよね。あの橋を見たときに、わたし骨だなと思って。イサム・ノグチは確か戦争中はアリゾナにある日系人の収容所に自分で志願して入ったのでしたね。アリゾナって砂漠で乾燥してて獣の骨がきれいになって落ちてることがありますが、なにもない荒野に転がっていた骨の美しさ、曲線を、まるで川に骨を架け渡すようにしてあそこに置く、あの出発が私には依然として強烈な問いかけとして響いてくるような気がするんです。例えば人間とはなんぞや、命とはなんぞやって言ったときに骨から始めるって非常にラディカルな問いですよね。

新見　それはもちろん、あれはインドネシアなのか、世界遺産の勉強旅行に行ったときの石棺に描かれてた葬送の船という意見もあるし、骨みたいだと言われたのはそのとおりだと思う。だからあっち（西平和大橋）が西側

上　Hiroshima Bridge
（平和大橋／1951〜1952）
下　Hiroshima west Bridge
（西平和大橋／1951〜1952）
Isamu Noguchi

新見　人間って、それほど打ちひしがれたところから出発しないと本物なんて作れない

だから「逝く」というタイトルで、死者の船というふうにも考えられるし、船の竜骨、死者の骨、というふうにも考えられますね。
川野　骨というところまで人間存在を返さなければならないという問いですよね。

▽**葛原妙子とデュシャン、イサム・ノグチの共通性**

川野　今日のテーマになるかもしれないと思ってたのは、イサム・ノグチの造形と葛原妙子の創作とが響きあっている気がするので、それはなぜだろうということです。葛原も親とは縁が薄く、戦後本格的に独自の言葉の造形を試みました。
新見　生年も近いしね。育った環境とか全然違うけど、同時代を生きたってことは間違いないでしょうね。葛原妙子は川野さんの日本歌人セレクション（笠間書院）を読んで、ノグチの話とずれるけど、ふと思ったのは幻視の女王とか言われてるし、短歌は幻を実際にうたうという傾向はすべての歌人にあるんだろうけど、それにしても仮定法の多い人だなっていうこと。
川野　なるほど。それはとても新しいご指摘です。
新見　現実でありえないことをもしこうだったらこうなるだろうという言い方ばかりする人だなというのに気が付いて。それで〈むかしにて癌ありとせばかなしからむたとへばかのモナ・リザと癌〉、モナリザが出てきて仮定法が出たら、美術としてはマルセル・デュシャンしかありませんと。
川野　マルセル・デュシャンは「泉」という作品が有名ですよね。壁に取り付けるはずの男性用の小便器を床に置いてあるだけ。だけど泉という名付けと署名によって、小便器ではなくなる。腹立つような作品ですよね（笑）。
新見　デュシャンも仮定法の人です。授業で一番わかりやすく言うのはモナリザの話で、モナリザの複製に「髭を剃ったモナリザ」とタイトルをつけた。そうするとモナリザはそのままだけど、モナリザに髭が生えてたとしたら、今のモナリザは髭剃った後になるんじゃないのでしょうか？　という仮定法の話。
川野　なるほど。仮定法じたいがアートなんですね。
新見　デュシャンの考えてたことは物質じゃない。想念の方が大事で、想念を生みだすために物質をどう操作するかが問題だったんだな。結局は美術の根源に魔術があるから、魔術の復権をやるみたいに言う。彼が魔術と言ってたことが想念を物でどう表すかでしょう。

川野　それ以前の美術は静物にしろ人物にしろ物質的世界が先にあってそれをどう描くか、でした。でもデュシャンはそれをひっくり返すわけですね。物質のほうを操作する。

新見　それがさっきのモナリザの話で、デュシャンはそこで終わっていない。結局デュシャンは一番興味があったのは虚数の世界、虚数の芸術だ。だから無くてもいいけど在ってもいいでしょっていう、想念の造形化ですかね。虚数ということを考えたときに葛原妙子はちょっと似てるなと思った。

川野　なるほど、すごく面白いと思います。虚数というのは実際には存在しない数ですよね。だから純粋芸術と言ってもいいのでしょうか?　言葉で完結している世界とも言えそうです。現実世界を反映しない、言葉だけで成立する世界ですね。

そう思うと、葛原には結構多いかもしれません。例えば〈きつつきの木つつきし洞の暗くなりこの世にし遂にわれは不在なり〉、自分の想念の方が現実を凌駕していく。確かにそういう一面があります。

ただ、同時に、それよりもずっと強い力で私は葛原が現実の肉感というか重み、抵抗感というものをけっして手放さなかった人だと思います。言葉は有機的でなくてはならないということをずっと言い続けていて、幻想に飛ぶのは容易いけど、幻想を引き止める実態とはなんなのかと。そこが大事だった。デュシャンとは全く違う方向だと思う。デュシャンにとって物体としての便器が重いとか古いとか汚れてたとかそういう事はどうでも良かったはずですから。葛原にとっては言葉の手触りも現実の手触りもとても大事でした。

そこでイサム・ノグチと重なってくるんですが、彼の造形って抽象的かというとそうじゃないですね。もっと物体の質感とか形象に拘っている。こけしに似た小品などもありますね。巨大な石の造形にもなんかこう石そのものの存在感や圧倒的な大地の広がりとかどこかに非常に我々が暮らしている世界の感触があります。

新見　さっきの話の続きでいうとやっぱりディオニソスと言えばディオニソス的なんだけど、破壊神みたいなね、現実にあるものをとりあえず一旦ぶっ壊さないと気がすまない。ある種の怒りでもあるし破壊的なものすごい翳りというか負というか、虚無というとあまりに簡単すぎるんだけど、そういうエネルギーがノグチの中にものすごく渦巻いている。それは葛原との共通点でいうと、何か肉体への固執、それも負の意味での固執でしょうかね。だけどそれがある部分を突き抜けてゆくとある種の、世の中で言われてるような社会の共同性とか共感性とか、そういう晴朗なものになって昇華されてゆく。最後のモエレ庭は作品じゃなくてむしろ学校なんだと。身体の記憶、自然の記憶、異文化の記憶の勉強の場だっていう、それももしかしたら正しいかなって思う。ノグチは造形を手放さなかったけど、最後はモノにこだわっていない。それで言うと葛原妙子もどっちかと言うと、物質拒否みたいなね。短歌にとって物質というのは言語じゃないですか。

川野　ええ、そもそも葛原は歌が下手だと言ってもいいくらいです。それは最終的に言葉を信じるのではなくて、自分の生のほうを信じるからそうなるのかも。

新見　だからさっきの虚数の話で言うと、僕の勝手な無茶苦茶な考えだけど、葛原妙子は造形の根本である言語にあまりこだわってないなっていうか。逆に自分が生きている肉体性みたいなものを如何に虚数のコンセプチュアル、これは単に幻じゃなくて仮定法を使いながら、もう一歩別の次元のコンセプチュアル・アートに「射像して」もっていこうとしている。言語にこだわるのが短歌だとすると、短歌の真っ当な筋道をずらしてまで、言語は使うんだけど、自分の生活感覚とか感じたこととか個というものの肉体性に一度は徹底して拘っても、さらにもう一遍コンセプチュアルに、それを外に放り投げてゆく。そのために仮定法を異常に使う。

川野　少しわかりやすくしたいのですが。例えば死というのは誰もが体験したことのないものですよね。観念だと言ってもいい。その死に形を与えようとした作品もあります。〈美しき把手《のぶ》ひとつつけよ扉にしづか夜死者のため生者のため〉、こういう作品は新見さんの仰る虚数の歌に近いですか？

新見　まるでデュシャンじゃないですか？　彼も扉が好きなんですよ。両義性というか、あの世とこの世がドアで隣り合うから。あるいはクルクル変わるから。それを葛原はまた仮定法の「ノブ」で呼び出してる。虚数の概念化をやろうとしてた、みたいな。だから短歌におけるコンセプチュアル・アーティストって言うと簡単すぎるけど、そういう側面がどうしても感じられて。デュシャンも、次元をずらせる射像理論ですよ、作品づくりの基本は。

川野　デュシャンについて多くは知らないのですが。私はひとところ流行った安易なコンセプチュアル・アートは面白いと思いません。現実の理解が甘いままそれをひっくり返すゲームになっているところもある。だけど、新見さんがおっしゃるように、仮定法を葛原は存在に迫る方法としてよく使った気がします。たとえば〈枇杷は人の病呻吟《びやうしんぎん》に育つとふおそろしき説なしとせなくに〉などがあるんです。この歌の見せ消ちのような仮定法は確かに現実をそのまま描くより現実を出現させます。

新見　モノを語るんだけど、モノでコンセプチュアルをやるがゆえに最終的には言語を使って直接にカツカツ造形やるよりもはるかに言語の造形になってる感じがする。言語にいきなり向かって行って言語言語言語ってやってもしょせん言語の造形にならない。葛原はこだわった果てに言語を棚に上げてる。それでもって現実の感覚とか物とかをコンセプチュアル化しようとするから不思議な造形になる。歌としてかっこいいとか良い歌だなとか震える語感だなとか、この人についてはまったくないな。まったくないのが面白い。シュルレアリズムかなあ。

川野　ああ、そうなんですよ。歌としたらむしろ不器用と言ってもいいと思うんですよ。例えば定家を反対の側に置くと分かりやすいでしょうか。

新見　定家かあ、〈天の原思へば変はる色もなし秋こそ月の光なりけれ〉だったか、言語がカチカチカチっと造形的に舞踊的に動いてる。特に最後が体言止めだったりするときはこれはやはりきれいだなあと。

川野　言葉の彫刻。

新見　それでいくと葛原妙子ってそういうのもごくたま

新見　言語というものの破壊を常に感じているというか。破壊するからなめらかな言語の気持ちよさが常に宙づりにされるところがある

にあるけど、ちょっと違う方向性だね。

川野　物とか自分の身体とか実体とかそういうものが言葉の美を邪魔するんですね。つねに突き崩すというか。突き崩されたところにしか美はないというふうに葛原は語っています。

新見　ノグチとの共通性をあえて求めようとするとやっぱり破壊。もしかしたら言語というものの破壊を常に感じているというか。破壊するからなめらかな言語の気持ちよさが常に宙づりにされるところがあるって、そういう感じじゃないのかな。

川野　なるほどそうですね。確かに。だから大事なはずの第三句が欠落した歌を作ってみたり。

▽西行の生と定家の美

新見　それとはまた全然別の、とにかく僕はどういわれても辻邦生先生の『西行花伝』が大好きなんですよ。それでろくに知ってるわけでもないんだけど、俊成とか定家と比べたら西行って切れ味はそんなにないなと思うわけ、素朴というか。

川野　凡作も厭わないし人間臭いですよね。

新見　それなのに西行が勅撰の新古今で一番たくさん入ってたわけでしょ。『西行花伝』読んだときにわかったのはすごく単純な話だけど、森羅万象、生きとし生けるもの、それがどんなに現実に辛いことがあろうが、それが幻だろうが、それを良しと言わなければ歌じゃないんだ。世界を生むのが歌だ、生命を生む歌じゃなきゃ駄目なんだ、歌ですべてが甦るんだ、それの繰り返し。その生涯のすべてが細部まで一直線に素直にそれに美しく揃って通じてる。これだなぁと思って感動した。

川野　〈身を分けて見ぬ梢なくつくさばやよろづの山の花の盛りを〉なんて身も心も花に尽くしてしまう。実際にはずいぶん生臭い怪しい坊主だったんだと思いますけど。西行は何かを詠うときに西行自身というものがそこにどうしても出てくるというところがあるんですよね。その背景の人間関係なんかも引きずっている。定家はそれを非情なまでに削りつくすけれど。

新見　だけど私性というか思想というか歌が生き方で生き方が歌と考えれば西行の生涯は、すごい。そんな言い方失礼だけどただの小役人で出世して、それだからこそその技術の歌が極上だったのか知らないけど、そういう定家に比べたら心言一体というかわからないけど、そのすごさが西行にある。だからクライマックスで崇徳院の墓を慰めに行って、世の中でよく三つ動いたのは怒りで動いたと伝えられてるのかもしれないけど。『西行花伝』を読んでそれは西行が、歌は現実を超えて帝王がやるべき「歌の道＝御心」だ、すべてをどんな悪人でもよしと抱きしめるような天の心なんだと言って慰めの歌をうたったときに、三つ動いたと書いてあった。あれは怒りの動きじゃなくて西行に、わかった、俺が悪かったたって言ったんだと思った。それは僕の勝手な解釈だけど。

川野　新見さんは堀田善衛の『定家明月記私抄』がお好きですよね。それについて触れられるたびに短歌とは何かという結論を迫られてるようで避けてきたんですけど（笑）。今、感想を言うとすれば、堀田善衛自身が戦後の青年として焼跡から書いてるというのが大事なのかなと思います。そのなかで定家の歌が最終的に虚であるというか、「危草《あぶなぐさ》」であるという言い方をしてますよね。それからインヒューマンとも。人間復興の時代と言ってもいい戦後という時代から見るとき、定家の歌の美はいっそう非情に見えたわけですよね。そういう要素を持ちつつ、だけどやはり定家はトップ中のトップだと思うんですよ。歌を作る者からすると。

新見　それは僕のような素人でもよくわかるし、技巧とか造形という面ではすごいと思うけど、僕はそれは唯美的な言語に対する投機というか、アンガージュマンでしかないというか。

▽なぜ今歌をつくるか

川野　ええ、それよく分かります。ただ、現在の若い人の作品がその「言語に対する投機」で成立しているところがあって、だからあえて問題にしてみたいんです。新見さんからは以前、挑戦的な宿題を出されました。定家

川野　物とか自分の身体とか実体とかそういうものが言葉の美を邪魔するんですね。つねに突き崩すというか

のあの美があれば、それ以後短歌を作る必要があるのかという問いでした。挑発的な問いです。今日はそれに答えてみようかと。

定家のことを堀田善衛の目を通して考えてみると、見えてくる定家が二流貴族として後鳥羽院に振り回されながら駆けずり回って奉仕するという空しくて忙しい日常を送っているわけですね。そのなかであ あいう歌を詠むわけですよね。堀田善衛は定家の仕えていた宮廷の渦、「宮廷貴族集団」を「フィクシオン」と「虚」だと書いていますが、そういう空しいものを世界の渦の中心としてみるほかない日常です。背景には源平の戦乱があって死人もごろごろしていた時代に。「紅旗征戎吾ガ事ニ非ズ」と言い切ったけれど、そうしてまで見ていたものがフィクションであり虚の渦なんですよね。

そこに言語を与えられたときに、突き抜けて虚の美しさに行くほかないんじゃないかと。自分の眼差しているものが虚であるという断念がそこにあるような気がします。何を見ていたのかという眼差しが大事なのではと思うんです。

近代になってその眼差しは明らかに天皇制ではなく人間、我々自身を見ることになったわけですね。茂吉に〈曼珠沙華ここにも咲きてきその夜のひと夜の相《すがた》あらはれにけり〉という歌があります。要するに曼珠沙華が夜の間咲いていて、今朝も咲いていたというだけの歌ですが、曼珠沙華それだけを詠ってるんじゃなくて、その向こうに人間の在り様や存在感のようなものが否応なく付き添ってしまう。その眼差しの違いによっておそらく表れが違ってくるんだと思うんです。

そうすると私がなぜ定家以降歌を作っているかというと、定家とは眼差すものが違うからだと言えそうです。定家は戦乱は知っていましたが、原爆も知らない、原発も知らない。でも私は原爆を知り、ホロコーストや原発事故以後を知っている。そうであれば新しく背負わされた世界への眼差しを遂げるしかないんじゃないかって。

新見　世界を拒否するかしないかもすごく乱暴に言ってしまえばめいめいの自由だから。

川野　自由でしょうか？　定家の「紅旗征戎吾ガ事ニ非ズ」も切実な時代への応答です。私は誰も時代から背負わされるものから自由ではないと思います。かかわり方の違いはありますが。

新見　もういっぺんノグチと葛原に戻ると、これも『明月記私抄』ですが、隠岐に流された後鳥羽が定家は駄目な奴であるというところがあるじゃないですか。それはなぜかというと、和する歌ではもうないという、共同性の話ね。和歌とは和する歌なんだと。だから私だけ、あるいは言語だけが一人歩きしちゃったらもうそれは和歌ではないと。

川野　そこすごく大事なことだなって思います。ただ、何とどう和するのかは問題です。戦争にも和しちゃったわけですから。新見さんは葛原には和する性質を見ないわけですね。

新見　その問題はまだ残るなって思う。川野さんが葛原のアンソロジーに書いておられた、共同性への希求ですね。彼女がある種の、言葉でできないコンセプチュアルの虚数みたいなところまで進んでいったとしても、カトリックであることと関係ないかもしれないけど。葛原が共同性みたいなものをどこに求めてたのか、気になるけれど彼女の歌に共同性みたいなものは僕は今のところは読み取れない。ただノグチの場合は最後に庭に向かっていったときに、あれだけ破壊欲があって、あれだけディオニソス的な負の人だった人でも物を作っている以上、めいめいの学びをやることで一応教室みたいな、21世紀のワークショップみたいなものにはなっていった。雑誌を出そうが、短歌だと合評会やろうがそれが共同性じゃないでしょと。むしろ歌そのものの中に「叫び」のような共同性を如何に求めるかなんじゃないか。

川野　牧歌的な共同性で応答できる時代じゃないことだけは確かです。恋愛だって文学の主題としてなかなか成立しない時代ですから。最近の歌を見ていると、時代に対してとか人間に対しての問いかけとして投げられています。時代への問いというアンソロジーになっている兆しさえあります。そういう問いとして投げかけられるということが和することではないのかな。たとえその問いが無残な現実を抉っていて厳しい突き付けであったとしても。むしろそうであることが対話を求めるという今日的な和かもしれないと思います。

新見　むしろ歌そのものの中に「叫び」のような共同性を如何に求めるかなんじゃないか

新見　そういうことになるんだろうな。僕らは那須でミュージアムを越える活動をぜひやりたいなと思っていて、アートビオトープ那須というんですが、北山ひとみ・実優さんという人たちとリゾートではあるけれど物を作ったり読書したりいろんな学びをするアトリエやトークの会をやっていて、そこで僕らが言わんとしてることは美意識みたいなものの共同体みたいなものへの希望はあるのかなと。それがどういうかたちで今のこういう状況で有効に活用されるか、実験だからやってみないとわからないし、まあとにかくやればいいと思ってるんだけど、みんなのとか県民のなんて絶対ないからね。だけど表現というものは他者に開かれていないとそれも可能性がないから。そこをどうするか。造形については僕はやるしかないと思うし、美術は美術、音楽は音楽と、あまりジャンルで固まらずに全部がごちゃまぜに語られたり話題になったり、それらを楽しんだりするような場がまず第一歩。今はジャンル同士の交友遊戯みたいな馬鹿騒ぎ活動にみえるものを、あえてやってみる。意想外のことが訪れる劇場性への期待かな。

川野　そうですよね。今そういうことが大事だと思います。ベースになる問いを共有していればどんな離れた分野との対話も成り立つような気がするんですよね。そこから始めるしかない。

新見　SNS的なものの繋がりの対極にあるような何かの繋がりができればとは思うけど、それはそう簡単にはないだろうなと。逆にコロナが三密を避けるからと、五木寛之が変なことを言っていて、これからは三散の時代だと。三散という試練をよりもっと、コロナはコロナで大変だけどそうじゃなくて一人一人が面白がるしかない。そのなかで必ず次の何かが見えてくる。見えるのは若い人がやってくれればいい。俺はもう好きなことしてあとは美味いもの食べて寝て終わりだ(笑)。

川野　と言いつついろいろやっておられますが(笑)。

　個室にみんなが籠もる時代になっているので、ちょっとした危機感も感じるんですけど、あまりにも忙しすぎた生活が少しゆっくりしてホッとしている人もいる。そういう取り戻した時間から何かが生まれてくる可能性はありそうですね。今の時代感で言えば手触りのないものに慣れ過ぎてしまったからイサム・ノグチや葛原妙子のような非常に手触りのある造形が求められるのかもしれないとも思います。
今日は素晴らしいお話をありがとうございました。
（二〇二一年七月十六日　アルカディア市ヶ谷にて）

新見の個人脚註
（不慣れな対談で、まず断っておかないと拙いのは、話しているることはほどんどすべて、自分の独創でも自分の知見でも無い、ということだ。すべて人の受け売りだ。記憶の中で人からきいた事、何かで読んだ事が錯綜している。（丹下の慰霊碑の形容など。まあ全部なのだが。）誰の本のどこに書いてあったなぞという学術論文の註釈などここで付けたくはないが、関係項目とこの本やその周辺あたりでたぶん、その人が言ってた事だろう、ということで人名だけはあげて謝しておきたい。ミュージアムについて『ミュージアムの思想』の松宮秀治さん、ノグチ関係はすべて、包括的伝記を書かれたドウス昌代さん、日本財団前理事長の石彫家、亡き和泉正敏さんから聞いたこと。「モエレは学校だな、イサムさんは何か彫刻というよりそんなことを考えていたんだろうな」は美術批評家、酒井忠康さんの言。西洋美術、ディオニソスについては、畏敬する高橋巖先生『ディオニュソスの美学』、デュシャンは、包括的な論を書いた亡き東野芳明さん、それから小林康夫さんの発言や小論などである。漏れあれば大赦をば。なお、北山ひとみさん・実優さん母娘と僕らがやっていた活動、「アートビオトープ那須」は二〇二三年秋をもって事実上、解散・終了した。）

5 古典との対話

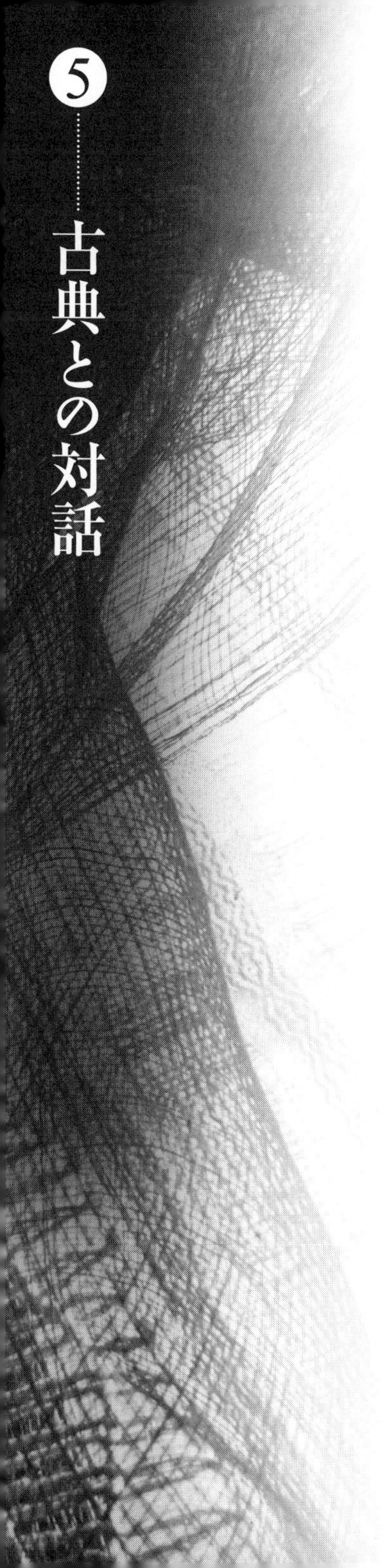

古事記の時代と現代は似ている？

三浦佑之
（日本文学者）
×
川野里子

三浦佑之（みうら・すけゆき）　1946年三重県生まれ。千葉大学名誉教授。『古事記』を中心に古代文学・伝承文学に新たな読解の可能性をさぐり続けている。著書に、『浦島太郎の文学史』『風土記の世界』『コジオタ（古事記学者）ノート』『出雲神話論』など。
http://miuras-tiger.la.coocan.jp

▽古事記と日本書紀

川野　三浦さんは古事記を長年研究しておられ、『口語訳古事記』で一躍古事記ブームを創出されました。ご自身では「こじおた」とオタクを名乗っておられますが、実はハードな学者です。そしてよく読んでみるとどうも怪しい古事記学者でいらっしゃる(笑)。怪しいと申しますのは古事記を祭り上げようとする流れにとってはかなり都合の悪い論を次々に出しておられます。その闘いがすごく面白くて、歌をやっている私も非常に刺激を受けております。日本書紀、古事記を合わせて「記紀」とつい我々は言ってしまいますが、一緒くたに記紀と合わせるのはおかしいというところにまず三浦さんの特色が浮かび上がります。

三浦　もともと古事記と日本書紀を合わせて記紀という言い方を僕自身もしてたんですね。ずっとそう考えていたのですが、『口語訳古事記』を出す前あたりからだんだんやはり違うなと見えてきて、両方の書物を読んでいくと、扱っている範囲とか天皇の時代とか、重なりがすごく大きくて内容的にも重なるところが多いけれど、描き方が全然違うところがたくさんあります。それを考えていくと、どうも同じところで並べて考えていくのはまずいだろうと思い始めたんですね。一つは古事記の序文のとらえ方にかかわりますが、序文に基づいて一般的には古事記と日本書紀はどちらもヤマト(倭)王権が作ったものだと考えているのですが、どうも古事記の序文を読んでいるとなんか嘘くさいところがありましてね。

川野　稗田阿礼が記憶していたものを記したというくだりですね。

三浦　まず大海人皇子、いわゆる天武天皇が国家を盤石にするには歴史が必要だ、けれど、その歴史がいろんなかたちで家々に伝わっていて混乱していると。だからそれを一本にしなければ正しい国の歴史は伝えられない、自分が正しいと考える歴史を稗田阿礼という側近を傍に置いて記憶させた。阿礼はそれを伝えていったけれど、そうこうしているうちに、天武は死んでしまって何十年か経ち、そのまま放っておいたら稗田阿礼も死んでしまう。最初は二八歳だったと語られています。多分三〇年ぐらい経っているんでしょうね。元明天皇という女帝がその稗田阿礼の覚えている「勅語の旧辞」といってますが、天武天皇の教える歴史を書物にしようというので太朝臣安万侶が天皇の命令を受けてまとめたと序文には書いてあります。和銅五年（七一二年）の正月二八日という日付と署名の付いた序文があるものだから、それを信じるとまさに天武天皇が自ら教えた歴史で、由緒正しい歴史であるというふうになってしまう。しかし、その書き方がピンとこないところがある。

川野　それはどういうことでしょうか。

三浦　というのは日本書紀によれば、臣下たちに命じて天武天皇が歴史書を作ったという記事が出てきますが、その記事は日本書紀へとつながっていく王権の正統なる歴史の流れ、国家の正史を編纂するという流れの上に存在する。歴史を国家が管理し、たとえば歴史編纂所みたいなところで学者たちが集まっていろんな本を集めて並べて新しい歴史を検討して三〇巻の書物に作ったという正史編纂の流れが見通せます。それなのに、一方で、天武天皇がたった一人の側近にこっそり教えて正しい歴史というのを作らせるというのは、二重政治みたいなところがあって。そういうやり方って王としてどうなのというところもあって、古事記序文は日本書紀の歴史書編纂の記事に寄り掛かった偽物ではないか。偽物というのは、それを根拠づけることのできる権威に寄りかかって本物になるんですよね。あらゆる偽物ってそう。そういうふうにして後から根拠づけるために天武天皇が稗田阿礼に教えたなんて話をでっち上げたんだろうと。おおざっぱに言うとそういうことになります。もちろんそうした考え方はずっと古くからありました。古事記が偽物、偽書説というのは江戸時代からある考え方で、それが近代になっても続いていたのですが、一九七九年に奈良の郊外から太安万侶のお墓が出てきたものですから、今まで怪しいと言っていた人たちがみんな古事記は安万侶が本当に作ったんだと思い込んでしまって、うやむやのうちに古事記は正しいということになってしまった。

川野　え？　それじゃあごく最近なんですね。

三浦　偽物というのは、それを根拠づけることのできる権威に寄りかかって本物になるんですよね

三浦　残された偽書論者は大和岩雄という、大和書房の創業者、残念ながら今年（二〇二一年）六月に九三歳でお亡くなりになりましたが、その大和さんがずっと古事記偽書説を唱えていた。改めて大和さんなどが言っていることを考え直した方が良いだろうと考えるようになったのは二〇年くらい前ですかね。さっき言ったように古事記というのは、律令王権が作った歴史書からは完全に外れていると考えるようになったんです。

川野　三浦さんの多くのご著書の一部しか拝読できていないのですが、古事記の特色として出雲世界の扱いが日本書紀とは大きく違うことを挙げておられます。出雲の世界に三浦さんはある意味で肩入れしておられて、特別な物語を思っておられる。また、素人なりに解釈しますと、古事記は日本書紀と違って国家が編纂する歴史ではなく、それぞれの地方に湛えられていた話がまとめられた本と捉えておられるように感じたのですが。

三浦　地方で伝えられた歴史がまとめられたかどうか、これはとても難しいし、それはある往復運動みたいなものがあると考えるべきだと思う。ただ古事記を読んでいて感じるのは、古事記は上中下三巻に分かれていて上巻は神話、中下巻は天皇たちの話ですが、神話でいうと圧倒的に出雲の滅びを語っている物語が多いということです。中巻下巻の天皇たちの話も天皇の栄光を語っているのではなくて、天皇にやっつけられた者たち、たとえば象徴的なのは天皇と対立して死んでいくヤマトタケル（倭建）。あるいは天皇に反逆して殺される者たち。そういう人間たちの物語が多いのです。天皇そのものの栄光を語る話はおそらくほとんどないといっても構わない。

川野　なるほど。数々の政争で敗れていく人たちの物語なのですね。

三浦　それに対して日本書紀は、それらをすべて天皇の側から語っていく。ヤマト王家の側から語っていくと出雲なんか必要ないということになっていくんです。そのように見ていくとどうも古事記は滅びの物語だろうと。あるいは滅びる者たちへの語り。鎮魂というとちょっと問題があるけれど、滅びていく者たちを描くことに何らかの主眼が置かれている。語りというのはそんなものだと私は考えているんです。

▽伝承、口承の読み方

川野　そこに三浦さんの研究の特色を感じます。つまり古事記、日本書紀を記紀とまとめて読む読み方は、テクストを文字で書かれたものとして読むわけですよね。それに対して三浦さんがどうも古事記には日本書紀と違う性質があるということを直感されるのは、文字で書かれたものとは違う系譜の言葉、語りとか伝承の痕跡を直感されたのかなと思ったんです。

三浦　僕が最初に専門書として出したのは『古代叙事伝承の研究』です。叙事つまり出来事を語る物語も文字によって構成されたというよりは、語られる世界で物語を語っていく。芸能者の問題も含めてそういう語りに最初から入り込んで行ったんですね。だから語り論という言い方をしていいと思う。物語の発生とか語りは文字のない世界の問題ですが、無文字の世界のなかで物語がどう語られていくか、語りの世界のひとつの特徴として死者語りとか、あるいは滅びた者たちに対する語りとか、そういう世界がずっと広がっていて、それが一番根底にあるんじゃないか。そんなところと今考えている出雲の問題や、古事記は日本書紀とは全然違うんだという認識へとつながっていますね。

三浦　語りの世界のひとつの特徴として死者語りとか、あるいは滅びた者たちに対する語りとか、そういう世界がずっと広がっていて、それが一番根底にある

川野　そういう伝承とか物語ってちょっと複雑な背景を背負っていますね。というのは第二次大戦中、軍国主義の道具として古事記や日本書紀の神話が本当のこととされ、そのまま日本の歴史であると非常に持ち上げられた歴史がありますね。戦後はそこを反省して、事実と虚構とをしっかり分けることが基盤になった学問の流れがあったと思うんです。三浦さんはその只中で研究してこられたと思いますが、そういう物語に対して厳しい戦後の流れのなかでなぜ物語を研究対象にされたのでしょうか。

三浦　そもそも僕が大学に入ったのは一九六六年、学園紛争の真っ只中です。ベトナム戦争があって、政治の真っ只中という時代。そのなかでなぜ古事記をやるようになったかといったら、実に単純で、読んで面白いというだけで。だけど時代にどっぷり浸っていたので、政治とか国家を抜きにして考えられないところがあるんですよ。そういうなかで古事記を読んでいると、まっとうなそれ以前の古事記研究に対してはちょっと斜に構えてしまうところがあって。そんなところが最初から多分あったんだと思います。だからどうしても滅びていく人たちへ視点がいってしまう。それがずっと続いて今もそんなところでものを考えようとしているんじゃないか。そういう点ではわりと筋は通っているのではないかと思う。

川野　蓮實重彦の『物語批判序説』が出たのが一九八五年です。難解な論でとても読めてはいないのですが、物語に対して懐疑的な時代の象徴として記憶しています。それに対して三浦さんの研究の基盤になっているのが、言葉というのは書かれたものだけではないということになるでしょうか。負けた者の声は文字では残らない。だからその痕跡を聞き取りたいと。その気配を聞き取る方法が三浦さんの研究の芯にあるような気がするんですね。テクスト以外のもの、書かれて残っているもの以外の言葉を聞き取る方法はあるんですか。

三浦　確かに古事記だけではなく、万葉集にしろ古代文学研究って現在の文学研究の流れでいうとテクスト論ですよね。テクストがあってそのテクストの範囲の中で何が読めるか、ある意味でものすごく禁欲的です。それはまっとうな学者なのかもしれません。ところがどうもそれだけだと面白くないというところがあって、じゃあその言葉の外側が聞けるかというと、そんなおこがましい事は言えないけれど、でもやはり言葉ってそこに表された文字と字面とそれから辞書的な意味だけではない文脈、あるいは全体の作品の流れとかでいろいろ浮かんでくる言葉のイメージはあるはずで、それが組み合わさって出来上がっていく物語の中には、ただ注釈的に読む以上に読む方法はあるだろうと思っています。

▽出雲世界とは

川野　物語研究は今でも盛んで、話型の分類などは世界レベルで行われていますよね。そして共通性なども見出されていると伺います。そうしますとそういう研究が古事記に反映するときに、人々があっちでこっちで伝えてきたものが寄り集まって、例えば出雲世界というものを伝えていると直感されたのでしょうか。

三浦　それはありますね。だから話型によって物語が作られていくわけで、そんなに自由に勝手に展開していくことは難しいかもしれない、一方でね。たとえば、兄弟譚というのがあって、兄と弟が対立するかたちで、そういう場合は基本的に弟が勝って悪い兄がやっつけられることで物語が成立していく。それでありながらたとえば出雲の物語世界でもそのような物語の枠組みを使いながら、ある出来事が描かれている。しかし、ただそこに兄弟譚の枠組みだけを持ってきたら出雲の世界を描けるかというとおそらくそうではない。兄弟譚になっているからといってそれはフィクションであるとか単なる物語であるという問題だけではなく、兄と弟という枠組みに嵌め込まれているけれど、歴史的なことや考古学的なことを考えていくと、実はその兄弟譚に嵌め込まれている二人の存在が全く別の関係の中にあるのかもしれないことは、調べていくとある部分で見えてくる。そういう事柄から辿っていくと、どうも古事記の出雲の物語はヤマトと出雲が中心と周縁というかたちで構造論的に作られたという説明だけでは成り立たない、もっと歴史的な出来事を背景に持っていると考えないと説明がつかなくなってくるだろう。出雲が西側だから、太陽の沈む世界だというだけでは説明がつかない。だからそれは文学的な問題だけでは解決できないし、話型論や構造論の問題だけでは説明がつかない。おそらく大きな助けになっているのは考古学的な問題とか歴史的な問題とか隣接領域の研究も僕の中ではとても大きな力になっていますね。

川野　例えばヤマタノヲロチ（八岐遠呂知）の話の背後に河川の氾濫、斐伊川の度重なる氾濫の問題が隠れていることが例としてはわかりやすいでしょうか。

三浦　そういうことですね。あの話もヨーロッパからアジアまでユーラシア大陸全体にありますから。ユーラシア以外にはないんですけどね。怪物に食べられそうなお姫様を旅の勇者が助けて幸せに結婚する、そういう物語、多頭の龍、首のたくさんあるドラゴンをやっつけるという話は、ヨーロッパにもいっぱいある。構造論的にいえばそういうユーラシア大陸全体に広がった怪物退治と幸

川野　負けた者の声は文字では残らない。だからその痕跡を聞き取りたいと

せな結婚という構造が枠組みとしてがっちりある。ヤマタノヲロチの場合、それがおそらく稲作とともに入ってきたと考えられますが、そのときにじゃあなぜ出雲に定着してスサノヲ（素戔嗚尊）の物語になっていくのかが問題になります。しかもクシナダヒメ（櫛名田比売）という女神と結婚する。スサノヲはその前に高天原、天空世界、オリュンポスを追放されてさまようわけですが、そのときにオホゲツヒメ（大宜都比売神）という女神を殺す話がついている。オホゲツヒメを殺さないと出雲へ来てクシナダヒメと結婚できないという一つの出雲の固有の神話として語られていく。なぜそれが説明できるかというとオホゲツヒメは食べ物の女神、大地母神ともいえる神で、鼻や口やお尻から食べ物をいっぱい出すのですが、怒ったスサノヲが切り殺してしまう。そうすると体から稲とか麦だとかいろんな穀物の種が出てくる。それを持ってスサノヲは地上にやってくる。つまり稲の種を持って地上にやってくるんです。そしてクシナダヒメと結婚しますが、クシナダヒメは「クシ（霊妙な）イナダ（稲田）ヒメ（女神）」田んぼの女神なのです。だから稲の種を持ってないと田んぼの女神と結婚できない。そういうかたちで説明されることによってあの神話はどこにでもある妖怪退治の話ではなくて、稲作が初めてもたらされたという稲作起源神話になるわけです。

川野　そうすると物語はクラウドみたいなものとして共有の型のようなものがあって、大陸や国境を越えてその型を借りてそれを展開し変形して、今度は自分たちの記憶をそこに託すための箱にしてゆく。そういうものの集まりとして古事記もあるということでしょうか。

三浦　とても的確な説明です。そういう捉え方が一番わかりやすいと思いますね。つまり話型は一つのブロックで、そのブロックをどう組み合わせていくか。あらゆる物語はそういうところがあって、そうした構造が語りを支えている。つまり音声の伝承はそういうブロックがないと成り立たない。

川野　誰にもわかりやすい類型がないと耳で聞く話なので複雑すぎてはダメですよね。小説のように活字で書かれた複雑な話を多くの人が読むのとはまったく違う語り方をしないと困るわけですよね。

三浦　そういうことですね。だから語りは一つ一つの構造は単純なんです。つまり一対一の関係じゃないと人間でも神でも物語を語れない。三人とか四人とかいると複雑になりすぎて語りの世界では成り立たない。文章で書いたなら成り立つんです。覚えてられるし、読み返せばいいから。だけど語りって消えていきますから。必ず一対一。兄と弟とかお姉さんと妹とか。そのブロックをいろんな形で組み合わせていく。だから同じバリエーションが繰り返されるわけです。そこが面白いところですね。古事記でもスサノヲがオホナムヂ（大穴牟遅神）を根の国で試練をさせる。火をつけて原っぱ焼いて、中にいるオホナムヂを殺そうとする。同じことがヤマトタケルを殺そうとする場面でまた出てくるわけです。

▽海から眺める日本

川野　今度出された『「海の民」の日本神話―古代ヤポネシア表通りをゆく』、大変刺激的で面白いですが、今おっしゃった出雲世界を海に向かって展開されたように思いました。海から見た日本ですね。陸中心にしかも中央中心に語られる歴史と真反対に、特に日本海側の海を中心とした世界が語られている。そこに島尾敏雄が語った「ヤポネシア」という言葉を援用しながら日本海沿岸世界がいかに対岸とつながっていたかという、日本海という湖を通路として自由につながっていた古代世界を描き出す一冊だと思いました。海のどういうところに注目されるのでしょうか。

三浦　仕事柄日本列島を歩くことが多いですが、古事記の舞台の多くは海辺です。古代のいろんな舞台になっているのもだいたい海岸線、しかも日本海側が多い。それはもう当然のことですが、古代では陸路で歩いていたのではないだろうと。律令国家が出来上がると律令国家が五畿七道という陸の道を作る。それ以前はそんな大変な土木工事なんかできないわけですから、みんな浜伝いに船で移動していたのだろうと、歩いていると見えてくるんですね。日本海の荒れる海のイメージは作られたもので、日本海がいちばん静かな海だといわれてます。

川野　中世から近世にかけて北前船に象徴されるように

三浦　日本海の荒れる海のイメージは作られたもの

運送の幹線のような場所ですよね。北海道から始まって、ぐるっと日本海側を通って瀬戸内海に入って、京都大阪に至るのが物流の基本の大動脈なわけですよね。それが古代にもあったということですよね。

三浦　あったというか、そこしかなかったんだろうと。だから日本海の沿岸はそうやって小さな船で動けた。しかも大きなラグーンがいくつもあって、いい港があったということですよね。それに対して太平洋側は波が荒いのでなかなか外洋航海ができないし、瀬戸内は航路が開拓されていくのはかなり新しい。瀬戸内ってものすごく海流が速いし潮の満ち引きが大きい。航海するのはとても危険です。だから海賊がたくさん出てくるのも当然なんです、パイロットが必要だから。日本海側は対馬海流、暖流が走っていて、特に西から東へいくのは非常に動きやすいところだったと言われています。そういう流れの中でいろんな文化的な移動が見えてくる。特に出雲の話を読んでいると高志《こし》の国、北陸とのつながりが非常に緊密に現れてくる。高志と出雲とのつながりだけではなくて、その間に丹後半島があったり若狭があったり。そういうところで様々なつながりがあってものが動くし、人も動く。朝鮮半島との関係もあるいはもっと北の渤海だとか朝鮮半島の付け根からシベリアにかけての少数民族もわりと日本海を挟んで行き来していたらしいことが見えてくる。

川野　福岡の国立博物館にはいろいろな国の陶器のかけらがいっぱい収められています。おそらく我々が思うよりも盛んに、もっといろいろな交流がされていたのが日本海なのかなというイメージがわきますね。

三浦　しかも重要なのは、北九州が対外公益を独占していたのではなく、日本海沿岸の各地と朝鮮半島がつながっていたらしい。それは、日本海を自由に動ける人たちがいたからです。それは交易といえばいいし、経済行為だけではない贈与みたいなつながりも含めてあった。それが縄文時代からずっとあったと考えられる。

川野　我々の頭の中って近代以降の世界観になっているので、例えば能登半島から出雲に行くのは結構な陸路だろうと陸中心でしかものを考えられない。だけど船はあの当時でもたくさんの荷物が積めるし陸路を行くよりずっと安上がりで便利で自由だったわけですよね。

三浦　そうだと思います。ところが船は海の遺跡がほとんど残らないので、忘れられている。けれど、ここ二〇年あるいは三〇年かな、日本海側の開発がすごく進んで、いろいろとわかってきた。それまでは太平洋ベルト地帯に遺物が多く出ていたが、それは早くから土木工事が多かったという経済活動の問題だけで、それが山陰自動車道ができたり北陸自動車道ができたり新幹線の工事が行われたり、そういう工事とともに日本海側にも遺跡がたくさん出てきて発掘していくと、もう太平洋側なんか考えられないような大きな弥生時代の遺跡が鳥取県の沿岸部に出てくる。しかも出てきた人骨のＤＮＡ鑑定をすると、遺伝子的にはほとんど朝鮮系の人たちと共通するらしいと。それが弥生時代の中期あたりに鳥取県に拠点を作って精密な木工品を作ったり、鉄がたくさん出てきたりする遺跡がある。それを見ていくとおそらく現在とはまったく真逆のあり方があった。

川野　ヨーロッパの古代もトルコからエジプト、ジブラルタルまで今では考えられないような広範囲が海で繋がっていて、ぐるーっと地中海を囲む沿岸がギリシャ世界だったわけですよね。ローマもその発展形でいろんな港にたくさん都市ができていく。おそらく同じようなものが海を通じた日本海の周辺に展開していただろうことは容易に想像できます。その海を通じた流通、人のつながりはおそらく現代とは違う人間観を生んでいただろうという気がします。三浦さんの説を拝借して考えると、多分日本の歴史のなかで二度大きな内向きになった時代があったように思うんです。最初が七、八世紀、先ほど律令国家が道を作ったと言われた、その時代。あからさまに海への意識が内側に向かって、その後藤原氏の頃には遣唐使もやめて外への視線を断ってしまう。それから意外にも近代の鉄道を作った時代ではないかと思うんです。近代は陸を拡大しようとした時代で、ある地域を占領してそこで権力構造を作って支配していく。そういう人間観ではなく、海を中心にすればいろんなものと自在につながる人間の世界があったはずだと。

三浦　おそらくおっしゃる通りで、中央集権国家ができるためには中心へ全部引きつけないといけない。だからヤマトへすべてのものを引きつけるためには放射状に道を作って、そうやって七道がある。そうした中央集権的な国家では出雲と北陸とが勝手につながられては、中央としては困るわけです。だから北陸道はヤマトから琵琶湖の東岸を通って北陸へ行く。山陰道は京都山城から丹後を通って西へ行く。山陰と北陸は直接はつながっていないんです。近代の鉄道ができても北陸本線と山陰本線を乗り換えようとしたら一旦、京都に出ないといけない。

川野　今でも降りて乗り換えですよね。

三浦　高速道路もそうだったのが、最近若狭のところがつながった。だからこの本にも書きましたが、若狭は意図的に中央政権、ヤマトが西と東とを分断するために置いた分離帯だったのではないかと勘繰ってしまうくらいに日本海側の二つの世界を西と東に分断してしまう。

川野　船がメインの世界であれば分断できないですね。万葉集の歌で、

　信濃路は今の墾道刈株に足踏ましむな沓はけわが背

もう一首、狭野茅上娘子の、

　君が行く道の長手を繰り畳ね焼き滅ぼさむ天の火もがも

「沓はけわが背」は夫を思う妻の優しい気持ちと読んできたし、狭野茅上娘子の歌であれば恋の激しい気持ちと読まれてきたと思うんです。だけどどうもここに中央国家への恨みが籠っているような気がして。この道を辿らされる者の気持ちがここに籠ってないかって。開拓したばかりの道を信濃から都まで行く困難な道。私は歌の人間なので歌から女性の側からの告発の気持ちを感じるんです。特に「君が行く道の長手を繰り畳ね」なんて、道なんてあるからあなた行かされるんでしょみたいな。

三浦　確かにね。狭野茅上娘子の歌は越に流される中臣宅守を留めようとする歌だし、「信濃路は」の歌は、課役かなんかで都に派遣される男の妻の歌でしょうから、どちらの歌い手にも恨みはありますよね。おっしゃる通り、中央と地方が陸路によって結ばれて、一種のハイウェイができることで、地方と中央との関係、支配と隷属という関係が完全に固定されていったということを背景にしてしか出てこないですよね。

川野　そこでは人間観に何か混乱が生じたはずで、先程の三浦さんのご著書で語られていますが、例えば婚姻関係にしても陸でつながった隣街どうしで結婚だけでなく、隣街をスキップして海でつながる婚姻関係がたくさんあったでしょうが、そういう関係性も激変してゆく。世界観が変わっていく時代になるんだろうと思います。

三浦さんが抽出しておられた安曇氏と宗像氏という海

の民、水軍ではないけど、メインの海の民ですよね。そういう人たちとともに和邇氏とかいろんな海の民が活躍していた時代がこの本の中から浮かび上がる。その中で万葉集の中の志賀の海人（白水郎）の荒雄の物語の読み方がすごく面白い。三浦さんは叙事詩として読まれているんですよね。対馬に食料を運ぶ時にちょうど嵐がきて、宗像のお年寄りが代わってくれないかといったら安曇の代表である志賀の荒雄が代わりに行って遭難しちゃう。英雄譚であり悲劇ですが、この連作はあまりいい歌じゃないと思ってたんですよ。

その関連でちょっと気になるのが志賀島の海人です。

　志賀の海人は藻刈り塩焼きいとまなみ髪梳の小櫛取りも見なくに

この歌はいろいろに読まれてきました。例えば都人が田舎に来て鄙びた地方風情として海女という飾らない女を描いた、その情緒が心にしみると解釈をしたもの。それから宴席に遅れてきた誰かを、髪乱れてるぞみたいなからかいとして、宴会歌として供されたという解釈。だけどどうも私にはスッキリしません。海の問題を考えてみるときに志賀島って一つの拠点ですよね。

三浦　そうですね。

川野　それから穴戸、関門海峡を司る意味でも非常に大事な要所だったはずですね。「海女」と書き換えて解釈してますが原文は「海人」です。そうすると鄙びた町の女じゃなくて、志賀島に関わる海人の地位は律令国家にとっても特別なものだった可能性はないだろうか、と思ってしまいます。

三浦　一般的にいえば、都人にとって海の民は特別の存在であったらしいということはいえると思います。ただどうやってそれを証明できるかわからない。万葉集の表記は、音仮名でアマとするか、「海人」「白水郎」と表記するかどちらかで「海女」という表記はないようですから、「海人」は男も女もさしているのでしょう。「白水郎」と表記していれば、男の海人だとわかりますが。九

三浦　都人にとって海の民は特別の存在であったらしいということはいえると思います。ただどうやってそれを証明できるかわからない

州のアマたち、ことに安曇や宗像のアマというのは男が多いんじゃないかと思います。海に潜っているだけではなくてもっと多彩に動き回っている。

川野　水先案内人とか船の操縦をする人とか海流や海風を知っている専門職の人ですよね。海に潜って貝を取る海女だけを考えるとちょっとおかしいのかなって。

三浦　今だとどうも漁師さんみたいに捉えちゃうけど、単なる漁師なんていうものじゃないですから。風土記によれば値嘉《ちか》島の海人は陸では馬に乗って弓を引いたり、海では海の仕事をしてますし、交易もやって土地を牛耳っている（肥前国風土記）。まるで戦闘集団みたいなところもある。志賀島の海人も似たような存在でしょう。

川野　そうですね。そのように思ってみると三浦さんのおっしゃるヤポネシア世界というものの片鱗を彷彿とさせる歌が万葉集にはいくつもあるような気がしてきます。例えば旅人が長屋王の変の後に藤原房前に琴を贈った話です。「梧桐《ごとう》の日本琴《やまとごと》一面、対馬《つしま》の結石《ゆふし》山の孫枝《ひこえ》なり」と手紙をつけて対馬の木で作った琴を贈る。この手紙には対馬が高貴な島のように描写されています。この琴をあなたに贈りますので粗末にしないでくださいねと。大伴氏は白村江の戦いで負けた大伴金村の時代から中央政権の手先として海の民を支配しながらか、協力しながらかはわかりませんけれど、日本海を司ってた一族だと思うんですよ。そこで、その最後の繁栄の人だといえる旅人が朝鮮半島と九州の間の、ちょうど飛び石の要のような対馬、あの要所を司っていた私たちの働きや地位をどうぞお忘れなく、と語っているのではと思うんです。

そこで、なぜ憶良の歌があんなに政権批判なのに載っているのかとか、万葉集の性格をいろいろ考えてみると、これは妄想読みになるんですけど、大伴氏が金村から始まって海を中心としてヤマト王権というか中央に奉仕してきた一族だということを伝えるべくあちこちに盛り込んだのか、と。だから対馬の木で作った琴はたまたま対馬の木で作ったからではなく「孫枝」にも象徴的な意味がありそうに感じられます。大伴氏にとって心臓のような島として対馬があり、だからこそ荒雄の英雄譚をあそこで十首も盛り込んでいるのかなあって。

三浦　大伴氏は海に関わるだけじゃないでしょうが武門の家である事は間違いない。対外的な点からみると、対馬の位置はたしかにおっしゃる通りですね。大伴氏があちこち動き回っているのは間違いないでしょうね。
川野　だから越の国に行ったときにも大変幸せそう。
三浦　越中の国の家持は結構楽しそうですよね。晩年に因幡に行ったときは一番最後の歌なんかそうですけど、やる気をなくしてますけどね。
川野　越の国は海を舞台にした大伴氏としてそんなに遠い場所ではなかったんじゃないか。大伴池主とのやりとりもなにか大陸風のボーイズラブですよね。異国風の文化を越の国で展開していく場所のように思えます。
三浦　確かにヤマトの風景とはまったく違うし、海に面して向こうに大陸があるという世界としておそらく辺鄙な田舎とはちょっと違ったのかもしれませんね。その辺は全く考えてみたこともないけど。そもそも律令国家が出来上がっていかないと国境なんかできないわけですから、それ以前の社会を考えてみたら、朝鮮をめぐるヤマトとの関係ってものすごいしっちゃかめっちゃかで、人間はどっちの世界に属しているなんていう意識はあまりなかったかもしれない。
川野　三浦さんが度々強調しておられるように風土記の中の国引ですよね。あっちの国とこっちの国の端っことあれこれ引っ張ってきましたみたいな世界観ですよね。
三浦　それはもうつながりがあるから。彼らにとってはとても近い世界だったんだろうということはできますね。
川野　海のことはもっとしっかり考えてみたいなと思います。でも近代の海を考えると、植民地支配の野望による南進論に阻まれてしまって。結局そこに重なるのでとても辛い海になってしまいます。でも三浦さんのご著書を拝読して、古代には夢があるなあって。
三浦　僕は知識不足ですが、玄界灘をめぐる動きみたいな問題はものすごく大きいと思いますよ。でも、離れ島に住む日本人というのは、戦闘的で侵略的なところが古代からあったのかと思えて、ちょっといやになることがありますね。何度も朝鮮に攻めていく。近代もそう。
川野　太平洋側にもおそらく海の通路は古代からあったはずですよね。その痕跡もたくさんあるわけですよね。
三浦　あります、あります。でも、日本海側と比べるとどうでしょうかね。

▽万葉集の中で異質の憶良

川野　万葉集を私たち歌詠みは抒情詩として読んでいます。荒雄の物語も歌としてはいまひとつ、と読み飛ばしてきました。でも海の世界というものの裏付けとして読まれるとき、万葉集というのは叙事詩の痕跡をたくさん秘めているんじゃないかと思えてきました。三浦さんの様々なご著書の中で万葉集が引用されるときに、抒情詩として読まれてない。叙事詩としての痕跡として読まれている。これすごく新しい発見だったんです。

三浦　新しいかどうかわかりませんけど、万葉集ってあれだけ数があるし、時代的にも幅があるし、そういう点では面白いですよね。そういういろんな出来事、ヒントが入っているところがあって。万葉集研究の一つの方法としていえば、民俗学的な世界を歌から読んでいくのは國學院の系統としては櫻井満さんはそうだし、その弟子で今一番万葉集研究で元気な上野誠さんもそういう研究者ですよね。いわゆる歌を歌として鑑賞していないというと失礼だけど、そうではない歌の読み方も万葉集ではものすごく必要なことだと思ってますね。

川野　それは非常に痛感します。三浦さんも取り上げておられる憶良は、詩の側からすると直情すぎるという読みなわけですね。とても大事な歌人だしいいんだけど、込み入った技巧はないし素朴だし、ある意味で単純なヒューマニズムと読まれがちです。だけども三浦さんはこの本の中で憶良だけが読むべき歌人であるといわれて、ファイティングポーズをとっておられる。

三浦　極端な言い方をすれば後の歌人はみんなローカル。憶良だけがグローバル。憶良みたいな歌人が七世紀、八世紀に生きていたのは僕は信じられないという感じがする。いくら人麻呂の歌がいいといったって天皇のヨイショばかりでしょ。そんな歌がいいわけがない。

川野　それは本当に直球でドカーンとくるお話です。というのが、日本の近代文学を研究しておられる香港人の先生に、短歌とは何を書いているんですかと聞かれて、あらためて考えたら一言で言えませんでした。心を書くのは当然として。詩というものは志を書くものじゃないんですかと言われてドキッとしました。

三浦　中国人的にいえばね。

川野　今の香港の状況を考えれば詩にかける思いの強さも日本人とは違う気がします。そのときに思い浮かべたのが憶良でした。憶良の歌は、自分が貧しかったからその経験を投影してるんだろうとか、心情を寄せてるんだろうと読まれることがあるようですが、根本的に違うと思う。おそらく思想として人間観が違うんだと思うんです。四歳の時にお医者さんだったお父さんと一緒に日本にやってきたのだとすれば、おそらくその父親から、それから自分の生育歴の中で全然違う人間観、いわば思想としてのヒューマニズムが骨肉に入っている。だからこそ万葉集の中で異質な歌になって出てくるんじゃないか。

三浦　たぶんそうだと思います。憶良渡来人説が正しいかどうかは議論がありますけれど、僕は中西進さんの弟子だから、絶対正しいとそれだけは思ってるんです。というのは歌を読んで、あの時代にあんなグローバルなかたちで社会を眺められるのはおそらく彼がボートピープルだったということからしか考えられないだろうと。

川野　コンピューターで言葉を解析すると憶良の言葉が異質だと伺ったことがあるんですが。

三浦　そうだとすると面白いです。発音的には言葉は古い音を持っているというのは文字遣いからは言えるんです（憶良の歌には、上代特殊仮名遣いの「も」の甲乙の区別が存する）。そういうのがわかってくると面白いですね。しかも憶良は「孤語」、憶良研究ではしばしば使われる言葉ですが、たった一例しかない言葉がたくさん出てくる。他の人が全く使わない、しかも歌言葉ではない言葉。それは日常語であったり俗語であったり、そういう言葉を憶良はたくさん使っている。だから歌としては評価は低いんじゃないかと思います。きれいじゃないからね。だけどやはり今万葉集の中で一番評価できる、これから先もそうだと思うけど、言葉そのものというか、上っ面の言葉だけの問題ではないはずですから。ただそれは現代短歌の問題とは全く違う次元の議論だろうと思います。

川野　違いません（笑）。直結していると思います。三浦さんがとっておられるファイティングポーズをどう受けるのか、とても大事な問いだと思います。

川野　**万葉集というのは叙事詩の痕跡をたくさん秘めているんじゃないか**
三浦　**憶良だけがグローバル。憶良みたいな歌人が七世紀、八世紀にいるのは僕は信じられない**

三浦　そんな、歌人の方を批判する気はまったくない。ただ万葉集の歌を見ていったときに僕が好きなのは憶良で、あとの歌はあまり好きでもない。歳をとったから言えるのですが、恋がどうのこうのなんて面白くもなんともない、ということでしょう（笑）。

川野　いわば憶良の歌は世界文学としての太い筋を持っている、普遍性を持っているということですね。そう思ってみますと万葉集が過去の天皇を懐古する形で始まっているのも、古の都を称えるという始まり方をしていることを考えてみても、やはりグローバルな普遍性のある主題とは別の発生をしていると思ってもいいのかと。

三浦　基本的に五七という定型音数律がやはり王権と関わっているんだろうという問題ともつながっているといえるかもしれませんよね。

▽七、八世紀の日本と現在の類似性

川野　いろいろ伺いたい事は尽きませんが、あともう一つだけお願いいたします。今回書かれた『日本古代文学入門』の中にも、それから一九九六年に出版された『万葉びとの「家族」誌』（後に改題して『平城京の家族たち』）の中で三浦さんが見ておられるのが、七、八世紀という時代が今の時代と似ているという話。これはどういうことなんでしょうか。

三浦　それは律令国家の成立という問題です。律令国家の成立はおそらく近代につながっている。国家体制が出来上がった、つまり法治国家ができて中央が全てを支配するという政治形態がそこで出来ていくわけですよね。そのときに面白いのは律令というのは中国から制度を借りてきて作るわけですが、一番その根幹になっている税体制は、いわゆる班田収授で口分田を与えてそこから税金を取る。男は六歳になると二反、女の人はその三分の二、差別があるのは別にして土地を与えてその税金を取る。そこで大事なのが土地は一人一人に与えられ、税金は一人一人から徴収するということ。つまり家族とか共同体ではなくてあなた一人に与える。だからあなたが六歳になったらあげるけど、死んだらまた戻してねという関係ですね。それと同時に律令国家が国家宗教として受け入れていったのは仏教ですよね。仏教も、基本的にはあなた個人の問題。つまりあなたが悪いことをしたからあなたは地獄に行くんですよという教え。

川野　自己責任。

三浦　そういう、ひとりひとりの人間の心が問われるんです。だからいわゆる近代の「個」という西洋的な概念とは違うけれども、ひとりひとりの人間が他とは区別されて存在する社会、それが初めてできたのは八世紀なんですよ。すべてがそうした関係の上で成り立っている。親子関係もそうだし、共同体の関係も。地方に行ったら違うけれども、平城京という社会を考えれば極めて都市的な社会ですよ。平城京って現在の面積でいうと中央区と千代田区を合わせたくらいの面積が盆地の中にあるわけです。その中にだいたい七万から十万人が住んでいた。世界でもその時代でトップクラスの人口です。狭いところに七万も十万もいる。しかもそこに住んでいる人は第一次産業に従事している人が誰もいない。つまり天皇から貴族、坊さん、それからその家族、それから商人はいるか。あるいは地方から出た役人、公務員。そういう人間だけが七万人も八万人もいるわけですよ。つまり働いて田んぼを耕して食ってる人はそこにはいない。だから東京の住人が奈良のあそこに住んでるのとほとんど変わらない。給料もらって税金を払って。あなた悪いことをしたら地獄に落ちるよという個人の心の問題が問われていく。親孝行しようにも核家族でできない。

川野　例として三浦さんがあげておられるのは、『日本霊異記』の中の話で、息子が母親に稲を貸しつけて利子を催促する。母親はそれを悲しんで、自分が与えた乳の利息をどうしてくれると問い返すという、大変悲しい親子関係が描かれていますね。

三浦　今と同じでしょ。

川野　家族がバラバラになっていて、金銭だけが大事になっていく時代の殺伐感が今と本当に似ていますね。

三浦　すべてがそんなギスギスした社会だったかどうかは別ですよ。だけどああいう話が出てみんなに受け入れられる。説経の台本として使われて人々に仏の信仰を教え諭すときにああいう話が使われる。それを受け取るって事はそういう関係に切実な部分を持っていた人たちが

三浦　ひとりひとりの人間が他とは区別されて存在する社会、それが初めてできたのは八世紀

かなりいたからだろうと思うのです。

川野　それまでの家族とかコミュニティーが変容して崩れていって、個人の自己責任とお金の力だけが際立ってくる世界。今とそっくりですね。中央集権になっていく過程でコミュニティーが崩壊していく。それから交通機関が海を中心にしたつながりではなくなって、陸路でつながっていく。そこでまたコミュニティーの編成が変わり混乱していくわけですね。

三浦　そういうことでしょうね。

川野　天武朝って地震も多かったようですね。『続日本紀』には、疫病はあるわ、地震はあるわ、天皇はおろおろしています。そして自己責任世界になっていくということであまりにも今とそっくりでびっくりします。

三浦　ただ中世になれば違うんだろうけど、律令が強固にある時代とはほんとにポンと飛んで近代とつながっているような社会で、そのときだけ「日本」という言い方をする。日本という言葉ができたのはいつかはっきりしないけれど、おそらく天武朝だろうといわれていて、七世紀の後半ですよね。八世紀はもう完全に日本ですよね。歌にも「日本」という表記が出てくるでしょう。日本という認識が八世紀いっぱいはあるけれど、九世紀、平安時代になったら日本なんて言わないんですよ。『日本後紀』とか歴史書ではそれを引き継いでいるところがありますが、それもなくなっていく。そして近代になってまた日本が強調されてくる。その間の時代はもっとごちゃごちゃの世界で、まとまりがない世界で混沌としてますよね。戦国時代なんか象徴的です。そういうふうにいうと本当に七、八世紀と現代は似ていると思う。だから近代国家は近代日本を作りやすかった。そのまま真似すればよかったわけだから。それこそ「記紀」を持ってきてそこにおっかぶせれば、法律的にはヨーロッパの新しい法律を持ってきたとしても、まさに制度としてはそのまま律令の制度を乗っければ天皇を中心とした日本が作れたんじゃないでしょうか。

川野　やはり七、八世紀と近代以降の現代までの日本というものの類似性があるわけですね。それで近代、日露戦争に向かう過程で日本が海を忘れていたことを思い出さねば、となる時期がありますね。明治時代の「太陽」という官民一体になって作っている雑誌に「海の日本」という特集号が一九〇二年に出ています。そのときに日本の文学が海を全く忘れていて、海を描写する描写力がないことに改めて気がついて仰天する。もちろん日本海沿いには北前船が通っていて、瀬戸内海はハイウェイとして機能していたけれども、意識として内向きになっていたことが分かる。陸に向かっている時代が非常に長く続いたことが逆にわかる気がするんです。海か陸かという世界観の大きな分かれ目がこの七、八世紀、それから近代に二つ似通った世界が現れていると感じます。

三浦　確かにそうですね。道を作るのは鉄道を作るというのと全く同じことですからね。

川野　本当にそういう意味では万葉集や古事記それから『日本霊異記』や『続日本紀』といった遠い古代の文献と思われていたものが、今の世界を表現してくれているようで、我々歌詠みは万葉集を抒情詩としてばかり読んできたけれど、もうちょっと違う角度から読み直してみる必要があるということを強く思いました。

三浦　ぜひ、それは進めていただければ。

川野　大変に刺激を受けた二冊のご著書でした。今日は本当にありがとうございました。万葉集の読みが革命的に変わるかもしれないというお話を伺いました。

三浦　そんなことになるの(笑)。それはないでしょう。なるといいですね。

（二〇二一年一一月一〇日　如水会館）

三浦　七、八世紀と現代は似ていると思う

万葉集はどう読み替えられるべき？

品田悦一
（万葉学者）
×
川野里子

品田悦一（しなだ・よしかず）　1959年群馬県生まれ。東京大学大学院人文科学研究科博士課程単位取得修了。聖心女子大学教授などを経て、現東京大学名誉教授。主な著書に『万葉集の発明』新曜社、2001年（新装版2019年）、『斎藤茂吉　あかあかと一本の道とほりたり』ミネルヴァ書房、2010年、『万葉ポピュリズムを斬る』講談社／短歌研究社、2020年など。翻訳書に『万葉集と帝国的想像』花鳥社、2023年（トークィル・ダシー著、北村礼子氏と共訳）。

▽万葉集研究のきっかけ

川野　今日はお忙しいところをありがとうございます。品田さんは現在最も先鋭な万葉集の研究者でおられます。記憶に新しいのが令和二年に刊行された『万葉ポピュリズムを斬る』です。「令和」の出典が万葉集であったことから万葉集ブームが起こりましたが、出典に帰ればそんなめでたい話ではない、と。近代に持ち上げられた万葉集が令和になってまた持ち上げられようとしたわけですね。品田さんは万葉集と日本人の関係を相対化して、それに対するカウンターをずっと発信してこられましたね。それは何故でしょう?

品田　カウンターを発信しなきゃなんて思ったのは、大学の教師になってだいぶ経ってからのことです。それまではご多分に漏れぬ万葉教の信徒でした。冷戦体制が崩壊して世界の先行きが不透明になったとき、これまでだって決して自明じゃなかったと痛感した。世界が多くの国民国家に分かれていて、国ごとにユニークな文化があるという世界像がどうも胡散臭く思えてきたんです。

川野　そもそも万葉集は「国民的古典」であったわけではなく、時代の必要によってそのようにプロデュースされたのだと近代における万葉集の国民的古典化の過程を明らかにされたのが『万葉集の発明』でした。同時に、天皇から庶民までの歌を集めた国民的歌集というイメージも虚像だ、というご研究があります。

品田　この仕事に手を染めるまではオーソドックスな研究スタイルでした。一九九〇年に長男が生まれたんですが、それからまもなくソ連が崩壊した。その頃にちょっとスランプに陥ったんですね。大学院時代に東歌の論文を何本か書いて、就職ができて、柿本人麻呂の解釈を更新する仕事もいくつかやって、なにか美味しいところをあらかた食っちゃったような気がして、この先何をやればいいのか意欲が湧かなくなった。依頼原稿は抱えているけれど、机に向かう気がしなくて、逃避するようにまだ幼児の息子をママチャリに乗せては散歩ばかりしているという時期が二年くらいあったんです。バブルがはじけたからマンションを買って引っ越したのを機に、思い切って方向転換を図りました。足元をちゃんと見つめ直してみようと。それ以前から網野善彦さんの書いたものなどは読んでいて、世が世なら今と違う日本ができている可能性があった、東日本と西日本で違う民族になるかもしれなかったという議論は知っていたのですが、世界史が劇変するなかでこの話が身にしみてきたわけです。で、一生かけて取り組もうとしてきた万葉集の正体を洗い直してみる気になった。そういう発想を持った瞬間に、実はもう答えは出ていたのかもしれません。長屋の八っつぁんや熊さんは世の中に万葉集という書物があること自体を知らなかった。そんなことはちょっと反省すればすぐ気づくはずのことなのに、日本文化の源泉みたいに思い込んできたわけです。そう思い込むよう仕向けた力は何かということまで突き止めなくては駄目だと。

川野　よく考えてみれば万葉集を活字もない時代に誰が読めていたか、と『万葉集の発明』は語り出されます。非常に少数の国学者によって細々と読み継がれ研究されてきていた。それがいつ私たちのDNAだと言われるほどまでになったのか、その過程が詳細に明かされていて大変に衝撃を受けました。万葉集を囲む帝国主義日本という渦を俯瞰されたのですね。それより先だって帝国主義、中央集権的な力のなかで和歌がどう利用されてきたかを様々な分野の研究者が論じた論集『帝国の和歌』のなかで、品田さんが戦中戦後に万葉集の果たした役割を批判的に位置づけておられた。誰も疑わない大古典を外から見る、日本語という言語空間を外から考え直すという視点が鮮烈でした。

▽民謡と東歌、防人の歌

品田　『帝国の和歌』より前に「民謡」の概念を再考する論を書いたのです。“Volkslied”というドイツ生まれの概念が直輸入されて、明治末期に市民権を得る。それ以前は日本語に「民謡」という言葉はなかった。

川野　品田さんのご研究によれば、十八世紀ドイツで起こった民謡発掘ブームに影響を受けたのでしたね。日本でも探そうと。北原白秋や野口雨情などが新しい民謡を作りました。そのような動きとも連動しながら、振り返ってみれば万葉集があったじゃないかということで再発

品田　長屋の八っつぁんや熊さんは世の中に万葉集という書物があること自体を知らなかった

見される。しかも庶民から天皇までの歌が載っているという大変便利なツールとして立ち現れた。

品田　白秋は上田敏からこの着想を仕入れたのです。民謡は大事だという話が明治三〇年代に湧き上がって、上田敏が議論をリードしていたのですが、その過程でほとんど自動的に万葉集のなかに民謡が〝発見〟されました。初めは東歌に白羽の矢が立って、確たる証拠もないまま、民謡に違いないと言われた。続いて巻十一、十二あたりの作者不明歌もみんな民謡だと。東歌は東国の民謡、巻十一、十二は近畿地方の民謡だということになって、半世紀ばかりそれが通説でした。ところが、民謡と民謡でないものはどこがどう違うか、ちゃんと考えた人がいない。そこを考えなくちゃ駄目だろうという冷静な意見が一九五〇年代からぽつぽつ現れて、東歌は民謡なのかという問題が万葉研究上の争点の一つになっていく。でもなかなか決着がつかなくて、私が研究の道に進んだ八〇年代にはまだ未解決の問題でした。

川野　東歌が民謡ではないというのはどの点でしょうか。そこ、とても興味深いです。

品田　東歌は全部定型の短歌ですが、短歌の形式、五七五七七にことばの音を刻む方式は、もともと宮廷で生まれたものです。「上代文学」の第一〇〇号に書きましたが、文芸の形式になる前にまず楽の形式として発足したと思います。宮廷で音楽が演奏されるとき、いろんな旋律に乗せて多くの歌詞が歌唱される。当初はまだ歌詞を書き留める習慣がないから、楽人たちは大量の歌詞を暗記していなくちゃならない。そのとき歌詞の一句一句が規格化されていると覚えやすい。五七音節定型はそうして始まったというのが私の見立てです。

川野　短歌という形式自体が宮廷で洗練され、作られたものだろうということですね。

品田　ええ。今言った論文はネット上で読めます。

川野　東歌はその入れ物を持っていって、いわばハーフオーダーメードのように土地の人に言葉を詰め込ませたと考えていいんでしょうか。

品田　無理強いしたわけではないと思います。土地の人で東歌に関与したのは、都から下ってくる国司たちと付き合いのある人たちです。豪族ですね。彼らは「殿」と呼ばれる立派な屋敷に住んでいて、竪穴住居に住んでるその他大勢を使役していた。その一方で、郡司に取り立てられて国司たちの下で行政の末端を担う。国司たちと日常的に交流するなかで、都の文化である短歌を郡司たちもこしらえる場合があったのでしょう。このあたりのことは『万葉ポピュリズムを斬る』に書きました。

川野　少し後の時代になりますが、家持が防人たちに歌を詠ませて集めますが、「拙劣の歌」は「取り載せず」、と書いてます。これは短歌の形式にうまく入らない言葉がたくさんあったことを匂わせていますよね。

品田　あの「拙劣」がどういう基準なのか、捨てられたまま確かめようがないから何とも言い難い。方言がきつくて都の人に意味が通じないものを捨てたんだろうと想像する人もいますが、それは違うと思います。

　東国の言葉は、なるほど都の人が耳で聞いたら全くちんぷんかんぷんだったでしょう。そのくらい差が大きい。「東大寺諷誦文稿《ふじゅもんこう》」という平安時代初期の資料に地方語を例示した箇所があって、そこに「東国方言」が挙がっているんです。仏法を布教するうえで言葉は障害にならないと説いた箇所です。世界各国から人々が集まってお釈迦様の説法を聞くとき、お釈迦様が一度だけ話されたことが、各人には「風俗の方言」つまり各自の地域語で聞こえるというんですね。例として、大唐、新羅、日本、波斯（ペルシャ）、天竺（インド）などを挙げて、まるで通訳が翻訳するときのようだと付言しています。続けて、我が国にも大和の方言、毛人の方言、飛騨の方言、東国の方言があると例示していますから、各「方言」は通訳なしでは通じないと考えられているらしい。

　一方、東歌や防人の歌が訛っているといっても、都の言葉から類推できないほど激しく訛ってはいない。なぜかと言うと、彼らは都の言葉で歌を作っているつもりなのです。歌は都の文化なんだから都の言葉で詠もうと。でもどうしても変な発音が紛れ込んでしまうわけですね。書き留めてる都の人からすればそこが面白くて、奴らはこんな変な言葉を操るよというわけですが、東国人が本当の自前の言葉を使っていたら、それこそ意味不明な歌ばかりになったはずです。防人の歌には「妹《いも》」がイムになっていたり、「家《いへ》」をイハだのイヒだのと言ったり、「母父《おもちち》」をオモシシと言ったりしたのがありますが、ある単語の母音か子音が一部入れ替わるくらいのことで、イハと言ってるけど家のことだな、と容易に類推が効く。東歌や防人の歌に古代の東国語が記録されていると考えたがる人は今も多いけれど、無い物ねだりでしょうね。

川野　お決まり文句が常にどこかに入っています。

品田　それもありますね。東歌だと枕詞が何十もあって、都の歌にも使われているものが半分以上です。

▽宮廷歌人とは

川野　万葉集は作者と作品を一体化し、一首で読む読み方が続いていた気がするのですが、品田さんはそこに異を唱えておられる。『万葉ポピュリズムを斬る』で、歌を一首一首抜き出して見るのではなくて、ひとつの塊として見ること、その編纂自体に作為を読み取ることによって、万葉集の歌を読み変えていく大きな仕事に取り掛かっておられるように感じます。令和の時代に入ったときに「梅花の宴」が日本人の優しい心や美意識を代表する一連として称揚されたのに対して、ここに当時の大きな政変の影を読んでおられる。藤原氏が台頭してくるなかで謀殺された長屋王の変の影をこの「梅花の宴」のなかに読み取られていますね。これは読み方の方法の提示としてもスリリングでした。

品田　万葉集研究の現在まで続くオーソドックスなスタイルは作品論であり、作者論・歌人論です。作品は歌人の自己表現として生み出されたものと見なされ、この了解を前提として解釈を更新していくこと、それが万葉研究の王道でした。しかしだいぶ前から制度疲労が著しくなってきている。たとえば柿本人麻呂や山部赤人は、万葉を代表する宮廷歌人ですが、彼らの営みは自己表現などではなかった。私の研究仲間の鉄野昌弘さんが『大伴旅人』（吉川弘文館）に書いていますが、宮廷歌人はなぜ身分の低い者ばかりだったか。しゃしゃり出ずに済むからだというのです。お歴々の前で歌を披露するとき、卑官ふぜいが自分の所感を述べるなど、そもそもおこがましい。日本書紀にも続日本紀にも名前が載らないような下っ端が歌を発表するというのは、皆さんのお気持ちを歌にすればこんなところでしょうか、ということなんですね。自己表現なんか期待されていない。そういうなかで、大伴旅人という高官は例外的に自分を表現した、というのが鉄野さんの言い分です。逆に言えば、万葉集の分厚い文化の中心に位置する人麻呂、赤人、笠金村たちは、皆様方のご注文次第、如何様にもご調製いたしますとばかりに、言葉で芸をしてみせる。それが宮廷歌人たちの役目なんだと。人麻呂などはかなり政治的なものを作った。持統天皇の意を体して、先々の皇位継承者はこうなればいい、なんて思っているところを忖度して表現する。長らく人麻呂個人の抒情みたいに読まれてきた歌も、こういう見地から読み換えていく必要があるわけです。一首一首の歌の問題として。

川野　宮廷歌人だった人麻呂に関して言うと、どうしても反勢力であった出雲の影を曳いている気がするのですが。宮廷歌人にとってはもちろん言葉は今日のような自己表現ではないと思います。しかし同時に、図らずもおのずと表現してしまうものが言葉にはあるのではないか、と思うんです。それは出雲の水死した娘子《おとめ》たちの死を歌った〈八雲さす出雲の児らが黒髪は吉野の川の沖になづさふ〉（四三〇）、また、一三一番の長歌の「なびけこの山」もそうですが、あの言葉の力が本当に宮廷に捧げられただけで出てくるだろうかと思ってしまうんです。揺蕩うような寄せては返す波のようなリズム、「か寄りかく寄る」とか、海辺や水の揺れのようなものを想像させる文体も特徴的ですが、単に妻と別れて赴任するのに「なびけこの山」は大げさで、ここには何か集団的な記憶の影があるのでは、と思いたくなってしまうんです。人麻呂を宮廷歌人だと断言してしまうときに、おそらく研究としてはスッキリし、しかし表現の問題としては何かが未解決になってしまうのでは？

品田　困ったな。石見相聞歌は現地生まれの妻を残して単身都に向かうという状況で、宮廷歌人の枠に押し込めるなと言われますが、ぜひ押し込めなくてはいけません（笑）。人麻呂が自分の経験を歌ってみせたように長らく解釈されてきて、反動から、虚構ではないのかという人まで出ましたが、最近言われるようになったのは、役を演じているということ。天武・持統朝を通じ官僚制が軌道に乗っていく。そうすると役人たちのある部分は地方回りをする。都から遠い土地で仕事をして、何年か後に

品田　石見相聞歌は現地生まれの妻を残して単身都に向かうという状況で、宮廷歌人の枠に押し込めるなと言われますが、ぜひ押し込めなくてはいけません（笑）

帰るという生活ですね。すると、地方で暮らすうちに現地の女性と馴染んで、しかし都へ連れて行くわけにはいかなくて、都へ呼び戻されるときが今生の別れというこ とがあちこちで経験されていた。藤原宇合などにもそういう経験があって、国守の任期が明けたとき〈庭に立つ麻手苅り干し布さらす東女《あづまをみな》を忘れたまふな〉という歌を常陸国の女性から贈られたといいます（巻四・五二一）。多くの宮廷人がそういう別れを経験していた。で、私めにも覚えがありますが、あれは実に辛いものですな、という設定で切々と歌い上げると、聴衆も身につまされて、共感の輪が広がる。何度も言いますが、人麻呂は宮廷の一同に通じる感情を代弁しているのです。その意味では個性派ではない。日本海側の地理と人麻呂との特殊な因縁を考えようとなさっているようですが、何年も暮らして石見の地に馴染んだとしても、馴染んだことを振り捨てなくてはならないのが役人の立場です。誰もが振り捨てて都へ帰ってきた。宮廷は、そういう辛い思いをした人たちに支えられている。

万葉集は過去百三十年間「天皇から庶民まで」の歌を集めた歌集として享受されてきたわけですが、これは大間違いで、実際には徹頭徹尾天皇の世界を表象している。主人公はあくまで天皇であって、国民などではない。これに直結する主張を、友人でUCLA教授のトークィル・ダシー氏が展開しています。『万葉集と帝国的想像』という本がそれで、私どもが数年がかりで翻訳した原稿が昨年完成して目下校正中、夏ごろ刊行の予定です（二〇二三年十一月刊）。万葉集は天皇という存在を世界にただ一人の帝王、天子として扱っている、このことを理解の中心に据えるべきだというのです。天皇が治めているのは日本ではなく、世界。じっさい天皇の統治は「天《あめ》の下知らしめす」と表現されています——もちろん実態は東海のちっぽけな島国であり、本家本元の大唐帝国には及びもつかないのですが、万葉集を作った人たちは自分たちの世界を帝国として想像し、天皇を中心とする政治秩序は全世界を覆っているのだと考えていた。ダシー氏の本はそう主張して、古びた国民歌集観に対案を突きつけています。宮廷歌人たる人麻呂は、この、帝国の政治秩序を言葉で可視化する役割を果たしていたと言ってよいでしょう。

川野　言葉の力の故でしょうか、言っていること以上の陰影、ボリュームを連れてくる感じがあります。

品田　それはみんな感じることで、茂吉が「ディオニゾス的」とか「カオス」とかいう言葉でしきりに言おうとしていたのもそこだと思うんです。カオスといっても、表現されていることがらが不分明なのではない。内容は基本的に明快です。悲しい感情を悲しいと表現していて、その点は非常にはっきりしているのだけれど、それを妙にドスの効いた調べで表すから、ただ悲しいのではないように聞こえる。そういう不思議さがある。

川野　私は怨恨を感じ取ります。人麻呂が心を傾けるものは、「行路死人歌」などが典型ですが、反中央の感情が芯にある。かつ宮廷歌人であることの屈折や重層性が感じられる。反中央としての出雲を読み取りたいわけですが無理でしょうか。

品田　それは贔屓の引き倒しだと思う（笑）。人麻呂は徹底的に体制派ですよ。体制を讃美し、体制を言葉によって荘厳することに命をかけていた人で、つまりプロパガンダの芸術ということを本気で追求した人です。それも驚異的なレベルで。何と言ったらいいかとても難しいのですが、道徳的には毛嫌いしたくなってしまうようなところで、でも芸術的にはとてつもない水準に到達してしまっている。人麻呂と付き合うには、違和感と畏敬の両面から接近しなくてはいけない。反権力の方へ持っていけば明快になって付き合いやすいけれど、その分だけ歌人人麻呂の面相がのっぺりしてしまいます。

▽万葉集をテクストとして読む

品田　先ほど言いかけたことは二つあって、もう片方は、テクストとして読むことがないがしろにされてきたということです。万葉集は何十年もかけて徐々に膨れ上がっていった書物ですが、歌集としての組織や配列は膨れ上がる過程の判断材料とされることはあっても、それ自体が解読の対象とされることはほとんどなかった。ある順

品田　万葉集は過去百三十年間「天皇から庶民まで」の歌を集めた歌集として享受されてきたわけですが、これは大間違い

序で並んでいる一連を順々に読んだとき何が読み解けるか、ということが意外なほどなされてこなかったのです。

川野　なるほど。それは本当に意外ですね。

品田　古今集は全体が整然と組織されていますから、例えば春の部は、作者は一首一首別でも、早春のまだ冬が名残をとどめているところから始まってだんだん春がたけなわになっていく過程を歌の並びによって表していきます。恋の部も同じように、恋の始まりから終わりまでのプロセスに沿って歌が並んでいる。だけど万葉集をこれと同じように読むのは無理だ、とみんな思っていた。

ところがそうではないんだな。巻ごとに編集方針が違いますが、少なくとも巻一、巻二、その続編と目される巻六、そのさらに続編の巻十七から巻二十、いわゆる家持歌日誌あたりは、歴史を語るというひとつの明確なテーマに貫かれている。歴史と言っても国民の歴史ではなく、帝国の歴史ですね。天皇の歴史でもある。皇位継承の次第が基軸をなしていて、巻一、巻二は天武天皇の父親、舒明天皇から始まって、天武朝に確立された政治秩序が紆余曲折を経て、文武天皇にリレーされましたということを前半で語り、後半は待望された文武天皇の時代が意外に短命だったことを匂わせる。続く二代の女帝、元明・元正の代は巻三、巻四あたりに歌が載っているけれど、どういう時代だったかははっきり語られません。

次の聖武天皇の時代は巻六で語られます。文武天皇の子ですから、天武天皇から見れば曾孫です。その、今度こそと期待されていた男性天皇の、一代の治世がこの巻の主題です。歌はすべて作歌年月日順に並んでいて、初めの四年くらいは行幸従駕の歌が目白押しです。風光明媚な土地へ赴いては天皇の威光を人民に示す。天皇の治める世界にどういう素晴らしい土地があるか、宮廷歌人たちがお供して歌にしてみせる。そうやって華やかに幕を開けた治世は、しかし、六年目に大きな屈折を経験します。それが長屋王の変。藤原氏の謀略によって左大臣が抹殺された事件ですね。以来、天皇の権威に翳りがさしていくことが巻六の後半で語られていきます。大伴氏側の歴史観に立ってそう語るのですが、長屋王事件を連想してくれという仕掛けは巻六にもあるし、巻三、巻四、巻五、巻八にもあって、全部で八箇所見つけました。

川野　その例のひとつとして一五一七番歌、長屋王の〈味酒三輪の祝《はふり》の山照らす秋の黄葉の散らまく惜しも〉

のあとに山上憶良の七夕の歌が続いていることがあるわけですね。品田さんが見出されているのは、一見関係なさそうだけども長屋王の家で催された七夕の宴で作られた歌を配列していることにひとつの意味があるのだと。

品田　作者である憶良自身は、長屋王を念頭に浮かべていたのではないかもしれません。しかし巻八を編纂した人がそう読めるように配列しているわけです。

川野　この秋の雑歌が一五一一番から始まるのですが、二首目に〈経《たて》もなく緯《ぬき》も定めず娘子《をとめ》らが織るもみち葉に霜な降りそね〉という大津皇子の歌が入っています。これも何気ない歌ですが、大津皇子も長屋王と同じで謀殺されたシンボリックな人物ですね。万葉集は有間皇子もそうですが、たくさんの謀殺や陰謀が渦巻く世界だったと思うのですが、こういうものを折り込んでいくことによって、権力側の伝えたい歴史を語るだけではない、そのような編纂の意図があるとお考えですか。

品田　世が世なら天皇になったかもしれないけれど、実際にはなれなかった人たち、歴史の敗者が大勢いて、そういう人たちに対する哀惜を隠さないんですね。歴史を語るときに、こっちは正しくてあっちは正しくないと裁断するのではなく、どっちへ転んでも不思議ではないところを綱渡りで我々は生きているんだ、という透徹した認識があると思うのです。勝者の側から語る歴史がこういう認識を備えているのは、当時の人々が多くの政争をくぐり抜けたすえにたどり着いた境涯なんでしょう。

川野　品田さんのご提案になっている塊として読む、編纂意図を踏まえて読むことをやっていくと、万葉集は深い怨念みたいなものが差し込まれながら、この当時のさまざまな「今」、家持の「今」が織りなされている、非常に複雑な重層的なテクストと感じます。

▽新しい脈絡として

品田　万葉集を完成させた家持たちから見ると、一時代

川野　万葉集は深い怨念みたいなものが差し込まれながら、この当時のさまざまな「今」、家持の「今」が織りなされている

前の敗者たちに関する歌がたくさんあって、それらは今言ったような重厚な歴史観に裏打ちされていたと思うんです。ただ、家持の親父の旅人が直接立ち会った長屋王事件に関して言えば、藤原一族にはっきり悪役を割り振っているように思います。

事件が持ち上がったころ旅人と憶良は二人とも九州にいて、親密な関係でした。旅人は大宰帥《だざいのそち》、大宰府の長官で、九州全体のトップ。憶良は筑前国の長官です。いま川野さんが言いかけた歌群は巻八「秋雑歌」のものですが、一五一七番に長屋王の歌があって、その次から憶良の七夕歌が十二首並んでいる。初めの一五一八番は、聖武天皇がまだ皇太子だったころ催した七夕宴のときの歌で、憶良が皇太子じきじきのお声がかりで作ったもの。その次の一五一九番は長屋王主催の七夕宴のもので、神亀元年の七月ですから、聖武天皇はこの年二月に即位し、長屋王は左大臣になっていました。その次に長歌と反歌二首があって、一五二〇番から二二番。左注には「天平元年七月七日」とあり、「一に云ふ、帥家《そちのいへ》にして作る」とも書き添えてある。直前の歌の左注に「左大臣」と記されている長屋王は、天平元年の二月に処刑されていて、その五ヶ月後にこれらの長反歌が大宰府で作られたことになります。五年前には都で左大臣が盛大な七夕宴を催して、その場には自分たちも居合わせて歌を作ったが、今ははるか九州にいて、何もかも一変してしまったということが読み解けるようになっているわけです。翌天平二年にも旅人の家で七夕宴が開かれ、そのとき憶良が作ったのが一五二三番以下の四首です。長屋王事件を暗示する歌はこんなふうに、必ず旅人とセットになっています。今見たのは憶良が旅人に寄り添って作歌した例ですが、旅人本人の作も多い。有力氏族である大伴氏を率いる旅人が九州にいて、手出しも口出しもできない頃合いを狙うようにして、遠い都で左大臣の抹殺が強行されたということを、万葉集はこれでもかこれでもかと、しつこく書き込んでみせている。

もうひとつだけ挙げると、同じ巻八の「冬雑歌」の部に載っている一六三九番〈沫雪のほどろほどろに降り敷けば奈良の都し思ほゆるかも〉。有名な歌ですね。沫雪がほどろ、ほどろと降っては消え、消えては降りして、庭に積もりかけているが、ところどころ土が覗《のぞ》けている。それを眺めていると奈良の都が思い出されてくるという歌で、亡くなった妻を思っているのだろうと読む人もいますが、漠然とした望郷の歌としておくほうが味わい深いように思います。ところがこの歌の直前にまたもや長屋王関係の歌が据えてある。一六三七番の元正太上天皇の作と一六三八番の聖武天皇の作。左注によれば、「長屋王の佐保宅《さほのいへ》」にお出ましになって宴が開かれた際のものといいます。有名な別宅の作宝楼《さほろう》が、新築されたか改修されたかして、そのお披露目のために天皇と太上天皇を主賓にお迎えしたのでしょう。お二人にお成りいただく殿舎は特別の設《しつら》え、平城山で切った木を、枝だけ払って皮は剝がない丸太のまま柱にする。屋根は尾花をさかさまに葺いたという、伝説的な大王たちの住まいのようにわざと古風に仕立てた。座に着かれた天皇は〈あをによし奈良の山なる黒木もち造れる室は座《ま》せど飽かぬかも〉と詠んだ。実に居心地がいい、いくら居ても飽きが来ない、素晴らしい場所を用意してくれてありがとうという歌ですね。そしてその数年後、旅人は大宰府にいて「奈良の都し思ほゆるかも」と詠んだ。このふたつを突き合わせてみてくれと——旅人はそこまで言っていないが——巻八の編纂者は暗に注文を付けている。すると新しい脈絡が立ち上がってくるわけです。

川野　どう配列されているか、編纂者の意図を読むことによって、一首単位での読みとは別の重層的な意味が見えてくるのですね。そう思って読むと万葉集はすごくダイナミックな歴史とのダイアローグのテクストだと思えてきます。

品田　いま編纂者の「意図」と仰ったのは、読者にどう読み解かせるかという意図ですね。まさにそれを読み取るべきだということです。「奈良の都し思ほゆるかも」という下二句が、奈良の都にはもう長屋王様は居られない、そんな都に誰がしてしまったのだ、という痛憤の渦巻いている言葉として読み解けてくる。作者は意図しなかったであろう脈絡がテクストから浮かび上がる。こういう例が今後もっともっと見つかりそうな気がします。

品田　いま編纂者の「意図」と仰ったのは、読者にどう読み解かせるかという意図ですね。まさにそれを読み取るべきだということです

川野　歌一首一首の行間に発生する物語を読み解く、ナラトロジーを読むとも仰っていますが、そのようなものも読み解かなければ読むという作業が完成しないということですね。

品田　巻によって違いはありますが、巻一、二、六、十七〜二十ははっきり歴史を語る巻。語られる歴史にはいくつも裂け目があって、天平元年のほかにも天平七年と九年の天然痘大流行、天平十二年以降の相次ぐ遷都、天平十六年の安積親王夭折などが読み取るべき事件として仕組まれている。このあたりのことはいずれ角川選書に書きたいと思っています。

▽茂吉が茂吉を演ずる

川野　題詠で作っていた和歌から「私」というものが前面に出てくる近代の短歌に切り替わっていったときに、「私」の化け物のような存在として茂吉がシンボリックな存在になりました。ただ、『赤光』はやや異質で、品田さんの言い方で言えば、「茂吉が茂吉を演ずる」前の、もう少しピュアな揺れがあります。例えば狂人に向き合い、いいなずけに向き合い、おくにに向き合い、母に向き合うなかで様々に揺れている「私」が見えます。品田さんは『斎藤茂吉』で『あらたま』前半あたりまでの茂吉とそれ以後の茂吉との変化、言葉を洗って静かになっていってしまう過程を論じておられます。アララギイズムに染まっていく茂吉とそれ以前が違うと仰っています。それが非常に心に残っていて、あまりにもモンスター茂吉の「私」が愛されてゆくなかで、『赤光』の持つ性質が読み残されているんじゃないかと思うのですが。『赤光』とその後との違いをどんなところに感じておられますか。

品田　「私」という言葉に何を託すかでだいぶ理解が変わるでしょうね。『赤光』で執拗に表現されている「私」は、強烈な「私」には違いないが、きわめて不安定なのだと思います。私がここにいること、俺がここにこうして生きているということが、それ自体とても不思議であり、いわば奇跡に時々刻々出くわしている。そして戦《おのの》いている。『赤光』時代の作ですが『赤光』に入らなかった歌に、〈霜柱踏めば音してくづれたりこのたまゆらを息づくわれは〉というのがあるんです。「このたまゆらを息づく」という不可思議な事態に時々刻々直面している「われ」が主題になっています。あまりに曲《きょく》がないから棄てたのでしょうが、作意はかえって明確だと思うんですね。それが、精神病医としての生活に慣れっこになっていったからでしょうか、生きてこの世にあること自体の不可思議に戦くような歌は影を潜めて、歌が動かなくなってしまう。それが『あらたま』の真ん中あたりからだと思います。

川野　茂吉像が茂吉自身のなかである種固まってしまうということでしょうか。

品田　『赤光』の延長で歌が量産できてしまうという状態が大正三、四年くらいまでは続いていたと思います。この頃は何かと言うと「しんしんと」。『あらたま』に入れるときに随分直していますよ。初出の「アララギ」で見ると「しんしん」だらけです。茂吉はまた「しんしん」かよなんて冷やかされていますが、口をついて「しんしん」が出てきちゃうんだからしょうがない。そういう調子で、むらむらと込み上げてきたものを吐き出せば歌になっていたし、なりふり構わずにいたのが大正四年ごろまで。それが、アララギの組織が大きくなる過程でなりふり構うようになるんだな。万葉調を旗印にしている大結社の看板歌人なんだからそれらしくしなきゃと。

川野　茂吉の不振の時期は戦争の時代でもあり、さらに内向きになっていきます。『暁紅』や『寒雲』あたりで示されているのは、〈ガレージへトラックひとつ入らむとす少しためらひ入りて行きたり〉のような非常にトリビアルな眼差しです。〈家蜹《いへだに》に苦しめられしこと思へば家蜹とわれは戦ひをしぬ〉〈うつくしきをとめの顔がわが顔の十數倍になりて映りぬ〉など、非常に屈折した作品が増えてゆきます。しかもトリビアルの拡大に「私」を投影していく。小池光さんや岡井隆さんがその面白さを語ってくださって、それは一つの斬新な角度であり現代的な側面でもありました。けれど、逆に『赤光』の影が薄くなっていったのではないかと思います。『赤光』

品田　私がここにいること、俺がここにこうして生きているということが、それ自体とても不思議であり、いわば奇跡に時々刻々出くわしている。そして戦《おのの》いているは普遍的な人間を模索する近代的な歌集だったと思うんです。私は『赤光』のなかの「黄涙余録」の一連が非常に気になっていて、あれは代々木の練兵場のそばを横切って行くわけですね。自分の担当の狂人が自殺して。

品田　落合の火葬場まで行くんだよね。

川野　気になっている歌が〈陸橋にさしかかるとき兵来ればば棺はしまし地に置かれぬ〉、死者の棺であろうとも兵隊がきたときには直に土に置かなきゃならないということに衝撃を感じている。それから〈歩兵隊代々木のはらに群れゐしが狂人のひつぎひとつ行くなり〉、これは俯瞰的に全体が捉えられていて、そのなかの点としての狂人の棺が描かれます。この一連全体が自殺した狂人とそれを見守って慄いている「私」と、それから軍拡の方に走っていく社会が重層的に組み合わされて構成されています。後半では動物が出てきます。〈けだものは食《たべ》もの恋ひて啼き居たり何といふやさしさぞこれは〉〈わが目より涙ながれて居たりけり鶴のあたまは悲しきものを〉とか。動物までもが巻き込まれて等価の命として全てが対峙している、非常にパノラマティックで、構成の緻密な映画のような一連だと思うんです。そういうものが茂吉の『あらたま』後半辺りから影を潜めていく。

品田　「にんげんの世に戦きにけり」ですから、まさに自分が人間として生きていることが自明でなくなってしまっている。彼の患者たちがそういう状況に直面している人たちですね。もし精神病医にならなかったら『赤光』の茂吉はいなかったろうと思っています。凡庸な観測だとわれながら思うのだけど、ほかの説明が思いつかない。北原白秋が巣鴨病院を訪ねたときのことを『斎藤茂吉選集』の序に書いています。差別用語がいっぱい出てきて迂闊に引用できない文章ですが、女の患者にふいに背後から抱きつかれて閉口していると、茂吉君がしかつめらしく「惚れられたのです」と言ったなんて。こういう世界で茂吉君は毎日生活しているのか、なるほどああいう歌ができるわけだと思った、とも書いてあります。そういう、あらゆる秩序が失調して、裸のまま「にんげんの世」に放り出されたような状況を、極めて生々しく、どぎつく描き出したのがあの一連だと思っていて、川野さんが言われたような視点とか構成とかを分析的に読んでみようと思ったことはありませんでした。

川野　品田さんが万葉集で論じておられる、行間のナラトロジー、並べによって発生する行間を読み取るという方法を『赤光』に援用したときに、戦争に突き進んでいく時代のなかで、一方では狂人という別世界の人間がおり、動物がおり、そして「私」がいる。そしてそれが時代の濁流の気配のなかにある。パノラマティックに動きを持って表現されていると思うんです。おひろの一連もそうですし、「死にたまふ母」も、「悲報来」もそうだと思うのですが。そういうダイナミックな人間把握が抑圧されていくのが茂吉不振以後。そこではやはり茂吉が自分を包みこんでいる社会やこの世を全体として把握する力を封印したんじゃないかという気がするんです。

品田　生存感覚とか生命感覚というところで感受性が研ぎ澄まされていて、自分と外界の関係を鋭敏につかんでくるということなら分かるのですが、今言われた社会意識みたいなものはもともと乏しい人だったように思うんです。「黄涙余録」で展開しているいろんな視点の交錯が、いま川野さんが読み解かれたような、世界史が戦争へ向かう状況とどこまで重なっているかは異論もあるところじゃないでしょうか。練兵場を通っていくときに、たまたま通りかかった兵隊に道を塞がれて棺が地面に置かれる、そこに我々の倫理観を持ち込んで、死者が軍隊より軽く扱われたと読んではいけないと思う。なにしろ作者は軍隊が大好きな人ですから。〈この里に大山大将住むゆゑにわれの心の嬉しかりけり〉、同じ町内に大山巌が住んでいるから嬉しいとか、向こうから馬に乗った陸軍将校が来て「女難の相か然にあらずか」とか。練兵場で兵隊たちが訓練していることに不吉な時代相を感じているかどうか、よく読んでみないとわからない。

川野　不吉に思っているとか、軍拡に反対していることはおそらく茂吉の意識としてはないと思うんです。ただ、混沌とした戸惑いのようなもの、もっと原始的な「私」が刻々と強烈な事態に遭遇していることを茂吉自身はこの連作では意識しているような気がするんです。そうじゃないと動物の命までそこに引き寄せる構成にはならない気がします。その辺りを読もうとする方向が茂吉の人間像の面白さに攫われていってしまったのではないか、と。

▽茂吉を囲む男性論者

川野　もうひとつ気になっているのが茂吉という古典を囲んでいるのがほぼ男性論者であるということですね。医者である加藤淑子さんが二冊ほど出されていますが、あとすべて男性の書き物です。

品田　川野さんが問題にされた葛原妙子は本来の茂吉を取り返そうと言っていますね。

川野　葛原妙子は『赤光』だけを熟読したと森岡貞香さんが言っておられました。そういう意味では全く素の私、ピュアな私、原始の「私」のようなものが世界を見る慄き、それによって世界の見方を変えていくという手法を葛原は茂吉から受け継いだと思うのです。男性批評者が囲んでいる斎藤茂吉という像は、茂吉自身と茂吉を囲む男性論者によって作られてきたのではないのかという気がしてならないのです。例えば『赤光』の〈おのが身しいとほしければかほそ身をあはれがりつつ飯食しにけり〉、この「おのが身しいとほしければ」を茂吉が演ずるとき、そこに男性評者は自分を重ねていくことができる。それを肯定することによって男性による「おのが身」の渦ができてゆく。それがひとつの文学的な価値観というものを作っていて、もしかするとそれを近代だと思ってきたのではないかと。

品田　「おのが身しいとほし」と女性は感じないもの？

川野　多くの場合、女性の自己肯定は、男性からはコケティッシュな媚態として読まれがちです。その読みのシステムを抜けだすのは容易ではない。「おのが身しいとほしければ」と言って賛成してもらえるのはやはり一つの権力でありその承認だと思います。その後の茂吉の古典化を見ていると、「おのが身しいとほしければ」という情感に向かって茂吉自身が増幅していき、言説がさらにそれを囲む。そのことによって茂吉像がいやがうえにも増幅していって、茂吉の些細なところまで掘り返されるような茂吉研究、茂吉語りがずっと来ている。その茂吉語りというものがいったい何であったかを相対化することによってしか、茂吉が見えない気がしています。

品田　私の関心に引きつけて、なぜ茂吉を論じたかを言っておくと、基本的には万葉集研究の一環です。プロパーの歌人研究として茂吉を扱ったつもりはなくて、『万葉集の発明』でやった総論を各論の形で深めていこうとしたときに格好の素材が茂吉だった。近代の日本人のなかで万葉集と抜き差しならない関係を取り結んだ人物を一人だけ挙げろと言われたら、間違いなく茂吉だろうと。茂吉を掘り下げていくと、日本の近代と万葉集の関係が非常に具体的に、且つ典型的に見えてくる。ですから茂吉を歌人という枠でだけ捉えていません。もちろん優れた歌人だとは思っているし、茂吉を論ずれば当然歌人としての活動や作品を論じないわけにはいかないけれど、その枠内でだけ論じているつもりはないわけです。

茂吉語りなるものが茂吉を有名にしているというのは、歌壇の内部ではそうかもしれないけれど、そもそも歌壇というのは社会全体から見たらちょっと特殊な一角でしょう。広い世間で茂吉がなぜ有名かといえば、間違いなく「死にたまふ母」が教科書に載ってるからです。『斎藤茂吉　異形の短歌』を書いたとき高校の国語教科書を全部調べましたが、戦後の教科書に載ってる近代歌人としては茂吉が断トツなんです。歌としては「死に近き母に添寝の」と「のど赤き玄鳥ふたつ」が双璧で、ほかにも「死にたまふ母」五九首から多く採られている。「死にたまふ母」のものを除いてカウントすると、茂吉は首位の座を守れないどころか、第六位にまで滑り落ちてしまいます。日本の国語教育は道徳教育を兼ねてますからね。戦前の歌人では、石川啄木が故郷を大事にした人として教科書リーグ最強のチャンピオンだった。戦後は、お母さんが死んだとき全身で泣いた、これこそ人間性の発露だということで、茂吉がチャンピオンになった。ですから、ふだん短歌と縁のない人でも茂吉の名前は知っている。万葉集でもそうですが、学校こそカノン拡散の本拠地です。ところが今伺うと、歌壇ではこれとは別途、茂吉語りが茂吉に関する固定観念を作り上げているというのですね。あのアクの強さで強烈に自我を表現したことが近代性だみたいなこと?

川野　ええ。『赤光』が茂吉自身にとって若書きとして封印されるのと呼応するようにその後のトリビアルな「私」の面白さがさかんに語られるようになります。いろんな方の研究が茂吉という人物の面白さに吸い寄せら

川野　男性批評者が囲んでいる斎藤茂吉という像は、茂吉自身と茂吉を囲む男性論者によって作られてきたのではないのか

れて、それが男性批評者によって繰り返される。それが近代の自我表現だというイメージができていったかもしれません。

品田　「茂吉が茂吉を演ずる」と私が言う意味は、日本文化の体現者として振舞ったということです。そういう役を周りが茂吉に期待し、本人がその期待に応えようとした。万葉調で歌を作るのは日本文化の源流を現代に蘇らせる行為だと、本当は違うんだけど、そうみんなが了解して、茂吉の作品は万葉以来の伝統と近代人の感覚とを融合させたものだという評価が通り相場になっていく。なまじ褒められるので本人もその気になって、評判どおりの自分にならなくちゃと思ったんだな。このあたりのことを考えていると、いつも今昔物語集の話が浮かんでくるんです。「信濃国王藤《わとう》観音出家の語」という話。信州に温泉の湧く山里があって、ある日、住民の一人に夢のお告げがあった。「明日の真昼ごろ観音が湯浴みしに来られるから、みな結縁しなさい。馬に乗って武士の出で立ちでお見えになる」と。夢を見た人は里じゅうに触れ回り、みんなしてそこらを掃き清めて待ち受けていると、果たしてお告げどおりの風体の男が来た。ありがたや、ありがたや、とみな拝む。男が不思議がってわけを尋ねると、かくかくしかじか、あなた様は観音様でしょう、あらありがたや。「妙だな。俺は狩の最中に落馬して肘を折ったから、温泉に浸かって直そうと思って来ただけなんだが」。それでも人々が拝み続けるものだから、男はしまいにこう思うんですね。「さては俺は観音だったんだな。こうしちゃいられない。すぐ出家しよう」。で、弓矢を棄ててその場で髻を切り、比叡山に登って修行したんだとさ——ざっとこんな話。日本の文化伝統の体現者ですねともてはやされて、みんなにそう思われてるならそうなんだろうと。昭和八年ごろからは当時の世相にも後押しされて、しゃかりきになって大著『柿本人麿』を書き上げてしまった。世間の期待を自身の当為にしてしまうのが茂吉という人だった、というわけです。

▽短歌滅亡論と評者の不在

川野　最後に、短歌の近代から現代に至るまで短歌の滅亡論が常に付きまとっているわけですが、そういう短歌のありようについて、どうお感じでしょうか。

品田　最後に難問が（笑）。『新体詩抄』のときから――奇しくも『新体詩抄』の刊行は茂吉が生まれたのと同じ年ですから、去年が百四十年めだったわけですね。それからずっと、短歌は近代社会には適応できないものだ、短すぎるからだめ、定型が不自然だからだめ、感情を古語に押し込めるからだめ、などなど、明日にも滅びるようなことを言われ続けて、百四十年滅びない。まことに不思議な詩型だと思います。『新体詩抄』や尾上柴舟の滅亡論はわりと常識的なもので、いくらでも反論可能だと思いますが、大正の終わりに「短歌研究」が特集を組んでしたっけ、短歌は滅びるか。そのとき書かれた釈迢空の「歌の円寂する時」が非常に悲観的な評論でした。近代文芸としての短歌は島木赤彦が死んだあたりでもう行き詰まっていて、この先はない。五七五七七に音を刻んで何事かを表現する人はこれからも現れるだろうが、それは読むに値する水準のものではないだろうとまで言っていたと思います。それにはいろんな理由があるというなかに、作っている人と読んでいる人がほとんど重なっているという閉鎖性がある。お互いに仲間褒めをしたり、結社が違えばけなし合うというふうに、党同伐異が横行していて、まともな批評が成立していないということもあった。大正の終わりごろそういうことが言われて、昭和・平成・令和と来て、その後どうなっていますか。

川野　折口の「歌の円寂する時」はまだそれでもマイルドで、その後第二芸術論があって、滅べと言われ、奴隷の韻律とまで言われた時期があったわけですね。しかし不思議なことにその後塚本邦雄が誕生し、葛原妙子が誕生し、山中智恵子が誕生し、近代を凌駕する作品が大量に生まれている。今現在について言えば、結社という塊、歌壇という塊がどこか相対化される時期に来ていて、それとは別に直に読者と向き合う作家たちがたくさん出てきている。そういう意味では読者との向き合い方が多様になっている気がします。ただやはり短歌大会とか、千首とか応募があり私が選者だとすると、読者は私一人な

品田　明日にも滅びるようなことを言われ続けて、百四十年滅びない。まことに不思議な詩型だと思います

んですよ。作者は千人。そういうアンバランスな関係はまだ続いていて、そのことが短歌に及ぼしている影響はかなり大きいと。まともな批評と言われるもの、第三者的な批評がなかなか成立しにくい。

それともうひとつは近代以来の短歌が非常に奇妙な位置にあるのではないかと。日本人のなかには近代化したい欲望と近代化したくない欲望がせめぎ合っています。そのなかで短歌は反近代の象徴になってきたのではないかと。これは今でも続いていて、他の分野の方と話すときにしばしば短歌の人はどう考えるのですか、と言われるのですが、要は別世界だと思われていて、小説や自由詩と同じ地平の文芸としては思われていない。

品田　短歌専門の研究者というのがいないでしょう、ほとんど。それと、読むことに徹した評論が意外に乏しい。歌人が短歌について語っている本はいっぱいあって、私も必要上ときどき手に取りますが、歌人の短歌解読には大概不純物が紛れ込んでいて、テクストの取り扱いとして不徹底に終わっている。言葉を虚心坦懐に受け止めて読みほどくという作業が物足りないのでしょうか、普段歌を作っている自分が介入してきてしまうんですね。テクストと対話するのはいい。こう問いかけたらテクストはどう答えるだろうかと試すのは読みの技術だろうと思いますが、歌人の書いたものでは、この問いかけが念押しにすり替わっていることが多いように思います。これでは読んでるんじゃなくて作ってるんですね。それが、まともな批評が成立していないと私が感じる所以です。私が茂吉について書いた文章に対し、歌人でもないのにしゃしゃり出るなと非難する人が複数いて、ネットでそんなのに出会ってびっくりしたことがあります。歌人でないと歌を語る資格がないというのはとても不思議な感じ方で、釈迢空の憂慮した閉鎖性がいまだに克服されていないように思います。

川野　それは本当にどこかで開いていかないと。第三者の批評を取り込んでいくような世界にならねばいけませんね。もうちょっとカメラを引いて大きく見てみると、短歌滅亡論が出てくる節々は日本が近代化に行き詰まったときなんです。明治の半ばにも出てきますし、大正時代、明治の末期にも啄木によって書かれていますし、戦後の第二芸術論。日本が近代化に失敗したことを痛切に突きつけられた時期に短歌滅亡論が出てきている。それは小説滅亡論ではなく、自由詩滅亡論でもなく、なぜか短歌滅亡論です。どうも近代化したい日本語文学の世界に対して常に反近代的な役割を担保する場として短歌が位置づけられているのではないかと。ある種のミソジニー、女性役割を常に振られてきた感じがある。そういうものが働くことによって、短歌の方では逆にそれをバネにして、よし、違う近代を作っていくぞ、近代化するぞと力が湧く。外圧ですね(笑)。他の文芸と相補完するような関係です。なぜ短歌が滅ばないかというと、近代化したい日本語文学という、ある種劣等感を伴った意識がある限り、短歌はその補完的な役割を担わされつつ、決して滅びずにあり続けるという奇妙な存在感があったのだろうという気がします。

品田　近代化しなくてもいいじゃんと開き直る人はいない? 北原白秋なんかはその口だったと思う。彼はオールラウンダーですからね、近代化したいなら詩を作ればいいい、短歌は古めかしいところが味なんだと。

川野　そう言われてみると茂吉は逆で、近代化したくなかったから万葉調を取り込んでみたけれど、品田さんが書かれているように奇妙な万葉調を作り出すことによって、茂吉という近代を作り出したところがある気がしますね。凄く面白かったです。言いたい放題で恐縮しております。今日は本当にありがとうございました。

品田　まだまだ言いたいことの半分も言っていないけれど(笑)。

（二〇二三年二月七日　アルカディア市ヶ谷）

品田　読むことに徹した評論が意外に乏しい

現代短歌にはお相手がいない？

木村朗子
（日本文学研究者）

×

川野里子

木村朗子（きむら・さえこ）　津田塾大学学芸学部多文化・国際協力学科教授　専門は日本古典文学。著書に『乳房はだれのものか』（新曜社、2009年）、『震災後文学論』（2013年）、『その後の震災後文学論』（2018年）、『女子大で和歌をよむ』（2022年）いずれも青土社。

▽震災後に見る価値観の変容

川野　今回のゲストは日本文学、女性学、日本文化などを幅広く研究しておられる木村朗子さんです。木村さんは『乳房はだれのものか』(新曜社)など文学や文化を斬新な角度から論じておられます。木村さんにお目にかかりたいと強く思ったのは、『震災後文学論』(二〇一三、青土社)を拝見してからです。すごく焦燥感をお持ちで、東日本大震災後の日本の中からどんな文学が出てくるのかを世界が固唾を呑んで見守っている状況が伝わりました。またそれを紹介していく役割を進んで引き受けられたことに感動しました。

日本では被災地と言えば福島だとイメージしますけど、外から見れば日本全体が被災地なわけですよね。私自身も、たまたまイタリアに居た時が震災だったので、その感覚がわかるような気がするのです。そういう眼差しの違いと、その後に生まれた途方もない沈黙。それを今という時間から、改めて考えてみたいと思います。

木村　『震災後文学論』を書いていた時期は詩歌をほとんど参照できていなくて、みていたのは藤井貞和『東歌』の連歌くらいです。小説や物語など、散文をずっと読んできたので詩歌に手を付ける自信がなかったのもありますし、どこを見たら何が見えるのか、どの本を手にすればいいのかがわからなかったのです。気にはなっていながらもずっと置き去りにしていたのですが、震災後十年目になって、『現代詩手帖』『短歌研究』など、いろいろなところで特集が出てきて、ようやくきっかけが摑めました。『文藝』二〇一五年夏季号で川野さんは小川軽舟さんに向けて小川軽舟さんの「原子炉の無明《むみやう》の時間雪が降る」の雪と、照井翠さんの「雪が降るここが何処かも分からずに」の雪が明らかに原発事故の後の雪であることから、「原発事故以後「雪」という季語も被曝したのではないでしょうか」と問い掛けていらしたことを十年目の特集で後から知りました。それで短歌の世界の議論に興味を持ったんです。最近になって「災厄の時代にとってうたとはなにか」(『文学・語学』二三一号)を書くのに、この問い掛けを引用しました。震災後十年の『現代短歌』の鼎談でも川野さんは高山れおなさんに同じ問いかけをおこなっているのですが、高山さんはそうした変質があるとしたら「局地的ないし一時的なもの」に過ぎないと答えていて、問いに対する答えがちぐはぐというか、そういうことを聞いているんじゃないんじゃないかな。川野さんとお話ししてみたいなと思っていたのです。

川野　私自身も問い掛けながら、何を求めているのかが明確なわけではないんです。ただ、例えば「桜」という言葉に、第二次大戦の記憶などが沁み込んでいるわけで、短歌の場合には非常に重いものが重なっていって、なかなか容易には歌えない時代もあったくらいです。

あの津波、それから原発事故を経験した後、例えば「阿武隈川」「名取川」などの歌枕は、それ以前のように無邪気には思い浮かべることができません。同様に、海や、雪もあの事故の翳りをもし全く持たないとすれば、それはおかしなことではないか、と思ったのです。背景には、原発事故が全く終わっていないという事実もあります。そういう積み重なっていく忘れ難い出来事と言葉とは一体どういう関係にあるんだろうと。俳句の方のほうがわりとさらっと、「季語は無敵ですから」という感じだったので、短歌の場合は時間の積み重ねみたいなものを抱え込んでいることにあらためて気づきました。

木村　その、桜の例を鼎談でも出してらして、特に和歌は戦時下に翼賛的に利用された分、戦後、『万葉集』などの扱いが難しくなったりもしたと思うのですが、そのあたりを知りたいと思って、川野さんの『七十年の孤独—戦後短歌からの問い』（書肆侃侃房、二〇一五年）にたどり着きました。

短歌の経験したことは、古典文学研究が戦後に再始動して、今、私がいる時点まで続いている何かと重なると思ったのです。私は六八年生まれですけれど、自分が師事した教員たちというのは団塊の世代あたりで、まだ戦後を引きずっているというか、戦後の価値観のなかで思考してきた人たちでした。それもあって戦後の価値観は自分の感覚としてもわかるのですが、もうその感覚は途切れてしまったとも感じています。

たとえば三島由紀夫にいろいろな人が普通に触れるようになったことにびっくりするんです。タブー意識みた

川野　原発事故以後「雪」という季語も被曝したのではないでしょうか

いなものが私には強くあって。天皇も、タブーの領域にあると思っていたんですけれど、それもなくなっているようで、若い歌人が「すめろぎは」などと、三島由紀夫みたいな言葉遣いをしているのを見ると、ドキッとする。と同時に、もう切れたんだ、私の代で最終なんだなとも思って……。これはもう感じているだけではなくて、そろそろ戦後日本文学研究ってこうでしたよ、ということを言語化して残しておく必要があるのではないかとも考えているのです。それで川野さんにお話を伺いたいなと思ったのです。

川野　そこの問題意識は私も痛切に感じています。一つには俵万智さんの登場を機に口語短歌が主流になってきたことでしょうか。九〇年代の穂村弘さん、加藤治郎さんらニューウェーブと呼ばれた流れは、過去の重い時間に繋がらないことで新しい表現を手に入れたと言えると思います。大人になることを拒否し、時間のない空間に生き続けることが特徴だった。口語の短歌はそれ以降、かつてないほど表現の幅を広げてきました。しかし、当然、戦後文学の抱えた問いは文脈として途切れます。この無時間の流れが現在もかなりあります。

一方で、戦後からの問いを変奏しつつ引き受ける流れもあって、私もそうですけれど、そこでは文語が使われざるを得ない。それはやはり、時制の問題もあると思うのです。口語では時制が表現しにくい。口語に切り替わったとき、おのずと過去を引きずるような文脈、それを引き受けるのとは全然違う文脈が誕生した気がするんです。

木村　小説でも、そのころ、J文学と言われるくくりが出てきて、そのラインナップには「戦後的なものから脱却しましょう」ではないですけれど、プレイランド的な、ポストモダン的な、言語遊びみたいな感じがあったと思うんです。ただ、担い手の作家たちは私より上の世代でしたから、震災をきっかけに戦後的なものをもう一回、確認しようという流れになったのだと思います。例えば高橋源一郎さんとか、島田雅彦さんはそんなに政治的ではない時期もあったと思うのですが震災後には問題提起的な作品を発表しています。

川野　ああ、小説では戦後的なものを見直す動きがあるんですね。短歌では震災以後、それを戦後からの問いに繋げて展開するような作品はまだ見えないかなあ。抱えている作者もいるはずで、これからでしょうか。

今、特徴的な傾向としては、第一歌集や第二歌集あたりの新しい作者たちの表現にはひりひりするくらい、「今しかない」という感覚があります。過去もなく未来もない、というのは、今の時代の行き詰まりを体現している感覚でしょう。だから悲壮感があって、おのずと言葉の瞬発力が命になってゆく。そこに危うさも感じています。

木村　確かに俵万智さんはだいぶポップなイメージでしたけれど、今読むと、東急ハンズが歌われていたりして、バブルの時代の失われた日本があそこにはある。長い目で見ると歴史的な作品だったなぁと気づくようになったんです。

だから、もしかして、今の人たちの無自覚に見えるものも、あとから意味づけられる何かがあるかもしれないとは思うので、もしかしたら、そんなに悲観的なことではないかもしれないけれど……。

ただやはり戦後のことを何となくわかっている人が、次の世代が参照できる何かを置いて行く必要はあるかなと思ってるんです。

川野　ああ、そうですよね。後から読む場合には、瞬間的に見えた表現もその時代を象徴する何かになる可能性はありますよね。今おっしゃった「参照できる何かを置いて行く」ってすごく大事なことだと思います。今、しきりに戦後の歌人、塚本邦雄、葛原妙子、山中智恵子などが読み直されているのは参照できる何かが渇望されているのかもしれない。だけど作品を作る立場になると、体験がなく「戦後に生まれた問い」をどう抱えるのかはとても難しいところにある気がします。

今、アルバイトで大学の授業をやっているんですけど、つい先日びっくりしたのは、学生たちが会話をしていて、「それ、ヒューマニズムじゃん」と言うんですよ。それ、否定の意味なんです。ヒューマニズムって、戦後レジームの中心ですよね。文学の中で安易にヒューマニズムが

川野　**学生たちが会話をしていて、「それ、ヒューマニズムじゃん」と言うんですよ。それ、否定の意味なんです**

出てくれれば、それは浅い作品だということになりますし、安易なヒューマニズム読みが隠してしまったものもある。その気持ち、わかるんです。だけど、戦後レジームを剝がすことの怖さというか、非常に慎重な手つきがいるぞという感覚は伝えるべきだろうと思ったんです。

木村　戦後何とかからの脱却と言っていた首相がいましたが(笑)。震災のことも結局、そうなるような気がするんです。「これは何とかしなきゃ」と思っていた人の感じをわかっている世代がだんだんいなくなって、「放射能とかそんな深刻に詠む必要なくない?」みたいになっていくような、同じことが起こるだろうと感じますね。だからこそ、震災後文学という形で、のちの世代が後で参照できる何かを残さないといけないと思っているのです。

　そもそも、短歌の中で震災を詠む、原発の災害を詠むというのはメジャーなことなのですか。それとも忌避されたのでしょうか。

川野　態度は二つあったと思います。あえて作らないという態度もありました。それは被災者への遠慮とか、時事にすぐに乗らないという文学観からも。しかし、事実的なあるいは間接的な体験として、結果としては、大量に生まれたと思います。

木村　プロの歌人で?

川野　ええ。現場にいて被災した歌人たちがすごくいい作品をいっぱい詠んでますし、直接には被災していない歌人たちもいろんな角度からたくさんの作品を作りました。その後に出された歌集には震災に関わる作品が含まれていることが多いです。結果として短歌が一番反応が早かったのではないでしょうか。震災を時事として詠うことは、短歌がやった気がするんです。木村さんが『震災後文学論』の中で取り上げていらした小説などに比べると。ただ、それを一つのテーマとして変奏していく、抱え込んで別の形に変容し普遍的な問いにすることは少数の歌人に任されてしまっている気がします。

木村　藪内亮輔さんの「愛について」(「子が親に似るといふこと原子炉が人類に消《に》てゐるといふこと」)は時事というより構成的な作品群でしょうか。京都の方ですね。

川野　私も藪内さんの『海蛇と珊瑚』の連作を面白く思っていて「われらは原子炉の灯をともし黄色《わうしよく》の花さかさまに咲かすひまはり」など、自分の内側の罪として引き受けて展開しています。震災のはるか前、岡井隆さんの『ウランと白鳥』にもそういう方向性はありましたが、藪内さんの作品は震災後の展開と言えますね。また、実際には震災とは関りなく見える作品も影響を受けているかもしれない。山下翔さんの「もう何も言へなくなつてひたすらにご飯を詰める胸の奥から」などにも震災後の時代感が滲みます。あと、平岡直子さんの「海沿いできみと花火を待ちながら生き延び方について話した」が象徴的ですが、今は「生きる」ではなく「生き延びる」になったんだな、と。

木村　古典和歌の世界はすでにアーカイブが決まっているので時代ごとに新しく出て来る語彙がわかりますが、短歌もずっと後から見たら、そうして言葉が切り替わるのが見えるかもしれないですね。

川野　そうですねえ。震災後という、未来の見えない漠然とした不安がその後の歌をむしろ「今」という瞬間に釘付けにしてしまった感じがするんです。

木村さんが『その後の震災後文学論』の最後のところで書いておられます。「日常的に孤独死する人がいる社会で、震災後将来に不安を感じている人は八〇％いるとする調査があったという。一方で古市憲寿『絶望の国の幸福な若者たち』によれば、未来のことを考えず、この刹那を楽しんでいる若者は自足しており、日本の二十代の若者の多くが生活に満足していると答えている」と。そういう分析と、今の短歌の状況は一致する部分があると思うんです。

木村　大学生とつきあってると、若い人はべつに将来を悲観してなどいなくて、長い未来があると思って生きていますから、それはそうなんだろうなと思いますし、大学生でようやく子供を終えて社会的になっていくのだとも思います。ことによると若い人にはまだ社会というものが存在してないのではないか、とは思っていて、社会とつなぐ場所が大学なんだろうと思うんです。たった今、見えていなくてもいずれ、それが問いになるんだろうと信じています。古市さんが言っている二十代の若者は、若者の一瞬の状態を言っているだけで、この世代がその

木村　震災後文学という形で、のちの世代が後で参照できる何かを残さないといけない

まま行くわけではないと信じていますけど。

▽震災後の文学が問うもの

川野　『震災後文学論』に話を戻しますと、世界から日本文学のどんな作品が求められているということを実感されましたか。

木村　例えば二〇一八年に多和田葉子さんの『献灯使』がマーガレット満谷さんによって英訳されて全米図書賞をとり、二〇二〇年には柳美里さんの『JR上野駅公園口』がモーガン・ジャイルズさんによって英訳されてやはり全米図書賞を受賞した流れを見ると、震災のとき、日本の作家たちは何を考えていたんだろうという興味は確実にあると思います。実際に、震災後、読まれる日本文学が変わったという声を聞きます。それまでは川端康成のような、オリエンタリズム的な興味で美しい日本の文学が読まれていたのに、最近は震災後文学を含めた、たった今の社会を映した小説が読まれるようになったというのです。おそらく私たちもこの後、例えばウクライナやロシアで、この戦争について書いたものが出たら、読みたいと思うだろうし、九・一一のことを書いた小説を読みたかったように、あの震災を作家がどう捉えたのか知りたいという興味があるのだと思います。

ただ、日本社会では時事的なあるいは政治的な見解を言語化するのに慣れていないと思いますし、まだ作品化できないでいる人のほうが圧倒的に多いのかもしれません。プロパガンダに堕すような意味のあることを書いてはいけないという「純文学縛り」みたいなものもあって、「意味なんてないんだ。言葉は言葉なんだ」という美学も依然として強くあると思います。そうすると、時事問題は書けない。こういう流れから予め自由である人しか参加はできなかったんだろうなとは思います。

「芸術家は芸術で語っているんだから、語る言葉は要らない」という俗説がありますけれど、今は現代アートも語る言葉を持っている作家でなければ世界には出て行けないと思います。日本で、日本語だけで生きていると徹底して言語化するような教育がないので、作家たちもそこはきついところだろうなと思います。

川野　「語る言葉」ですか、なるほど。作品が広い世界のディスカッションの中に出て行く感覚は、日本の中にいて日本語だけの言説のなかにいると持ちにくいですよね。そこが問題だというのは切実に分かります。韻文だとなかなか翻訳が難しい。そこも問題として重なってきます。多和田葉子さんはドイツにいて、ドイツ語でも書かれ、「外にいた」ことが大きいんじゃないでしょうか。

木村　フランスにいる関口涼子さんが評価されるのも、語る言葉を持っているからだと思いますね。多和田さんは日本文学研究会に引っ張りだこで、学会発表に呼ばれてゲストでトークをすることがあるんですが、パフォーマンスと組み合わせて、それはそれは見事なお話をなさいます。意味のあることを作家性を保ちながら語る力のある方です。でも、そういう作家は少ないし、そもそもそういう求め方をされてこなかったんだと思います。自分の真意は語らないで煙に巻くようなインタビューを作家はし続けて来たと思うんです。キャラクターを利用するというか。

今、どんどん韓国の小説が日本語に訳されて、非常に政治的な作品が日本語文学の中に多く入ってきていて、そこから新しい刺激が生まれ、次の世代にまた何か違うものが出て来るんじゃないかという期待はありますね。

川野　韓国は今、詩歌も熱いですよね。政治的な主題は今日本ではほんとに少ないです。多和田さんの作品はやはり討議として突きつけてくるものがある。『献灯使』も日本に対してものすごくシビアです。福島の人たちに対する遠慮が働けば国内にいたら書きにくい。あの未来世界の子どもたちの姿。しかし、書かれねばならなかった小説です。

木村　面白いのは、多和田さんはそれを福島に行った後で書いてるんです。表題作の「献灯使」は実際に被災地に行った後に書いている。そこが彼女のすごいところだと思います。いろいろな人に話を聞いて、多分、もっと怒るべきだと思ったんだと思う。

川野　そう。怒りです。それが出てこない。折りたたまれてしまって。木村さんが問題として挙げておられた、いとうせいこうさんの『想像ラジオ』、あれは津波で亡くなった人の目を通して生きている人たちを、「こう生

木村　多分、もっと怒るべきだと思ったんだと思う

きたかった」「ああ生きたかった」と蘇らせる。それぞれの生が非常にふっくりと温かく膨らませている感じですね。でも、芥川賞の選考では、勇気のある選考委員しか評価できなかったとは不思議な気がするんです。

木村　あのときは多くの人々が忌避感のようなものをまだ強く持っていたから、二、三年後だったら取れたかもしれない気が逆にしますね。みんなが同じ迷いの中にいる時に出てきたから、評価しそこなったんだろうと思うんです。

川野　非常に軽いノリで言葉が流れていくけど、立ち上がってくる人間というのは、ある意味で戦後ずっと、失われてきた人間の一体感とか体温のような気がするんです。死者がそれを取り返しに行くような作品です。そういうものさえ避けなければならなかった。震災後の奇妙な磁場というのを今、改めて思います。

木村　だから、海外にいる人の自由さが、日本語文学の中にあってよかったなと思います。多和田さんがドイツにいて、日本語で書く人であったことはよかった。

川野　短歌では、外からの作品はまだないと思います。主に被災者として現地に住み続けている立場、子どもを抱えながら避難した立場の作者がそれぞれの問題を深めながらすごくいい作品を出しています。しかし、今後の宿題として、世界から見た震災が、そして日本がどうなのか。それによって、われわれの人間に対する考え方がどういうふうに動いたのか、そういう問いまで普遍化する仕事が残っていると思います。

木村　そうですね。当事者が特権化されてしまって、逆に外から参入できないということかもしれないですけど。小説だと当事者性の問題が長い間、議論され続けたのですが、短歌で当事者ではない人が、例えば被災者の立場で詠むなどは「あり」なのでしょうか。

川野　それは多分、絶対ないと思います。当事者性の問題って、当初はどこまでが被災者か、誰が被災者かという問いとして立ち上がりましたし、当事者ではないのに詠んでいいのかという問いも生まれました。被災地とどういう関係にあるかを考えることが中心になった気がします。そういう意味では、木村さんがご著書の中で語ってらした被災地から広がる同心円、それが危険度であると同時に、問題の当事者性の同心円になって広がっていったような気がしますね。しかしそれ以外の可能性はないのか、ここからが考えどころです。

▽和歌と短歌と現代短歌

川野　研究者の方でも和歌から現代短歌までずっと、すごく読んでいらっしゃる方は少ないので、今日は木村さんにいろいろなことを伺ってみたいと思ってたんです。

今、短歌を作る時、作歌の現場では和歌を書いていると思う人は少ないと思います。近代で「和歌」を改革して「短歌」が誕生したと思っています。今は隠岐の島の大会などでは和歌と現代短歌は別ジャンルになっていて、和歌部門と短歌部門とかあります。特に今の最先端の若い人にとっては「現代短歌を書く」という意識だろうと思います。少なくとも「短歌を書く」という意識で「和歌を詠む」と思っている人はいないと思う。

木村さんにとって、和歌と短歌と現代短歌は、どういうものでしょうか。

木村　和歌も当時は現代語だったから、現代短歌だった。例えば穂村さんの「太陽にSuicaが触れて月となる朝いや夜か　出発の歌」という歌、私たちはすぐ、駅の改札でスイカをタッチしたのであろうとわかるけれど、百年後には絶対わからなくなってしまうはずです。和歌も同じで、その当時の人たちはみなわかっていたことが今はわからなくなっているだけだと思うのです。学生がコメントで、「浮気をする」というのを「松山の波高し」というのが面白いと書いてきたんです。何だか全然わからないけど、それ、流行ってたんだなと思うと、今の私らの流行り言葉と一緒だなと思います、と。

だから、流行ってる何かでできているという意味では、ずっと「現代短歌」だったんだと思います。歴史性を持ってしまったから、和歌が短歌と切れているという感覚はわかるし、特に戦後はあえて切断しなければならないモメントがあったと思います。与謝野晶子や、樋口一葉が習いに行った中島歌子など、あの人たちは和歌と同じところにいるつもりでいたのではないでしょうか。それとも全然、違うと思っていたのでしょうか。

木村　当事者が特権化されてしまって、逆に外から参入できないということかもしれない

川野　与謝野晶子のところで何か起こった感じがします。樋口一葉は江戸時代さながらの和歌修行をしていて、激しく変化する時代を和歌では詠めないと嘆いています。晶子はマスメディアに投稿するところから始めたメディア世代です。鉄幹のプロデュースもありました。より自由な育ちです。あそこで激しい和歌批判が繰り返されて、和歌が記号のような言葉と題詠の規範で詠うのに対して、短歌は「私」の歌だと。『みだれ髪』は「私の恋」が背景です。そこで「私の言葉」となった。あのあたりで大きな転換はあったと思います。

木村　それは正岡子規の存在も関係あるんですか。

川野　あると思います。あのときの和歌改革って、江戸末期からいろいろおこっていて、その中の一つとして正岡子規があった。正岡子規は自分の目で見たものを書くのだと、子規にとっても「私の言葉」「私の眼」というものは改革の中心だったと思います。

木村　なるほど。

川野　私の不勉強なイメージで言えば、和歌は宮廷を中心にしたピラミッドを構成しながら美を尽くし、言葉を尽くす感じがあるのですが、近代短歌で一回、そのピラミッドが壊れて、第二次大戦後の「第二芸術」論で、もう一回それがぺしゃんこになったという感じでしょうか。

木村　もう、読まれていないという感じですか。和歌には興味を持っていない感じ？

川野　いえ。もちろん読みますし、作家ごとに自分のバイブルとしての古典もあると思います。時代によっても影響は明らかで近代は万葉集が聖典の時代で、今は新古今の時代だと言ってもいいかもしれません。ただ、例えば冷泉家がやっておられるような「和歌」とは遠いように思います。冷泉さんのおっしゃる「和歌」は誰でもできるみんなのものとしての言葉ですね。それに朗誦を大事にされるのでカタカナ語とかは困るようです。「コカ・コーラ」とか(笑)。近代以降の短歌は作家性の濃い文芸ジャンルになってきたのでしょう。

ただ、不思議なのは、今回、『女子大で和歌をよむ』を拝見していて、平安朝の和歌と学生さんの作品は違和感なくつながっている感じがあって、あれっ、もしかしたら知らない間にまた和歌の世界に帰ってたの？　と。

木村　ああ、津田塾大学の学生は日本文学科があるわけではないので、基本的に、和歌も短歌も、ことによると俳句も同じだと思ってるような人たちなので、そこはフラットにつきあっていたんだと思います。単に、古典は難しい、古語は難しい、文法は苦手、ということしかなかったと思います。でも、『和泉式部日記』を読んで、最後に「宮と式部の歌を作る」という課題を出したら、古語を入れ込んできたりして、ああ、なるほど、こういうふうにつながってもいいんだと、それは学生に教わった感じがしますね。

川野　この本のなかの学生さんの歌は現代短歌そのもので面白かったです。それに、引用されている飯田有子さんの「あんまりにやわらかい頰触れたからとがりはじめるわたしの爪は」と、『源氏物語』のなかで光源氏が紫の上に浮気の言い訳をする「しほしほとまづぞ泣かるるかりそめのみるめは海人のすさびなれども」を並べてみても響きあいます（笑）。「私」に拘り続けた近代以降でしたが、気がつけば和歌の遊戯性が帰ってきている感じもして驚いた。和歌と現代短歌の垣根のない世界がとても面白かったです。

木村　物語和歌なので、シチュエーションがわかっていて、ただの詩として読んでいるわけではないのも大きいですね。『古今和歌集』など、文脈なしに歌を読むのはきついなと、依然として私は思います。『伊勢物語』みたいに詞書があればいいんですけれど。歌だけだとなぜそれを言ってるのかがわからない。でも、物語の中に置かれた和歌は全部、意味がわかる。意味がわかるかどうか、そこは私にとって大きな違いです。

▽源氏物語はミュージカル

川野　私は古典が苦手なので、どこまで理解できているかわからないのですが、古典の中で大きな主題として、恋がありますね。しかし恋と言われながら、そこにはものすごくいろいろな要素があると思います。『源氏物語』の姫君たちにとってみれば高貴な男との恋は経済の必要でもある。それから、今のフェミニズムが抱えるような自我の問題の噴出する場であったり、身分制度が顕現する場でもあります。恋って曲者、と思います。

木村　和歌と現代短歌の最大の違いはお相手がいるということなんですよ。亡くなった人を悼む独詠歌もありますが、基本的にはやりとりするのが恋の歌なので、それが現代短歌から失われてしまったのだなあと思います。

川野　ああ、それはもう本当にそうです。読者とのやり取りになってしまいました。モノローグになっちゃった。

木村　かつてはコール・アンド・レスポンスだったんだなと。でなければ連歌は出てこなかったでしょうね。

川野　ああ、そうですね。そういう意味では、モノローグになったのは近代以降ですよね。そう思ってみると、『源氏物語』の中の和歌が、例えば花散里から、「あなたからの援助がなくなって、屋根が壊れちゃったままなのよ」という歌が来ますよね（笑）。

木村　それを歌で言うか、みたいな（笑）。やはり手紙だと、もっと嫌な感じじゃないですか、カネの無心をするのは。歌にのせて言ってくれたから、彼もあわててお金を出すけど、手紙で縷々、言われると……。

川野　『源氏物語』がミュージカルだとおっしゃっていて、とても面白かったのですが、つまり歌の役割が多様なんですよね。置かれる位相がまちまちなんです。花散里のようなリアルな訴えもあれば、周りの人は聞いてないお約束で本心を語るとか、物語全体を俯瞰する歌もある。いろいろな位相にある歌が浮かび上がってくる。

木村　そうなんですよね。誰がそれを聞いていたんだろう、という歌も入っている。

川野　オペラのアリアもそうです。

木村　そう。急に歌い出して、そこにいたはずの登場人物の存在がなくなっている。消えるんです。

川野　そうすると、和歌というものが散文とは違う制度として、人の心のやり取りを補うものとしてあるような感じでしょうか。

木村　補うというか、やはりハイライトではないでしょうか。ミュージカルも芝居自体は歌なしで作れますよね。普通の芝居が作れるのに、やはり歌が聴きたくて作られるというところがあって、当時の人は歌を楽しみに読んでいたんじゃないでしょうか。だから、物語の歌だけ引っ張り出して、勝手に物語歌合せをして、この歌にこれを合わせちゃおうなどとやって遊んでいたりもする。

川野　その結果、生まれたのが『伊勢物語』。そこまでは言い過ぎですか。『伊勢物語』って、歌がいいですよね。木村さんは『伊勢物語』は歌が先にあって、それに物語が補完的につくかたちで成り立っているとおっしゃってますが、そういう物語の形が『源氏物語』より前にあったということでしょうか。
木村　そうですね。『伊勢物語』とか『大和物語』とか、ああいう、歌が先行でできた物語は『源氏物語』の前に成立しています。詞書に毛が生えただけみたいな感じでちょっとつまらないですよ、説明っぽくて。ドラマがないというか。
川野　『伊勢物語』は、人々が理想の男を妄想して「こんな素敵な男、いたらいいよね」みたいな対象として業平像ができていったかもと思います。で、人々が記憶していた歌があって、それに物語がついて、それで、「これ、業平なのよ」って言うと、「おお!!」みたいな、それで完成するという、三段構えの物語かなと思ったり。
木村　そうそう。九十九髪《つくもがみ》の、老女と関係する業平像のような、みんなで考えた業平像が、嘘っぽいですけれど面白いですよね。
　でも、いちばん好きなのは『和泉式部日記』でした。
川野　それはなぜですか。
木村　ひたすら恋愛のグダグダが書かれているんです。嫉妬したり、行き違えがあったり、そのまま現代の私たちのリアルという感じです。最後に、恋人の邸に引き取られると、そこから全く歌を詠まなくなってしまう展開も非常にシニカルで。和泉式部から歌をとったら何も残らないじゃないの！　と思わせる。そういうエンディングになっているのが逆に面白いです。
川野　和泉式部くらい、歌のボリュームがたくさんあって、エピソードというか人生がくっついていると、現代に近くなってきますね。
木村　そうですね。全部「私」の歌です。まあ、物語の歌はその意味ですべて「私」の歌になるわけですけれど。だから現代短歌と親和性があったのかもしれないですね。
川野　ああ。そうすると、和歌にも二通りある感じですか。宮廷歌会で競うために作ったような、例えばお坊さんが若い娘の役で恋の歌を作ったりとかという成り代わりの歌がたくさんありますね。言語ゲームのような和歌と、和泉式部の歌のような、「私」の歌と。
木村　『和泉式部日記』を読めば読むほど、宮の歌も彼

木村　和歌と現代短歌の最大の違いはお相手がいるということなんですよ

女の創作じゃないかという気がして、そうするとゲーム的なというか、フィクショナルなものかもしれないです。ただ「私」が詠んでいるという感じは確かにありますね。その意味では短歌と似ているかなと。

川野　それはすごく面白いですね。和泉式部物語ですね。そう言われてみると宮の歌の言葉の扱い方と和泉式部の言葉の扱い方は似ています。やり取りの場面とは言え、どっちの歌なのか時々わからなくなる。

木村　宮の歌の多くは『和泉式部集』にしか入っていないんです。勅撰集などにあの歌は入ってない。和泉式部が長々と手紙を書いて送ると、それに対して宮の歌がすぐに返ってきたというエピソードなどをみると、全部、自作自演じゃないかなあ、と思ってしまうんです。

川野　それ、面白いですね。そうすると、自分を主人公にして『源氏物語』の女版、みたいな感じ。

木村　紫式部と同じサロンにいたので影響関係があるのかもしれないと思っています。『源氏物語』の中には、凝りに凝った歌と、さらっと気持ちを詠んだ歌があるのですが、そういう素直な読みぶりの歌は、和泉式部が得意とするところで、「あなた、そんなんじゃダメ、ここ、こうよ」なんて入れ知恵したりしていたのじゃないかしら、と妄想するんです(笑)。

紫式部も『紫式部日記』に「和泉式部は歌の作法はちゃんとわかってないけど、ぱっと詠む歌がいい」と書いています。

川野　二人はすごく性格が違いますよね。主情派の和泉式部にたいして紫式部はけっこう理屈っぽい歌。

木村　そうなんです。だから、『源氏物語』にはかたい歌がいくつもあるんですが、「そんなんじゃ、気持ちが伝わらないんじゃないの?」って、和泉式部なら言いそう。横から書き換えちゃったりして。

川野　ああ、それは木村さんがあのサロンを再現なさったら面白いでしょう。和歌を入れながら、「ここ、和泉式部の手が入る」とか。妄想サロン(笑)。

木村　妄想サロン、してみたいですね(笑)。

川野　『和泉式部日記』が創作と思ってみると、すごく面白いです。情にあふれた和泉式部だから歌が歌を呼び、物語を呼び、と。

木村　ほとんど妄想なので、研究者としては言いにくくて。他人の作品説はあるんです。和泉式部と宮の歌を元に他人が物語を書いたという説があるのですが、二人の歌が残っていてそこから物語化したと考えるより、和泉式部が全部、自分で創作したという方がありそうなことだなとは思います。

川野　そういう二人のやり取りの私的なお手紙の中の歌が勅撰集に入るなんてことは普通にあるんですか？

木村　どういうふうに残されているのかわからないんですけれど、私家集としてノートみたいなものをつけておいて、勅撰集が編まれる段に提出するのかなあとは思うんですけれども。で、自分のが選ばれたとか、選ばれないとかで一喜一憂する。

川野　相手のところに渡した手紙のなかの歌はどうなるんだろう。今みたいにパソコンにメールを保存するようにはいかないですよね。

木村　私家集に、「何とかに何とかのとき送った歌」と、自分のを書いておいて、「返し」も付けておくとか、していたのかなあと思うんですよ。

川野　なるほど。その中で選りすぐりのを出す。

木村　どうやって集めていたんだろう。「勅撰集を作りまーす」と言われると、みんなが出して……、というのも、ほとんど私の妄想です（笑）。

▽平安貴族の生き延び方

川野　『平安貴族サバイバル』すごく面白くて。「平安貴族の裏側」、つまり経済ですよね。特に女たちがどうやって生き延びていくのか。今に重ねて書いていらっしゃるので、面白かったです。

「源氏」を読んでいると、金回りの良さそうな受領が家の中でうろうろしてたり、いい受領とつながろうとして、けっこう苦労したりとか、ありますよね。「銭《ぜに》金源氏」みたいな、恋の裏側の経済事情を書いた本があったら面白いだろうなと思っていたら、これがまさにそんなことを書いて下さっていて、すごく面白かった。

さっきの話に戻るのですが、恋と言われたものが、どこまで本当に恋であったか。私はすごく疑っているんで

木村　『和泉式部日記』を読めば読むほど、宮の歌も彼女の創作じゃないかという気がして

すけど、いかがですか。

木村　つまり「フォール・イン・ラブ」という意味の恋を疑っているわけですね。結婚は結局お見合いみたいなものだったりするから、本当のフォール・イン・ラブは実は身近に仕える女房との関係とか、そっちにあるんじゃないでしょうか。今と一緒で、正妻とか、ちゃんと三日夜の餅を食べるような婚姻関係は、向こうの親との関係なので、それはＬＯＶＥというより経済契約で、女房としてそばに置いている人は本当に好きで置いているのではないかと。

川野　例えば末摘花とか、宇治の姫君たちとか、経済事情も絡む行きずりの人たちがたくさんいるわけですが、高貴な男たちとのやり取りは女性の側にとって必死な感じがします。それ、恋なんでしょうか。

木村　末摘花は、自分は宮家の姫だから正妻格だと思っていると思います。

川野　朧月夜は自主的な恋です。だけど、夕顔とか、押し入られて……。

木村　でも、天下の光源氏さんがやってきたのですから、それはちょっとうれしいんじゃないでしょうか。学生たちは光源氏のことを嫌がるんですよ。おじさんみたいなのを想像しているみたいで（笑）。だから「ここはあなたの推しを当てはめて読んで」と言うんです（笑）。強引にやって来る、けれどそれはあなたの「推し」で……。

川野　なるほど。源氏に接すると、女たちの内面というものが立ち上がってきますね。それに対して、源氏の内面がずーっと希薄だなと思い続けているのですが。

木村　うーん、でも、やはり、藤壺に執着しちゃうとか、紫の上に目が行ってしまうとか。藤壺が手に入らないから、六条御息所に手を出してみたり、あるような気がするんです、彼なりの……。

川野　それは彼の動きを見ていて、こっちが読むんだけど、彼の内面描写みたいなものはわりとあっさりしているというか、ちょっと物足りない。罪の数々、これだけのことしたんだからもっと何か思えよ、って思います（笑）。だから、木村さんが「源氏物語の恋が運命として動いている」と書かれたとき、あ、なるほど、と思ったんです。明石の姫君との間に子どもができるのも運命であるとすれば、なるほど、と。

木村　そうですね。彼の運命は女たちに翻弄されるだけだから、女たちのほうを描いておけばよし、ということなのかもしれません。

川野　その中で注目したいのが、「女たちにとって出家って何だろう」ということです。紫の上の出家をついに許さないところで、紫の上は自我を持ち損ねてしまったというか、自分であることを許されなかった人というか。

木村さんは出家ってどんな風に考えておられますか。

木村　俗世との縁を絶つという一種のパフォーマンスなので、「もうあなたとは関係しませんよ」というサインかなと思っています。目の前で紫の上にそれをされたくないのもすごくわかります。藤壺の場合は少なくとも、「もうこれ以上はあなたとの男女の関係はないですよ」という意味を持っていましたから、それは絶対に、紫の上にはさせたくなかった。男女の関係はないとしても、ずっと一緒にいると思いたかっただろう、と。

川野　出家はあの世とこの世の中間くらいの感じですか。

木村　出家しちゃったら、男女の別れで、振られた、みたいな感じがあるんじゃないでしょうか。

川野　逆に女の側から見ると、出家することによってのみ、男に振り回される強引な恋愛システムから逃げられる。「私自身になれる」感じがありそうな気もする。

木村　そうですね。

川野　私は六十代になって、すごく自由だなと思ってます（笑）。もう女じゃない、恋愛システムからもあらゆるものからフリーって、ほぼ出家の立場になって、こんなに楽で楽しいんだと思った（笑）。

木村　わかります。藤壺の出家は三十歳になる頃ですから、もっと前に、自由を手に入れようとしたということなのかもしれないですね（笑）。

▽『源氏物語』の新たな読み方

川野　あと一点だけ。『源氏物語』の読み方の潮流として、日本文学としてではなく、東アジアの文学として読

川野　高貴な男たちとのやり取りは女性の側にとって必死な感じがします。それ、恋なんでしょうか

まれようとしている文脈がありますね。例えば楽器が外国からやってきたことなども物語のなかにありますが、東アジアの中の文学としての『源氏物語』について伺えれば。

木村　日本は後発の国だったから、大きな中国からの輸入一辺倒でしたよね。東アジアとしてみたとき、『源氏物語』のような物語が中国に渡ったということはなかったと思うんです。あっちのほうが偉いわけだから。

今は中国語訳もあって、『源氏物語』が読まれているとと思いますが、当時は、同じ感覚では読めなかったような気がしています。平安宮廷の男女関係のざっくばらんさは、生殖機能を絶った宦官まで作って后の性を徹底管理したような中国の感覚からしたら、あり得ない世界だと思うんです。逆にヨーロッパのフランス宮廷のほうが似ているような気がします。

フランス文学は、ほとんどマダム何とかと不倫する話ばかりで(笑)、そういう人たちにはむしろわかりやすいように思います。

川野　なるほど。受容する国の文化も読まれ方に関係するのですね。物語のなかにも東アジアとの交流の痕跡がありますね。例えば末摘花がすごく流行後れの毛皮みたいなのを着ていますよね。あれ、唐国の何かで、昔は高級品だったもので、とか、いろいろな場所に。

木村　河添房江さんという研究者が『唐物の文化史―舶来品からみた日本』(岩波新書、二〇一四年)などの本で唐物、輸入物について書いてます。

川野　それは面白いですね。いろいろな交流の蓄積の花として『源氏物語』を読むことは可能でしょうか。

木村　はい。音楽や、楽器、仏教、仏師、お経も何もかも、全部中国、朝鮮半島経由で来ていますし。仏教がそうですけれど、中国のさらに向こうにはインドがあって日本の僧侶も総本山たるインド、天竺に行きたいと思っていたようです。本物の仏教を手に入れたいと思って。でも、本当にたどり着いたらきっとガッカリしたとは思いますけれど。あちらではすでに仏教は廃れて、ヒンドゥーという違う宗教になってしまっていて(笑)。意外な感じがしますけれど、千年前には外国はもっと近くにあったと思うんです。留学で普通に中国に行く気満々でしたし。

その意味で明治時代の日本人とすごく似ている気がし

ます。外国語ができて、あちらのいい書物を持って帰ってきて日本に知らせる。日本が海外で認められる国だなんて、全然思っていないという感じがします。

川野　そういう意味では、『源氏物語』と言えば国学というように国文学の文脈だけで読まれてきた歴史が一段落して、今はもっと開かれた眼差しの中に晒して読む時代に入ったということでしょうか。新たな視野を与えてくれそうな気がしますね。

木村　いま中国との研究交流では漢文のことだけでなく、楽器のことなど面白い議論ができると思います。それに東アジアを超えて、もっと広い世界からでも読めるとも思います。

川野　今日は本当に目を開かれる思いでした。楽しい時間をどうもありがとうございました。

（二〇二二年六月二四日　アルカディア市ヶ谷）

木村　千年前には外国はもっと近くにあったと思うんです

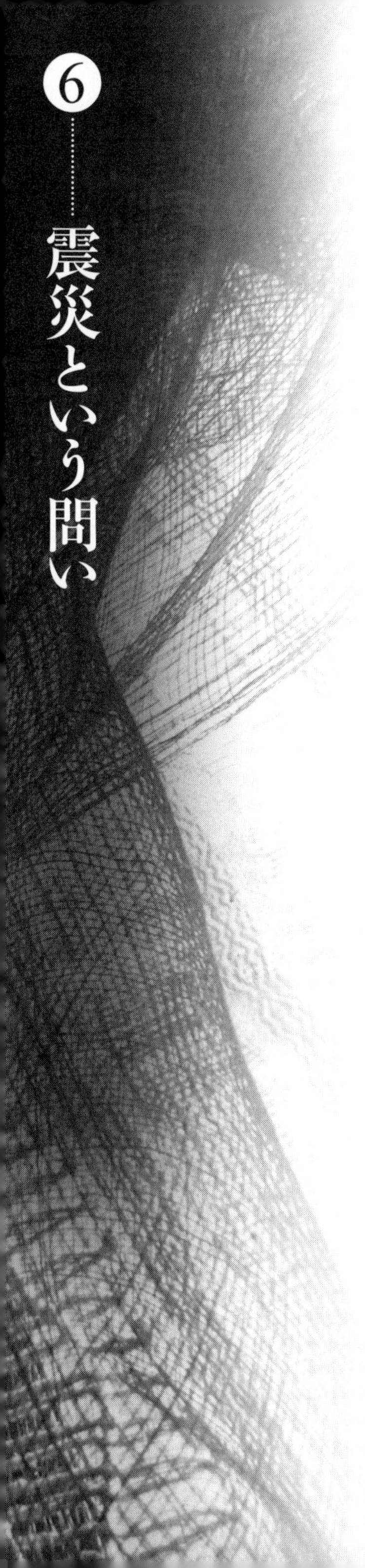

⑥ 震災という問い

地震から噴き出した言葉とは…

赤坂憲雄
（民俗学者）

×

川野里子

赤坂憲雄（あかさか・のりお）　民俗学者。東北学を掲げて、地域学の可能性を問いかけてきたが、東日本大震災を経て、東北学の第二ステージを求めるとともに、武蔵野学を探りはじめている。主な著書に、『境界の発生』『岡本太郎の見た日本』『性食考』『武蔵野をよむ』『ナウシカ考』ほか。

▽東北はまだ「植民地」だったのか⁉

川野　今回のゲストは民俗学をはじめ広く日本文化について研究しておられる赤坂憲雄さんです。本日はお越しいただきありがとうございます。ウクライナでの戦争、新型コロナウイルスのパンデミック、さらには十年前の東日本大震災もあります。われわれは現代社会という進歩した世界で生きているつもりだったわけです。ところが感染症に怯える時代は終わったと思っていたら、こうやってマスクという原始的な物が必要になりました。ウクライナ戦争に関して言えば、まさか塹壕を掘り、戦車を火器で叩くような戦争を今世紀で目にするとは思わなかった。われわれが「現代」だと思ってきたものが、ことごとくひっくり返ってしまって、その中からあられもない、非常に粗野なものが現れてしまっています。私たちがとうに忘れて来たものが露出している状況だと思うのです。それで東北にも深く関わって来られた赤坂さんにぜひその辺、どんなふうにお考えか伺いたいと思います。

赤坂　なにか、「中世へ戻っていくのかな」という感覚はありますね。野蛮な時代にもう一度、還っていこうとしているのかもしれない。今、言われたように、人間は賢くなって、もう、こんなことはしないだろう、あんなことはしないだろうと思っていたことが、次から次に破られて現実になって襲いかかってくるじゃないですか。

それから、言葉がすごく荒々しくなりましたね。震災のあとだな。こんなにも言葉が荒れてしまって、どうやって生きていくんだろう。

たとえば震災のあとで、原発についてのいろいろな言葉がむき出しになった時期がありました。福島では「原発は二〇〇パーセント安全だ」と言われていた、そう教えてくれた人がいたんですよ。四〇メートルの高台を十五メートルに削って、何の準備もせずにそこに原発を建てて、津波が来て……、「二〇〇パーセント安全」って、キャッチコピーとして面白いじゃないですか。「一〇〇パーセント安全」は普通の言葉ですが。そこに何が託されていたのか、あるいは隠されていたのか。

たとえば震災の直後、高校生の女の子がツイッターで呟いた。「福島で作られた電気は、エネルギーは、すべて東京に送られている。そのために福島はこんな苦しみを舐めさせられている」と、当たり前のことを言った。そうしたら、思いっきり叩かれたんです。僕はそれを見たとき、逆に、だから自分のような言葉に関わる仕事をしてきた者はきちんと、言葉をもって現実を捉えることを責務としてやらなきゃいけないなと思いました。高校生の女の子がそういうふうに叩かれて、沈黙を強いられる。そういうのはやっぱりいやだなと感じて、僕はあえて「なんだ、東北はまだ植民地だったのか」と、思いっきり挑発的な言葉を投げてみたんです。でも、それに対してはまったく応答は返ってこない。

▽電力業界の言う「植民地」とは？

赤坂　震災の年の秋だったか、会津で勉強会を重ねていました。そのころは制度的に抑え込まれていたものがどんどん溢れ出していった時期だった。その勉強会には、電力業界の、電力会社じゃないですよ、その周辺にいる人が参加していました。僕が「植民地」という言葉をそこで漏らしたら、すかさず、その人はこう言ったんです。「われわれの業界では、たとえば中部電力の関係者が東電や関西電力の関係者に向かって、あなたたちは植民地があるからいいよね」と言いますよ、と。「植民地」というのは、つまり、自分の電力供給エリアの外に原発を持っていることを意味していて、「植民地」という呼び方は普通に行われているというわけです。

川野　エーッ!?

赤坂　びっくりでしょ。驚きましたよ。僕自身はメタファーとして言っていたんだけれど、そのとき、それをひっくり返すような発言を聞いたんですね。その人の発言だけだったら、たぶん、僕はそれを公の場で語ることはしなかったと思うのですが、もう一人、その場で初めてお会いした業界の方が「あれ、皆さん、ご存じないんですか」と言われたのです。そのくらい、電力業界では「植民地」という言葉が当たり前に使われていた、ということですね。

　だから、僕は新聞にもあえて書きました。講演でも何

赤坂　こんなにも言葉が荒れてしまって、どうやって生きていくんだろう

度もしゃべっている。朝日新聞の一面の中段の囲みで、ある記者がそのことを取り上げた。僕の名前ももちろん出て来た。ところが、それでも一切反応がなかった。

震災後しばらくは、いろいろなところでそういう発言に触れる状況があった。つかの間制度が緩んで、「これはおかしいよ」と思う人たちが呟いたり発言する場面にずいぶん出会ったのです。僕は震災のあと、さまざまな発言に対して、ネトウヨとか、いろいろな人たちからくりかえし攻撃されてきました。でも、そのネトウヨの皆さんが、この「植民地」をめぐる発言に関しては一度も、誰一人、批判も攻撃もしてこなかったのです。つまり、否定したり批判しても、当たり前に語られていた言葉だから、隠しようがなかったのではないか。隠し立てのできない現実であったから、沈黙するんですね。いつしか、原発が絡むとみんな沈黙するようになりました。原発だけでなく、まともに説明がなされない理不尽なことが溢れていますね。いずれにせよ、福島はたしかに「植民地」だったのです。

▽言葉がないんだ!!

川野　震災の後、言葉が荒れたというのと、もう一つ、奇妙な沈黙が支配するようになって、言葉よりも沈黙のほうが力を持つようになってしまった気がします。

赤坂　攻撃されることがない、当たり障りのない言葉にみんな逃げ込んでしまって、都合の悪いことに対しては沈黙を守る。

川野　和合亮一さんの「明けない夜は無い」には感動してみんな行くけど、赤坂さんの「植民地」は黙殺される。

赤坂　批判や攻撃をされるということは織り込み済みで、しゃべるんです。書くんですよ。ところが、肝心なところでは応答が一切ない。

川野　もしも私が同じ言葉を使っていたら、袋叩きに遭うと思います(笑)。

赤坂　それはあると思いますね。つまり、「こいつは確信犯で、いわばブツを摑んできてるな」というのに対しては、来ないんですよね。川野さんが言ったら、「そんな情緒的なことを言って、許せん」みたいに。

川野　「しかも、女が」ってね(笑)。

赤坂　絶対そうですね、女に、歌人などに原発がわかるか、とかね。ともあれ、ことばの揺らぎということが、思いがけないかたちで3・11の周辺から噴き出したと思いますね。

　僕はあの震災のあと、映像でしか見ていないわけですが、東京電力の福島第一原発が爆発事故を起こすのを見ていて、長い文章を読めなくなったんです。ネットの文章くらいしか読めなくなった。思考がきちんと凝縮されたかたちで言葉に結び付くことができないという途方に暮れた状態で、本当に言葉を失っていたんです。

　一週間くらいして、若い友人と電話がつながって、「赤坂先生は沈黙を選ばれているようですが」と言われたんです。きつい言葉でしたね。実際、新聞の取材を断っていましたから。沈黙を選んでいるんじゃなくて、言葉がないんです。でも、僕はとにかく東北では、ある種のアジテーターとして発言をしてきたでしょ。その人間がこんなときに閉じこもって、言葉がないと呟くばかりで発言しないことは許されないんだな、という気がしたんです。

▽あらためて「定型の力」

川野　あの時、とにかく何か言葉が欲しいという切迫した気持ちは多くの人が持っていたと思います。テレビで宮沢賢治の「雨ニモマケズ」や金子みすゞの「こだまでしょうか」がしつこく流れました。なぜか詩が言葉のなさを代弁していた。すごくたくさんの短歌が作られたこともその表れだと思います。
赤坂　本当にみんな言葉を欲していて、僕なんか東北との関わりから、何を考えて、何を発言するのか、たぶん求められていたんだと思います。震災から二週間ほどして、初めてまともに書いたのが、「群像」という雑誌に依頼されて、「海の彼方より訪れしもの、汝の名は」というタイトルで書いた文章でした。それがゴジラとナウシカの話だったのです。三月の段階だから、追悼文のようなものを相手は求めていたんだと思います。でも、追悼するには距離が近すぎて、自分もその一部であるようなものに対して、「大変でしたね」みたいなことはとても言える状況ではなかった。
　それで、すごく突き放したかたちで、ゴジラとナウシカを手掛かりにして語ったのですが、編集部が「こんなものをこのまま載せたら大変なことになる」と、具体的にはまったく説明しないんだけれど、怯えていました。「絶対にこれは出すべきじゃない」と校正者からストップがかかったらしい。刊行される十日くらい前ですよ。ギリギリの状況でやり取りをしていたんです。相手がちゃんと説明しないから、何に怯えているのかもよくわからないのですが、最初に少し文章をくっつけて、自分の立場みたいなものを少し説明して、載りました。僕自身もそうだし、誰もが言葉をめぐるカオス的な状況に追い込まれていました。

　ところが、3・11の夜から、歌人と俳人は大量の作品を作り……、「それは一体、何なんだろうか」と。あとからそれに気が付いて、呆然としました。と同時に、和合さんが自由詩というかたちでありながら、大量に情報発信をしたでしょう。ツイッターです。一四四文字という枠組みの中での、発言だった。

　定型の力というのをもう一度、きちんと考えなくてはいけないなと思いました。制約のない言葉というのがどれだけ無力であるか、どれだけひ弱であるか。守られてないんですよ、散文の言葉は。唯一、ツイッターであり、歌や俳句であり、定型の力によって守られている言葉の器こそが、混乱状態に右往左往している人間たちが混乱をそのままに流し込めるというか、叩き込めるということなのかなあと思ったんですが……。

▽短歌の機動性の速さ

川野　そうなんです。震災であらためて定型詩の意味を考えてみなくてはと思いました。それで定型詩と震災を巡って、震災の翌月から四回くらい、座談会を重ねてきました。俳句は直後には作れなかったということがわかって意外でした。長谷川櫂さんは俳人なのに『震災歌集』を出されたし、藤井貞和さんは自由詩の方ですがやはり震災に関しての短歌をたくさん作られています。なぜだか短歌に向かってみんな、言葉を運んだわけです。それをすごく不思議に思っていて。また同時に、被災地にいない「歌人」と呼ばれている者たちは、やはり沈黙を一瞬したんです。

　中心となったのは被災地にいる歌人です。梶原さい子さんの〈半身を水に漬かりて斜めなるベッドの上のつつがなき祖母〉というような凄い現場の歌が出て来る。また、柿沼寿子さんの〈水が欲し　死にし子供の泥の顔を舐めて清むるその母のため〉、これも本当に凄いです。短歌を作る技量をふだんから持っている歌人たちが、直ちにそれを機能させてたくさんの作品が作られました。

赤坂　俳句じゃなかったんですね。どうしてだと思いますか。

川野　俳句では小川軽舟さんが俳句にするには時間がかかるということを言っておられたのが印象的でした。混乱を季語によって制御しなくちゃいけない。ある意味で象徴化でしょう。でも、その後、十年が経って、詩人の高橋睦郎さんがおっしゃったのは、振り返ってみると、いい作品が出来たのは俳句のほうかもしれない、と。短歌は気持ちに寄り添い、現場を捉える技術があるので起動性が速いです。その技量の蓄積が機能したのが短歌だなと。十年目の座談会を俳人の高山れおなさんとしたのですが、そのなかで浮かび上がったのが、短歌が最初の現場を掬い取り、それと自分との関係を考えるということをやったことです。その後は俳句のほうが形式の中に純化させるかたちで作品にできているかもしれないなと。

赤坂　面白いですねえ。僕は短歌と俳句が一斉に始まったと認識していたのですが、そこは違うのか。

3・11の夜、われわれが何を感じて、何を不安に思ったり、何を考えていたのかを探しても、書き散らしのメモすら残っていません。たぶん、ほとんどの人は散文でそれを残すということが出来なかったんだと思います。でも、気がついて、短歌をちょこちょこっと眺めてみると、迫真性に満ちたドキュメンタリーとして、いわばある種の記録文学の形式として機能していたんだということに気づいて、驚きを覚えましたね。

川野　たとえば津波が何度も来ますね。そのとき、屋上に居て、生きるか死ぬかという状態で救助を待っている人たちがみんな口を揃えて、「星が美しかった」と言うんですよ。それを聞いて思い出したのが第二次大戦で爆撃された後、あるいは疎開列車に乗っていくとき、「螢

赤坂　定型の力というのをもう一度、きちんと考えなくてはいけないなと思いました。制約のない言葉というのがどれだけ無力であるか、どれだけひ弱であるか

がきれいだった」という話です。星や螢がきれいだったというところに、あらゆる混乱を越えて、言葉や情緒が集まっていく。星や蛍の美しさというのは飾りじゃなくて切実に人間の魂に必要なんです。「それ、短歌がやってるじゃん」と思ったんですよ。

▽山野河海《さんやかかい》を返してほしい

川野　私の夫が福島の人間です。代々の農家ですが、震災で、この十年かけて家がゆっくり解体していく過程を私は見る羽目になってしまいました。何が解体したかというと、土地に対する誇りです。震災以前は土地への濃厚な愛で人がつながっていた。それは私のような余所者にはうんざりするほどのものです。ところが除染しますね。そのあたりから、さっさと土地を売るようになってしまったんです。今まで入っていた家賃収入も下がるというような経済的理由もあって結果として「家」が解体していくんです。残ったのは表土を剝いだガラーンとした土地で、この土地を守るために命を懸けた人たちが何代もいたのでしょうが、今は駐車場が残ってます。

赤坂　それはよくわかるね、というか、見ましたね。つまり、除染と称して表土を剝ぐ。でも、百姓にとっては表土って、何十年、何百年かけてつくってきた土なんです。自分の土なんです。その表層を物理的に剝いで、そこに別のところから持ってきた土を撒けばいいって……。違うんですよね。何代にもわたる農家であれば、屋敷林の木は伐りましたか。

川野　木は伐らないんですけど、落葉とか積もっている表土を全部剝いだら、木が枯れちゃいますよ。生えて来る草も変わったような感じです。

赤坂　福島では、かなり大きな屋敷林の、その家の神木ですね、神様が宿っている木を伐ったじゃないですか。除染は屋敷の周りだけなんです。その向こうに広がっている雑木林とか山野河海は除染できっこないんです。ですから土を剝ぎ、屋敷林の木を伐る。そこに何十年、何百年と生きて来た農家、百姓にとってはまさに身を切られるような現実ですね。「土を新しいところから持ってきて、綺麗な土を載せればいいだろう」では済まない。だから、本当に、そういう意味で、土とか土地とつながるアイデンティティみたいなものが根絶やしにされました。

同時に、その村の暮しが成り立つためには、周囲の山野河海が必要だった。川とか森とか、そこで山菜、茸を採ったり、獣を追いかけたり、魚を獲っていた人たちが、全部、それを否定されたわけでしょう。だから、生活なんて成り立つはずがない。でも、原発事故はそれをもたらしたのです。そういうことには知らん顔で、復興と称して屋敷周りだけを形ばかり除染して、「これで除染は終わりにする」と環境省が言い出したとき、僕は反撃の意味を込めて、「山野河海を返してほしい」と新聞に書いたのです。

屋敷林は私有地ですが、その背後にある雑木林は共有林です。かつて「入会《いりあい》」というかたちで、みんなで共有し利用していた。武蔵野の雑木林だって共有林でしたからね。みんなで大事に分けあって使う。入会地としての山野河海こそが、村の人々を繋ぐ共同の絆でした。近代はそれを国有や私有に分割してきたわけですが、それでも山菜やキノコを採ったりしてきたわけですから、それも使えなくなったら、村の暮らしは不可能ですよ。原発事故によってそこまで追い込まれているのに、実に巧妙に問題が逸らされ、なかったことにされてきましたよね。

川野　今もまだ、現在進行形です。何も片付いていない。

赤坂　何も終わってないです。終わりなんてあるわけがない。だって、家の周りだけは何とか、除染、という名の「移染」ですね。移しているだけです。「暮らせるようになったから、戻ってください」と言うけど、これまでの暮らしのスタイルはもう継続できないことがわかっているわけですから。元の住民は戻って来ないことを暗黙の前提に動いていると思いますよ。汚染された被災地域は囲い込んで、原発やその関連施設、除染や事故処理のためとか、いろいろな先端的企業を誘致しています。だから、戻ってきて、元の暮らしを回復するなんてことは想定されていないですよ。残酷な言い方ですが、そんなことは不可能ですからね。

川野　星や螢がきれいだったというところに、あらゆる混乱を越えて、言葉や情緒が集まっていく

▽「絆《きずな》」なんてクソくらえ!!

赤坂　「絆《きずな》」という言葉が流行ったじゃないですか。あれ、電通だと思うのですが、聞いたところによれば、一億とか何とかで請け負って、カネに換算された「絆」という言葉をキャッチコピーに使ったわけです。あの言葉は、被災地とその外にいる日本人を奇妙なかたちで繋いで、情緒的に動かす仕掛けとして、絶大な力を発揮したと思うのです。その意味合いでは商業的に成功したのですが、東北の人たちは「ありがたいお言葉」として受け止めながら、つねに違和感を感じていましたね。

川野　短歌でも、例えば小島ゆかりさんの歌で〈二人子を亡くした母がわたしならいりません絆とかいりません〉があります。「絆」という言葉の何といういかがわしさ。

赤坂　暴力的ですよねえ。だって、「絆でつながる」と言われたら、東北の人たちはありがたがることを要求されて、反発することは絶対に許されないくらい、抑圧的ですね。

「津波てんでんこ」という言葉をよく聞いたでしょう。あれ、どういう言葉なのか。震災の一、二か月後かな、ある壊滅状態になった町の町長さんだったかが話してくれたんです。自分が幼いころ、母親から繰り返し聞かされた言葉があった。それは「津波が来たら、おれを置いて逃げろ。おれを助けようとしてお前が死んでしまったら、どうしようもない」。つまり「絆を絶て、絆を捨てろ」と母親は子どもに教えているのです。圧倒的な絆ゆえに、明治、昭和の三陸大津波では、たくさんの人たちが死んでいるわけですよ。だからこそ母親は長男に向かって、「おれを助けようとするな。おれを捨てろ。絆を捨てろ」と教えていたのです。つまり、絆という言葉に身ぐるみ縛られ命を落としてきた東北の人たちにとっては、「そんなことは分かりきったことだ、大きなお世話だよ」でしょう。本音をぶちまければ「クソくらえ」ですよね。

川野　全くそう思います。「津波てんでんこ」は非常に貴重な、赤坂さんの言葉で言えば「民俗知」だと思うんです。つまり、近代社会はさまざまなものを捨てたり覆い隠したりして近代の人間観を作ってきたわけで、たくさんのごまかしや言及しないものの塊になっています。しかし本当に追い詰められたとき、誰かが生き残らなきゃいけない、誰が生き残るべきか、という問いには思考停止しています。だけど、「津波てんでんこ」という言葉は、捨てる側と捨てられる側がものすごく苦しみながら辿りついた「愛の決断」なんだと思っていました。

こんな歌を作るしかないことがありました。〈わが裡のしづかなる津波てんでんこおかあさんごめん、手を離します〉。母を介護しているとき、私も病気をして、命には順番があるなと思ったんです。それは命の順番についての冷たいトリアージュの話ではなくて、いちばん愛のあるものだけが決断できる掟だと思ったんです。

赤坂　先ほどの町長さんのお母さんは、きっと三陸大津波を体験しているんです。明治二十九年の三陸大津波と昭和八年の三陸大津波のとき、どのくらいの人が死んでいるか。誰が死んだのか。3・11の東日本大震災では圧倒的に老人だった。高齢者が三分の二くらいだと思います。障害を持った人たちとか、心に病を抱えた人たちとか、そういう人たちがいちばん死んでいる。高齢者施設が多く海岸近くにあって、津波に流されてたくさんの犠牲者を出しています。

ところが、調べてみると、明治と昭和の場合、とても目立つのが若い母親たちなんです。「アサヒグラフ」なんかを見ると、明治の三陸大津波では乳呑み児を抱えたお母さんたちが流されて死んでいる。それが絵に描かれています。涙をひときわ誘う絵柄だったからかもしれません。若い嫁は義理の親たちを残して逃げることができなかったようです。実際に子どもだけを抱えて、命からがら助かった若い嫁たちが、後になって非難され、自殺に追い込まれたという例があったとか。

町長さんのお母さんはたぶん、それを体験していたのでしょう。だから、子どもに対して「絆を絶て」という言葉と同時に、もしかすると、その息子の未来の嫁に対しても「津波てんでんこだ。逃げていいんだ」というメッセージを伝えていたのかもしれません。嫁であった母親は「津波てんでんこ」という言葉に、そういう思いを

赤坂　圧倒的な絆ゆえに、明治、昭和の三陸大津波では、たくさんの人たちが死んでいるわけですよ

ひそかに乗せていたような気がするんです。そういうことを体験してしまった世代の母ですから。

川野　苛烈な家制度が死者の順位を決めていたんですね。

赤坂　絆で縛られているんですよ。その人たちに向かって、「何が絆だよ」っていう思いはありましたね。

▽短歌には収まりきれない

川野　赤坂さんの『民俗知は可能か』で、最初に石牟礼道子を挙げておられたのが印象的でした。石牟礼道子の『苦海浄土』に対してはいろいろな批評がありますね。「あれは小説なのか。ジャンル不明じゃないか」とか。例えば「文学」と解釈したときには、「過酷な状況にある人たちを文学の美文の中に言いくるめて、石牟礼さんの世界の情緒の中に描きくるめていいのか」という批判は、あの書き物に対して常にありますよね。その間をどう考えるのかは、終わった水俣病を考えることではなくて、実は「われわれは何を書くべきなのか。何を書いてきたのか」ということにつながると思うのです。

赤坂　ちょっとその前に迂回しますね。関東大震災の後、震災歌集、震災詩集がいくつも出てるでしょ。僕は「現代詩手帖」二〇一一年三月号に折口信夫の「砂けぶり」の一連について、折口の引き裂かれ方がとても大切だなと感じて、エッセイを書いたのです。

折口信夫は神戸から横浜に着いて、そこから都内の自宅まで歩いて帰る途中で見たこと、体験したことを生々しいドキュメンタリーとして歌を作っています。でも、それは自分が歌人としての営みとして作ってきた短歌には収まり切れないということで、折口はそれを短歌には含めていないのかもしれない。名づけようもない作品として、あの一連を残したんだと思います。それは時の経過のなかで手直しされ、発表されていきました。つまり、ドキュメンタリーの器としての短歌というものの可能性に、折口は実験的に向かい合っていたのです。折口にとっての震災は、短歌的な情緒みたいなものに溶かし込める体験ではなかったけれど、それでも、定型が壊れていく現場でかろうじて歌によって掬い取れる現実のかけらがあると、おそらく折口は信じていたのだと思うのです。

「砂けぶり」だけではなくて、折口自身によって「非短歌」に分類されたものには、「水牢」「貧窮問答」などとても気掛かりな作品があります。たしかに短歌として評価しようとすれば、「これは違うよね」と言われるかもしれないと承知しながら、でも、ぎりぎりのところで、短歌の縁に踏みとどまって作られた作品であるという意味で、同時代の震災歌集、震災詩集とはまるっきり違うんですよ。あの違いは、やはり押さえておきたいと思う。

関東大震災と水俣病とが、表現の位相で真っすぐに結ばれるとは思いません。しかし、石牟礼さんの場合にも、これは小説なのか、何なのかというぎりぎりの表現のあわいか縁のところで、綱渡りのように言葉のかたちを探していたのだと思います。

だから、『苦海浄土』について渡辺京二さんが書かれている文章などを読むと、石牟礼さんは「これを皆さんは聞き書きの本だと思っていらっしゃるのよね」と笑ったというのです。そこで、渡辺さんは『苦海浄土』は「私小説」だと言い切ってみせたのです。僕自身はその言葉にくり返し躓いてきました。だから、もう少しそこに踏みとどまってみたいと思うし、「私小説だ」という言葉には乗れないと考えています。

聞き書きはむろん、われわれ民俗学者にとってはいちばん大切な方法です。その聞き書きって、とても不思議なもので、たんにそこで営まれていること、たとえば生業《なりわい》とか暮らしを聞き取りして言葉にするというのとはちょっと違うんです。『遠野物語』がそもそも佐々木喜善の語りを聞き取りして編まれた作品ですが、岩波書店から『原本　遠野物語』が刊行されたことによって、その誕生のプロセスが詳細にたどれるようになってみると、作品とは何か、作者とは何かといった古めかしい問いが、あらためて深刻に問われるようになる予感が生まれています。柳田国男が作者で、『遠野物語』はその作品なのかと問いかけるのと同じ意味合いで、石牟礼道子が作者で、『苦海浄土』はその作品なのかと問いかけてみたくなるのです。石牟礼さんは入院されている患者さんたち、言葉を失っている人の言葉を聞き書きしているんですよ。

赤坂　定型が壊れていく現場でかろうじて歌によって掬い取れる現実のかけらがあると、おそらく折口は信じていた

川野　石牟礼さんは「相手が何も言ってなくても、私には聞こえてるんです。こう聞こえたんですから、仕方ないんです」とおっしゃってますね。赤坂さんなどのいちばんベースになっている「歩く、聞く」という行為は、相手に導かれて、操られるように、そこに行くような感じがするし、「聞く」という行為は実は相手も聞き手が聞きたいことに向けて喋る傾向がありますよね。そうすると、聞き手の「こころの声」とともに、それを少し超えたところにある何かが聞こえるのでは、と思うんです。

赤坂　僕は震災後、一年半くらい、被災地を歩いていたんです。自分では「巡礼みたいだ」と後になって感じました。その渦中では、聞き書き調査なんて一度もしたことがないんです。歩きながら、出会った人とか知り合いなどに話は聞きますが、録音もしないし、記録もとらない。あるいはたくさんの人がいるところで、偶然のように聞こえてくる、なんだか浮遊している声がある。僕に向かって、ではないのです。呟いている言葉や囁き交わす言葉なのかもしれない、そういう言葉が飛び込んでくることがあります。そういう言葉は書き留めることもしないが、記憶には残るんです。つまり、向かい合って、「わたしは何年にどこで生まれて、こんなことをしてきました」みたいな、そういう語りに耳を傾けるのが聞き書きだとすれば、僕は一度として震災の聞き書きをしていません。それなのに、たくさんの言葉が記憶に刻まれています。そういう意味合いでは、石牟礼さんの仕事はおよそ聞き書きからはかけ離れたものですね。

いま、川野さんは「こころの声」と言われましたが、「こころの声」が聞こえてくることって、きっとあるんです。とりわけ震災後は面と向かって震災の体験を聞くとか、あまりできなかったし、しようとも思わなかったのです。でも、周りで交わされている言葉は聞こえてきて、それを記憶に留めるというより、なんだか傷か何かのように身体に刻まれている感じがありました。いつしか、それも聞き書きだなと思うようになりました。

石牟礼さんはある種のシャーマンだから、「聞こえてきちゃうのよ」と言ってのける。でも、「聞こえてくる」といっても、その患者さんの置かれている状況とかは全部あらかじめ知ってるんですよね。自分のムラのあの人ですから。夫がしばらく介護していたけれど、やがて捨てられてしまって、たった一人病院に残された女性の声を聴いています。それは創作ではありません。その状況に置かれた、その人の言葉にならない叫びや呻きみたいなものは、石牟礼さんのような巫女的な人には体でわかるはずで、それ自体は神秘でも何でもないと思いますね。

▽「人の尊厳」に引き上げる作業

川野　今、私は声を出して話していますが、そのボイスではなくて、「語られざる内面も含んだ声」、ですよね。

　石牟礼さんの小説はいろいろなスタイルの集積だと思うのですが、一貫しているのは、現実の無残を「人の尊厳」というものに引き上げ磨く力だと思うのです。印象的なのは「李太郎語り」です。「胎児性水俣病」の孫、李太郎を抱くあの「爺さま」の語りは一〇〇パーセント、石牟礼さんの言葉でしょう。でも、「爺さま」の身体や生き方全体が語っている。それを聞くんですよね。そして石牟礼さんのなかの魂の尊厳が機動力になって、現実を言葉によって高め磨いているような気がするのです。

　それは島原の乱をテーマにした『春の城』にまで、全部、つながっていますね。『春の城』でも、勝ち目のない戦でもう死んでいくことを覚悟している村人たちがご飯を炊く。ぼんぼりを掲げて塹壕のなかを動く。そういうことが一つの祝祭として書かれています。石牟礼さんを書かせているものが「人の尊厳」だとすると、実は赤坂さんのなさっている仕事にもそのようなものが根っこにありそうな気がします。

赤坂　まだ活字になっていないのですが、石牟礼さんの「浄瑠璃語り」をテーマに論考を書いています。『おえん遊行』という小説では、マロウドの傀儡芝居の男と女がその島にやって来ると、どうやら島人たちから聞き書きをしているんですね。語りの素材を集める、みたいなかたちで。祭りの場では、渚のアコウの樹の下に集まり、島の人たちは自分たちが飢饉とかヒデリとか疱瘡とか、いろいろな災難に見舞われながら、苦しみあがいてきた

川野　石牟礼さんの小説はいろいろなスタイルの集積だと思うのですが、一貫しているのは、現実の無残を「人の尊厳」というものに引き上げ磨く力

歴史が、浄瑠璃という、それこそ定型的な語りの仕掛けに乗せて語られるのに耳を傾けるわけです。それはまさしく浄化の場であり、鎮魂や供養の場なのです。苦難や傷ついた魂を浄めて、悲しみを癒す。マロウドの芸能者が浄瑠璃語りという定型に乗せて、島人たちの苦難に満ちた体験を口説き語ってくれるのです。それは言葉の織物となって祭りの庭に広げられる。それが島人たちにとっては本当に深いところからの魂の癒しとなり、慰めになるのです。芸能の力って凄いと思いますよ。

川野　定型なんですよ。短歌もそれに近いかも。

赤坂　まさにそれなんですよ。だから、たんに定型の力というだけではなくて、その定型的な仕掛けに体験とか自分たちの歴史みたいなものを託し揺すってやることで、いろいろな人たちと繋がりながら、それを贈与するというか。だから、石牟礼さんは「浄瑠璃語り」の作家だと思うのです。たしかに人間の原存在みたいなところに降りていって、そこから発せられた言葉だから強い。同時に、それが浄瑠璃語りになっている場面がいくつもあって、すでに共に生かされるべき言葉の庭に開かれていま す。たんなる散文の詩や小説からは隔絶したものです。石牟礼さんを近代文学の概念としては反転させながら、あえて逆説的に「私小説」の人と呼んでみるといった試みには、やはり留保をつけておきたい気がしますね。

川野　その問題、とっても重要です。型の力で語られたものと「私小説」とは対極にあります。この問題短歌は私小説でいいのか、そもそもそうではないのに、という問題としても宿題にしたいです。

▽「遊動《ゆうどう》」というテーマ

赤坂　僕は「遊動《ゆうどう》」というテーマに向かっています。柳田国男的には「漂泊と定住」なのですが、「漂泊」という言葉が情緒的なものを背負い過ぎているので、最近は「遊動」という文化人類学の言葉に置き換えています。「遊動と定住」というテーマですね。僕は若いころにはもっぱらそれをテーマにしていました。それをもう一度、根底から再考してみたいと考えています。

つまり、共同体の内側に暮らす人たちが、祭りとか儀礼によって、たとえば悲しみを癒すとか、死者を鎮魂するとか、あるレベルまでは可能かもしれません。しかし、

赤坂　「内なる語り」と「外なる語り」のせめぎ合う文化的な構図を考えてみたい

それが不可能な事態にぶつかることがある。巨大な戦争とか、津波や地震といったものに遭遇する。寺も墓地も神社もみんな流されてしまう。日常的には寺や神社に拠りながら、民俗的なさまざまな仕掛けに悲しみとか怒りを乗せて、浄化される。震災後には、たしかに鹿踊りのような芸能が浄化装置としての役割を担ってくれました。しかし、そうした内なる宗教的な仕掛けでは届かないものがあるんですよ。

それを外から来るマレビトが浄める、浄化する役割を果たすのです。そもそも鹿踊りだって、初めはマレビトが運んできた芸能だったはずです。だから、共同体の内なる語りや芸能ではなく、共同体の外部を漂泊している語り部や芸能の民が、石牟礼さんの世界だと、ときどきふらっと島のあなたから舟を漕いで現われる浄瑠璃語りのような、そういう人たちが携えている外なる語りとか芸能とかが必要とされる場面が、きっとあって……。

いずれであれ、芸能とか文学は定住と遊動のはざまに織り成される、ある種の文化の仕掛けだと思うのですが、それを背負わなくては大きな共同体の悲しみや苦難を祓い棄てることはできないのです。だから、「内なる語り」と「外なる語り」のせめぎ合う文化的な構図を考えてみたいのです。

チッソという会社は、河口から海に排出した有機水銀によって水俣病という悲惨をもたらし、東京電力という巨大な企業は、原発事故によって山野河海にあまねく放射性物質を撒き散らしました。その被害は不可視化されてあいまいに希釈されています。どちらも海を浄化装置としていたことは偶然ではありません。それにしても、水俣病や原発の爆発事故のような巨大な災厄に向かい合うには、村の内なる語りとか、村の内なる芸能は無力なんですね。だからこそ、石牟礼さんは共同体の内なる語りや内なる芸能ではなくて、やはり浄瑠璃語りのような遊動性を持った外なる語りや芸能へと向かわざるをえなかったのだ、と思うのです。

だから、『苦海浄土』の文体とか、『苦海浄土』を支えている思想を、繰り返しますが、渡辺京二さんが石牟礼さんの最大の理解者であることは認めながら、それを「私小説」という限りなく自閉的な言葉の磁場に閉じ込めることはできない、と僕は考えるのです。

川野　強く賛成します。漂泊性をもった非日常の言葉、つまり近代が捨ててきた言葉の意味を考えなくては。

▽無主物《むしゅぶつ》というもの

川野　赤坂さんが注目してこられた人々、例えば岡本太郎、網野善彦、宮本常一、つねに近代というものに対してアンチを抱えた人たちですね。

石牟礼の場合だと「渚」という忘れられた場所がものすごく大事な場所として復活しているし、岡本太郎であれば近代以前より埋まっていた縄文という力強いものです。網野善彦であれば周縁の人たちであり、あと、宮本常一、網野善彦、共通のテーマとして晩年に出て来た「海」があると思うのです。アンチ近代というものに根差した世界の語り直しというところを、赤坂さんが引き受けつつ展開されようとしている気がして、そこに非常に魅力を感じてます。

赤坂　たとえば、震災後に福島のあるゴルフ場が東電を訴えているんですよ。降り積もった放射性物質を除去するように求めたのに対して、裁判が行われました。東電は震災後にまず、二百人くらいの超優秀な弁護士グループを組織したと聞いたことがあります。

川野　私たちが払った電気代もそうだし、税金も使って、ですね。

赤坂　電気代もそうだし、税金も使ってでしょう。それで、その優秀な弁護士集団はどんな主張をしたのか。とても興味深いものでした。「放射性物質は所有者がいない、無主物であるから、東電はそれを除去する義務がない」と法廷で主張したのです。それは実は、網野さんの仕事にも繋がっていると考えているのですが、民法で「無主物先占《むしゅぶつせんせん》」という規定があるらしい。面白いでしょ。つまり茸とか空気とか海とか、そういう所有者のいないものは無主物であり放射性物質はまさにそれに当たるというわけです。枯れた木に茸が生えている、それは最初に見つけた人のものになるという、フォークロアのなかの慣行ですよ。それを近代の民法が取り込んだものです。

たしかに、渚に流れ着いたものは誰のものかとか、民俗学の世界では大きな問題であり、寄り物と称されて、柳田以来それなりに大切なテーマとされて来ました。それをまさに近代の法制度の体系が、マージナルな民法の規定として取り込んでいたのです。「無主物先占《むしゅぶつせんせん》」というのは、所有者のいない無主物については、それを最初に見つけた者のものとするという規定ですね。あるいは、海の漁獲の分配をめぐっては、とても奇妙なフォークロアが断片的に報告されています。漁獲物がすべて網や船を持つ網元のものと認められるわけではない、という感覚がすごく強かったらしい。網を引いた人はむろんのこと、ときには見ていただけの人までが、分け前にあずかれるみたいな習俗があったのです。それは海が無主の世界であって、その無主の世界で採れたものは本来は「みんなのもの」であるという感覚だと思うのです。

そうした民法の規定を巧妙に援用して、東電の弁護団は「放射性物質は無主物である」と主張し、地裁の裁判官はそれをそのまま受け入れたのです。裁判はそこで終わりました。

川野　酷い。何という酷い利用の仕方。

赤坂　法律の世界でも、「そうじゃないだろう」といった批判的な議論もあり、揺れているらしいです。でも、裁判の判例としては「無主物」だというのです。

▽「役立たずの木」という木

赤坂　僕はその無主物というものに、何か偏愛にも似た関心を覚えてきました。

たとえば、小正月にはダンゴサシとか呼ばれる、丸めた餅を木の枝にくっつけて飾る行事があります。あれはミズキという木がよく使われます。このミズキの木を削って、花とか削りかけを作るのです。アイヌのイナウとそっくりな形状のものもあります。

その調査を奥秩父のある村でしたことがあります。削りかけについて教えてもらった方に連れられて、山の神様にお参りに行ったのです。その途中で、指差して、「あれがミズキの木だよ。役立たずの木だから、誰が伐ってもいいんだ」と教えられました。そんなとき、「役立たずの木」という言葉が耳に残るんです。その場では聞き返すこともなく、ただ奇妙な感覚とともにずっとそれを引きずっていくんです。そうして東電の裁判の記事を読んでいたとき、不意に思い出したのでした。

ミズキは小正月にダンゴサシにする聖なる木です。でも、「聖なる木」とは言わず、「役立たずの木だから、誰が伐ってもいい」と言われるわけです。小正月の前のたった一週間くらいだけ、所有関係から切れてしまって、無主物として誰に対しても開かれている、みたいな感覚でしょうか。入会の山でも、私有林でも国有林でも、その特別な季節だけは無主物となり、誰でも勝手に伐ってもいいのです。それが役立たずの木と呼ばれているわけです。とても気になりますね。

唐突ですが、あるところで、縄文時代の十五歳くらいの少女の骨が出土しました。小児麻痺だということがすぐわかる。骨が変型しているんです。その少女の腕には貝の腕輪がたくさんあって、耳飾りもしている。少女はきっとシャーマンだったのでしょう。つまり、日常生活においては、生産性がきわめて低い、役立たずの存在であったはずで、それが「聖なるもの」として大事に守られていて、少女を仲立ちとして神々の声を聴いたことでしょう。人間社会って、そういう仕組みを実に巧みに作ってきたのです。

だから、「役立たずの木」と呼んでいることはとても深い意味があるのだと思う。「あれは聖なる木だ」というのとはまるで違いますね。人間という存在の根っこに繋がっているダイナミズムが感じられます。「無主物だから、放射性物質を除去する義務は、東電にはない」といった言説が絡め取られている、近代の薄っぺらさというのか、その無機質な肌触りが何とも不気味なものに感じられますね。

それはたとえば、流れ者とか毛坊主とか芸能者とか、聖《ひじり》と呼ばれた宗教者たちが、常の日には「役立たずの人」として差別されながら、共同体のあわいを漂泊していたことを思い出させますね。彼らは気味悪がられたり、排斥される対象であるにもかかわらず、ときには招かれて、共同体の内なる祭りや儀礼によっては祓いきれない穢れや災厄といったものを、浄化する役割をひそかに担ったのです。心身の極みを生きていた人々です。

そんなふうに考えていると、文学や芸能にとっては、ある意味で自分を傷めつけながら引き受けることこそが本義なのかもしれない、と思うところがありますね。だから、石牟礼さんも本当に自分の身体を傷めつけながら……。水俣の魚をずいぶん食べてますから、水俣病だったんじゃないかと言われていますね。みずからの身体を極限まで傷めつけながら、背負っているものの巨大さに眼が眩みます。だからこそ、ああいう豊饒なる文学が生まれたんだと思いますけど。

▽無主《むしゅ》の海

川野　是非伺いたかったのが「海」というテーマです。宮本常一さんが晩年に辿り着いたテーマですね。いわゆる「日本史」が日本列島を土地と、主に稲と権力とで書いてきました。だけど漂泊する人たちを探っていくうちに、「海で動く人がいた」というところにいくわけですよね。近代になってもそうですが、海が非常に大きな交通手段であり、また漁りの場であり、そしてまた、他の世界とつながる術、場所でした。そうすると、海の交通とか、海の生活とか、交流とか、海によって作られていた世界観を近代が失ったのではないか、ということに気づかせてくれています。ちょうど正比例的に、明治政府によって鉄道が急ピッチで整備されるにつれ、海の世界観が失われていく、そんなイメージを私は持っているのですが、いかがですか。

赤坂　海と山というふうに、つねに対照的に語られます。海と山の繋がりもとても面白いものがありますが、震災のあとにとりわけ感じたのは、山の辿ってきた歴史と海の辿ってきた歴史をめぐって、近代は「違い」というのを剝き出しにしたのかもしれない、ということでした。

なぜ原発は海辺にあるのか。チッソも海辺でしょう。自分たちが処理しきれないものを排泄する、そのために海がある。海の浄化能力はものすごく巨大だから、たいていのことは引き受けてくれたが、チッソが吐き出した有機水銀は湾全体を汚染するほどに、つまり海の浄化能力を超えてしまったのですね。

原発も同じかもしれません。いま、また「処理水」とかいって、放射性物質を含んだ汚染された水を海に排泄しようとしていますが、「そこまで海に甘えるのかよ、お前ら」と言いたくなるくらい、人間のバカげた傲慢さ

川野　海によって作られていた世界観を近代が失ったのではないか

を感じてしまうのです。でも、震災後に海と向き合わざるをえなくて、いろいろな場面で海と、ある意味では問いとしてぶつかってきました。「潟化《かたか》する世界」という言葉をいつしか使うようになっていたのです。

震災後の福島の南相馬あたりで、一面の泥の海を土地の人たちが指さして、「江戸時代に戻ったんだよ。浦に返ったのさ」と呟くのを聞きました。調べてみると、明治前期の沿岸の地図にラグーンが五つくらいある。潟湖《せきこ》ですよ。そのひとつの松川浦は十数メートルの水深があって、埋めようがなかったが、そのほかの潟は深さが一、二メートルですから、そこをすべて埋め立て、開拓をして田圃にした。その田圃が津波に洗われて、引いていったあとに、泥の海があったのです。百数十年前に開拓される以前は、そこは潟湖、ラグーンだった。柳田風に言うと、潟は漁業と交通と稲作がせめぎ合う場所です。これらの潟はみな、近代にはすべて稲の風景によって覆い尽くされました。それが巨大な津波によって、一瞬にして昔の風景に戻ってしまったわけですね。一、二年で泥の海はみな姿を消しました。僕にとっては途方もなく大事な記憶のひとつです。津波という災厄もまた、海の彼方からの寄り物なのかもしれないと思うことがあります。

すでにお話ししたことと重なるのですが、山形で聞き書きをしているとき、こんな聞き書きをしたことがありました。

船が沖合に行って、網をかけて魚を獲ってくる。その魚を市場に卸すが、その間に天秤棒といって、漁獲物の半分くらいを落とすことが行われていた。すべてが網元のものにはならず、あとで船乗りたちが山分けしたのです。だから、市場に運ばれるのは半分くらいです。その半分をたとえば八と二とかで分けているから、文献読みの人たちは「どれだけ漁師、水夫《かこ》と呼ばれる人たちが搾取されたか」と言うのですが、実はそうではなくて、その手前で半分くらいが消えているのです。いまならば、定めし漁獲物の横領事件になるでしょうが、それが慣行として暗黙のうちに認められていたらしいのです。なぜ、そういうことが許されたのかというと、「無主の海で獲れたものはみんなのものだ」という伝統的な意識が、いまだに強く残っていたからです。戦後の、高度経済成長期に差しかかる以前ですね。

川野　現代社会は公園に行っても、ここは野球場、ここはランニング場と、役割がきっちり決まっている。ベンチにはホームレスが寝られないように肘掛がわざわざあったり。つまり、何でもない人が何でもなく居られる場所って、どんどんなくなっていって、ごく自然に共有していたはずのもの、例えば山の入会地であったり、渚であったり、そういうものを近代から現代にかけて、本当にきっちりと区分けして所有者をつけてしまった。

逆にわれわれ自身は、そういう区分けのどこにも属さない、訳のわからないものとしての人間というものを、どこかで根本的に抱えている存在だと思うんです。そうすると、その区分けにいちばん苦しんでいるのは現代人自身かもしれない。海が与えてくれた、あるいは山が与えてくれた余白、すき間というのは、人間の生き方に対するヒントとか、社会の構成に対するヒントであるのかもしれないと思うんです。

赤坂　震災後、ある三陸の海で水産加工をやっている三十代の若者が湾を見下ろして、「みんなの海というふうに考えないと、もう、解決できないですよ」と語るのを聞いたことがあります。

湾をみんなで小さく囲い込んで養殖して、その下はものすごいヘドロの堆積だった。津波は湾の底からすくって、いわば、すっかりきれいにしてくれたのです。その海をまた囲い込んで好き放題やって汚して、ということを繰り返してはいけないと感じている若者たちが現われている。すごく鮮烈でした。「みんなの海」と考えることから再出発する。漁業権とか私有に囲い込んでしまったら、また同じことを繰り返すしかない、といった意味合いの言葉だったのだろうなあ、とあとになって気がつきました。

川野　「過去を探索する」ということが過去をただただ掘っていくことではなくて、人間や未来を考えるヒントになるのだと考えていいでしょうか。

赤坂　そうだと思います。だから、僕は「役立たず」とか「無主物」とかいう言葉におかしいくらい興奮するんです。面白くてたまらない。「生産性が低い」とか、政治家の間から、そういう言葉が出て来るじゃないですか。

赤坂　津波という災厄もまた、海の彼方からの寄り物なのかもしれないと思うことがありますでも、「役立たず」に見えている存在とかモノが実は絶妙に人間社会を支えてくれている何かであったりする。そうした「役立たず」な現実に、誰よりも繊細に対峙しているのが民俗学者なのかもしれないなどと思うと、少しだけ気持ちが伸びやかになりますね。

川野　短歌も役立たずですし、ずっと役立たずでありたいです。感動しました!!　ありがとうございました。

（二〇二一年九月一二日　アルカディア市ヶ谷）

震災は詩歌の何を変えたのか？

高野ムツオ
（俳人）
×
川野里子

高野ムツオ（たかの・むつお）　1947年宮城県生まれ。阿部みどり女、金子兜太、佐藤鬼房に師事。句集に『陽炎の家』『片翅』、散文集に『語り継ぐいのちの俳句』『季語の時空』他多数。句集『萬の翅』で蛇笏賞、読売文学賞受賞。日本現代詩歌文学館館長。

▽〈震災以後〉の短歌と俳句

川野　日本にとって、そして世界にとっても痛切な体験となった東日本大震災後十二年が経ちます。本日は震災に向き合ってこられた高野ムツオさんとお話したいと思います。以前高橋睦郎さんが、震災に関しては俳句の方が良い作品が生まれたのではないか、とおっしゃっていて、震災と短歌を考えるうえで重いご指摘でした。短歌と俳句の違い、さらには他ジャンルがどのように震災後というテーマを抱えてきたのかを考えたいと思います。

ところで、震災後と言えば高野さんの『萬の翅』から『片翅』への変化ということになります。高野さんにとって震災後という時間はどんな時間だったのでしょう？

高野　難しいことですね。震災前と明らかに異なる時間となったとは言えます。自然や人間の未来に対する見方、考え方が変わった時間とは言えますが、何がどう違ったかは、個々の作品に当たらないと自分でも分からないですね。俳句というのは短歌と違ってその時その時の瞬間を切り取ることはできますが、それがどこまで永続的な価値を保つことができるかは難しい。短歌のように時間に沿って語れません。情報量が少ないわけです。そのため、いつ、どのような場、どのような瞬間であるかは、読者の判断に任せるしかないという面がある形式です。震災後がどう表現できているかどうか、なかなか自分でも把握できにくい。

川野　ああ、それは俳句作品を読む時に感じることです。それぞれの作品が震災と関わりがあるのかないのかが断定できないんです。それは裏返せばある種の普遍性ですよね。

高野　そうとも言えます。ただ、本当にそれを普遍性と言っていいのかどうか。さまざまな角度から読まれることによって、作者の意図や状況とは違った次元で鑑賞され、理解されてしまうのではないかという不安定性も俳句には常にありますね。その点、短歌はしっかり語りますから、その時その時のリアリティが表れる。一首でも時間の流れが語れる。特に今回読ませていただいた川野さんの作品から感じるのは、言葉を語り、繋ぐことによって、語られる以前には存在していなかった未来が展開されていることです。これは俳句ではできないことだと思いました。俳句の場合は、ある程度の時間が経ってから、あれは未来を暗示していた作品だったと読める場合はありますが、言葉自体が直接未来を探っていくような表現の仕方は俳句形式では難しい。

川野　それはとても嬉しいです。震災というテーマは過去から未来へどう文学的に深めつつ繋げてゆくのかが命綱になるだろうと思っています。短歌は「景」＋「心」というのが基本なので、場面と思いが両方語れるんですね。だから現場の壮絶な記録が大量に生まれました。俳句よりも短歌の方が早く大量に作品が生まれたのは詩形の特性のためかもしれません。

高野　そうですね。私は呑気な性格で、例外的に震災当初から俳句を作りましたけれども、一般的にはある程度の時間の経緯があって、心にゆとりができたあたりから、少しずつ言葉を発していくことができたと思います。歌人は直後から発信していたようですね。

川野　ええ。たくさんありますが、例えば〈半身を水に漬かりて斜めなるベッドの上のつつがなき祖母〉（『リアス／椿』）、梶原さい子さんの作品ですが、現場で今、津波が来ているという場面が詠われていました。今、ここにいる私というものが非常に強く表されたのが震災直後でした。なぜ俳句の方が遅れたのかと考えてみると、普遍化や、季語による象徴化をおこなう時間が必要だったのではないかという気がします。

高野　そうかもしれませんね。俳句の方が言葉を選び、純度を高めるための時間が必要な形式ですから。短歌の場合は今ここでこのことを詠わなければという表現欲求に応えて叶えてくれる形式なのですよね。佐藤通雅さんなども震災後に会った時に話してくれましたが、とにかく震災があったその日の夜から、真っ暗の中で懐中電灯を持ちながら、短歌ができてできて仕方がなかったと。そんなにできるものかなと思って感心していましたね。私などは、たまたま家に帰るまでの間の五時間ほど、歩きながら四、五句作りましたけれど、ほとんどの俳人が俳句にすぐ向かうことができなかったようです。大地震

高野　俳句というのは短歌と違ってその時その時の瞬間を切り取ることはできますが、それがどこまで永続的な価値を保つことができるかは難しい

直後から津波や原発事故ニュースなども伝わりましたが、結局、私も当日以外は俳句に向かうまである程度の時間が必要だった。自分自身も含めて客観視できるまでの時間が必要なんですね。

川野　文学形式によってタイムラグがあったことは面白い点ですね。小説は『震災後文学論―あたらしい日本文学のために』を日本文学研究者の木村朗子さんが纏めておられますが、現在さかんに海外に翻訳、紹介されていて、時間が経って、東日本大震災後の日本の文学として海外で確かな認知をされるようになってきているようです。それぞれのジャンルの性格が思われますね。

高野　小説は言葉を構成したり構築しなければいけない。取材などを通じて主題も深まり明確化するんでしょうね。その積み重ねで壮大な世界を繰り広げることが可能ですね。同じ宮城県でも、熊谷達也さんの小説など『リアスの子』から『希望の海』まで連作でさまざまな世界が展開していく。散文における文芸表現のあり方と短歌や俳句ではまた全然違う。阪神淡路大震災の時は何人かの俳人がすぐれた作品を残しましたが、アメリカ同時多発テロ事件の時には、俳人はほとんど対応できませんでした。短歌はよく対応できた。私は俳句の限界というものも感じましたね。

川野　それは季語の問題がありますか。

高野　季語の問題もありますが、まずもって単純に字数の短さですよね。情報を多くは盛れないところに限界があったのは言うまでもないですが、短いなりの表現方法を見つけることができなかったのだと思いました。また、日本で起きたことではないので四季という時間認識では対応するのが難しかった。しかし、表現者としては悔しいじゃないですか。その時代その時代に応えていくのが文学の世界です。それは俳句でも短歌でも同じです。昭和の戦時中、大陸にあっても、それぞれのやり方で作品を残すことができている。しかしアメリカで起こった深刻な事件に俳句は対応できなかった。短歌はしっかりと対応したというのは、俳人である私にとってはとても重大な課題となりました。

▽個々の作品から

川野　短歌はおそらく何にも対応できると思うのですが、

認識する主体としての〈私〉と対象との関係性を見出さないと、結局は何でも詠えてしまう形式になってしまう。その点については短歌には警戒感があり、〈私〉と出来事との関係が盛んに議論されます。

高野　私性は俳句でも問題視された課題ですが、些末な事柄でも、短歌の韻律に乗せるとポエジーが生まれてしまうというところが、短歌の恐ろしいところですね。

川野　そうなんです。例え加害側であっても日常風景を「かなし」で纏めて抒情できてしまう。第二次大戦後の斎藤茂吉を考えてみても怖い形式だと思います。結果として、戦後は被害者ばかりの世界になってしまった。

高野　俳句はそうはならないですね。むしろ一人よがりの単なる断片になってしまう。短歌は抒情が生じるんですよね。

川野　まさにその短歌的なポエジー、抒情性との闘いを抱え込んでいるのが現代短歌なんだろうと思うのです。ですから、震災についても同じことが言えます。震災が現在に影響を与え、抱えられているのかは〈私〉や抒情の問題として非常に複雑に潜伏しているような気がします。

高野　なるほど。しかし、基本的に短歌は一人称で詠うものではないのですか。

川野　基本的に一人称ですが、若い歌人の中には、自分の生活がベースになった歌というよりは、いわゆる認識主体というものがあって、言葉を紡ぐ。その遠景に〈私〉がいるという作品が多いですね。

高野　作中に仮託された自分が存在するということですか。

川野　そうですね。仮託もありますが、〈私〉にとっての震災後の世界観がホットスポットなのかなという気がします。震災から日常へという二分論ではなく、震災後、世界が変わってしまった、その世界観を表現する〈私〉が立つという感覚が近いでしょうか。だから直接的な関係を見出すのは難しいのですが、例えば、井上法子さんの〈うかんだりしずんだりしてさまよって手のなるほうへ霧笛を鳴らす〉（『永遠でないほうの火』）。この歌は直

川野　例え加害側であっても日常風景を「かなし」で纏めて抒情できてしまう

接に震災の歌と読む必要はないわけですが、現代社会の生きづらさ、溺れながら生きているという感じと、震災の映像体験、私たちが広く共有した震災体験が重なって沁み込んでいる気がします。

高野 そうですね。この歌の重層性は共感できますね。特に被災体験者である私などが読むと、一義的には津波で攫われた人たちが行き場を失って海を漂っているという場面が浮かんできます。と同時に作者自身が現在という生きづらい時間の中を自分という存在がどのように漂い、どこに行き着こうとしているのかという不安感のようなものが比喩的に表現されているのかなと思います。「霧笛を鳴らす」のはおそらく作者でしょうから、死者のために霧笛を鳴らすというふうにも読めるでしょうし、自らの行き先を求めてとも読める。象徴的な効果がありますね。「手のなるほうへ」という表現には、隠れ鬼の遊びをモチーフにしながら、どこへ行ったらいいか、今という時間の中を目隠しされたまま、いつまでも迷っているイメージが浮かびます。

川野 吉田隼人さんの〈みづの道みづの速度をもてあゆむゆくへもしれぬみづの駅まで〉(『霊体の蝶』)。これも直接には震災と関係ないのですが、津波の体験が普遍化しながら、象徴化されながら、水が何もかもを覆って攫っていくようなイメージですね。今ある現実が非常に危ういものとして、流動的なものとして、何もかもが定まらない現実として、足元にある。

高野 この辺になると、これが震災詠として読めるかは随分難しいです。

川野 震災詠ではないですが、むしろ震災が無意識の中に忍び込んでいると言いますか。

高野 津波だけに限らず、福島の原発事故の汚染水を含め、自然の水に対する信頼性が揺らいでいる。そのことをベースにしているのかなとも読めるし、もっと単純に、水そのものに対する、その豊かさへのリスペクトがあって、水に自らを委ねていると読めないこともないですね。

川野 両義性がありますね。

高野 リズム感からは水に対する不安感や恐れを詠っているとすべきなのでしょうが、水そのものの生命の豊かさに身を委ねながら、自分の命を「みづの駅まで」、つまり終着駅まで水とともにしているとも読める。読み方がずいぶん多様になってしまって、果たしてここまで言葉が不安定なままでいいのかなとも思ってしまいます。その読みの危うさこそ作者の狙いかもしれませんが。

川野　そうだと思います。いろいろな読みができる作品なのでしょう。私たちが立っている足元が、固体ではなく液体になってしまったという感じでしょうか。

高野　作者自身も液体化している感じがしないでもないですね。

川野　ええ、確かに。

▽〈自然〉の再把握、〈時間〉の喪失

川野　今回高野さんと是非お話したいと思ったのは、〈自然〉についてなのです。自然というと牧歌的でもう終わった主題のように短歌では扱われてきたのですが、高野さんが抱えてこられた主題としての自然は震災後、いっそう力強くなって人間を問いかけています。この力強さは何なんだろうと驚かされるんです。御著書『語り継ぐいのちの俳句』の中で驚いたのは、被災した時に、「蝦夷」としての自分をまず最初に思い出されたことです。これは凄いなと思って。お若い頃からの意識ですか。

高野　自然とそうなったのですよね。「蝦夷」という言葉にこだわるようになったのは、おそらく三十歳を過ぎた頃から、佐藤鬼房の作品をよく読むようになってからだと思います。もっとも、十代の頃から自分が住んでる土地に対するコンプレックスはずっとありましたね。寺山修司をはじめ東北人は皆そうですけれどもね。高校を卒業して宮城から東京に出て来た時などズーズー弁であることが恥ずかしかった。「僕」と言わなければと思って無理に「僕」と発音しようとしたら舌を嚙みそうになってね(笑)。ところが関西から来た連中は平気で関西弁を使っている。むしろ自分たちの方がちゃんとした言葉を使っているんだぞという自信を持って喋っている(笑)。感心しましたね。でも東北コンプレックスはあったけれど、上京後は自然は東北の方が豊かだとも感じましたね。夏に帰郷する際など車窓から見える山の緑の深さは関東と東北では全く違ってね。私は小学生の頃から俳句を作っていますが、無意識のうちに自然のよろしさを自分の体で享受してきたのではないかと今頃になって気づいてもいます。「みちのく」という言葉は詩歌ではもてはやされる言葉ですが、やっぱり、道の奥の、だからね。文

化が遅れているという意識がずっとあった。「蝦夷」も差別用語なわけですが、その言葉を逆手にとって俳句を作ってきた鬼房の世界を知って、これだと直感したわけです。それ以来、東北の風土や自然をより意識しながら俳句を作ってきた。大地震や津波も自然の力なのだけれど、この東北の自然に育てられ生きてきた、という意識が、大震災に遭遇しても無意識に出てきただけだと思います。

川野　負であったものが言葉の力によってことごとく力強く立ち上がっていますよね。『萬の翅』前半における震災以前の自然把握の力強さが、震災後には人間の力強さとなって、再び別の立ち上がり方をしていると思います。〈滅びたるのちも狼ひた走る〉(『萬の翅』)が忘れ難い作品です。こういう自然の力を背骨にしている俳人は他にいらっしゃいますか。

高野　どうでしょうか。自然の力を意識するのは俳人の基本とは思いますが、こんな戦中世代が好んだ題材をモチーフにする俳人は、もしかしたら少ないかもしれませんね。私自身、震災前から狼には関心がありました。宮城にも狼河原など狼に関する地名がいくつか残っている。明治時代に滅びてしまったニホンオオカミは滅びゆく自然の象徴のような動物です。金子兜太の生まれ育った秩父は狼信仰の中心地で、狼の句をずいぶん残している。三橋敏雄の出身地八王子なども狼信仰が盛んだった土地。第二句集のタイトルは『真神』です。「真神」は大口の真神、狼のことですね。〈絶滅のかの狼を連れ歩く〉。私の師の佐藤鬼房にも〈山河荒涼狼の絶へしより〉がある。私の句は、それら意中にある俳句の二番煎じや三番煎じみたいなものです。まあ、滅んでしまうものへの執着ということを、これらの俳人から学んできたということです。

川野　これは単なる狼ではなくて、時間を貫くものですよね。時間を渡る旅人としての力強さが訴えかけてきます。狼の歌では渡辺松男さんに〈絶滅といふことは最後のオホカミがあつたのだ、その死後の銀漢〉(『きなげつの魚』)が思い出されます。この歌は最後の狼の背後に抱えられてきた時間と終わるという瞬間の激突が詠われていて、膨大な時間との問答を感じます。一方で私が今気になっているのは、時間を失った短歌です。今だけ、ここだけ、私だけ、という社会的風潮がありますが、短歌の問題としてみると、「今」、「ここ」、「私」しか信じられないという震災後の世界への不安感、不信感の表明でもあるのではと思うんです。いまこの瞬間の輝きに凝縮される傾向は震災以後いっそう顕著になった世界観でもあります。それはそれですばらしい作品があるのですが、時間軸との語り合いが消えている。大昔から津波はあったし、原発は今度起こしてしまった事故の影響が十万年後も残るという、非常に長い時間軸の中を生きている私たち、という大きな世界に目が行かなくなっていることが気になっています。

高野　それは、現代の短歌に口語性が重んじられ、用いられる言葉も現代を反映したものに偏ってきた。かつてさまざまな歌人たちが長い時間をかけて醸成してきた詩としての言葉が忘れられてきていることに関係がありますか。

川野　おっしゃる通りだと思います。アクロバティックな言葉の才能を感じる作品はたくさんありますが、それが「私」に収斂してゆくのは気になります。高野さんの〈原子炉も人も翼下に夏の鳶〉(『片翅』)、現代短歌ばかり読んでいると、こういう視野に驚きます。「鳶」の視野を借りると「原子炉」も「人」も鳶の翼の下というんですから、驚きました。短歌はこういう別世界、人間の世界の外を持たなくなったなと気づかされました。

高野　まあ「夏の鳶」という季語はないのだけれども、これが季語と同じような働きをしているせいかもしれませんね。今おっしゃったように、短歌と同じく、俳句も現代の社会を詠もうとして、多くの工夫をしてきました。けれども「今」にだけ拘って詠もうとすると、季語の力を発揮する余地がなくなってしまいます。私は無季俳句も作る立場ですが、俳句の場合、自然の裏付けや季語のもつ時間意識がなくなると、俳句そのものが瘦せてしまって、限りなく断片的になる。時事的な批評精神だけでは、俳句は普遍性を獲得するのは難しいのです。どうしてもその背後に季語の世界の裏付けが重要になってくるのです。

短歌は断片的に見えながら、たとえば呟きのようなも

高野　時事的な批評精神だけでは、俳句は普遍性を獲得するのは難しい

のでも俳句とは違って、作者の意図をしっかりと伝えることができる。三原由起子さんの〈空はまだ続いていくのに（事実上）国道六号線は途切れる〉（『ふるさとは赤』）。「国道六号線」という名詞が普遍性を支えて、沿岸部の被災者たちの思いを繋げてくる。「事実上」などという俗でありながら抽象的な用語も生きて働く。こういう作り方は俳句ではできません。まあ、これが高じて来るとね、歌人の個人的生活は歌集一冊を見れば全て分かると（笑）。どういう家で、どんな家族構成で、どういう日々を過ごしているのか分かってしまう（笑）。心の動きも含め、全てをさらけ出しても表現しようとするところに短歌の魅力や凄さがありますね。俳句はストレスが溜まる形式です。自分の本当に言いたいことをぎりぎりまで抑える。俳句は断念の形式とも言いますが、言えない、言わない。私性を表現できないのです。

川野　生活がベースになる短歌の性格は、一方では被災地で生きる人間だから書ける作品を生んでいます。〈水俣は水のことばを福島は土語《つちのことば》を我等《われら》にたまふ〉（本田一弘『あらがね』）〈あなたのいふ「人の住めない処」に住みをれば何やらわれは物の怪のやう〉（高木佳子『玄牝』）、こうした作品は被災地に住むということがどういうことかを問いかけます。一方で震災当時大量に生まれた作品はもう震災に関わっていません。時間をかけて象徴化し普遍化するという試練をどう潜るのかが課題です。俳句の季語に当たるものとして、短歌では「雪月花」があると思うのですが、これは現在でも健在です。しかし、それに籠っていたはずの時間、月の時間、雪の時間が……。

高野　馬場あき子さんのような伝統的な美意識に則って今の思いを詠う歌が少ないと。

川野　馬場さんの〈夜半さめて見れば夜半さえしらじらと桜散りおりとどまらざらん〉（『雪鬼華麗』）という歌がありますが、人間の時間の外に、自分を僅かな点にしながら花の時間というものが、過去から未来にずっと続いているという歌ですね。人間のスケールで感じる時間の外を思わせてくれるのが、「雪月花」だったと思うのですが、それに代わる何かを模索している状態かもしれません。西洋や日本の古典をベースにした若手の面白い歌集が出されていて、そうした古典と現代との対話に一つの可能性を感じています。ただ、人間のスケールを超えるものを身体で感じるのはとても難しいのが現代かも知れません。それだけに今という時間の密度が高くてアグレッシブで多様な作品が誕生しているとは思いますが、危うさや脆さも感じてしまいます。

高野　私がよく現代短歌を読んでいないせいもあるのでしょうか、言葉を現代性だけに向けてアグレッシブに発信していくことで、果たして短歌がどこまで普遍性を持ち得るのかは、どうも疑問が残ります。これは俳句にも言えますけどね。もっとも俳句の場合は若い人にむしろもっと現代を捉える積極性がほしいとも思いますが。

川野　普遍性という言葉自体が見失われて、「共感」がキイワードになってきています。だから、批評ではなく共感なんですね。やはり情感を詠うのが短歌ですから、情感による共感の共同体は底荷としてあるのは強みです。しかし、そうした共同体自体を遥かに超えるもの、客観的で冷静な普遍化がなくては人間の世界自体が矮小なものになってしまいます。そういった短歌の状況の対極に高野さんの作品を置いて見ています。〈寒気荘厳原子炉建屋もわが部屋も〉（『片翅』）ですね。「原子炉建屋」を禍として遠ざけるのではなく、人間もともに「寒気」に貫かれながら共生している、凄い作品ですね。この共生の感覚がなければ、震災後の私たちは生きられないはずではないでしょうか。自然から遠ざかってきたのが現代短歌ですが、震災によって、牧歌的だったはずの自然から復讐されている。原子炉に関して言えば、私たちが自然でないものを造ったがゆえに、それが自然の中に永く禍として残り続けてしまうわけですね。震災は自然を再把握する大事な機会だったろうと思うのです。

高野　自然から目を背け始めてきたということですか。

川野　都市人口が増えてマンション生活だったりして現代の生活自体が自然から遠いですし、短歌は季語もありませんから、いっそう遠くなっていると思います。

高野　かつて俳人は自然の豊かさを享受しながら、自然はいつでも私たちが人間のために再生して新しいものを与えてくれるもの、私たちが蔑ろにしようが、いつでも大

川野　自然から遠ざかってきたのが現代短歌ですが、震災によって、牧歌的だったはずの自然から復讐されている

切なものを恵んでくれるという姿勢で俳句を作っていた場合が多かったわけです。ところが、震災は、自然はそんなに私たちに豊かさを与えるだけではなく、人間の想像力を超える恐ろしい力をも持っていたということを認識させてくれたわけです。だからこそ、その自然から離れて詠うのではなく、人間と自然は本当はどう繫がっていたのかを再認識する必要がある。自然が人間に対して、この自然の力の前にどう生きていかなければいけないのかという課題を突きつけたとも言えます。大震災後の私の大きな課題でもあります。

　また、自然とともに生きる、存在しているということは、生を共有できなかった死者とも時空を同じくしているということです。これも大震災を機に改めて気づかされたことです。

川野　〈揺れてこそ此の世の大地去年今年〉（『片翅』）や〈鬱金桜の鬱金千貫被曝して〉（同）などにも、震災後の自然の再把握が見られますね。

高野　俳句の短さの力というのはありますね。短歌は三十一音のリズムの中で時間をたどるように言葉が捩じれながら流れていきます。俳句は言葉と言葉が出合い頭にぶつかりますのでね。瞬間だけです。静止画像です。ぶつかる衝撃だけが力としてあるのでしょうね。

川野　美しいものだけで世界を詠えない時代はありました。戦後では塚本邦雄や葛原妙子らは、戦争後の世界において歪んだ韻律で美を撓めようとしたわけですが、震災後の衝撃をどう韻律や象徴化の問題として捉えるかを考えるうえで高野さんの作品は大事だと思っています。

▽変わり続けながら在る、この世界

川野　それから気候変動がありますね。自然と人間は近代のような包み包まれるような共同関係ではなくもっと荒々しい非情な関係にあります。渡辺松男さんの〈エルニーニョのりもの酔いの語感あり神のゆめみるはるかなる沖〉（『泡宇宙の蛙』）。神様は人間のことなど知ったことではないと思っているわけで、今日の自然のパワーをさりげなく語っている作です。また、奥村晃作さんの〈海に来てわれは驚くなぜかくも大量の水ここに在るのかと〉（『父さんのうた』）はただごと歌のユーモアもありますが、自然に津波が思われます。

高野　率直な歌ですね(笑)。自然そのものへの驚異が実に率直ですね。

川野　今、若い歌人の間で焦点になっているのは、「人間」や「人生」という言葉で語られるような既存の把握に対する根深い疑いですね。人間や人生と言う時に、すでにそこには古い価値観がある、と。従来の人間把握に社会が見合わなくなっているのに、なおかつ人間や自然という言葉でこの世界を把握することは、どうも自分たちの生活感覚に合わなくなっているという認識があるのだと思います。平岡直子さんの〈心臓と心のあいだにいるはつかねずみがおもしろいほどすぐに死ぬ〉(『みじかい髪も長い髪も炎』)。既存の把握を言葉で超えることによって、今ここを生きる不安感や、自分には瞬間しか与えられてないという感覚が凝縮されているように感じます。この感覚のメタなリアルさは私もよく分かります。過去から未来と言ったって、核爆弾が一発飛んできたら終わりです。私たちは常に終わりと共存しながら生きているという感覚は非常にリアルなものとしてあるわけですよね。一方で、自然は、一瞬で人間は終わっても在り続ける。この時間と自然との対話の通路が、どうやったらうまく開けるのだろう、これが切実な問いなのです。

高野　難しい問題です。それに応えることは、言葉とはどういうものなのか、人間にとって言葉とは何であるのか、という問いを問い詰めていくことでもありますね。人間の命は限られているわけですから、どんな時代だって必ず命は途絶える。まして、いつどうなるかわからない、いつ人間が自らの手で自分たちを滅ぼしてしまうかしれない先の見えない時代です。多分信じるに足るのは言葉しかありません。その歌も言葉を紡ぐことで、初めて今を生きる自分の生の危うさを発見できているわけです。私は、俳句だけでなく言葉に蓄えられた世界だけが、人間の心の豊かさを伝える未来へのメッセージになり得る。そんな言葉の力を信じようといささか他力本願になっています。

高野　言葉に蓄えられた世界だけが、人間の心の豊かさを伝える未来へのメッセージになり得る

川野　現在の短歌には自分を超えたものを恃む他力本願がないのかもしれない。自己責任社会を生きる今の日本

では若い人たちは痛ましいほど自力本願になっているのではないかと。

高野　作品は最後は作者を離れます。個人のものではない。今という現実に対する途方もない不信感や閉塞感を若い人たちは抱えています。それゆえの自力本願ですね。それが言葉への不信感から一過性の今のみの表現志向になっているとすれば問題ですね。若い俳人にも、その傾向はある。もっとも俳句の場合は、その不信感や閉塞感が求心的には働かずに、季語や旧仮名遣いなどの言葉の面白さの享受といった趣味性に傾くきらいがあって、そういう点からは、むしろ、短歌の若者の方が敏感で率直なのかもしれない。ただし、もし今という時間だけを言葉が切り取れればいいと思っているなら、言葉そのものが痩せていきますね。

川野　短命であっても構わない、名歌を目指さない意識もあると思うんですね。残ることを目指さない。文学観も変わって来ているのだろうと思います。

　ところで、言葉の普遍性の問題ですが、日本語の文学というのは日本の中だけで、日本人に分かるようにだけ描かれるものなのかという問題がありますね。『語り継ぐいのちの俳句』の中でとても印象的だったのが、高野さんがスペインに行かれた時のお話です。国立公文書館で、日の沈まない帝国を作ったスペインの言葉の記録の蓄積に畏怖を感じられたと。

高野　あれは言葉というものが人間の歴史や存在すらも左右する力があったことへの畏怖ですね。同時に言葉への畏敬です。言葉は人間が生んだものだけれども、その人間をも全て制してしまう力がある。特に文字によって書かれた言葉の力ですね。スペインがかつての大帝国時代を築き上げることができたのもスペイン語という言葉の力です。これで新大陸を支配した。その膨大な資料がこの図書館に保管されているんです。言葉が権力を形作る。言葉の怖さの一面です。反対にこんな例もあります。芭蕉が奥の細道の旅で、多賀城の壺碑《つぼのいしぶみ》で千年前の言葉が残っているのに感動した。多賀城ができた経緯を書いている何でもない記録の言葉だけれども、それを見て感動して涙を流した。「古人の心を閲す」とまで述べている。単なる記録でさえも、後世に生きる人の心を動かすこともある。これも言葉の力ですね。

川野　つまりそれは時間を超えた対話ですよね。例えば万葉集の家持と対話するわけですよね。未来の読者、あるいは過去の人との対話によって、その文学が成立しているという感覚。共時的な対話と時間を超えた対話。いろんな対話の可能性があるわけですが、今の短歌の世界は、おそらく共時的な対話に重心が掛かっているということなのでしょうね。

高野　俳句にもその心配はありますよ。師と弟子という関係とか、目標とする作家と今の自分の関係とか、そういう時間軸の関係が薄れて来ています。私などは、本当に身近だった俳人しか視野に入らないのですが、誰に自分の俳句を読んでほしいかと言えば、やはり亡くなった師の佐藤鬼房や金子兜太なわけです。「お前は下手だけど、まあ何とかやっとるわい」と思われるような俳句を作りたい。時には驚かせてやりたいと。死んだらあの世で褒めてもらいたい。そうした時を超えた言葉の通い合いを意識するということは短歌や俳句にはとても大事なことだと思っています。

川野　高野さんに〈地球より去りゆくところ鰯雲〉（『片翅』）の句がありますが、これは今の時代を生きている作者しか作れない句ですよね。江戸時代の人の鰯雲の句と、震災後の地球を捨てていくような鰯雲。生きている時空の違いによる対話が非常に面白いです。

高野　そういう意味では、川野さんの〈ゆかねば　迎へにゆかねば　十万年のちの未来に預けたる火を〉（『ウォーターリリー』）の方が今を反映しながら、より未来に向かっていますよ。素朴な火の恵みしか知らなかった時代の人々には持つことができなかった火の思想性でしょうね。原子力に頼らざるをえない時代が見据える火の未来でしょうか。

川野　震災後の火としては、正木ゆう子さんの〈真炎天原子炉に火は苦しむか〉（『羽羽』）。「苦しむ火」というのは震災以前には詠まれえないですよね。

高野　なかったでしょうね。火は人間に恩恵をもたらすものという認識ですからね。火に苦しめられるということはあっても、火そのものが苦しむという発想はなかったでしょう。

川野　高橋睦郎さんの〈八方の原子爐尊《たふと》四方拝〉（『十年』）の諧謔。奇妙なおかしさですね。拝み切れないほどたくさん人間が作ってしまったわけですね。

高野　この「四方拝」は本来は自然への感謝の姿なはず

ですが、ここでは自分たちが作った原子炉という恐ろしい力に頼る人間の哀れさの象徴となっている。全然尊んでないはずなのに(笑)。

川野　人間が滑稽でみじめだなと思われて、いかに人間が矛盾した存在なのかを知らされます。

それから、岸本尚毅さんの〈ぼうたんの花粉や月を得て光り〉(『雲は友』)、非常に現代的だと思いました。牡丹は昔からあっても、それが分解されて、花粉に焦点を合わせた時に艶やかな新しい物質感が生まれていますね。

高野　この句は牡丹という季語の持つ世界を踏まえながら、それを裏切っていますね。牡丹は蕪村の句以来、花弁の美しさを尊び愛でるもの。ところが、ここでは誰も注目しないはずの花粉、それも月夜に焦点を当てている。岸本さんの独特の詠み方ですし、新しい牡丹の美がとらえられています。

川野　安里琉太さんの〈流れつくものに海市の組み上がる〉(『式日』)には、様々な問題を押し付けられている現代の沖縄ならではの感じもありますね。

高野　琉球と呼ばれた時代からもそうですが、海市が実に危うい。

川野　夢幻の竜宮でも見えるのかと思ったら、そうではなくて、ペットボトルなどで海市が組み上がると。

高野　両面がありますね。現代文明の末路みたいなものも感じられる。流れ着くものというのは、もともとは海の神様からの賜り物、恵みだったわけですよね。しかし、今は人間が作り出したさまざまな異物も混じる。しかしそれもが、沖に幻影を形作る。

安里君には今の若者ならではの沖縄の俳句を作ってほしいですね。彼にはこれまでの俳句や短歌で作られてきた沖縄的なものに対しての疑問があるようです。

川野　それはとても深い疑問、出発点ですね。

高野　そうです。その疑問を原点に今まで誰も詠まなかった、誰も気づかなかった本当の沖縄を表現してほしいと思います。

川野　震災は、何度も人間を問い直すテーマですが、当初議論があったのは、被災地か被災地でないか、被災者か被災者でないか、福島の人かそうでないか、という区別ですね。ところが、今考えてみると、汚染水の海洋放出で起こったのは中国や南洋諸島からの反発でしたよね。そうすると、原発事故の話は、福島の話ではなく、世界の話だったわけです。世界の問題としての原子炉として詠み直す視点が再び必要になってきたのですね。津波はかなり長い時間をかけて、死者の名前を憶えている人がすっかりいなくなった頃に終わりが来るかもしれない。しかし、原発の問題は終わりませんね。刻々と変化しながらずっと私たちと共にあるのだろうと思います。そういう世界を新たな自然把握や世界観で詠んでいくしかないという気がします。

高野　当事者とは誰か。これもまた表現する際の大きな課題ですね。地震や津波の被害に遭った人たちだけが当事者ではない。どこにいても、そうした被災をどう受け止めるかという問題だと思います。特に東日本大震災は単なる自然災害ではなく、原子炉事故という人間が作り出した恐ろしいものが、一つ間違えば人間自身を葬ってしまったかもしれない。そういう意味ではどこにいても全員が当事者です。俳句の歴史の中では、かつて「戦火想望俳句」というのがありました、戦争中の大陸での戦闘を想像しながら作る俳句が是か非かという論議でした。結果的にはそんなに良い作品はここから生まれなかった。それは、戦争や戦場を単なる俳句の素材として扱ったからです。戦争に対してどんな批評的眼差しを持っているか、戦争を自分の切実な課題としていかに捉えているかが問われるのだと思います。ロシアのウクライナ侵攻や、イスラエルとパレスチナの問題も同じです。自分自身の課題としてどう捉えることができているか否か。そこが問われるのだと思います。

川野　自分の生や現場に関わっているものとしての実感ですね。私たちは暴力から生まれた、という言葉もあります。日常詠という言葉がありますが、日常なんてものあるのかしらって思います。

高野　日常を見つめながら日常を突き抜けていかないと本物の日常は見えて来ないのではないでしょうか。先ほどの当事者の話で、東日本大震災の時にテレビで俳句を見て作ってはいけないということがよく主張されました。しかし、金子兜太の〈津波のあとに老女生きてあり死なぬ〉（『百年』）という句は、テレビを見ながら作った句

高野　言葉への絶え間ない敬意と練磨の結果ですね。言葉が表現者を見出してくれる

でしょう。これは、石巻で、老女とその孫が数日間取り残されていて、孫がヘリコプターに手を振ってやっと救出されたというニュースの出来事を詠んだものです。しかし「生きてあり死なぬ」はテレビを見つめていただけの傍観者という視点からは生まれない表現です。おそらく戦争の中での多くの生死を見てきた眼差しが、この時よみがえったのでしょう。「死なぬ」は戦争という災禍を経て、それを九十年間表現の命題としてきた人ならではの把握です。

川野　戦争から震災へ、人間への問いを抱え、太らせてきたわけですね。すばらしい句ですね。

高野　短詩形の持つ言葉の力とも言えますね。一人の人間の時空を背負ったものとして立ち上がる言葉の魅力です。大震災の被災者かそうでないか、どこに作者が住んでいるのか。そうしたことは作品の価値と実は関わりのないことなのではないでしょうか。どこに生きていても、自分が生きている生の現場でどう言葉を発信していくかに尽きるのかなと感じますね。

川野　全くその通りだと思います。自分、現在、人間を超える何か。逆に言えば、それらを軽々と凌駕し、壊すスケールを感受できるかどうかですね。

高野　それは短歌にとっても大切なことですね。短歌は語るもの。語るということは未来へ伝えることです。過去から未来へ向けて、あらゆる時空から言葉を発信できる詩形でしょう。しかも、短歌は千年以上の時空を背負いながら、言葉を引き寄せ現代を詠うことができる。百年ほどの歴史しかない俳句とまた違った大きな力があります。

川野　短歌にとっても俳句にとっても、言葉は半ばしか自分のものではないですね。

高野　短歌や俳句に積み重なった言葉の世界から力を頂戴しているわけですからね。

川野　そう思った時に、現在のスケールを超えられる気がします。

高野　言葉を単なる伝達のアイテムだと勘違いしてはだめですね。言葉が天から降ってくると俳句ではよく言いますが、それは言葉への絶え間ない敬意と練磨の結果ですね。言葉が表現者を見出してくれる。

川野　そうですね。人間を超えるものと言葉について、大きな視野から震災を考え直す貴重なお話を戴けました。

ありがとうございました。

（二〇二三年十二月一日　アルカディア市ヶ谷）

あとがき

何よりまず、この豊かな語りの場を開いてくださった素晴らしいゲストの方々に、心よりお礼申し上げます。

果たして「対話」となりえたのかどうか、はなはだ心もとないのですが、この試みを成立させてくださったのは、ゲストの方々の芸術や言葉や学問への、そして対話することへの深い愛にほかなりません。私の愚問も迷妄も丁寧に受け止め、より高次な対話へと導いてくださいました。それは目の前に新しい窓が次々に開かれるような体験でした。

翻って、近年の日本社会に広がる対話の拒否や無視や沈黙、そこから生まれる断言を恐ろしく思います。だからこそ、この試みの場がさらに別の問いを産み、あたらしい対話となりますように。数々の論点は、問いの形で開かれています。

この試みは歌誌「歌壇」に「ことば見聞録」というタイトルで2021年7月から14回にわたって連載されたものに、2024年3月号の俳人高野ムツオ氏との対談を加えたものです。ちょうどコロナ禍の始まりから終わりまでにあたりますが、生身での会話を大事にするため全て対面で行われました。広い会議室にゲストと編集の奥田洋子さんと私の3人だけ、という風景が心に残っています。透明アクリルの仕切り板さえ今では懐かしい。奥田さん、あらためて有難うございました。

最後になりましたが、会話の雰囲気が伝わるよう楽しいレイアウトと装丁で仕上げてくださった毛利一枝さんに感謝申し上げます。

二〇二四年十月暑熱の秋に

川野里子

著者略歴

川野里子（かわの　さとこ）

1959年生まれ。歌人。

歌集『王者の道』により若山牧水賞、『硝子の島』により小野市詩歌文学賞、『歓待』により讀賣文学賞、『ウォーターリリー』により前川佐美雄賞を受賞。

評論『幻想の重量―葛原妙子の戦後短歌』により葛原妙子賞受賞。その他評論集に『七十年の孤独―戦後短歌からの問い』など。

歌誌「かりん」編集委員。2023年度、2024年度、Eテレ「NHK短歌」選者。

短《たん》歌《か》って何《なに》？と訊《き》いてみた

令和七年一月二十三日　第一刷
令和七年七月十八日　第二刷

著　者　川野《かわの》　里子《さとこ》
発行者　奥田　洋子
発行所　本阿弥《ほんあみ》書店
東京都千代田区神田猿楽町二―一―八　三恵ビル
〒一〇一―〇〇六四
電話（〇三）三二九四―七〇六八（代）
振替　〇〇一〇〇―五―一六四四三〇
印刷・製本　三和印刷（株）
定　価　二七五〇円（本体二五〇〇円）⑩

ISBN978-4-7768-1697-3 C0092（3412）